Camaradas em Miami

José Latour

Camaradas em Miami

TRADUÇÃO DE

Alexandre Raposo

EDITORA RECORD
RIO DE JANEIRO • SÃO PAULO

2007

CIP-Brasil. Catalogação-na-fonte
Sindicato Nacional dos Editores de Livros, RJ.

Latour, José, 1940-
L383c Camaradas em Miami / José Latour; tradução de Alexandre Raposo. – Rio de Janeiro: Record, 2007.

Tradução de: Comrades in Miami
ISBN 978-85-01-07550-5

1. Cubanos – Ficção. 2. Romance americano. I. Raposo, Alexandre. II. Título.

07-0633 CDD – 813
CDU – 821.111(73)-3

Título original norte-americano:
COMRADES IN MIAMI

Direitos exclusivos de publicação em língua portuguesa somente para o Brasil adquiridos pela
EDITORA RECORD LTDA.
Rua Argentina 171 – Rio de Janeiro, RJ – 20921-380 – Tel.: 2585-2000
que se reserva a propriedade literária desta tradução

Impresso no Brasil

ISBN 978-85-01-07550-5

PEDIDOS PELO REEMBOLSO POSTAL
Caixa Postal 23.052
Rio de Janeiro, RJ – 20922-970

Dedico este romance a Peter e Sheila, meus maiores amigos. E a Brian e Amy, John e Jeanne, e Ron e Carol.

PARTE UM

Capítulo 1

Um dos segredos mais bem guardados de Cuba é que, durante vários anos, o indivíduo mais respeitado no Diretório Geral de Inteligência era a coronel Victoria Valiente, uma psicóloga.

O general-brigadeiro Edmundo Lastra (codinome Gabriel) era o diretor-geral, o coronel Enrique Morera (Bernardo) era seu assistente, mas a mulher que comandava a seção Miami do Departamento de Estado dos Estados Unidos ganhara a admiração dos superiores e subordinados devido à sua longa lista de notáveis realizações. Sob a sua orientação, a seção apresentou relatórios, emitiu alertas, e fez previsões consideradas extremamente valiosas pela liderança do país. Conseguiu isso plantando novos e bem treinados agentes secretos na área da Grande Miami, acionando agentes infiltrados, aprovando o recrutamento de valiosos informantes, se opondo ao alistamento de alguns que acabaram se revelando informantes do FBI, examinando exaustivamente fontes públicas e fazendo suposições com fundamento e geralmente corretas.

Conhecida na comunidade de inteligência da ilha pelo codinome Micaela, Victoria foi transferida do Ministério das Forças Armadas Revolucionárias para o Diretório Geral de Inteligência do Interior em fins de 1989, na esteira de um escândalo de contrabando de drogas envolvendo a inteligência cubana corrupta e oficiais militares. Em 12 de julho daquele ano, o mundo ficou sabendo que quatro dos culpados foram executados por pelotões de fuzilamento.

Em 1983, Victoria entrou para o Departamento de Contra-inteligência Militar do Ministério das Forças Armadas Revolucionárias, logo após se formar na faculdade de psicologia da Universidade de Havana. Na época, só havia visto os instrumentos de seu ofício – aparelhos de escuta telefônica, mini-câmeras e detectores de grampo – no cinema. Ela ignorava criptologia elementar, só havia disparado uma pistola duas vezes na vida e detestava judô, caratê e outras formas de combate desarmado. Nunca viajara para o exterior.

Fisicamente, Victoria era um pouquinho abaixo do sem graça. Quando criança, um de seus professores na escola primária brincava dizendo que a mãe dela jogara fora o bebê e criara a placenta. O que parecia estranho, tanto para os seus pais quanto para os seus professores, era o fato de Victoria conseguir boas notas nas provas, apesar da menina asmática e vesga raramente ler os livros da escola.

Embora a sua aparência tenha melhorado notavelmente durante a puberdade, Victoria cresceu meros 1,57m, nunca pesou mais de 50kg, tinha um rosto extremamente comum, e usava seu cabelo castanho-claro em cachos. Os óculos, necessários para corrigir o astigmatismo, tornavam inexpressivos os olhos verdes, e sua figura era mais angular do que arredondada nos lugares onde importava. Nem os velhos tarados nem os jovens rapazes virgens a cobiçavam quando ela tomava banho de sol na praia vestindo um sunquíni.

Talvez por esse motivo, de um ponto de vista sexual, Victoria viveu como uma santa. Perdeu a virgindade aos 21 anos e, quando se casou, 11 anos depois, havia feito sexo com apenas três homens. Contrário ao mito popular, esta mulher muito sem graça, nada atraente, freqüentemente experimentava três orgasmos em meia hora e, depois de dez anos de casada, instigava o marido a praticar sexo de duas a três vezes por semana, quatro se ele topasse. A falta de motivação para dar à luz ou a falta de jeito para a maternidade a fizeram tomar pílulas contraceptivas durante 17 anos consecutivos.

Mas o notável apetite sexual não era a qualidade mais admirável da Sra. Valiente. Ela possuía três outras virtudes, entre elas a inteligência.

Admiradora e discípula do psicólogo inglês Raymond B. Cattell, ela leu 17 de seus 41 livros e muitos de seus artigos. Cattell foi o primeiro a postular que o problema chave na psicologia da personalidade era a previsão do comportamento. Ele classificou as características em três categorias: dinâmica (aquilo que leva um indivíduo a entrar em ação para alcançar um objetivo), habilidade (que diz respeito à eficácia individual para alcançar um objetivo), e temperamento (aspectos como disposições, humores e emoções). Após a sua transferência para o Diretório Geral de Inteligência do Interior, Divisão de Pessoal, Departamento de Avaliação, Victoria desenvolveu uma teoria própria de como fazer o perfil psicológico a distância de um futuro espião baseado nos ensinamentos de Cattell.

Ela estudava os arquivos de candidatos enviados por autoridades de campo, rejeitava vários e pedia informação adicional sobre aqueles que pareciam ter possibilidades latentes. Então, eliminava mais alguns, recomendava quais os agentes que se aproximariam dos poucos escolhidos e escrevia roteiros. Com um bom faro para a política, Victoria acompanhava os acontecimentos mundiais diariamente para escolher aqueles que, caso mencionados a um candidato a informante ou a um informante já na ativa, pudessem fortalecer a sua decisão de trair seu governo, instituição ou empresa. Ela preferia que o recrutamento fosse baseado em afinidade ideológica, mas deixaria de lado os seus escrúpulos caso a chantagem ou o sexo fizessem o gato sair do saco. Em uma Cuba imobilizada, comprar informação era uma medida de último recurso.

Durante os seus quatro anos de avaliação, Victoria fez o perfil de muitos possíveis informantes: gente que trabalhava para o M16, o Vaticano, DGSE, Sisde, FIS, o Serviço de Segurança Federal, três diferentes agências das Nações Unidas, a Comissão Européia, os Ministérios das Relações Exteriores da Alemanha e da Espanha, a presidência do México, a Anistia Internacional, a Roche e a Aventis. No meio tempo, devorava livros de espionagem. O tenente encarregado da biblioteca do Diretório de Inteligência ficou absolutamente maravilhado e acabou compilando uma lista: em quatro anos, Victoria lera 132 livros, incluindo todos os clássicos. Era sempre a primeira a ler os novos títulos.*

Afinal, sua opinião acabou se tornando altamente respeitada e suas recomendações raramente eram questionadas. Mas não foi sempre assim.

---

* DGSE, Sisde e FIS: seus trabalhos seriam correspondentes aos feitos no Brasil, respectivamente, pela Diretoria Geral de Saúde do Exército, pelo Sistema de Segurança e pela Defesa do Comando da Aeronáutica. (*N. do E.*)

No início dos anos 1990, seu superior não conseguiu acreditar que ela falava a sério quando solicitou levar um promissor candidato à Disney World para pedir que trabalhasse para o serviço secreto cubano naquele momento. Em outra ocasião, ela sugeriu recrutar um padre piedoso de 66 anos que ouvia as confissões de um agente. Em ambos os casos o superior, agora aposentado, pediu-lhe que ela o convencesse. Ela o fez sem paixão, usando o seu método de perfil psicológico remoto. Foi tão convincente que os dois planos foram aprovados. E funcionaram.

Em 1993, algumas semanas depois que ela impressionou a todos ao planejar o recrutamento de um grande cientista europeu, que concordara em revelar resultados das pesquisas de sua empresa em busca de uma vacina contra a AIDS, ordenaram que Victoria comparecesse a um escritório no terceiro andar do Conselho de Estado, às 10h, onde lhe pediram para fazer o teste de QI da Mega Society.

Isso foi muito surpreendente para ela, porque, antes da queda do Muro de Berlim, os partidos comunistas no poder apresentavam uma fachada bastante simplista e homogênea no que dizia respeito à política, economia, sociologia e psicologia. Teorias não-marxistas-leninistas no campo da evolução social e das respostas humanas eram rejeitadas. O materialismo dialético fornecia a única chave para revelar o complexo comportamento dos indivíduos e das sociedades. Tendo estudado naqueles anos em que os testes de quociente de inteligência eram desprezados como bruxaria capitalista, Victoria tinha escasso conhecimento deles e jamais se submetera a um.

Na prática, porém, tendo se dado conta de que este tipo de preconceito impedia o acesso a importantes pesquisas e conhecimentos, a partir dos anos 1960 quase todos os secretários-gerais de partidos comunistas designaram alguns de seus mais confiáveis colaboradores para dirigirem pequenas unidades especializadas que aplicavam técnicas como testes padronizados para medir a inteligência das pessoas.

Em sua primeira tentativa, Victoria Valiente deu 42 respostas certas. De acordo com a quinta norma Hoeflin do Mega Test, ela marcou 176 pontos. Em linguagem corriqueira, aquilo significava que, entre meio milhão de pessoas, só uma tinha o alto nível de inteligência, estabilidade emocional e coordenação motora de Victoria.

O velho que pedira que o teste fosse feito – simplesmente chamado Chefe ou Comandante pelos membros de seu círculo interno, Comandante-

em-chefe em público, Poderoso Chefão, pelas costas, Comediante-em-chefe, em Miami, e Santo Pai por um historiador abjetamente submisso – sentou-se em sua cadeira executiva para analisar os resultados de Victoria. Por um lado, era de desapontar descobrir que um carpinteiro semi-analfabeto e uma costureira haviam apresentado ao mundo um supergênio, enquanto nenhum de seus filhos conseguiu marcar mais de 130 pontos. Por outro, olhando para o lado positivo das coisas, encontrou conforto no fato de que entre todos os cretinos incompetentes, submissos e inseguros que o cercavam, havia um indivíduo que, como provara a ciência, era extremamente inteligente.

Posteriormente, o chefe ficou seduzido quando começou a ler o arquivo pessoal secreto de Victoria. Nascida em 1º de janeiro de 1959, seus pais a chamaram de Victoria porque aquele foi o dia em que o ditador Fulgêncio Batista fugiu de Cuba. Os revolucionários proclamaram aquele como o Dia da Vitória. O sobrenome de seu pai era Valiente, de modo que, tanto em espanhol quanto em inglês, seu nome significava literalmente Vitória Valente e, figurativamente, Vitória Galante. Sem conhecê-la pessoalmente, o Chefe promoveu Victoria a tenente-coronel e a transferiu para a seção Miami.

O general Lastra desconsiderou por duas vezes as objeções de Victoria em seu novo cargo. O coronel Morera a contrariou em quatro ocasiões. As conseqüências foram catastróficas. Três desses seis recrutas revelaram-se agentes duplos, dois dos quais conseguiram infiltrar uma rede de 12 pessoas em Miami que, após três anos de atividades, o FBI desmantelou, em 1998. Na noite em que soube do desastre por meio de seu ministro do Interior, o Chefe chamou Lastra e Morera ao seu escritório.

– Micaela aprovou o recrutamento desses filhos-da-puta? – gritou, apoplético e furioso, quando soube que eram agentes do FBI.

Olhando para as próprias botas bem polidas, o general e o coronel balançaram as cabeças.

– Eu sabia! – disse o Chefe, triunfante.

Na ante-sala anexa, um auxiliar muito zeloso, ao ouvir seu ídolo se exaltar e temendo que tivesse um derrame ou um ataque cardíaco, chamou o médico de plantão. Após sussurros apressados, o médico bateu e entrou no Olimpo para tomar a pressão sangüínea de Zeus.

– Saia daqui! – berrou o paciente, braço apontando rigidamente para a porta, no momento em que viu o recém-chegado. O médico empalideceu, fez uma rápida meia-volta e fechou a porta atrás de si. Seguiu-se uma pausa profunda de seis minutos enquanto o Número Um caminhava a esmo pela sala. Lastra e Morera mantiveram as cabeças baixas. Finalmente, o Chefe parou em frente aos oficiais, encarando-os.

– Olhem para mim!

Seu rosto se inflamou. A barba grisalha balançou de raiva.

– Seja lá o que Micaela recomendar, mesmo que seja contra o seu bom senso, vocês farão. Vocês fizeram grandes sacrifícios pela Revolução. Não quero obrigá-los a se aposentarem prematuramente. Mas se voltarem a contrariar Micaela, vocês estão acabados. Fui claro?

– Sim, Comandante-em-chefe – disseram os dois em coro.

– Tudo bem, vamos ver agora o que podemos fazer por nossos camaradas.

Victoria nunca soube que lhe fora dada carta branca, mas os sutis sinais que começou a receber alguns dias depois de fazer seu teste de QI – cujos resultados ela não pôde ver – se repetiram em fins de 1998: sorrisos embaraçados, olhos baixos, consideração aumentada por suas opiniões e recomendações. Claramente lembrando que se opusera ao recrutamento dos dois informantes do FBI, ela adivinhou que alguém graúdo, talvez o ministro, talvez o próprio Comandante, lera seus relatórios. Paradoxalmente, o que foi um desastre para o Diretório tornou-se um privilégio para ela. Não foi nada fácil fingir que estava triste pelos colegas presos quando em verdade exultava com seu triunfo pessoal.

A segunda qualidade que Victoria Valiente possuía em quantidade prodigiosa era a capacidade de representar como uma atriz teatral consagrada internacionalmente.

Como muitos cubanos nascidos, crescidos e educados na era revolucionária, até os fins dos anos 1980 Victoria acreditou na causa. Ela completara o ensino médio em uma de sete escolas militares geridas pelas Forças Armadas – as escolas Camilo Cienfuegos – onde se enfatizava a perfeição do comunismo e o gênio do Chefe ainda mais do que nas escolas civis. Contudo, com o passar dos anos, à medida que tinha acesso a informações secretas de toda natureza, quando começou a ter aulas de inglês e francês, a ler todo tipo de revista e jornal, a prestar atenção *às críticas cada vez mais freqüentes do marido, e, de 1998 em diante, a devotar uma média de quatro horas por dia navegando na internet, Victoria chegou à inescapável conclusão de que o comunismo estava condenado, em Cuba e em qualquer outro lugar onde tivesse se estabelecido.*

Mas Victoria testemunhara como as carreiras de muita gente jovem e promissora acabaram abruptamente por terem cometido o erro de expressar abertamente o seu desacordo. Desde o primeiro dia em que se sentiu culpada por duvidar da veracidade de seus ideais juvenis, Victoria soube que deveria ocultar sua incerteza e fingir que, a cada dia que passava, acreditava mais e mais na Revolução e em seu Comandante-em-chefe.

A terceira qualidade que Victoria Valiente tinha em magnitude portentosa era ambição.

Ela mapeou sua progressão. Diretora-geral e brigadeiro-general, a princípio, ministra do Interior e general-de-divisão três ou quatro anos depois, membro do Comitê Central, membro do Politburo, membro do Conselho de Estado, o céu era o limite. Victoria deu-se conta de que estava se resignando a ficar do lado dos perdedores, mas, afinal de contas, não tinha escolha. Estava bem ciente de que passara o ponto de voltar atrás havia anos. Por ter um dedo em cada assunto, nunca fora autorizada a viajar para o exterior. Vendo a coisa pelo lado positivo, não considerando sua morte súbita, o Chefe poderia manter o país unido durante uns oito ou dez anos. O que ela tinha de fazer, raciocinou Victoria, era se tornar indispensável, manter-se fora de rivalidades internas, nunca questionar as ordens do Chefe, e, após a sua morte, evitar se aliar a alguma facção. Todos deviam ver nela uma especialista de alto nível, desejosa de servir aos superiores, não a mulher extremamente ambiciosa que de fato era. Esses princípios-guia nunca abandonaram os recessos mais profundos de sua mente.

Contudo, à medida que o tempo passava, a preocupação de Victoria aumentou substancialmente. Sempre que o Chefe vociferava na televisão horas a fio, cometia erros graves. Insultava qualquer presidente latino-americano que pedisse que ele respeitasse os direitos humanos dos dissidentes, fazia comentários muito ferinos a respeito de políticos europeus que diziam que tal iniciativa benevolente seria muito bem-vinda e chama-

va de traidores os esquerdistas da Europa Oriental que discordavam de suas estratégia e táticas.

Muitos de seu meio milhão de espectadores viram, consternados, enquanto ele espumava pela boca, molhava os dedos com saliva para virar as páginas e então voltava à velha ladainha.

Proclamava repetidas vezes que a maioria dos governos latino-americanos era de lacaios do imperialismo dos Estados Unidos, que Cuba era a melhor democracia que o mundo jamais conhecera, que a Revolução tinha o melhor índice de direitos humanos do planeta. Victoria, assim como várias outras autoridades governamentais bem informadas, servidores públicos e burocratas de partido que o assistiam em casa, fechou os olhos e levou a mão à testa em desespero. Será que ele perdeu a razão? Quem estava tentando enganar?

Nesta mesma época, os associados mais próximos do Chefe começaram a perceber, com crescente preocupação, a sua entrada gradual na estrada da senilidade. Com total desrespeito à diversidade de opiniões da nação, ele expunha suas propostas mais estranhas e seus pontos de vista mais radicais com expressões como "Cuba acredita", "Cuba considera" e "Cuba pensa".

Sabendo quão graves eram as dificuldades econômicas do país, quão fraca estava a economia após muitos anos de má administração, Victoria não conseguia acreditar em seus ouvidos sempre que o Comandante criticava as políticas adotadas em outros países do Terceiro Mundo. Ele enumerava estatísticas dos altos níveis de desemprego, do número de pessoas que viviam abaixo do nível de pobreza e da alta dívida externa dessas nações sem jamais se referir às cifras similares de seu país.

Para Cuba, invariavelmente profetizava um futuro dourado. A ilha era um farol de esperança para o resto do mundo. Em três ou quatro anos, assistindo ao canal educativo que ele mandou que fosse criado em tempo recorde, seu povo se tornaria o povo mais culto do planeta. Os atletas, médicos, professores, cientistas e músicos cubanos eram os melhores, seus soldados, os mais valentes, seus trabalhadores e agricultores, os mais patrióticos. Todos estavam dispostos a morrer para evitar a volta do capitalismo, proclamava ele ao fim de seu discurso bombástico. Incluindo os diversos milhões que, você sabe, querem emigrar, Comandante-em-Chefe? *Victoria dirigiu a pergunta silenciosa para a tela do aparelho de tevê, desligou-o, e começou a navegar na internet usando as palavras senescência, senilidade e Alzheimer como itens de pesquisa.*

Desistiu depois de algumas horas. Era uma quantidade enorme de conhecimento que ela levaria anos para assimilar e, para quê? O Chefe apresentava sintomas preocupantes: irritabilidade, acreditar em uma realidade que não existia, uma tendência a relembrar anos de sua juventude. Por outro lado, a sua perda de memória era insignificante, ele freqüentemente contava piadas e ria, e nunca pareceu desorientado. Os especialistas mais capazes cuidavam dele e tinham permissão ilimitada para irem a qualquer lugar do mundo, sem se preocuparem com despesas, para buscar medicamentos de vanguarda para retardar o processo de envelhecimento. Ele era capaz de discursar durante três longas horas de pé sobre um pódio, fazendo uma pausa apenas para tomar um gole de água. Sendo ela mesma uma atriz formidável, Victoria se perguntou se o Chefe dava-se conta de que falhara miseravelmente em todos os aspectos e estava apenas encenando aquele ato para muitos milhões de compatriotas desinformados. Admitir falhas estava fora de questão; implicaria abrir mão do poder, e todo mundo sabia que o Comandante preferia morrer a voltar atrás.

Em fevereiro de 1996, após a Força Aérea cubana ter derrubado dois aviões civis dos Estados Unidos, Victoria fez seus neurônios trabalharem impiedosamente antes de chegar a quatro conclusões. Primeira: aos poucos, o sistema estava caindo aos pedaços. Segunda: considerando os seus antecedentes genéticos e o cuidado médico que recebia, o Chefe tinha provavelmente dez ou mais anos no poder e muito provavelmente morreria de causas naturais. Terceira: ele ficaria no poder até o último dia porque aqueles que poderiam tomar o poder de uma hora para outra não moveriam um dedo. Temiam (a) perder os privilégios e (b) retaliações por terem executado ou mandado anticomunistas para a prisão. Quarta: seu marido estava cem por cento certo. Sendo assim, a Sra. Victoria Valiente decidiu ter mais uma conversa séria com ele naquela noite e depois chupá-lo com gosto.

Uma autêntica maia? Foi a primeira coisa que veio à mente de Elliot Steil enquanto ele cumprimentava a viúva e abria o seu sorriso de bom-moço. Em Miami Beach, a cidade do glamour, os bronzeados profundos são tão comuns quanto os carros e os biquínis fio-dental, mas a pele daquela mulher era de um intenso castanho avermelhado, uma cor não facilmente encontrável fora da América Central. Contudo, ela era o oposto racial de uma mulher maia em tudo o mais: alta e esguia, olhos verde-esmeralda, maçãs da face eslavas, nariz arrebitado, lábios finos. Como não notara a cor de sua pele no funeral? A resposta veio-lhe de imediato: ela estava vestida de preto – chapéu, véu, luvas, calcinha inclusive.

– Boa-tarde, Sra. Scheindlin – disse ele.

– Boa-tarde, Elliot. Bem-vindo. Entre, por favor. Sinta-se em casa.

– Obrigado.

– Vamos dispensar as formalidades. Pode me chamar de Maria. Está bem assim?

– Claro – foi a resposta quando soltou a mão dela e entrou na casa.

– Peço isso porque Ruben se queixava de nunca ter conseguido fazer com que você o chamasse pelo primeiro nome.

Steil ergueu a sobrancelha e sorriu com ironia.

– Bem, isso é diferente. Eu devia muito a ele. Em verdade, devia-lhe a vida. Aquilo o tornava muito especial para mim.

– Compreendo. Siga-me, por favor.

Três degraus levavam a uma sala de estar ampla e bem mobiliada, com móveis de alta qualidade e decoração que parecia padronizada mas não era, pensou Steil ao olhar ao redor. Um imenso sofá e duas poltronas estofadas com cetim listrado, dois sofás para duas pessoas em couro cinza perolado, figuras de porcelana e outros bibelôs sobre mesas de café e mesas de canto de cerejeira, belas luminárias de pé, candelabros nas paredes. Uma natureza morta, aparentemente européia, de frutas em uma bandeja enfeitava uma parede. Dois imensos tapetes armênios, iranianos ou turcos estavam pendurados na parede oposta; um terceiro tapete estava estendido sob o conjunto de cetim listrado, único lugar onde o chão de madeira de lei altamente polido não era visível. Flores recém-cortadas adornavam um canto. A escadaria que levava ao andar superior também tinha degraus feitos de madeira de lei, corrimão entalhado em jacarandá.

O cheiro de cera polida combinava com os aromas de jasmim, rosa e baunilha fornecidos por algum caríssimo aromatizador de ambientes.

Com passos largos, a viúva o levou a uma porta corrediça de vidro voltada para um amplo quintal e uma piscina que brilhava ao sol. Ela abriu a porta e saiu. A seguir, se voltou para Steil.

– Sou uma pessoa que aprecia o ar livre. Gosto de ar-condicionado à noite, no quarto de dormir. Importa-se?

– De modo algum – disse Steil, tentando identificar seu ligeiro sotaque. Europeu, com certeza, talvez alemão. Mas tinha uma voz suave.

– Oh, meu Deus – murmurou Maria após dar uma olhada na piscina.

Steil seguiu-lhe o olhar e teve uma segunda surpresa. Uma jovem nua e bronzeada estava deitada em um colchão de ar azul que flutuava no centro da piscina em forma de ameba. Seus seios eram quase da mesma cor marrom-avermelhada dos mamilos; seus escassos pêlos pubianos também pareciam queimados de sol. Steil a consideraria esquelética se pesasse cinco quilos a menos. Seus olhos estavam fechados e ela usava uma touca de banho de borracha na cor pêssego. Não parecia nem um pouco sensual para Steil.

Embora ligeiramente aborrecida, a viúva fechou a porta e se voltou. Atravessou um caminho de granito cinza, margeado por jardins bem cuidados, que levava a uma área cimentada com mobília metálica sob um toldo com listra verdes e brancas. Ela sinalizou para que seu hóspede se sentasse em uma poltrona branca com almofadas grossas cobertas de plástico, então se sentou em uma peça idêntica separada de Steil por uma mesa de coquetel de bronze e vidro.

– Jenny, temos visita – gritou Maria. – Minha filha – acrescentou em um tom de voz normal – adora tomar banho de sol. Dei o mau exemplo.

– Fica muito bem em você.

– Obrigada.

Jenny ergueu a cabeça um pouquinho, levou a mão à testa, deu uma olhada para Steil e então fez o colchão de ar virar até que a cabeceira escondesse a maior parte de seu corpo.

– Mas você não parece pegar muito sol, Elliot – disse Maria ao se reclinar na poltrona.

– Bem, eu trabalho durante o dia.

– Eu sei. Imagino que, contando todos os anos que vivemos aqui, Ruben relaxou menos de cinqüenta horas neste jardim. Trabalho, trabalho, trabalho, sempre trabalho. Posso oferecer-lhe alguma coisa?

– Estou bem, obrigado – disse Elliot, cruzando as pernas.

– Rum? Cerveja? Uísque? Uma margarita talvez?

– Suco de laranja cairia bem.

– Claro. Em um instante.

A curiosidade de Steil foi despertada quando a viu caminhar até a porta corrediça. Nos oito anos em que ele trabalhara para Ruben Scheindlin, o velho mencionara a mulher umas três ou quatro vezes, sempre brevemente. Frases curtas do tipo: "Estes sapatos novos estão me matando. São presentes de minha mulher" ou "Tenho de chegar em casa às sete. Minha mulher está recebendo amigos para jantar", de modo que Steil nunca perdera um minuto tentando imaginar a mulher até o dia do funeral. Naquela triste manhã, porém, enquanto vestia o paletó do terno novinho em folha, imaginara uma pequena senhora abatida pela perda se debulhando em lágrimas. Para sua completa surpresa, Sam Plotzher, co-proprietário da IMLATINEX, o apresentou a uma mulher muito bem aprumada e ao menos 12 centímetros mais alta do que o falecido. Ao expressar as suas condolências, sua atitude orgulhosa e o firme aperto de mão o levaram a crer que ela era consideravelmente mais jovem do que os 78 anos de Scheindlin. *Bem, vá lá saber?* Pensou na ocasião, e trocou um olhar com Tony Soto, que também estava no funeral. O policial de Miami e Steil pertenciam àquela porção da humanidade profundamente desconfiada de casais cujas idades diferiam muito.

Mas, naquela tarde, seis semanas depois, não havia sinais de luto na sua aparência. Vestia um tope branco de gola alta, calças cor de marfim e sandálias. Seu cabelo, cortado à altura dos ombros, era mantido no lugar por grampos de prata. Tinha brincos de prata nas orelhas, um relógio caro no pulso esquerdo e parecia estar na moda, de um modo discreto. Maria abriu a porta, foi até a sala de estar e fechou a porta. *Cinqüenta e poucos*, adivinhou Steil.

Era incrível descobrir que Scheindlin se casara com uma mulher muito mais jovem. Seria Maria sua segunda mulher? Teria se divorciado da primeira para se casar com ela? Bem, pensou Steil, no que diz respeito a mulheres, homens extremamente inteligentes, astutos e experientes costumam entrar pelo cano. Outros, menos talentosos, trazem a desgraça para si mesmos e suas famílias por conta de uma boceta. Quando jovem, duas vezes ele trocara uma boa moça por garotas quentes e sensuais que o largaram alguns meses depois. Contudo, consolava-se ao lembrar que essas garotas que o fizeram agir como um completo idiota tinham belos corpos. Maria tinha braços e pernas magros, uma bunda plana como uma tábua, peitos do tamanho de limões, e quadris estreitos. Talvez Scheindlin tivesse atração por mulheres magras. Ou talvez Maria fosse uma esposa decente e fiel, cujo único caso de amor extraconjugal era o sol. Neste caso, ele era apenas um macho chauvinista de mente estreita, rasa e atrasada que gostava de mulheres à Salma Hayek.

Os dois anos durante os quais Scheindlin contrabandeara clorofluorocarbonetos para o sul da Flórida vieram-lhe à mente. Talvez ele tenha tentado persuadir a esposa e a filha de que aquela excessiva exposição aos raios ultravioletas era arriscada, e foi malsucedido. Então, o velho provavelmente concluiu que, caso não agarrasse a oportunidade, outros o fariam. Scheindlin ganhara muito dinheiro com CFCs, lembrou-se o visitante.

Inspecionando os fundos da casa, Steil viu nos terraços do andar de cima, que provavelmente pertenciam aos quartos, uma enorme janela projetada, o telhado de telhas romanas vermelhas, aquilo que parecia ser uma cabine dupla a um lado da piscina. O jardim bem cuidado tinha diversos canteiros de flores onde brotavam belas plantas cujos nomes ele não conhecia. Identificou, porém, a bougainvíllia púrpura que ocultava a malha de arame que cercava o terreno. O quintal cheirava a fertilidade, umidade e terra.

Quando chegou cinco minutos antes, ao atravessar o portão corrediço e cruzar a rampa de acesso de veículos admirara o jardim planejado por um paisagista, a entrada com colunas, o balcão com sua balaustrada de madeira, o caminho de ardósia que levava à impressionante porta da frente entalhada em carvalho. À direita da casa, uma garagem de três carros. Steil adivinhou que a mansão fora construída em fins dos anos 1940 ou no início dos 1950, quando o valor dos imóveis na ilha oeste de Bay Harbor Islands era acessível. Com certeza, o primeiro proprietário pagou menos do que duzentos mil dólares pelo terreno de um acre, o salário do arquiteto e os custos de construção. No presente, a viúva podia vender a casa por qualquer coisa entre três e quatro milhões, estimou o visitante.

Na véspera, a viúva havia ligado para ele no escritório e inesperadamente o convidou para tomar uns drinques e conversar. Ele se disse honrado com o convite e que certamente compareceria. Então, após desligar, perguntou a Sam Plotzher se ele tinha alguma idéia do que a Sra. Scheindlin poderia querer com ele. Plotzher disse que só conhecera a viúva havia duas semanas, na casa dela. Aparentemente ela queria aprender o máximo possível a respeito de uma empresa da qual ela e a filha herdaram 79 por cento das ações. Um encontro para saber como estavam as coisas.

Steil descruzou as pernas e se levantou. Na sala de estar, trazendo na palma da mão esquerda uma bandeja com guardanapos de papel e dois copos cheios de suco de laranja, Maria lutava com a maçaneta da porta. A mulher era rica, mas não tinha empregada. Estilo dos judeus, pensou ele ao correr até a porta corrediça. Steil abriu a porta, ela agradeceu e, então, voltaram ao quintal. Ele fechou a porta e ambos voltaram para seus assentos. O visitante esperou que Maria pousasse a bandeja sobre uma mesa de coquetel e relaxasse na poltrona antes de se sentar.

Ela enrolou um guardanapo de papel ao redor do fundo do copo e o entregou a Steil.

– Por favor – disse ela. Ele estendeu o braço para pegar o copo, agradeceu e esperou enquanto ela envolvia o outro copo com outro guardanapo e ergueu-o no ar.

– Saúde.

– Saúde.

Ela deu um gole, lentamente. Ele deu dois goles rápidos. Laranjas recentemente espremidas, caldo encorpado, não muito doce. Bom.

Maria devolveu o copo à mesa e limpou os lábios com um guardanapo.

– Diga-me, Elliot. Quando conheceu Ruben?

– Em 1994.

– Então, esteve com ele durante oito anos.

– Exato.

– Agora, se eu pedisse que você avaliasse o meu marido pela discrição, ou sigilo, ou seja lá como queira chamar isso, em uma escala de zero a dez, quão discreto você diria que ele era?

Steil deu um terceiro gole, tocou os lábios com o guardanapo, desviou o olhar para a buganvília, então olhou de volta para a viúva.

– Creio que depende, Sra. Scheindlin.

– Maria.

– Perdão. Na maior parte do tempo ele mantinha as cartas bem perto do próprio peito. Com estranhos eu diria que ele era muito reservado. Com amigos da vida inteira, como Samuel, ou você, suponho que ele não tivesse segredos.

Maria meneou a cabeça, pensativa, olhando para a piscina.

– Provavelmente não escondia de Sam nada que dissesse respeito a negócios, e de mim nada que fosse de natureza pessoal. Mas no que dizia respeito a negócios, dizia-me muito pouco, e vagamente, como se não desejasse trazer os seus problemas para casa. E eu respeitava isso.

– Claro.

– Como resultado, encontro-me agora no escuro no que diz respeito a uma empresa da qual eu e minha filha somos acionistas majoritárias. Praticamente não sei coisa alguma sobre a empresa e seu pessoal. Jenny sabe menos ainda. Por exemplo, tudo o que sei a seu respeito é que você é um cubano para quem Ruben deu a mão quando enfrentou problemas cuja natureza desconheço. Você se tornou o seu assistente pessoal depois que Uri foi assassinado, possui um por cento das ações da empresa e é dono do carro velho estacionado na frente da minha casa.

– É um bom resumo – disse Steil, voltando a sorrir.

– Indo direto ao assunto – continuou Maria –, eu o chamei aqui hoje porque quero saber mais a seu respeito, Elliot. Sobre o seu passado e o seu presente.

– Compreendo.

– Talvez sim, talvez não, então me deixe ser mais específica. Graças ao meu falecido marido, aquela jovem nua ali – Maria inclinou a cabeça em direção à piscina – e eu somos ricas. Se eu vivesse até os cem anos gastando mil dólares por dia, Jenny ainda assim herdaria alguns milhões. Eu poderia vender a IMLATINEX agora e viver sem qualquer problema. Mas não quero.

Maria fez uma pausa e ergueu uma sobrancelha. Steil interpretou a expressão facial como indicação de que ele deveria perguntar porque ela não estava disposta a viver sem problemas, mas limitou a sua reação a erguer a sobrancelha esquerda e cruzar os tornozelos.

– Até agora, não tive realizações significativas em minha vida – acrescentou a viúva. – Eu era a esposa, a mãe, a cozinheira. Preenchia cheques para pagar as contas da casa. Gastei uma pequena fortuna em protetores solares e cremes faciais e para as mãos. Ocasionalmente, eu assistia a um filme na tevê. Também lia alguns livros por ano. E isso era tudo. Não tenho vocação artística, nem hobbies. Agora que minha filha é uma mulher perfeitamente capaz de viver por conta própria, agora que perdi Ruben, o tédio da viuvez parece estar me afetando. Pretendo dar um propósito para a minha vida, fazer algo de interessante, que tenha valor, e que seja um pouco arriscado, também, por que não? O risco é o tempero da vida, ao menos é o que dizem os aventureiros. É um sabor que não experimentei. A única coisa que acho que poderia me dar tudo isso seria perpetuar e expandir o negócio de Ruben. Isso faz sentido para você?

– Certamente – disse Steil, achando que Maria soava bastante culta.

– Para fazer isso preciso, primeiro, conhecer muito bem a empresa; segundo, me apegar a dois sócios que meu falecido marido considerava confiáveis, capazes e eficientes. Creio que vocês desejem ver a empresa crescer. Ruben confiava implicitamente em Sam, mas ele está com 68 anos e... quem sabe? Pode ficar na ativa muitos anos mais, e certamente espero que sim; ou pode se aposentar, ficar doente ou morrer inesperadamente, como morreu Ruben. Estou sendo clara?

– Está sim.

– Ruben confiava em você, e Sam também fala muito bem de você. Mas sou diferente. Quero começar a conhecê-lo pessoalmente.

Parecendo ter encerrado a introdução, Maria bebeu o suco de laranja. Steil a imitou, suspeitando que a mulher possuía uma mente muito lúcida, e talvez algum tino comercial congênito. Dona-de-casa, mãe; com certeza. Contudo, ele não conseguia afastar a possibilidade de que a viúva soubesse muito mais sobre a empresa do que queria admitir. Talvez Scheindlin a tenha atualizado a respeito de todos os aspectos importantes e agora ela estivesse se fazendo de boba para ver se os sócios tirariam proveito dela. Como dizia o ditado cubano: finja-se de morto para ver o tipo de funeral que você terá.

Ambos os copos voltaram à mesa simultaneamente.

– Compreendo a sua posição Sra... Maria. Ah, deixe-me ver. Meu pai era americano. Ele e minha mãe se conheceram quando ele trabalhava em uma refinaria de açúcar em Cuba, se apaixonaram, se casaram. Eu tinha 9 anos quando ele nos abandonou. Ele retornou aos EUA, voltou a se casar, teve outro filho, ganhou dinheiro, tornou-se o maior acionista de uma refinaria de açúcar em Nova Ibéria, Louisiana. Um tio meu, fingindo ser um amigo de meu pai, foi até Havana em 1994 e se ofereceu para me tirar da ilha. Cansado do comunismo, concordei. Então ele me empurrou para fora do barco no meio do mar.

– Ele o quê? – disse ela, atônita.

– Abandonou-me para que eu me afogasse no estreito da Flórida. O motivo era que meu pai havia deixado metade de seus bens para mim e para a minha mãe antes de morrer. Remorso, creio eu. Ele não sabia que minha mãe morrera anos antes. O problema era que a sua segunda mulher e o filho dela me queriam morto também, para herdarem tudo. Ofereceram cem mil dólares para meu tio me matar. Mas tive duas grandes sortes. Uma família que fugia de Cuba em uma jangada me resgatou, e conheci o

Sr. Scheindlin. Em Miami, meu meio-irmão tentou me matar duas vezes. Seu marido soube disso, perguntou o que estava acontecendo, então contei-lhe tudo e ele decidiu descobrir quem estava atrás de mim e por quê. Então, me apresentou a um advogado, David Sadow.

– Eu o conheço. Também somos seus clientes. O que aconteceu com esse seu tio?

– Foi assassinado, provavelmente pelo meu meio-irmão, que suspeito ter sido quem plantou a carta-bomba que matou Uri.

De olhos arregalados, a viúva balançou a cabeça de espanto enquanto olhava para Steil.

– Bem, não fazia idéia. Ruben... nunca me disse.

O visitante achou razoável sondar um pouco.

– E como ele explicou o assassinato de Uri?

– Disse que algumas pessoas o estavam tentando tirar de um negócio. Nada mais.

– Bem, para encurtar a história, David Sadow aceitou meu caso. Meu meio-irmão foi morto pela explosão de uma carta-bomba...

– O quê?

– Sim, alguém o matou.

A viúva voltou a olhar para o visitante, tão intensamente desta vez que Steil esperou que ela reiniciasse a conversa.

– Seria um erro entender que você é um homem muito vingativo, Elliot?

– Sim, seria. Nada tive a ver com isso. Nunca matei alguém.

– Oh, bem, desculpe-me. De qualquer modo, não é assunto meu. Prossiga, por favor.

– Todo o processo durou dois anos e meio, mas após deduzir taxas legais, impostos, o dinheiro que seu marido me emprestou e outras despesas, consegui 1,63 milhão de dólares.

A viúva olhou para Steil, talvez com um pouco de desconfiança, antes de dizer:

– Gostaria muito de saber porque você investiu 1 milhão de dólares na empresa.

Steil estalou a língua, forçou um sorriso e balançou a cabeça com tristeza antes de olhá-la de esguelha.

– Houve três motivos para isso, Maria. O mais importante é que o Sr. Scheindlin me pediu para fazê-lo. Minhas dez mil ações vieram de seus oitenta por cento de ações da empresa. Em segundo lugar, concluí que, após todas as coisas que seu marido fizera por mim, eu seria um cretino ingrato se me negasse a fazê-lo, pegasse o meu dinheiro e fosse embora. E por fim, porque era um bom investimento.

– Bem... – foi o único comentário de Maria. Então ela suspirou profundamente e se ajeitou na poltrona, o olhar vagando pelo quintal. Steil terminou o suco, secou os lábios, olhou para a piscina. O colchão de ar continuava estático; a mão direita de Jenny acariciava a superfície da água. Passou um minuto.

– Qual é o seu carro? – perguntou Maria inesperadamente.

Steil fez uma careta de confusão.

– É um Chevy 91.

– Quando o comprou?

– Em 1995. Fevereiro, creio eu.

– Antes de receber o dinheiro.

– Sim.

– Minha manicure tem um Lincoln 99.

– Ótimo carro.

– Onde você mora?

Isso está ficando estranho, pensou Steil.

– Alugo um apartamento na rua Virginia, Coconut Grove.

– Desde quando?

– 1995.

Maria inclinou a cabeça para trás e riu alto.

Steil franziu as sobrancelhas.

– Devo admitir que você está me deixando confuso, Maria.

Ela voltou-se para ele, ainda um vestígio de sorriso nos lábios.

– Diga-me, Elliot, por favor. Quantos milionários do sul da Flórida dirigem um carro de 11 anos de uso? Ou ainda moram no mesmo lugar que moravam quando não tinham dinheiro?

– Não muitos, imagino.

– Exato. Agora, não me entenda mal, não pretendo me meter em seus negócios, mas como a maioria das mulheres, sou curiosa. Os poucos cubanos que conheço não são... como posso dizer... despretensiosos.

Steil moveu a cabeça para a direita e para a esquerda, hesitando alguns segundos enquanto escolhia as palavras.

– Bem, creio que essa foi uma das muitas coisas importantes que aprendi com o Sr. Scheindlin: não sobressaia. Não ostente a sua riqueza. Não chame a atenção das pessoas para você. Para mim, este é um ótimo conselho, nada difícil de seguir. Meu apartamento me agrada. E, para ser honesto com você, estou de olho em um Saab 98 de "segunda mão" – ele fez o sinal de aspas com o indicador – , em excelentes condições. Mas não diga para ninguém que compro os meus sapatos na Payless.

– Não!

Ela olhou estupefata para os pés dele, calçados com caros mocassins ortopédicos.

– Brincadeira. Mas costumava comprar.

Ouviu-se uma pancada na água da piscina. Em um reflexo instintivo, Steil olhou para lá. O colchão de ar oscilava ligeiramente e Jenny aproximava-se de uma escada niquelada nadando de peito. Afastou os olhos da jovem e pousou-os na mãe. Maria observou enquanto a filha subiu a escada, pegou um roupão branco no chão de azulejo, vestiu-o, abriu a porta da cabine e desapareceu lá dentro.

– Mas o dinheiro é feito para satisfazer os desejos, Elliot – disse Maria, ainda seguindo a mesma linha de raciocínio.

Sem saber se a filha estava visível, manteve os olhos na mãe.

– Verdade. Mas talvez por eu ter nascido pobre e ter permanecido assim até cinco anos atrás, não sou... extravagante. Ou, melhor ainda, dissipador. Mas ser rico me faz sentir bastante seguro de mim mesmo. Adoro saber que posso fazer o que quiser e quando quiser. É uma ótima sensação.

– Sei o que quer dizer – disse a viúva, cruzando as pernas delgadas. – Nasci e cresci na pobreza. Na Polônia. As pessoas que nascem aqui, mesmo as mais pobres, não se dão conta de quão afortunadas são comparadas com seus iguais em muitos, muitos países. Seus pares na América Latina considerariam a maioria dos sem-teto de Miami gente rica caso vissem o que os indigentes comem, o que vestem. A propósito, Sam mencionou que você está planejando uma viagem a Cuba em breve.

– Sim, estou – disse ele, imaginando se ela já terminara a inspeção.

– Negócios ou lazer?

– Nenhum dos dois. Quero visitar amigos que provavelmente estão passando maus bocados. Ver se há algo que posso fazer por eles.

– Temos feito muitos negócios com Cuba, Elliot?

Steil apoiou um tornozelo sobre o joelho oposto. É, ela provavelmente terminara de inspecioná-lo, e agora estava se voltando para os negócios.

– Bem, primeiro permita dar-lhe um conselho: não deve mencionar a ninguém que estamos negociando com Cuba.

– Isso eu sei. O embargo, o Ato de Comercialização com o Inimigo, tudo isso. Mas Ruben começou a vender coisas para Cuba nos anos 1970, acho.

Errado pensou Steil.

– É a informação que tenho – disse ele. – No ano passado, a Trans-Caribbean Trading, nossa subsidiária no Panamá que, no papel, não é nossa, negociou cerca de cem milhões de dólares com empresas cubanas, vinte milhões a menos do que em 2000. Em sua maioria, caminhões usados e trailers comprados aqui, cinco ou seis locomotivas, algum maquinário pesado, dois pequenos turbogeradores japoneses para usinas de açúcar. O único problema foi em artigos eletrônicos e utilitários do lar; as vendas desses produtos caíram a menos da metade do que vendemos para eles em 2001.

– Por que isso?

– Cuba está comprando esses artigos diretamente da China Comunista. Seiscentos mil aparelhos de tevê, milhares de PCs, liquidificadores, gravadores, todo o pacote. Não precisam de nós para negociar com a China. É um negócio direto, de governo para governo. Suaves prestações incluídas.

– Compreendo. E qual é a perspectiva futura para nossos negócios com Cuba?

Então era isso que essa mulher queria me perguntar? ponderou Steil. *Não, ela também quer me arrancar alguma outra coisa.*

– Bem, serei honesto com você como fui com o Sr. Scheindlin.

Ele detectou um movimento com o canto do olho. Vestindo um robe atoalhado, sandálias de dedo, a filha se aproximava de onde estavam. Mais alta do que Maria, possuía um rosto de beleza fora do comum que compensava sua magreza. Testa larga, olhos grandes e castanhos, nariz reto, lábios perfeitamente delineados, um queixo confiante, tudo emoldurado por uma cabeleira lustrosa, cor de arando escuro que lhe caía abaixo dos ombros. O bronzeado ficava-lhe muito bem. Steil levantou-se pensando que se Jenny engordasse uns sete quilos nos lugares certos seria capaz de enlouquecer os homens.

– Essa é Jenny, Elliot – disse a viúva, o tom de voz beirando a paciência.

– Prazer em conhecê-la – disse Steil oferecendo a mão direita.

– Oi.

A jovem apertou-lhe a mão frouxamente.

– Elliot era o assistente pessoal de seu pai. Agora está administrando a empresa para nós.

– Ah, ótimo – disse Jenny, balançando a cabeça rapidamente e sorrindo. Então, voltando-se para Maria – Mamãe, vai usar o Audi esta noite?

– Não creio. O que houve com o seu carro?

– Nada. Estou com vontade de sair de Audi esta noite.

– Tudo bem. As chaves estão na ignição.

– Obrigada, mamãe. Vejo-o depois, senhor.

– Claro.

Jenny seguiu o caminho de granito em direção à porta corrediça. Steil voltou para a poltrona.

– Bela mulher – sentiu-se compelido a dizer.

– Sim, é. Infelizmente é anoréxica.

– Oh.

– Ela não lhe parece macilenta?

Steil baixou os cantos dos lábios, demonstrando dúvida.

– Ela é magra, sim, mas macilenta? – *Um esqueleto ambulante* seria o que ele teria a dizer não fosse o fato de a hipocrisia ter se tornado a forma mais encorajadora de interação social.

– Ela é modelo. Muito ligada ao pai. Tanto que não pôde comparecer ao funeral. Estava em estado de negação, sedada, profundamente afetada. Mas você estava a ponto de me dar a sua visão sobre o futuro da empresa no que diz respeito a Cuba.

– Sim, bem... O Sr. Scheindlin acreditava que, assim que terminasse o embargo, nossos negócios com Cuba triplicariam. Mas eu não vejo assim... o fim do embargo, quero dizer... acontecendo a curto prazo. Não nesta administração, de qualquer modo. Não me deixo enganar pelos pagamentos imediatos em dinheiro que o governo cubano está fazendo para empresas norte-americanas no momento. Você sabia? Após o furacão? Quando os Estados Unidos se ofereceram para ajudar?

– Sim, lembro-me de ter lido alguma coisa nos jornais.

– Isso é apenas relações públicas. Tentando provar para a comunidade comercial norte-americana que são parceiros comerciais responsáveis. Cuba está quebrada, Maria. As empresas cubanas acabam pagando, mas demoram muito a fazê-lo. Até seis meses. Dizem que, para pagar as empresas dos Estados Unidos em dinheiro vivo, estão deixando de pagar as empresas européias. De qualquer modo, não vejo Cuba enriquecendo a curto prazo, seja sob o comunismo, seja sob uma economia de mercado. Portanto, mesmo que termine o embargo, de onde virá o dinheiro para pagar as importações?

Maria mordeu o lábio superior e pareceu divagar por um instante.

– E quanto aos investimentos estrangeiros? – perguntou ela. – Os cubano-americanos ricos juram que, após Castro, irão investir pesadamente na ilha.

Steil resmungou, então sorriu afetado.

– Digamos assim: os políticos na oposição fazem todo tipo de promessas. Após assumirem o controle, porém, cumprem aquelas que garantam a sua manutenção no poder e renegam as outras. É a regra de ouro da política. Homens de negócios astutos dirigem a oposição cubano-americana em Miami, e irão investir, claro, mas quanto? O bastante para mudar a economia de Cuba? Tenho sérias reservas a esse respeito. Não creio que venderão as suas empresas aqui e voltarão correndo para investir em Cuba.

– E quanto às empresas norte-americanas?

– Alguns certamente investirão. Cadeias de hotéis, McDonald's, Kentucky Fried, as mesmas empresas que investiram em toda a América Latina. Qual foi o resultado disso nesses países? O Sr. Scheindlin me mandou em viagens de negócios ao Panamá, México,

El Salvador e Guatemala. Você vê os arcos dourados em toda parte, os Hiltons, os escritórios da CNN. Mas, assim que você deixa o centro das cidades maiores, encontra pobreza considerável e desemprego, gente de pés descalços vagando pela rua e tentando conseguir fazer uma refeição quente por dia. Uma economia com quarenta por cento de desemprego, devendo o equivalente a dois ou três anos de PIB para bancos estrangeiros, está longe de ser próspera.

– O que é PIB? – perguntou Maria, franzindo a sobrancelha.

– Produto Interno Bruto. Não sou muito bom em economia, mas seu marido definia isso como o valor total de todos os bens e serviços produzidos por um país durante um certo período de tempo.

– Sei. O que você fazia em Cuba?

– Eu era professor de inglês.

– Mesmo?

– Mesmo. Tenho bacharelado em literatura inglesa pela Universidade de Havana.

Um sorriso de Mona Lisa passou pelo rosto de Maria. Ela cruzou os dedos sobre o colo.

– E quando pretende ir?

– Assim que conseguir o visto da Seção de Interesses Cubanos em Washington.

– Você precisa de um visto para visitar o seu país?

Pela segunda vez Steil resmungou, então sorriu afetado.

– Preciso. Mas não chamam aquilo de visto. É uma "permissão" ou outro termo que usem. Os políticos comunistas dominam as linguagens humanas. Uma derrota torna-se um revés que deverá evoluir em uma vitória no futuro; a invasão da Tchecoslováquia, em 1968, foi chamada de "generosa assistência" oferecida pelas tropas do Pacto de Varsóvia. Atirar ovos em alguém que deseje emigrar é um "ato de repúdio aos canalhas". E os cidadãos cubanos que vivem no exterior não precisam de um visto antes de visitar a ilha, é uma permissão, uma mera formalidade.

– Diga-me algo que eu não saiba.

Steil sentiu-se ligeiramente surpreso. Ela mencionara a Polônia, é verdade, mas ele não conseguiu fazer a conexão porque a seguir ela acrescentou algo significativo a respeito de gente destituída.

– Você viveu na Polônia comunista?

– Sim. Mas está é uma história longa e tediosa, o sol está começando a se pôr e eu já roubei muito de seu tempo.

Maria se levantou, seguida por Steil, e caminhou em direção à porta corrediça.

– Muito obrigada por vir, Elliot.

– O prazer foi todo meu, Maria.

– Não sou uma mulher de negócios. Fazer esse tipo de entrevista em casa não é o que a maioria dos acionistas deve fazer – disse ela, um sorriso duvidoso no rosto enquanto abria a porta.

– Não sei. Também não sou um homem de negócios, nem um especialista em relações humanas. Mas aprecio e valorizo o seu convite. Teve um toque humano – Steil achou adequado dizê-lo enquanto cruzavam a sala.

– Minha aspiração é criar um bom relacionamento com você e Sam – disse a viúva. – Quero me envolver nos negócios. Não nos detalhes, é claro. Darei toda liberdade que precisarem para agir de modo eficiente, mas desejo saber a estratégia de marketing que estiverem seguindo. E por quê? Quero saber sobre os acontecimentos mais recentes, todas as decisões importantes. A princípio, provavelmente farei muitas perguntas, serei um pé você sabe onde, mas preciso que me ajudem aconselhando naquilo que consideram o melhor para a empresa.

Ela estava com a mão sobre a maçaneta.

Estratégia de marketing. Decisões importantes, pensou Steil. Vocabulário padrão de uma dona-de-casa?

– Você tem direito de fazer as perguntas que quiser – disse ele. – É meu dever respondê-las do melhor modo possível e espero ansiosamente poder colaborar com você. Era o que o Sr. Scheindlin desejaria que eu fizesse.

– Obrigada, Elliot. Dirija com cuidado. – Ela estendeu a mão.

– Tomarei cuidado, Maria. Até.

– Tchau.

Ao cruzar a Broad Causeway a caminho de casa, Steil pensou que a primeira coisa que faria ao chegar em casa seria pegar Fidélia e apertar com força o seu traseiro sólido e um pouco grande demais.

Em sua piscina, flutuando em um colchão de ar branco, o corpo nu absorvendo o brilho do sol de fim de tarde, Maria Scheindlin lia um artigo sobre administração de grandes empresas no *The Economist*.

Nascido em 1950, Manuel Pardo começou a demonstrar precocidade com números com a idade de 7 anos enquanto cursava a escola rural a dois quilômetros do terreno de 11 hectares de seu pai, na província de Pinar del Río. Após se formar na Faculdade de Matemática da Universidade de Havana, em 1973, foi designado para o Centro de Pesquisa Digital. Em 1976, o Ministério do Interior comprou a sua primeira unidade central de processamento, e o oficial da contra-espionagem que monitorava o local de trabalho de Pardo foi encarregado de apontar o jovem especialista mais competente de todo o ministério. O oficial disse que Manuel Pardo era o homem.

A verificação de segurança revelou que ele viera de uma boa família de plantadores de cana, nenhum dos quais emigrara para os Estados Unidos, se candidatara à emigração, ou era conhecido como dissidente. Recrutado na Juventude Comunista, em 1967, Pardo casou com sua incrivelmente atraente namorada dos tempos de universidade, em 1974. Aquiescente, ponderado, ele não gostava de controvérsias e sempre participava de trabalhos voluntários e passeatas políticas que o partido convocava. Seguia a ordem dominante de não falar de compras com estrangeiros, era modesto, só consumia uma ou duas cervejas nas festas, não fumava. Para relaxar, ajudava a mulher em casa, resolvia enigmas de matemática, ou praticava tiro de pistola no estande de tiro da universidade. O desajeitado rapaz de 1,80m não era um homem atraente e passava despercebido em quase toda parte.

Chamado a uma reunião em uma casa secreta, Pardo descobriu que a pátria desejava saber se ele se apresentaria como voluntário para o exército silencioso, cuja missão era defender a Revolução sem espera de reconhecimento, fama ou glória. O matemático não conseguia crer no que ouvia. Verdade? Seria-lhe dada a oportunidade de entrar para a Segurança de Estado? Talvez, respondeu misteriosamente o entrevistador. Contudo, no início, será o Ministério do Interior quem requisitará os seus serviços. Bem, disse um Pardo um tanto desapontado, ficaria fe-

liz em ser designado para o Interior. Talvez, se mostrasse ser altamente competente, seria admitido na Segurança de Estado, acrescentou. Por ser formado na universidade, com três cursos de pós-graduação, começou sua carreira militar como primeiro-tenente. Um mês depois, ganhou a carteira de militante do Partido Comunista.

Sua vida de civil desapareceu da noite para o dia. A princípio, sua esposa reclamou um pouco; após um ano, argumentava vigorosamente que seu casamento estava ameaçado. Em 1985, com Pardo em Leningrado fazendo outro semestre integral de curso de pós-graduação, a mulher conheceu um lingüista de segunda-a-sexta-de-nove-às-cinco, apresentou-lhe um repertório de variantes sexuais das quais seu marido jamais desfrutou e, quando o intelectual admitiu que não podia mais viver sem ela, pediu o divórcio. Já major, Pardo deu-se conta de que toda nuvem tem um perfil prateado. Divorciado, poderia se concentrar em tempo integral na última revolução tecnológica: os computadores pessoais. E no aperfeiçoamento de seu inglês, algo imperativo para aqueles que vivem de tecnologia da informação. Após a sua volta a Cuba, o ministério o instalou em um "hotel de trânsito", um tipo de dormitório comunitário para oficiais de província que vinham a Havana passar alguns dias, também utilizado para abrigar temporariamente oficiais divorciados que não tinham onde ficar.

Em dezembro de 1987, ele foi transferido do Departamento de Sistemas Automatizados do ministério para o Diretório Geral de Inteligência. O serviço secreto era um dos trabalhos mais cobiçados do Interior. Os mais brilhantes – e os nem tão brilhantes com amigos em altos cargos – eram mandados para o estrangeiro por longos períodos como diplomatas. Aqueles que eram poupados das terríveis cenas de miséria capitalista em Londres, Paris, Nova York ou Roma tinham a arriscada missão de lidar com estrangeiros residentes ou em visita a Cuba. Para defender adequadamente a pátria, tinham de fazer grandes sacrifícios pessoais: jantar nos melhores restaurantes, beber a melhor bebida, fumar charutos de primeira e reservar quartos nos mais finos hotéis, tudo coberto por um orçamento aparentemente inesgotável. Pardo, porém, nunca teve de fazer tais sacrifícios patrióticos. Suas ordens eram as de estabelecer uma central de processamento de dados que lidaria com tudo, da contabilidade à decifração de códigos.

Um ano e meio depois, irrompeu o escândalo de corrupção. Após mandar executar quatro homens, sentenciar o ministro do Interior e 16 outras autoridades a longas penas de prisão e demitir vice-ministros, o Chefe resolveu que o Interior precisava de uma limpeza. Em menos de um ano, 61 por cento dos funcionários graduados haviam se aposentado ou sido transferidos para unidades do exército, trabalhos civis ou empresas particulares. Outros nove cometeram suicídio. Mas o ministério não foi reduzido. Vieram substitutos da espionagem e da contra-espionagem militar. Victoria Valiente entre eles.

Embora ele não tivesse a menor idéia de que funcionários de alto escalão do Diretório Geral haviam negociado o uso da praia de Varadero como entreposto do contrabando de cocaína para os Estados Unidos, Pardo sentia que a limpeza estava para acontecer. De um ponto de vista ético, o ministério como um todo e o serviço secreto em particular vinham gradualmente mudando para pior. O ministro, os vice-ministros, e muitos generais e coronéis viviam em mansões, iam pescar a bordo de iates de propriedade do estado, tinham dois ou três carros particulares e compravam belas roupas e guloseimas com desconto nos bem guarnecidos depósitos do ministério. Alguns chegavam a passar férias no exterior. Uma jovem e bela amante tornou-se um símbolo de status, assim como beber uísque e fumar cigarros americanos. Os funcionários juniores lutavam para manter a compostura ao ouvirem seus superiores discursando a respeito de fazer sacrifícios para a pátria e para a Revolução. Agora todo mundo já sabia de onde vinha o dinheiro que pagava aquela boa vida.

Após a queda, Pardo testemunhou muita auto-análise em reuniões de células do partido. Sim, admitiam os inocentes, sabiam das vantagens especiais, benefícios e gratificações, mas o que poderiam fazer? Como soldados, não estavam sujeitos ao princípio da obediência inquestionável? Não deviam respeitar a cadeia de comando? O que teria acontecido se tivessem levado as críticas aos seus oficiais de comando? Deveriam ter escrito cartas ao Comandante-em-chefe? Os encarregados do Diretório Político do Ministério das Forças Armadas que conduziam os debates não tinham respostas para essas perguntas. Seu ministério enfrentava problemas da mesma natureza, e eles estavam mantendo sigilo.

Durante os anos no Interior, o comportamento arrogante dos superiores, os privilégios de que desfrutavam e os muitos abusos de autoridade cometidos sob a desculpa de defender a Revolução reduziram a nada a visão romântica da espionagem e da contra-espionagem cubana que fora vendida a Pardo, assim como para muitos outros jovens, pela onipotente máquina de propaganda. O escândalo de 1989 foi a gota d'água. Pardo ficou profundamente deprimido e cínico a respeito das instituições que cercavam com um véu de segredo aquilo que faziam para dar continuidade à desonestidade, imoralidade e degradação. Na União Soviética, a Perestroika e a Glasnost haviam progredido notavelmente. A imprensa soviética disponível em Cuba publicava histórias de levantar o cabelo a respeito da KGB. Pardo começou a questionar o sistema.

Com esse espírito, conheceu Victoria Valiente duas semanas depois da transferência dela. Ela era uma das oficiais do exército a quem ele ministrou um curso de dez semanas de introdução à programação básica, Windows 2.0, e àquilo que, na ocasião, dado o atraso tecnológico do país, ainda parecia um sonho fantástico: a internet.

Este avanço fascinou Victoria. Pardo explicou como o desenvolvimento disseminado de LANs, PCs e workstations nos anos 1980 permitiriam que aquela tecnologia emergente florescesse. Uma intrigada Victoria freqüentemente ficava após a aula para fazer perguntas. O que era um "algoritmo para roteamento de distribuição simples"? Qual a diferença entre protocolos de gateway internos e externos? E como funcionava o sistema de nomes de domínios? Ela começou a experimentar uma leve atração pelo especialista magro, anguloso, voz suave, olhos arredondados e ligeiramente curvado. Ele se sentia honrado com a curiosidade dela. Freqüentemente deixavam juntos o quartel-general do diretório, um prédio de apartamentos de 15 andares na esquina da rua A com a avenida Línea, e de vez em quando Pardo escoltava Victoria até a casa dos pais dela na Velha Havana.

Ele era divorciado, ela era solteira, uma coisa levou à outra. Para sua surpresa, Pardo descobriu que a psicóloga equilibrada se transformava radicalmente quando fazia amor. Tornava-se apaixonada, exigente, insaciável e didática. Falando de sexo sem inibições, ela o informou em detalhes do que mais gostava (cunilíngua e estímulo simultâneo do ponto-g), mostrou-o como fazer e pediu-lhe que fosse igualmente específico no que dizia respeito àquilo que mais o agradava (felação), algo em que ela se revelou uma mestra. Ela aumentou consideravelmente a cultura sexual elementar do parceiro, ajudando-o a controlar a ejaculação, e quase sempre tinha orgasmos múltiplos antes dele gozar, uma novidade para o major.

Não havia porque ocultar o seu relacionamento. Três meses após serem apresentados, todos no diretório sabiam que Joaquin (seu codinome) e Micaela (o dela) estavam firmes. Em junho de 1990, durante a etapa final de limpeza, ele foi um dos últimos veteranos a ser mandado para a aposentadoria prematura.

Tendo adquirido reputação de ser um excelente administrador de rede e de base de dados, Manuel Pardo foi mandado para a XEMIC, a mais importante empresa estatal de Cuba. Registrada em sua fundação, em 1984, como um consórcio privado, a XEMIC importava, exportava, tinha grandes redes de lojas, operava bancos e empresas financeiras, lidava com imóveis, possuía hotéis, uma frota de ônibus modernos para turistas, fornecia sistemas de software e lidava com publicidade. Muito mais independente do que as empresas socialistas, com representantes em vários países e constantemente lidando com estrangeiros, tanto a espionagem quanto a contra-espionagem a usavam como fachada. Um número significativo de executivos, gerentes e sub-gerentes da XEMIC era de oficiais da ativa ou aposentados que trabalhavam como agentes duplos ou informantes. Em sua especialidade, porém, Pardo raramente precisava lidar com estrangeiros, e estava livre para se concentrar no aperfeiçoamento ou na criação de bancos de dados de contabilidade, atividade bancária, fatura e inventário.

Manuel Pardo e Victoria Valiente se casaram em dezembro de 1991. Ela sempre morou com os pais, ele ainda tinha um quarto na casa de visitantes, de modo que lhes foi designado um apartamento de um quarto no prédio do Ministério do Interior na rua Hidalgo, entre Lombillo e Tulipán, Nuevo Vedado. À medida que a situação política e econômica do país se deteriorava, seguindo o colapso do comunismo, Pardo começou a externar dúvidas quanto ao futuro de seu país. Durante meses, Victoria ouviu em silêncio, ocasionalmente meneando a cabeça ao concordar ou inclinando a cabeça quando em dúvida. O ano de 1992 passou e, em 1993, a ilha chegou no fundo do poço. Pardo tornou-se ainda mais crítico.

– Simplesmente não funciona, Victoria – dissera certa noite. – Não funcionou na União Soviética, não funcionou na China, não funcio-

nou no Leste Europeu, não está funcionando aqui. O Chefe tem de reconsiderar, ele é um homem inteligente, é o único com autoridade para presidir uma transição pacífica.

A reação dela foi um profundo suspiro que denunciou sua aquiescência e, simultaneamente, suas dúvidas de que o Comandante algum dia admitisse ter estado errado durante tantos anos. Mas acreditava no que o marido dizia a respeito de o Chefe ser capaz de urdir uma ardilosa transição pacífica caso desejasse.

Pardo influenciou grandemente a evolução política de Victoria apenas expressando as suas dúvidas. À medida que ela tinha acesso à informação e passou a considerar assuntos tabus, ela se deu conta de por que as instituições doutrinárias faziam tudo o que podiam para censurar o que as pessoas liam. Não teria ela sucumbido à nefasta influência da propaganda inimiga? *perguntou-se a certa altura. O fato de seu marido a ter precedido no questionamento do sistema era muito tranqüilizador.*

Inesperadamente, o Chefe voltou atrás – sucesso. Ele decidiu revogar a lei que penalizava a posse de moeda estrangeira, confirmando, assim, que estava desejoso de fazer as coisas mais humilhantes caso estas o mantivessem no poder. Era um reconhecimento explícito da derrota total: os cubanos que ele pessoalmente chamara de vermes, traidores e consumistas por fugirem de sua ditadura estavam agora autorizados a enviar centenas de milhões de dólares para alimentar e vestir os parentes, manter o país à tona e conter um levante popular. No dia em que a notícia foi anunciada, diversos dos fiéis que ainda tinham vergonha na cara sofreram derrames ou ataques cardíacos. Um membro do Comitê Central deu um tiro na cabeça, sobreviveu, e um ano depois morreu de falência coronária.

Foram criados mercados livres para os fazendeiros venderem os seus produtos a preços ditados pela demanda. Pequenos negócios particulares, como restaurantes e lojas de reparo, também foram autorizados a operar.

– Eu não disse? – falou para a mulher um exultante Pardo. – Ele vai se retificar. Ele quer arrumar a bagunça antes de morrer.

Victoria apenas sorriu. Ela sabia que o Comandante estava pessoal e entusiasticamente supervisionando o fortalecimento de sua rede internacional de agentes e informantes, algo pouco comum para um aspirante à aposentadoria, não é mesmo? *pensou ela.*

Em 1994, Pardo foi mandado para Toronto, Madri, Milão e Paris, para treinar o pessoal das agências da Havanatur – a divisão turística da XEMIC – nos últimos programas de computador. Embora nunca tivesse visitado cidades prósperas no ocidente, o administrador de base de dados ficou mais impressionado com a liberdade do que com a riqueza. Ficava assombrado ao assistir notícias de tevê nas quais parlamentares espanhóis de diferentes partidos políticos aberta e respeitosamente discordavam a respeito do que era melhor para o seu país. Ninguém chamava o oponente de traidor, rato ou verme só porque o outro não era um nacionalista, socialista, democrata-cristão, comunista ou liberal. As decisões legislativas eram tomadas pela maioria. A unanimidade era algo a respeito de que ninguém ouvira falar. Sob o capitalismo, muitos países adquiriram aquilo que ele foi levado a crer que apenas as sociedades comunistas podiam conseguir: educação e assistência médica gratuita. Países com gente vivendo abaixo da linha da pobreza, sim. Considerável desemprego, sim. Um sério problema com drogas, sim. Mas onde a maioria vivia melhor e desfrutava de cem vezes mais liberdade do que na sociedade igualitária, de pleno-emprego e aparentemente livre de drogas à qual ele pertencia.

Após sete semanas disso, ele voltou a Cuba infectado pelo vírus da liberdade. Após alguns dias fazendo amor intensamente, Victoria começou a notar que o marido mudara um pouco. Parecia mais reservado, ensimesmado, pensativo.

– Está com algo em mente? – perguntou-lhe algumas vezes.

– Não, está tudo bem – era sua resposta padrão.

Estando no negócio, a princípio ela suspeitou que ele tivesse sido encarregado de fazer algum trabalho secreto de espionagem no exterior. Seus superiores, não desejando que ela se preocupasse, ou seguindo o princípio da compartimentalização, a mantiveram no escuro. Bem, aquele era seu homem e ela não deixaria que os filhos-da-puta o transformassem no tipo de paranóico esquizofrênico institucionalizado que outros oficiais e agentes se tornaram. Mas não foi precipitada. Considerou os prós e contras durante quase um mês antes de se sentar com Pardo para conversar. Então, em uma noite de sábado, ela aplicou seu treinamento psicológico para fazer uma introdução de dez minutos antes de perguntar ao marido o que estava acontecendo.

– Nós caímos direitinho, Victoria.

– O quê?

– Mentiram para a gente a vida inteira. O comunismo é pior do que o fascismo. E o Chefe devia saber desde o princípio que isso não funcionaria, porque ele é brilhante. Ele enganou as pessoas porque se deu conta de que este era o único sistema político contemporâneo que permitia que ele ficasse no poder para sempre. Mesmo concedendo-lhe o benefício da dúvida, 35 anos forneceram provas suficientes para persuadir até mesmo um retardado mental de que isso não funciona. Mas ele não quer largar o osso. Ele tem uma sede de poder insana.

Victoria inspirou profundamente. Chegara o momento da verdade. Ela considerara quatro opções: denunciar o homem que ela amava, repudiando suas idéias com todos os argumentos que tivesse, se divorciar dele, ou admitir para Pardo que ela compartilhava destas mesmas idéias mas não havia nada que pudessem fazer e que deviam guardar as suas opiniões para si mesmos. Ela optou por essa última.

– Pega leve, está bem? Vamos conversar a respeito, certo? O que o levou a essa conclusão? – perguntou ela.

Sem ordem ou método, passaram o fim de semana discutindo as mesmas categorias abstratas a respeito das quais o ser humano vem refletindo há 25 séculos: coisas como verdade, justiça, liberdade, a situação do mundo em geral, o presente cubano e seu futuro como indivíduos.

Pardo relatou as suas impressões do Canadá e da Europa. Victoria declarou que democracia e liberdade não equivalem a riqueza. Seu marido não deve ter deixado de notar, argumentou ela, que os países que visitou eram nações ricas com instituições centenárias. Metade da humanidade vivia em grande pobreza, mas o comunismo oferecia segurança para a maioria: um trabalho, assistência médica, um lar. Parecia que, após o frenesi inicial, as pessoas na Rússia, Polônia, Alemanha e outros países da Europa Oriental estavam sentindo falta dos benefícios dos quais desfrutaram no passado recente.

– Claro. Benefícios pelos quais você paga tornando-se um escravo. Somos os escravos mais bem educados e saudáveis do mundo – argumentou Pardo.

– Por três refeições completas por dia, um trabalho, um lugar para morar e acesso a um hospital, as pessoas estão dispostas a aceitar a ditadura – observou Victoria.

Pardo voltou-se para encarar a mulher.

– Três refeições completas por dia? Não vê como as pessoas neste edifício vêm perdendo peso? Eu perdi oito quilos em três anos. Faça-me o favor... Trabalho? Três dólares por mês é trabalho para você? Hospital? Sem filme de raios X e água corrente? Para onde você tem de trazer lençóis limpos e um travesseiro e às vezes até mesmo comida para o paciente? Por que eu tive de trazer três inaladores para você de Madri? Porra, me dá um tempo.

A força desses argumentos a manteve calada.

– Victoria, desde que estamos na escola primária ouvimos que nosso governo, a ditadura do proletariado, é o melhor. Coisa nenhuma! Nenhuma ditadura produz governo saudável, ou liderança coletiva. É sempre a ditadura de um único homem. E sabe por quê? Porque na raiz da ditadura jaz o conceito básico do controle absoluto. Em toda liderança há sempre um cara que é mais inteligente, mais esperto, mais ambicioso e tem menos escrúpulos morais do que os demais, e que subjuga os outros e obtém controle absoluto.

– Tudo bem, tudo bem – disse Victoria, estendendo os braços para interromper um debate que não os levaria para onde ela queria. – Não preciso lembrá-lo do que você foi e é agora, nem do que eu sou. Não sei quanta gente no seu local de trabalho, ou no meu, pensa como você. Talvez centenas, talvez um punhado. O que eu sei é que, em minha unidade, quem quer que diga uma fração do que você acabou de dizer é imediatamente enviado à corte marcial onde a pena mais branda que se poderia esperar seria a expulsão do partido, a demissão do emprego, fora ser mantido sob vigilância enquanto este governo continuar no poder. E eu suspeito que, na XEMIC, o resultado não seria muito diferente, não para um cara com os seus antecedentes. Estou errada?

Pardo balançou a cabeça e baixou o olhar para o chão.

– Foi o que pensei. Agora, pelos mesmos motivos, não tenho saída. Nunca vão me enviar para o exterior. Nunca. Pode estar certo disso. E não posso escrever uma carta para a Seção de Interesses dos Estados Unidos daqui dizendo: "Oi, pessoal, vi a luz e quero me estabelecer em Miami."

Pardo ergueu os olhos para a mulher e riu baixinho.

– Talvez você logo seja enviado para o exterior. Então, poderá pedir asilo político – disse ela a seguir.

– Jamais faria isso.

– Por quê?

– Por que isso acabaria com a sua carreira.

– Não necessariamente. Eu poderia alegar que você nunca me deu razão para suspeitar que estava pensando em ser um dissidente.

– Perderia o emprego e esse apartamento.

– Com certeza. Mas posso conseguir outro emprego. Sinta-se à vontade para desertar quando quiser.

– Não a deixarei para trás.

– Por quê?

– Porque você é a melhor trepada da Terra.

Foi a vez dela sorrir, bastante maliciosa.

– Está a fim... a sério?

Então, fizeram uma pausa de 65 minutos para uma sessão de sexo inesquecível na qual os sentimentos e o medo foram determinantes. O fato de ela estar desejando arriscar a difamação e a demissão por sua causa excitou Pardo enormemente. Sua vida e bem-estar, de agora em diante, estavam nas mãos dela. Victoria chegou perto do deleite experimentado por uma mulher que acabara de dar à luz um filho muito desejado e teve sete gloriosos orgasmos.

Mais tarde, ainda na cama.

– Nunca expresse a menor dúvida para alguém – advertiu Victoria.

– Não tenho dúvidas, Victoria.

– Críticas, dissidência, oposição, o que for. Em grupos de estudo de células de partido, ao debaterem o último discurso do Chefe, e o secretário pedir para você comentar uma de suas...

Ela fez uma pausa para procurar a palavra adequada. Exortações? Apelos? Previsões?

– Ilusões, falsidade sem reservas ou exageros estúpidos? – sugeriu Pardo.

– Caramba! Você é uma bomba-relógio ambulante! De volta ao grupo de estudos. Você deve dizer com firmeza que, como sempre, o homem está cem por cento certo, e que nós, membros do partido, temos de fazer todo o possível para explicar as visões do Chefe para aqueles poucos cidadãos que não as compreendem. É melhor ser considerado um idiota do que um dissidente.

– Victoria, tenho 44 anos. Não sou retardado. Fiz isso centenas de vezes.

Incontrolável, ela continuou pressionando:

– Se você estiver danado da vida com algo que lhe mandaram fazer como membro do partido e quiser desabafar, espere até chegar em casa. Se não puder esperar, me ligue que eu o encontro em algum lugar.

– Estou começando a suspeitar que você me ama um pouco.

– Eu o amo e estou apaixonada por você.

– Isso não é uma redundância? – perguntou ele, franzindo o cenho.

– Não, não é. Mas voltemos ao básico. Se você não vai desertar e se conseguir esconder de todo mundo a sua dissensão, vai preservar o seu emprego e o meu. Ao proteger a si mesmo, você me protege. O que temos de fazer é trabalhar do modo mais eficiente possível, nos tornar indispensáveis, tentar uma promoção. Quanto mais alto subirmos, melhor viveremos.

– Isso é oportunismo.

– Não. E deixe-me dizer porque não é. Mais cedo você mencionou essas noções idealistas que nos movem desde a escola fundamental. Há mais. Manter o interesse dos outros antes dos seus, fazer sacrifícios para a pátria, arriscar a vida pelos seus ideais políticos. Isso é lixo ideológico para idiotas. Você tem de fazer um esforço muito consciente para deixálos para trás. Indivíduos saudáveis pensam primeiro em si mesmos.

"Um pai tenta salvar a filha que se afoga, uma menina que ele ama imensamente, mas quando os dois afundam porque ela está agarrada ao seu pescoço, o pai se livra dela e volta à superfície. A menina se afoga, o pai pode se sentir culpado pelo resto da vida, mas ele agiu com bom senso, porque o instinto mais básico de uma pessoa sã é o da sobrevivência.

"Acima de todas as coisas, pense em si mesmo. Em nós, se você não for desertar. Samuel Johnson disse que o patriotismo é o último refúgio dos canalhas.

Pardo fez uma careta enquanto refletia a respeito da frase que nunca ouvira antes.

– Isso pode ser verdade, mas José Marti não era um canalha, ou Ignacio Agramonte, ou tantos outros. Mas conheço alguns canalhas que se chamam de patriotas.

– É o mesmo aqui. O que proponho não é oportunismo, é adaptação a um ambiente em mudança. Se não pode ou não vai fugir, temos de resistir, manter os olhos abertos para as oportunidades, ver o que podemos fazer para preparar o nosso futuro.

– Qual futuro?

– Uma nova Cuba emergirá quando o Chefe morrer. Duas chaves abrirão as portas desse futuro: dinheiro e poder. Talvez, se conseguíssemos pensar em algo... Quero dizer, o que fazer para que, quando a hora chegar, eu consiga algum poder e você consiga algum dinheiro.

Fidélia não gostava de Tony Soto. Tony Soto retribuía o sentimento. O tira de Miami fora ex-aluno e amigo de Steil. Também fazia trabalhos especiais para a IMLATINEX. Steil adorava Fidélia. Portanto, tentava dirigir as coisas de modo que os antagonistas não fossem forçados a passar muito tempo juntos. Às vezes, porém, ele simplesmente não conseguia.

No começo, as coisas iam bem. Tony e Lídia, sua esposa, aceitaram o convite para jantar na casa de Steil. Algumas semanas depois, Elliot e Fidélia passaram uma noite no lar do casal em Coral Gables. Acabou se tornando algo freqüente. Mas com o passar dos anos, quando Fidélia passou a conhecer Tony melhor, ela chegou à conclusão de que – sob uma camada de paternalismo na presença dela – o tira tratava a esposa como se fosse sua empregada.

Devota feminista desde que se tornou uma estudante de direito na Universidade de Havana, a crença de Fidélia em direitos iguais aumentou notavelmente desde que ela emigrou para os Estados Unidos. O advogado semi-aposentado para quem ela trabalhava morrera dois meses antes de ela conseguir se formar pela Universidade Internacional da Flórida. No momento, Fidélia advogava para causas de divórcio, custódia infantil, sustento, pensão alimentícia, visitação, modificações, contumácia e paternidade. Ela era uma de três advogados da equipe de direito marital e familiar de uma empresa que também trabalhava com injúria pessoal e direito penal em seus escritórios no Dadeland Boulevard.

Lavando a louça após o jantar ou quando conversavam coisas de mulher enquanto os homens assistiam a um jogo de baseball na tevê, Fidélia costumava aconselhar Lídia.

"Você não pode deixar ela tratar você deste jeito" ou dicas semelhantes eram lançadas. Lídia começou a externar um tipo de crítica amena para o marido ao seu modo, mas ele não a ouvia. Em vez disso, começava a gritar.

"Fidélia disse..." objetou Lídia certa vez. E Tony deu-se conta. Dali em diante, ele parecia incomodado e mal-humorado quando os dois casais se encontravam.

– O que está aborrecendo você? – quis saber Steil certa noite. Tony deu-lhe a sua versão do problema. De volta para casa, Steil perguntou a Fidélia se Tony tinha razões para se sentir ofendido.

– Ofendido? Tony? Está de brincadeira comigo? – então listou as muitas razões que a fizeram crer que a verdadeira vítima naquele casamento era Lídia. Steil tentou persuadi-la de que deveria evitar dar conselhos para Lídia, de modo a não estragar o casamento dela.

– Tudo bem, tudo bem – disse ela, erguendo as mãos, rejeitando-o. – É seu amigo. Sei que ele o ajudou quando você precisou. Mas ela é *minha* amiga e ele abusa diariamente daquela pobre alma. O pior tipo de comportamento machista que já vi em toda a minha vida.

– Fidélia, ela é uma dona-de-casa, eles têm três filhos. O que vai acontecer se eles se divorciarem?

– As crianças crescerão em um ambiente familiar muito melhor. E o filho-da-puta terá de pagar pensão até os filhos atingirem a maioridade, e pensão para ela pelo resto da vida. Eu providenciaria isso pessoalmente.

Aparentemente, Fidélia pensou melhor e recuou. Seus encontros tornaram-se menos freqüentes, e quando aconteciam, ela tentava ficar junto de Elliot a maior parte do tempo para afastar acusações de que ela estaria envenenando a mente de Lídia. Steil apreciava os esforços da mulher para evitar o confronto e sabia que ela fazia aquilo por causa dele. Por ela, aconselharia Lídia a iniciar o divórcio.

De acordo com os padrões cubanos, a relação entre Fidélia e Elliot era estranha. Eles se amavam, coabitavam havia seis anos, e não consideravam se casar. Ela havia se divorciado do marido dois anos depois de ele a ter abandonado. Fidélia tinha um quarto na casa da mãe – uma casa alugada na seção noroeste da cidade – onde seu filho, que cursava o ensino médio, morava permanentemente. O pai de Danny se estabelecera em Nova Jersey, e o adolescente passava as férias de verão lá. Na maioria das noites, após o jantar, ela ia até a casa de Elliot e dormia com ele.

Afora nunca pedir ou aceitar dinheiro de Steil, ela insistiu em pagar, pouco a pouco, os três mil dólares que ele emprestara para pagar o funeral do seu pai, em 1995. Ela não tinha idéia de que, ao pegar o dinheiro que herdou, Steil lavrara um testamento no qual legava a ela uma quantia substancial. Ela também não sabia que tinha cem mil dólares em títulos do tesouro com prazo de dez anos, que Steil comprara em nome dela e mantinha guardado no cofre.

Durante o desjejum, dois dias depois da entrevista de Steil com Maria Scheindlin, Fidélia informou Elliot que aquele era o dia do aniversário de Lídia. Manifestou a suspeita de que Tony esqueceria a data. Isso ou arranjaria uma desculpa para ficar longe de casa. Fidélia acrescentou que adoraria convidar Lídia para jantar no Versailles – com o seu homem das cavernas, é claro. Bebendo um forte espresso, Steil pensou naquilo um minuto. Embora a idéia não o encantasse, ele concordou em participar se Fidélia pagasse a conta. Uma hora depois, a advogada ligou de seu escritório para Lídia, cantou-lhe a versão cubana de "Parabéns para você" e fez o convite. A esposa de Tony pareceu deliciada com a idéia. Por volta do meio-dia ela ligou para a advogada para reclamar, desolada, que não conseguira arranjar uma babá. Fidélia providenciou a babá também.

Lídia chegou ao restaurante às 19h25, sozinha. Com 1,57m, ficaria muito melhor se fosse sete quilos mais magra, como era antes de suas duas gestações. Nunca se esquecendo que seu marido bonitão era cinco anos mais novo, Lídia tingia o cabelo encaracolado toda semana e vestia-se como uma mulher de vinte e tantos anos, ou assim pensava ela. Naquela noite, ela vestia um conjunto cinza-escuro com botões de bronze sobre uma blusa branca de seda, saltos

altos e bijuterias nos dedos e nas orelhas. O batom era de um vermelho vivo e os cílios falsos tinham três centímetros de comprimento.

Tony se atrasaria um pouco.

– Sabe como são os tiras – disse ela com um sorriso ligeiramente embaraçado. Meia hora depois, quando já estavam comendo o prato principal (bife de alcatra com aipim em molho de alho), Tony juntou-se a eles, com uma caixa embrulhada para presente debaixo do braço. Lídia ficou radiante. Fidélia ficou quieta. Vestia uma de suas camisas largas de manga curta sobre uma camiseta branca, calças cáqui e mocassins. Para se desculpar, disse ter dado uma dura em um maluco idiota o bastante para roubar quatro aparelhos de disco laser de uma loja em plena luz do dia, depois teve de escrever o relatório na delegacia, tomar banho e se vestir. Fez seu discurso com a língua um tanto enrolada e o branco dos olhos estava repleto de vasos vermelhos. Fidélia lançou um olhar preocupado para Steil. Tony beijou a esposa, então pediu uma cerveja e um filé. Após a sobremesa, Lídia abriu o presente. Fidélia não conseguiu evitar um resmungo quando viu a caixa de liquidificador.

O ruído, breve e baixo, trouxe à tona a raiva e a frustração que Tony tentara suprimir desde o minuto que a mulher lhe falara do convite de Fidélia.

– Sabe como ampliar o espaço de uma mulher, Elliot? – perguntou o tira, um sorriso forçado nos lábios, após terminar a oitava cerveja da noite. Então, limpou a espuma do bigode com as costas da mão e inclinou a cadeira para trás.

– Não – disse Steil. Ele viu a tempestade se aproximando.

– Construa para ela uma cozinha maior.

Fidélia apoiou o cotovelo direito na mesa, cobriu a boca com a mão e olhou para a toalha de mesa.

– Sabe quantos neurônios tem uma mulher?

– Olha, Tony... – disse Steil em um tom conciliador.

– Quatro. Um para cada boca de seu fogão.

Lídia, vermelha de vergonha, parecia no limiar das lágrimas. Fidélia fulminou Tony com os olhos.

– Ei, não me olhe assim. É só uma merda de uma piada – disse o tira, tentando sustentar o olhar de Fidélia.

– Olhe o palavreado, Tony. Aqui é um lugar público – disse Fidélia, furiosa.

– Não me provoque, Fidélia – retorquiu, apontando um dedo para ela.

– Vamos, Tony – disse Steil, conciliador.

– Não me venha com "Tony", Elliot. Há anos que sua mulher está em cima de mim. Metendo-se com minha vida particular. O que caralhos ela...

– Não erga a voz – disse Steil entre dentes.

– Levanto a porra da voz quanto quiser.

– Você está bêbado!

– Não estou!

Steil ergueu-se e olhou para o tira.

– Venha comigo.

– Para onde?

– Até o banheiro.

O silêncio reinava no restaurante. Outros clientes observavam a cena.

– A conta, por favor – disse Fidélia para o garçom enquanto remexia a bolsa em busca do cartão de crédito.

– Não vou para porra de banheiro nenhum – gritou Tony, praticamente subindo pelas paredes de ódio.

Steil respirava profundamente, as veias de suas têmporas pulsando incontroláveis.

– Tony, se dá algum valor à nossa amizade, venha comigo até o banheiro. Agora.

Desde que fora seu aluno no ensino médio, Tony via Steil como uma pessoa de autoridade. Nos últimos anos, a admiração e o respeito por seu antigo professor aumentaram consideravelmente. Ele achava que o outro era muito mais inteligente do que ele jamais seria. Elliot ganhara a confiança de Scheindlin, esmagara os filhos-da-puta que tentaram privá-lo de sua herança, dominara os negócios, e aparentemente seria o gerente geral da IMLATINEX quando Sam Plotzher se aposentasse. E Tony sabia que Steil estava falando sério. Ele se levantou. Steil deu as costas e caminhou até o lavatório, seguido pelo policial. Comentários murmurados irromperam no restaurante.

Seis minutos depois, expressão mal-humorada, a dupla voltou para a mesa. Lídia limpou o nariz em um Kleenex que atirou em um cinzeiro de vidro. Fidélia olhava e brincava com o guardanapo, agora em cima da mesa.

– Acho que temos uma solução para esse conflito de personalidades – disse Steil. – E queremos saber se concordam.

Lídia lançou um olhar surpreso para o marido, que continuava a olhar para o copo de cerveja vazio. Fidélia fingia estar absorta nas complexidades de se dobrar um guardanapo. Os comensais nas mesas mais próximas lançavam olhares e tentavam ouvir.

– É melhor que Fidélia e Tony evitem um ao outro – continuou Steil. – Contudo, vocês duas são amigas íntimas e devem continuar assim se desejarem e podem se encontrar em qualquer lugar que quiserem, exceto na casa de Lídia, para evitar confrontos com Tony. Tony e eu somos amigos também, de modo que as mesmas regras se aplicam a nós. Tony ficaria muito satisfeito se a sua vida de casado fosse um assunto que vocês evitassem discutir. Está bem para você, Tony?

– Está.

– Ótimo. Agora, você concorda com isso, Lídia?

– Sim, claro.

– Fidélia?

– Sem problemas quanto a isso.

Seguiram-se trinta segundos de silêncio embaraçoso.

– Tony? – cutucou Steil.

O tira remexeu-se na cadeira.

– Peço desculpas. Saí da linha. Não queria estragar o seu aniversário, querida.

– Oh, Tony. Eu o amo tanto – disse Lídia, as lágrimas correndo pelo rosto como dois rios que transbordavam do leito.

Steil levantou-se, fez um movimento de cabeça que queria dizer "vamos dar o fora daqui" e sacou a carteira.

– Já paguei – disse Fidélia ao se levantar.

– Então vamos.

Saindo de carro do estacionamento, lançou um olhar para Fidélia. Ela tinha uma expressão distante.

– Sobre o que falaram quando estávamos no banheiro? – perguntou ele.

– O que *vocês* falaram no banheiro?

Steil sorriu e pegou a pista central. Típico de Fidélia. Ele suspirou resignado.

– Perguntei se ele achava que a mãe dele gostaria de ouvir as duas piadas que ele contou na mesa. Ele apenas ficou olhando para o chão. Então eu disse que ele nos fizera passar por tudo aquilo porque estava bêbado, e que não se discute as diferenças com alguém quando se está bêbado. Ele disse que tinha medo que os seus conselhos fizessem Lídia se voltar contra ele, que ele a ama e não quer que seu casamento acabe. Eu disse que não me importa se ele ama ou odeia você, mas que você é minha mulher e que ele tem de respeitá-la. Sem vulgaridades na sua presença. Então sugeri o que disse na mesa.

Ela pensou naquilo alguns segundos.

– Sua mulher – disse ela.

– Bem, você é, não é?

– Acho que sim.

– Você acha? – disse ele pegando a pista da direita e pisando no freio para parar no sinal vermelho na rua 26, sinalizando que ia entrar.

– Ele disse que eu era a sua mulher. Agora você me diz que sou sua mulher. Que expressão sexista.

– Não é. Não em espanhol. Minha mulher, em espanhol, tem a mesma conotação de minha esposa, em inglês. Estávamos falando em espanhol, não estávamos?

– Mas não há uma expressão oposta semelhante, certo? Não devemos dizer "meu homem". "Meu esposo", "meu marido", "meu consorte" são as contrapartidas adequadas em espanhol, termos legais sem qualquer conotação de posse.

– Fidélia, pelo amor de Deus – objetou Steil, olhando para ela. Ela continuou olhando em frente. – Você me pediu para eu lhe dizer o que falamos no banheiro.

– Verde.

Steil fez a volta na esquina, e nada disse.

Após um minuto, Fidélia perguntou:

– E...?

– E o quê?

– O que mais disse a ele?

– Nada mais. Ele ficou aborrecido durante um tempo. Deu uma mijada. Lavou o rosto. Desculpou-se.

Seguiu-se outra pausa. Steil mudou para a pista da esquerda, esperou o sinal na esquina de Coral Way com a 26, então entrou na Coral.

– Lídia apenas chorou e se desculpou – disse Fidélia. – Disse que ele anda bebendo muito.

– Humm.

– Eu disse que não me ofendi. Que ela não se preocupasse.

– Humm.

– Está aborrecido comigo? – perguntou ela após um momento, um tanto inquieta.

– Não estou aborrecido com você. Por que estaria? – Então, após uma breve pausa: – O que me preocupa é não poder dizer que você é "minha esposa" porque não é; não posso dizer que você é minha mulher, porque isso a aborrece; não posso dizer que é minha amante porque isso queimaria os fusíveis de sua bela cabeça. Então, de que devo chamá-la?

Ela considerou aquilo.

– Acho que poderia viver com "meu amor".

Steil sorriu.

Não disseram mais nada. Uma vez no apartamento, trocaram algumas observações inconseqüentes quanto a estarem prontos para o dia seguinte. Já na cama, Fidélia voltou-se para Steil.

– Sabe qual foi a decisão mais inteligente que você tomou?

– Foi me apaixonar por você?

– Esta não é uma decisão.

– Certo. Então me diga.

– Parar de beber.

Steil considerou aquilo.

– Provavelmente está certa.

– Bons sonhos, meu homem.

– O mesmo para você, minha mulher.

Capítulo 2

O ano de 1994 foi marcado por uma nova fase nas vidas de Victoria Valiente e Manuel Pardo nas quais a simulação, a hipocrisia, a contenção, e uma medida de preocupação deram substância às noções teóricas que tinham sobre a pressão psicológica que os espiões experimentam.

Pardo tinha pleno conhecimento dos sistemas de computador usados em todas as divisões da XEMIC, cujas premissas, estrutura administrativa e processos comerciais ele gradualmente veio a dominar. Embora a internet ainda estivesse em seus primórdios naquela época, era parte de seu trabalho pesquisá-la e aprender o máximo possível sobre transmissão de informação e segurança de computadores. Ao longo dos anos tornou-se especialista em técnicas de detecção de invasão, programas que roubam senhas, certificados digitais, autenticação e autorização de softwares, e em encontrar brechas na segurança de computadores.

Prestou atenção especial ao Banco Financiero Internacional, o banco da XEMIC, e da FINXEMIC, sua operadora de cartão crédito. Compilou padrões de depósitos e retiradas, procedimentos seguidos por transferências bancárias, e manteve um olho no equilíbrio de diversas contas no exterior. Sete eram em bancos estrangeiros em paraísos fiscais do Caribe com leis de segredo bancário liberais que faziam vistas grossas a esquemas de lavagem de dinheiro.

Em 1995, soube de uma empresa holandesa que usava assinaturas digitais para transferência eletrônica de dinheiro, tornando o dinheiro não rastreável. Pardo deu-se conta de que o dinheiro vivo estava em tratamento intensivo. Se de algum modo conseguisse tirar dinheiro eletronicamente da XEMIC, teria de (1) disfarçar a trilha de modo a frustrar a perseguição e (2) conseguir recuperá-lo no futuro. Começou a fazer pesquisas intensivas sobre lavagem de dinheiro.

O sistema parcialmente integrado, parcialmente manual utilizado pelas Tiendas Panamericanas – a rede nacional de lojas da XEMIC – para comprar bens e serviços e pagar por eles também atraiu a atenção de Pardo. Detectou faturas duplicadas que haviam sido pagas, superfaturamentos e pagamentos a menos. Falsificar faturas também parecia possível, assim como criar um falso vendedor ou modificar um vendedor legítimo do sistema de contabilidade. Parecia que havia mais de uma maneira de esfolar um pato.

Naquele mesmo ano, o major reformado fez viagens ao Panamá, Cancún e às Bahamas. Maias de pés descalços no México e os pobres residentes das favelas panamenhas mostraram-lhe o outro lado do capitalismo, mas ele estava certo de que abolir a propriedade privada só tornaria as coisas piores para os desprivilegiados. Diferentemente de Cuba, tais países não tinham uma União Soviética para pagar por seus hospitais, escolas e eletricidade. E assim como em seu país, a eficiência e a produtividade cairiam tremendamente assim que suas economias fossem inteiramente nacionalizadas. Pardo concluiu que os indivíduos nada devem esperar da política; cada um tem de resistir por conta própria. De seu mísero salário conseguia economizar em comida e hotéis para comprar todas as revistas de software (os livros eram muito caros) que pudesse.

O Diretório Geral de Inteligência recuperou o respeito e consideração dos anos 1960 frustrando atentados contra a vida do Chefe durante suas viagens ao exterior, expandindo a rede global de agentes e informantes e contribuindo para a segurança, pesquisa científica e a recuperação econômica do estado cubano.

O Chefe, porém, voltava a ter os notáveis lapsos de discernimento que vinha demonstrando desde o início dos anos 1960. Insistia em limitar ao mínimo os negócios particulares que autorizara em 1993, censurou intermediários e lançou ataques velados contra todos aqueles que buscavam a independência do estado através do auto-emprego. Quando, *após a reeleição do presidente Clinton, os Estados Unidos começaram a falar em acabar com o embargo, o Chefe ordenou que derrubassem dois aviões civis baseados em Miami que tentaram espalhar propaganda anticomunista sobre Havana.*

– A quem vai culpar pela falência do comunismo se o embargo acabar? – perguntou Pardo retoricamente para a mulher dois dias após os quatro pilotos caírem no mar. – É a única desculpa que lhe resta. Todas as suas alegações de que o embargo deve acabar são uma cortina de fumaça. Todos suspeitavam de que, em seu segundo mandato, Clinton relaxaria ou até mesmo cancelaria o embargo. Então o cara decidiu fazer algo realmente ultrajante para fazer Clinton voltar atrás. É impressionante como ele usa os presidentes americanos. E aqueles sujeitos desafortunados de Miami deram-lhe a desculpa perfeita.

Victoria meneou a cabeça, pensativa. Fora assassinato. Em um momento de confusão inicial, o Ministério do Interior revelou no Granma, o jornal oficial, que um agente secreto baseado em Miami voara para Havana no dia anterior aos abates e advertira que os aviões estavam a caminho.

– Sabe quem foi Pola Negri? – perguntou Victoria ao marido.

– Quem?

– Pola Negri.

– Não faço a menor idéia.

– Pola Negri era uma atriz polonesa que morreu em 1987. Era uma grande atriz de Hollywood nos anos 1920 e 1930.

– E daí?

– Lembre-se desse nome. Já encontrou um meio de desviar fundos para você?

Pardo piscou duas vezes antes de menear a cabeça. Dezesseis meses antes, em uma longa conversa, ele explicara à esposa sobre a existência de brechas na segurança de computadores que criavam oportunidades para ele roubar fundos da XEMIC e depositá-los no exterior. Concordaram que ela começaria a considerar como combinar a sua perícia com a dele. Não deviam se apressar, tinham todo o tempo do mundo, repetia Victoria a todo instante. A pressa inevitavelmente levava a erros, e erros ao insucesso. Ela diria a Pardo quando estivesse pronta para dar a sua contribuição. Desde então, contara-lhe a respeito do seu teste de QI, sua promoção a tenente-coronel, e o que ela percebia como uma crescente influência nas decisões tomadas pela cúpula do diretório. Agora parecia que ela estava pronta. Talvez o empurrão final tenha sido a derrubada dos aviões, pensou Pardo.

– Ainda tenho de pôr os pingos nos is e os traços no tês. Direi quando estiver pronto. Então precisarei de dinheiro para abrir uma conta no exterior – respondeu Pardo.

– Não precisa de identidades?

– Claro. Alguma posso arranjar sozinho. Ficaria surpresa com o que se pode fazer com uma boa impressora a laser, uma copiadora último modelo, tesoura e cola. Mas se puder me conseguir um passaporte de verdade, e uma ou duas contas de luz dos Estados Unidos...

– Verei o que posso fazer. De quanto dinheiro precisa?

– Um mínimo de trinta mil dólares. Cinqüenta seria melhor.

– Tudo bem. Talvez Pola Negri possa nos fazer um empréstimo.

– O fantasma dela?

– Mais ou menos. Quer fazer amor, macho*?*

Sem tornar isso uma rotina fixa, Maria Scheindlin começou a visitar a sede da IMLATINEX, um imenso armazém na avenida 17 com a rua 171, North Miami Beach, duas ou três vezes por semana, sempre à tarde.

No primeiro dia, escoltada por Plotzher e Steil, caminhou os trinta metros do prédio de uma ponta a outra. Seus olhos vagavam com natural curiosidade pela seção de pneus, a de rolamentos, e pelos rolos de fios e cabos no fim do armazém. Aquele era terreno de Plotzher e ele agiu como guia. O operador de empilhadeira observou-a com respeitosa curiosidade de uma das aleiás, certamente notando a cor de sua pele, supôs Steil. Parecia tão fora de lugar quanto uma borboleta voejando dentro do escritório particular de um milionário de Wall Street.

Steil achou difícil acreditar que, nos muitos anos em que foi casada com Scheindlin, ela nunca tivesse visitado o armazém. Quando ela foi embora, perguntou a Plotzher.

– Ei, Sam, é a primeira vez que ela vem aqui?

– É a primeira vez que eu a vejo aqui.

– Não acha estranho?

– Estranho? Por quê?

– Foram casados, o quê? Vinte e cinco, trinta anos? Durante todo esse tempo ela nunca ficou curiosa a respeito dos negócios do marido? Nunca quis surpreendê-lo com um presente ou algo assim?

– Trabalho aqui há 25 anos – disse Plotzher após um profundo suspiro –, e minha mulher também nunca veio aqui.

Steil meneou a cabeça, fingindo que a explicação de Plotzher sanara sua perplexidade. Então resmungou e voltou para sua escrivaninha. Queria perguntar: "Você a proíbe?" "Ela não se interessa pelo seu trabalho?" "É algum costume judeu?" Mas aquilo não era da sua conta e ele tentou não se meter nos negócios alheios. Subitamente deu-se conta de que, após oito anos de relacionamento, Fidélia jamais demonstrara curiosidade pela IMLATINEX, nem visitara o seu lugar de trabalho, e raramente ligava para ele. Será que o comércio era repulsivo para as mulheres?

Coube a Steil guiar Maria na segunda vez em que ela veio à empresa. Primeiro, ele a apresentou aos três homens que trabalhavam no escritório, um cubículo envidraçado sem teto com paredes de dois metros e meio de altura. A seguir, deu-lhe uma visão geral do negócio: subsidiárias em Buenos Aires, São Paulo, Recife, Santiago do Chile, Bogotá, Caracas, Panamá e Cidade do México. Mencionou que um escritório de dois funcionários em San José da Costa Rica cobria Honduras, Nicarágua, El Salvador e Guatemala. A seguir, deu para ela uma lista impressa com os nomes das pessoas encarregadas em cada país, seus telefones, números de fax e endereços de e-mail.

Ciente de que seu conhecimento sobre a condição financeira da empresa era empírica e insuficiente, Steil marcou uma reunião entre Maria e os auditores da empresa, Leshkowitz e Bramson, em seus escritórios no Centro Profissional Sabal Chase. Como medida de discrição, ele a aconselhou a ir sozinha, mas ela insistiu na presença de seus dois outros sócios. Os escândalos Enron e Andersen estavam no auge. Contadores e auditores estavam em desgraça e os sócios chegaram apreensivos à reunião. Durante um pouco mais de uma hora, Ari Leshkowitz mostrou os gráficos de computador e impressões nas quais baseava a sua opinião de que a IMLATINEX desfrutava de uma invejável condição financeira. Embora incapazes de apreender os detalhes, foram tranqüilizados por alguns fatos básicos e indiscutíveis e saíram da reunião com a alma lavada.

Em seus encontros posteriores, Steil guiou Maria através da burocracia das transações mais comuns. Exportação primeiro, importação depois. Tentava convencê-la de que as empresas de comércio operam com margens muito estreitas e o volume de vendas não é necessariamente indicador de lucros. Seus tempos de professor tornaram Steil didático sem se tornar pedante, e certa noite Maria comentou a esse respeito. Ela, Plotzher e Steil estavam no escritório. O vigia noturno estava sentado diante do portão principal do armazém. Sob a luz fluorescente, seu bronzeado fazia um contraste marcante com a cabeleira grisalha de Plotzher. Usava um vestido verde-claro sem mangas e sapatilhas marrons, mas estava maquiada. As mesmas faixas prateadas na cabeça, brincos de ouro nas orelhas, o relógio caríssimo no pulso esquerdo.

– Vocês dois formam uma grande equipe. Suponho que era um bom professor Elliot. E você, Sam? Também teria sido um bom professor. Vocês explicam as coisas com muita clareza.

– Obrigado, Maria – disse Steil.

Plotzher manifestou o seu agrado com um menear de cabeça cortês e um leve sorriso. Então acrescentou:

– Você é uma aluna brilhante.

Maria declinou o cumprimento. Sentou-se na escrivaninha do marido falecido, na mesma cadeira reclinável sobre a qual Scheindlin desabou no dia em que morreu de um ataque cardíaco fulminante. Por um instante, Steil perdeu-se em lembranças. Ele ergueu o velho nos braços e o tirou do cubículo, gritando por um carro a plenos pulmões. Mas o velho judeu havia morrido instantaneamente. Mesmo enquanto esperava Plotzher trazer o carro para dentro do armazém, Steil já sentia estar carregando um cadáver. O corpo foi pousado no banco do carona, firmado no lugar com o cinto de segurança. Steil sentou-se atrás, agarrando os ombros de Scheindlin, sentindo-lhe o peito a cada quarteirão em busca de batimentos cardíacos. Plotzher amaldiçoou em iídiche e golpeou o volante com a palma da mão durante todo o caminho até o hospital. Naquela noite, ao ver Maria, Steil achou que nem mesmo ela deveria se sentar no lugar do marido. Ninguém deveria, nunca mais.

– Sou apenas uma dona-de-casa. Minha compreensão fala a favor de suas capacidades como professores.

– Você não toma notas – observou Steil.

– Confio em minha memória. Afora isso, por que deveria? Toda informação relevante está guardada em algum lugar. Um computador, um disquete, um gabinete de arquivos. Qual seria o propósito? Não posso nem sonhar em me igualar a vocês, rapazes, no que diz respeito a administrar a empresa. Mas confio em vocês, os dois.

Plotzher meneou a cabeça, olhando para o chão. Ele enrolara as mangas da camisa algumas voltas. O mostrador de seu velho relógio suíço parecia liliputiano em seu musculoso pulso esquerdo. Steil sentiu uma mistura de afeição e compaixão por ele. Embora ganhasse um salário anual de duzentos mil dólares, o faz-tudo da empresa era milionário apenas no papel; seus vinte por cento de ações da empresa eram resultado de muitos anos de trabalho pesado. Podia vender as suas ações se quisesse, embora os herdeiros de Scheindlin tivessem preferência. Mas não o faria, suspeitava Steil. Ele morreria se parasse de trabalhar. Não obstante a longa doença, ele imaginava que Sam morreria como o seu falecido chefe e amigo: trabalhando, ou algumas horas depois de voltar para casa. Homens que se tornavam unidimensionais ao baixar da cortina final.

Plotzher fazia Steil lembrar de seu avô cubano. E, enquanto Maria ouvia conselhos a respeito da superioridade das auditorias externas periódicas sobre a confiança, Steil voltou no tempo até Santa Cruz del Norte. Aos cinqüenta e tantos anos, seu avô perdera o interesse pela pesca, leitura, música e dominó. Parecia feliz apenas quando estava no laboratório de controle de qualidade da refinaria: medindo o pH, a polarização e a sacarose do bagaço; lavando provetas, frascos e tubos de ensaio; resmungando que, no socialismo, a maioria dos jovens não tinha ética no trabalho. Morreu uma semana depois de reclamar de uma dor no abdome que ele atribuiu a uma indigestão e que tentou curar com bicarbonato. O patologista que fez a autópsia não conseguia crer que um paciente com um câncer intestinal tão avançado pudesse ter continuado a trabalhar até sete dias antes de morrer. Mas ele não aborrecia ninguém com a sua mania, admitiu Steil consigo mesmo. Apenas aqueles velhos cujo unilateralismo consiste em se agarrar ferozmente ao poder atormentam os outros com sua ânsia doentia.

– Não acha, Elliot? – perguntou Plotzher.

Steil perdera o fio da conversa, mas anos de contato diário o ensinaram que sempre que Plotzher fazia tal pergunta após explicar alguma coisa para alguém, ele sempre concordava inteiramente.

– Com certeza – respondeu.

– É, já ouvi falar sobre isso – disse Maria. Em seguida, emitiu um profundo suspiro. – Há um ditado alemão: confiança é bom, controle é melhor.

– Nos negócios, isso é um truísmo – disse Steil, achando que estava calado havia muito tempo e deveria dizer alguma coisa.

– E quanto a outras esferas da vida? – perguntou Maria, rodando a cadeira giratória para olhar melhor para o cubano.

– O que quer dizer?

– Quero dizer, e quanto a confiar em seus parentes, amigos, seu médico?

Steil pensou um instante. Plotzher pareceu interessado.

– Parece-me que a confiança, assim como o amor, é algo que evolui com o tempo. Às vezes cresce, às vezes míngua – disse Steil.

Maria pensou nas implicações daquilo.

– A confiança é um sentimento, certo? Portanto, sua evolução depende da interação humana.

– Provavelmente. Talvez até de eventos alheios ao relacionamento.

– Como o quê, por exemplo? – sua expressão desafiadora foi amenizada por um sorriso.

Pela primeira vez, Steil percebeu que ela tinha um belo sorriso. Curiosamente, Plotzher pareceu concentrado nesta parte da conversa.

– Infidelidade conjugal – disse Steil, erguendo o olhar para a lâmpada fluorescente em busca de inspiração. Então, baixando os olhos para ela, acrescentou: – Imperícia médica. Procedimentos legais podem tornar parentes inimigos mortais.

– Como quando uma herança é contestada – comentou Maria, incapaz de resistir à tentação de lembrar o cubano de sua odisséia.

– Certo.

Maria meneou a cabeça e mordeu o lábio inferior. Então, inspirou profundamente.

– Portanto a amizade é o sentimento menos... – ela procurou as palavras – ...suscetível à involução, não acha?

– Talvez. Não estou certo, Maria. Você confia em um amigo, então um dia ele rouba dinheiro de você, estupra a sua filha ou, de algum outro modo, trai a sua confiança. A confiança está em crise no mundo inteiro. É a mais escassa das... – precisou de alguns segundo para encontrar a palavra – ...expectativas. As pessoas não confiam nos vizinhos, nos políticos, advogados, médicos, corretores de seguro, padres, banqueiros, contadores, empresas, é só dizer. É um mundo maluco.

Plotzher levantou-se e começou a desenrolar as mangas da camisa.

– Se não se importam, vou embora. Foi um longo dia.

– Não, também já acabei – disse Maria, levantando-se. – Obrigada pela sessão de treinamento. Tudo bem se eu voltar na próxima quinta-feira? Por volta das quatro?

– Sem problemas – concordou Plotzher. – Mas não queria abreviar a sua conversa. Só estou um pouco cansado.

– Eu também – disse ela. – Filosofar é um dos alarmes que tocam quando estou exausta. Quinta-feira está bem para você, Elliot?

– Perfeito.

– Pois bem, cavalheiros, por hoje é só.

Em junho de 1996, seis horas antes de Manuel Pardo deixar Havana rumo à capital do México, sentada em sua cozinha, Victoria Valiente digitou e imprimiu uma carta usando o laptop e a impressora que a XEMIC emprestara para Pardo. Ela dobrou a folha e a selou ao redor das bordas com fita adesiva. No canto interior de um envelope em branco, escreveu a lápis o número 8, abriu o envelope, inseriu a carta e duas notas de dez pesos cubanos já fora de circulação com a assinatura de Che Guevara, passou um pano de prato úmido sobre o lado go-

mado da aba e fechou o envelope. Ela se levantou, suspirou e por um momento deixou o olhar vagar pela vista de Havana que tinha da janela da cozinha.

Victoria sabia onde acabaria caso descobrissem que estava usando o seu cargo para ganhos pessoais. Não seria sentenciada à morte, nenhuma mulher jamais fora executada, mas passaria a vida atrás das grades. Tentou ver a si mesma na prisão para mulheres de Havana que ela certa vez visitara. Não passaria o resto da vida ali. Após a queda do comunismo, certamente seria perdoada. Mas quão longe estava aquilo? Cinco anos? Dez? E seu cúmplice seria fuzilado no paredão, com certeza. Estavam apostando muito alto.

Victoria voltou-se, caminhou até o quarto, enfiou o envelope no bolso peitoral interno do paletó que Pardo vestiria, então tirou o par de luvas cirúrgicas que usava.

– Vamos começar a aliviar a dor da partida? – perguntou para o marido que estava deitado na cama lendo uma revista.

– Agora mesmo – foi a resposta dele.

Pardo visitou cinco agências da Havanatur no México – na capital, em Tijuana, Monterrey, Veracruz e Mérida. Nesta última cidade, enviou a carta de Victoria via FedExed para uma pequena loja de conveniências no Brooklyn, de propriedade de Rubem Rabelo, um brasileiro que morava em Nova York desde 1975. Dois dias depois, perto do meio-dia, o Sr. Rabelo abriu o envelope, tirou a carta e o dinheiro, e procurou pelo número 8. Ele escreveu o número no interior de outro envelope, enfiou a carta ali dentro junto com uma nota de dez pesos, folheou um pequeno bloco de notas que mantinha em uma caixa de sapato, encontrou o endereço número 8, escreveu-o em letras maiúsculas na frente do novo envelope, e o enviou pessoalmente naquela tarde.

A carta de Victoria foi enviada para o escritório de Augustin Izquierdo, um contador mexicano que emigrara legalmente para Houston, Texas, em 1985. O Sr. Izquierdo separou a sua nota de dez pesos antes de olhar para o endereço número oito em um catálogo de endereços e enviar a carta dentro de um envelope pardo para Eugênio Bonis, 45 anos, um cubano que chegou de barco aos Estados Unidos, em 1980, e que ganhava a vida como paisagista em Miami, Flórida. O Sr. Bonis cuidadosamente inspecionou as tiras de fita adesiva antes de cortá-las com uma lâmina. Leu a carta diversas vezes, então introduziu um disquete em um drive de seu PC e copiou algo da carta antes de queimá-la.

Em novembro daquele mesmo ano, Pardo foi até a agência chilena da Havanatur, em Santiago do Chile. Certa noite, argumentando que tinha de terminar um relatório urgente para Havana, ficou até mais tarde no escritório. O gerente do escritório, ligeiramente aborrecido, fechou as persianas antes de sair para jantar em casa por volta das sete e pediu que Pardo ligasse para ele ao terminar. O que o aborrecia era o fato de ter a única chave das portas de vidro da agência. A hora extra de Pardo o forçaria a voltar para fechar a loja.

Meia hora depois do sujeito sair, o major reformado abriu a gaveta do gabinete de arquivos na qual estavam guardados os passaportes de chilenos que esperavam viajar para Cuba na semana seguinte. Escolheu cinco, emitidos para homens na faixa dos 40 e 50 anos, e fez fotocópias de cada página. Após devolver os passaportes para os gabinetes de arquivo, fotocopiou das Páginas Amarelas uma lista de cartórios de Santiago. Em suas viagens para o exterior, levava consigo o laptop da XEMIC, para verificar o seu e-mail cubano e para visitar sites da internet que, caso acessados de Havana, poderiam sugerir que ele estava tramando algo. Passou as três horas seguintes visitando sites sobre lavagem de dinheiro. Após a meia-noite, depois de ter ligado para o gerente do escritório dizendo que havia terminado, Pardo reclinou-se na cadeira giratória, dedos entrelaçados atrás da cabeça, e tentou antecipar a reação da esposa ao saber que estavam prontos para começar.

– Ótimo – foi o que ela disse uma semana depois, enquanto tirava os óculos, beijava-o com sofreguidão e lutava para tirar o seu paletó. Haviam acabado de entrar no apartamento. Ela começou a mover a mão para a braguilha de suas calças no segundo em que o elevador começou a subir. Quando fecharam a porta da frente e largaram a mala dele na sala, ele teve uma ereção plena. Era natural ela ter entendido mal quando ele disse estarem prontos para começar. Mas duas horas depois, enquanto bebiam um espresso na cozinha, lembrou-se da expressão que usara meses antes e disse para a esposa que havia posto todos os pingos nos is e cortado todos os tês.

– Bom – murmurou Victoria. Pensou nas notícias um minuto ou dois, então disse: – Minhas mãos estão atadas a não ser que eu saiba a

data de sua nova viagem para o Panamá ou Nassau com uma semana de antecedência. Isso é possível?

– Não posso dizer com certeza. Talvez me digam na segunda-feira e eu parta na sexta.

– Tudo bem. Não vamos forçar as coisas. Vamos esperar o momento certo. Agora, querido, vamos voltar para a cama. Faz tanto tempo...

Tiveram sorte. Não apenas Pardo soube em janeiro que viajaria para o Panamá em fevereiro de 1997, como também foi informado que teria de passar uma semana em Toronto antes disso. Victoria considerou a viagem para Toronto "perfeita". Dois dias depois de ele chegar, às 10h, usando um cartão telefônico de dez dólares de um telefone público, Pardo ligou para o número em Miami que a mulher o fizera memorizar. Como ela o advertiu, uma secretária eletrônica respondeu.

– Bonis Paisagismo – disse uma voz masculina com um ligeiro sotaque britânico. – Deixe a sua mensagem que eu ligo de volta.

Pardo esperou o bipe e então, tentando manter a voz equilibrada, disse:

– É... eu tenho uma mensagem para Bonis, da Sra. Negri. Ela estará no Panamá na próxima noite de domingo, no Hotel Las Vegas. O Sr. Do-par receberá as mensagens dela. Leia-se d, o... – Pardo fez uma pausa. – ...p, a, r.

O major reformado desligou e, a caminho da agência de viagens, entristeceu-se por aquele idiota que arriscava a sua liberdade sabe-se lá há quantos anos na crença de que estava servindo a uma grande causa.

Uma semana antes, quatro dissidentes haviam sido condenados a penas de prisão entre três e seis anos. Seu crime? Escrever e distribuir um documento intitulado "A pátria pertence a todos", que pedia liberdade de expressão, anistia para prisioneiros políticos e participação na vida política da ilha. O que o idiota estava servindo era uma grande tirania, concluiu Pardo.

Steil conseguiu o visto para passar uma semana em Cuba e reservou um assento em um vôo matinal em 14 de abril de 2002, um domingo. Chegou ao armazém alguns minutos antes das 9h. Em 12 de abril, informara a Sam que voaria no domingo, e então ligou para o número de Maria Scheindlin que não constava da lista.

– Bem, que gentil, Elliot – disse ela, soando sinceramente contente. – É sua primeira viagem a Cuba desde que partiu?

– Sim.

– Primeiras férias, também?

– A segunda, na verdade. Em 2000, levei minha... – Steil hesitou. Mulher? Esposa? Amante? O jargão feminista podia levantar suspeitas – ...amiga e seu filho para a Espanha.

– Oh – foi a imediata e discreta interjeição emitida por Maria, seguida de uma pausa. – Bem, primeiro me dê um tempo de fazer minha lista de compras. Deixe-me ver. Cartazes? Ouvi dizer que há um ótimo rum de cinqüenta anos. E aquele amigo meu? Ele mata e morre por esses Cohibas que Castro fuma.

– Fumava.

– Mesmo? Bem. Prova que não é tolo. Talvez Jenny também queira CDs. Ela adora a Camerata Romeu. Por que não aparece aqui em casa esta tarde após o trabalho?

O que ele podia dizer? Nada além de que seria um prazer, embora não fosse. Imaginou a mulher servindo os convidados com o rum que poucos em Miami provaram "Com os cumprimentos de Fidel". A filha se vangloriaria para as amigas dos CDs do Camerata. Os charutos certamente eram para David Sadow, seu advogado, que os mastigava em pedaços sem os acender. Gente rica!

Tinha coisas a fazer e precisava de tempo para se certificar de seus sentimentos. A antecipação crescia dentro dele dia a dia, minuto a minuto, e aumentou ainda mais após ter marcado a poltrona. Naquela tarde, ao dirigir para leste ao longo da Broad Causeway enquanto o sol poente brilhava sobre a superfície do mar, Steil tentou entender o que passava pela sua cabeça. Uma medida de apreensão, com certeza. Aqueles que haviam ido embora ilegalmente sentiam o mesmo em sua primeira viagem de volta. E se alguém o acusasse de ter cometido um crime? Ser inocente oferecia pouco consolo. Podia ser acusado de qualquer coisa, podia não mais voltar a Miami. Improvável, mas possível.

Algo mais recôndito movia-se furtivamente pelos recessos de sua mente. Reminiscências? Nostalgia? Saudades de casa? Sentiu-se como se de volta ao útero. Já havia acontecido com ele muitos anos antes. Sua vida em Havana era tão satisfatória, estava tão feliz por ter deixado para trás o atraso cultural, que não voltou a Santa Cruz del Norte durante um longo tempo. Sua avó estava no leito de morte, e pediu para ver cada um dos netos, um de cada vez. À medida que o ônibus se aproximava de sua cidade natal, ele observava o mar e as nuvens. Seu lado racional os julgava idênticos àqueles a 64km a oeste; embora parecessem tão únicos, tão *dele*.

Andando pelas ruas naquela noite, registrou diversas mudanças: meninas muito magras tornaram-se mulheres atraentes, novas casas substituíam barracos de madeira, barcos de pesca de madeira muito antigos haviam recebido uma mão de tinta fresca, amigos que tinham barrigas modeladas na adolescência eram agora barrigudos. Ele cheirou o ar, ouviu intensamente, bebeu da água, tocou superfícies. E os cheiros, sons, gostos e experiências táteis trouxeram-lhe memórias agridoce as quais, quando se lembrava delas em outra parte, não tinham o cheiro, o som, o gosto ou as experiências táteis de sua cidade natal. O rum feito em Santa Cruz tinha um paladar diferente em Havana, pelo amor de Deus! Ele imaginou se todos os expatriados sentiam o mesmo laço com seu lugar de nascimento. Provavelmente. Se você nasce no Pólo Norte, você sente saudades da aurora boreal, iglus e temperaturas abaixo de zero.

Miami podia estar com uma temperatura mais amena hoje, pensou ao ligar o ar-condicionado no máximo. Trinta graus em meados de abril. Entrou na ilha leste através da Kane Concourse, entrou à esquerda na East Broadview Drive, outra esquerda na 101. Subitamente deu-se conta de algo de que não se dera conta na primeira vez em que estivera ali: não havia residências múltiplas de qualquer espécie, apenas o tipo de imóveis fabulosos que fazem você ter vontade de ter cinqüenta milhões de dólares. Restrições de zoneamento com certeza. Steil chegou diante do portão fechado da casa de Maria e estendeu o braço para apertar um botão em uma caixa de metal.

– Sim? – disse o alto-falante.

– É Elliot Steil.

– Entre.

O portão se abriu com um zumbido. Steil estacionou o carro no acesso de automóveis enquanto o portão se fechava. A porta da frente se abriu.

– Ei, essa camisa de algodão branca faz você parecer mais cubano. Legal, como dizem os jovens de hoje em dia – saudou Maria da porta. Steil percebeu o estilo à vontade. Blusa verde, shorts de jogar tênis, sandálias de couro. Um grampo prendia o seu cabelo para trás.

– Muito quente hoje – disse ele com um sorriso enquanto se aproximava dela. Não havia um traço de maquiagem em seu rosto.

– Sim. Um pouco de chuva cairia bem.

Desceram os degraus até a sala de estar. Maria aproximou-se do sofá de cetim listrado, acomodou-se na extremidade esquerda e sinalizou para Steil sentar-se em uma poltrona. Ótimo, era um dia para ar-condicionado, pensou Steil. Durante dois ou três minutos a conversa girou em torno de sua ida para Havana. Steil disse a Maria o que ouvira sobre as mal afamadas cinco horas de espera no aeroporto de Miami para um vôo de quarenta minutos, as severas medidas de segurança, as pessoas vestindo três de cada peça de roupa, exceto sapatos, para driblar a permissão de bagagem da empresa aérea.

– Por que isso? – quis saber Maria.

– Assim podem levar mais roupas para os parentes.

A notícia do dia era a renúncia forçada do presidente da Venezuela, Rufo Chaviano, e eles abordaram o assunto durante meio minuto. Então Maria cruzou as pernas, enfiou a mão em um bolso de seu short e tirou um pedaço de papel que entregou para o visitante. Em uma página de bloco Steil leu:

1 – CDs do Camerata Romeu.

2 – Garrafas de rum de cinqüenta anos (não sei a marca)

3 – Quantas caixas de Cohiba Espléndidos conseguir trazer.

Ergueu os olhos para ela.

– Ouvi dizer que as pessoas que chegam de Cuba só podem trazer duas caixas de charuto e duas garrafas de rum – disse Steil.

– Bem, alguma coisa é melhor do que nada. Quer dinheiro?

– Não. Você me reembolsa quando eu voltar. Se eu voltar.

– O que quer dizer com *se* voltar? – perguntou Maria franzindo as sobrancelhas.

Steil baixou o olhar para o chão, estalou a língua, e balançou a cabeça.

– Acho que estou apenas um pouco paranóico.

Maria lançou um olhar desconfiado para o sócio.

– Você é procurado por algum crime em Cuba?

– Claro que não. Não iria até lá se fosse esse o caso. Não sou louco, sabia? – disse com um sorriso que tentava comprovar a sua sanidade. – Mas nunca se sabe. Subitamente, irrompe uma crise, os vôos são cancelados, bodes expiatórios se fazem necessários, você se vê no lugar errado na hora errada e tudo pode acontecer.

Por um instante, Maria Scheindlin pareceu absorvida em pensamentos, olhando para Steil, um resquício de sorriso no canto dos lábios.

– Acho que compreende o que quero dizer – aventurou-se Steil.

– Como assim?

– Talvez você tenha visitado a Polônia durante o comunismo.

– Não, não visitei. Nem após o comunismo. Posso lhe oferecer alguma coisa?

– Estou bem, obrigado – disse ele, cruzando os tornozelos.

Ela tirou as sandálias de couro e sentou sobre as pernas.

– Então, se tem essa sensação, porque vai?

– Tenho de me certificar de que algumas pessoas estão bem – Disse Steil, sentindo a sua privacidade invadida. – Amigos, minha ex-mulher, parentes em minha cidade natal. – Por que justificava as suas ações para aquela mulher? Ele decidiu sondar um pouco.

– Você não tem gente com quem se importa na Polônia?

Maria inspirou profundamente e balançou a cabeça.

– Meus pais morreram nos anos 1980, sob Jaruzelsky. E não tenho boas lembranças de Zielona Góra, minha cidade natal, ou Wroclaw, onde me formei em... – fez uma pausa de efeito – ...literatura inglesa.

– Verdade? Não me lembro se lhe disse que...

– Disse.

– Que coincidência.

– Sim. Mas sabe, Elliot? Não sinto saudades dos Cárpatos nevados, ou do Oder, ou de ir à sinagoga sob os olhares de desprezo de todos. A Polônia era noventa por cento católica e nove por cento comunista, de modo que vivíamos socialmente no ostracismo.

Steil manteve os olhos nos dela, sentindo ceder a tênue animosidade. *Aí vai por terra minha teoria de como se sentem os expatriados*, pensou ele.

– Encontrei a felicidade neste país. Conheci e me casei com um grande sujeito, tive uma filha, vivi uma boa vida. Adoro o sol, amo a areia e o mar. Esse Atlântico é tão diferente do Báltico. Quando esfria a temperatura, vou para Aspen ou Yellowstone. Ruben me perguntou há uns 15 ou 16 anos se eu queria passar algumas semanas na Polônia. Eu disse, "Não, obrigada." Por que deveria? Para visitar a tumba de meus pais? Isso não os trará de volta. Para ouvir os hipócritas me cumprimentarem pela minha intuição? Os mesmos desgraçados que falaram mal de mim quando eu... vim para cá?

O rancor subjacente podia ser sentido em seu tom de voz.

– Mas Cuba provavelmente é diferente – ela prosseguiu. – Estou com a impressão de que Castro tem se tornado um pouco liberal nos últimos anos. Afora isso, ele precisa do dinheiro que vocês gastam lá ou enviam para os parentes. Se começar a prender os cubanos que vivem aqui, a sua fonte principal secará. E você não está metido com política, está?

– Oh, não. Política é uma droga. Aqui, lá, em toda parte.

– Certamente – disse Maria, pondo os pés de volta no chão com um gesto rápido.

– Vai ficar em casa de parentes? – perguntou ela enquanto procurava as sandálias de couro tateando com os dedos dos pés.

– Tenho um quarto reservado no Habana Libre, em Havana. Em Santa Cruz del Norte, minha cidade natal, provavelmente ficarei na casa de parentes.

– Bom. Agora, ouça Elliot. Você é importante para a empresa. Não se meta em confusões em Cuba. Não, não foi o que eu quis dizer. O que queria dizer é: evite problemas em Cuba. Mas no caso de encontrar algum problema, tente dar um jeito, negociar, e não entre em conflito com as autoridades. Ligue para mim se precisar de um advogado. Estou disposta a fretar um avião e trazê-lo de volta o mais rapidamente possível se for necessário. Tudo bem?

– Certo, Maria. E obrigado. Realmente aprecio a sua preocupação, mas espero não ter de ligar para você.

– Também espero – disse ela, curvando-se para alcançar a sandália esquerda. Steil sentia-se apenas meio lisonjeado. Gostara da distinção, mas a idéia de poder vir a enfrentar um problema tão sério a ponto de ter de apelar para Maria Scheindlin dava-lhe calafrios. *Bata na madeira.*

– O motivo real de ter pedido que viesse aqui hoje era esse, e não a maldita lista de compras.

– Oh.

– Quero deixar isso claro de modo que você não pense que sou uma exibicionista.

– Isso nunca passou pela minha cabeça. – *Hipócrita.*

– Nunca se sabe. Agora vá, Elliot. Estou certa de que tem coisa melhor a fazer. Levar a sua amiga para jantar, fazer as malas, fazer amor. Vamos.

Ela se levantou.

Naquela noite, por volta das 19h30, Maria Scheindlin saiu de casa ao volante de seu Audi. Atravessou a Broad Causeway, entrou à esquerda na U.S. 1, entrou à esquerda na rua 6, e estacionou no meio-fio entre a avenida 1 e a First Court. Dali ela caminhou até uma agência de correio, onde comprou um cartão telefônico de dez dólares. De volta ao Audi, Maria arranhou a tinta que cobria o código do cartão, dirigiu para oeste ao longo da Flagler, e na 37 entrou no estacionamento de um supermercado.

Uma van cinza-claro entrou no estacionamento logo a seguir. Tinha os dizeres SERVIÇO DE ENTREGA PALM SPRINGS e um número de telefone pintado nas laterais. O motorista saiu e dirigiu-se à lanchonete anexa ao supermercado. Dentro da van, através de um periscópio disfarçado no ventilador de teto, um homem observou enquanto Maria saiu do carro, aproximou-se de um telefone público, digitou o código primeiro e, a seguir, um número. Foi atendida por uma secretária eletrônica.

Uma voz de mulher disse em espanhol:

– Deixe uma mensagem que eu ligo para você.

– Próximo domingo. Manhã cedo. Habana Libre – disse ela após o bipe, então desligou. Ela voltou ao Audi e seguiu mais ou menos a mesma rota de volta para casa, onde cortou em pedaços o cartão telefônico antes de jogá-lo na lixeira. Então, após um profundo suspiro, foi tomar banho.

Cheio de ansiedade, Manuel Pardo despertou cedo no dia 10 de fevereiro de 1997, uma segunda-feira. Tomou banho, barbeou-se, escovou os dentes, vestiu a cueca, uma camisa branca, um terno executivo cinza com riscas de giz e dois botões, uma gravata verde-clara, meias e sapatos pretos. Eram 7h55 quando, carregando uma bolsa de náilon quase cheia, foi até a recepção e perguntou ao recepcionista se a correspondência que ele esperava havia chegado. O homem procurou no escaninho 205 e entregou-lhe um envelope selado endereçado ao Sr. Pardo. A aba fora selada com fita adesiva. Pardo voltou-se, engoliu em seco, e se foi. Colocou o envelope em um bolso lateral do paletó. Para disfarçar e controlar a ansiedade, fez o desjejum, então foi até o quarto e cuidadosamente verificou se alguém andara mexendo no envelope antes de abri-lo.

Continha uma chave e duas linhas em espanhol impressas por computador: Armário B-035. Terminal de ônibus no fim da avenida Balboa, perto da avenida Central, Cidade do Panamá.

Pardo ergueu o fone do gancho, pediu à recepção para chamar um táxi para ele, então jogou a nota na privada e deu descarga.

O major reformado chegou ao terminal às 8h35, localizou os armários de bagagem, inseriu a chave no B-035, e tirou dali um saco de papel dobrado e grampeado no topo. Enfiou-o em sua maleta e, agarrando a sua bagagem como se fosse a lâmpada de Aladim, voltou para o hotel em outro táxi. Àquela altura, Pardo teve certeza de que não nascera para ser espião. Apesar de Victoria assegurá-lo de que tudo funcionaria como um relógio, as palmas de suas mãos estavam suadas e ele tinha de lutar contra o impulso de verificar se estava sendo seguido ou não.

De volta ao seu quarto de hotel, temendo câmaras ocultas, trancou-se no banheiro para abrir o saco de papel. Continha cinqüenta mil dólares em pacotes de notas de vinte e cinqüenta, uma conta de luz em nome de Jesús Ortega, 6405 SW 10th Terrace, Miami, FL 33144, e um passaporte costarriquenho emitido para Evaristo Consuegra, nascido em 1963, com a fotografia do portador cuidadosamente removida. O Sr. Bonis, o paisagista de Miami, fizera um acordo com um limpador de janelas guatemalteco do Aeroporto Internacional de Miami. Pagava quinhentos dólares por cada passaporte que o outro encontrasse e, assim, conseguia dois ou três todo ano.

Por volta das 10h35, Pardo havia dividido as notas em cinco pacotes de oito mil dólares. Os dez mil dólares restantes foram guardados no bolso interno do paletó. Ele deu uma olhada para o relógio. Da carteira, tirou uma fotografia sua 5 x 7, então voltou para o quarto, tirou um pequeno tubo de cola de sua maleta, passou a cola muito delicadamente no verso da fotografia, e colou-a no passaporte. Enquanto esperava cinco minutos até que secasse, Pardo colocou os cinco pacotes de dinheiro dentro da bolsa de náilon, decorou o endereço da conta de luz de Miami, então guardou tudo no bolso do paletó. Eram 11h02 quando saiu do hotel.

O avião que traria o Sr. Eugênio Bonis para Miami decolou no Aeroporto Internacional do Panamá Tocumén três minutos depois.

Pardo chamou um táxi e pediu ao motorista para ir para a esquina da rua 50 e Aquilino de la Guardia, no Banco Continental. Ali, abriu uma conta pessoal sob o nome de Evaristo Consuegra e depositou oito mil dólares. O gerente do banco que cuidou do novo cliente fotocopiou seu passaporte costarriquenho e digitou no teclado o endereço residencial que o homem lhe dera. Às 12h45, Pardo terminava de abrir uma segunda conta no Banco del Istmo. No Panamá, o expediente bancário vai de 8h às 13h, de modo que teve de esperar até a manhã seguinte para abrir as outras contas de que precisava.

A Havanatur não tinha agência no Panamá. Outros a representavam. Uma vez que não tinha hora para chegar ou sair, Pardo não estava sujeito ao escrutínio dos cubanos. Após um hambúrguer e um refrigerante, o major reformado foi trabalhar em um escritório de operadora de turismo e ficou lá até esta fechar, às 17h.

Na manhã seguinte, Pardo digitalizou a conta de luz de Miami no scanner de um cyber café e abriu três novas contas, no Banco Internacional do Panamá, no Bancafé, e no Banco Alemán Platina. Passou a tarde em outra operadora de turismo. À noite, usando o laptop no quarto de hotel, visitou os sites de cinco bancos on-line nas Bahamas, Gibraltar e Jersey, Channel Islands. Pardo preencheu e imprimiu as contas pessoais de cada um dos cinco bancos sob o nome dos cidadãos chilenos cujos passaportes ele fotocopiara em Santiago. Então, digitou os mesmos nomes da versão digitalizada da conta de luz e imprimiu cinco contas de luz, para fornecer prova a cada um dos bancos de que o cliente morava na 6405 SW 10th Terrace, Miami, FL 33144, EUA. Em uma página separada, deixou claro que estava passando férias de duas semanas no Las Vegas Hotel Suites, entre a Calle 55 e a avenida Eusébio Morales, no Panamá, lugar para onde a correspondência devia ser endereçada até 24 de fevereiro.

Na manhã de quarta-feira ele enviou os formulários pelo correio – com as fotocópias dos passaportes chilenos, as contas de luz e as cartas de referência de advogados e contadores chilenos – para cada banco on-line. Pardo orgulhava-se de ter forjado tantos documentos de modo tão habilidoso. Em Havana, havia digitalizado papel timbrado de correspondência verdadeira recebida pela XEMIC, escrito as ótimas referências em inglês e guardado tudo em disquetes. Em Toronto, ele as imprimira, então comprara a bolsa de náilon para levar tudo aquilo.

Na tarde de sexta-feira, o recepcionista enviou para o hóspede do quarto 205 cinco envelopes de papelão com o logotipo de três diferentes empresas de correio. Em seu quarto, Pardo abriu-as uma a uma. Cada uma continha uma carta dando as boas-vindas ao novo cliente de tal e tal banco, dizendo que ele podia fazer o seu depósito inicial assim que lhe fosse conveniente e dando o nome do gerente que teria o maior prazer em receber as suas ligações ou mensagens. Um disco de computador com a assinatura digital do cliente, login e senha também foi fornecido.

Na segunda-feira seguinte, Pardo transferiu diferentes quantias dos bancos panamenhos para os bancos on-line. À tarde, visitou as páginas dos bancos on-line e confirmou que as transferências haviam sido efetuadas com sucesso.

– Em linguagem comum, o que isso quer dizer? – perguntou Victoria três dias depois, na noite de quinta-feira, após fazerem amor.

– Com cinco contas bancárias eletrônicas na internet, poderei depositar e retirar dinheiro eletronicamente de qualquer lugar do mundo usando um computador, e ninguém poderá rastrear a operação e chegar a mim – disse Pardo.

– Como assim?

– Chama-se Telneting. Telnet é um comando básico que envolve o protocolo para conexão com outro computador na internet. Você usa uma conta em qualquer provedor de internet para ordenar que os bancos on-line transfiram os fundos, ocultando assim a sua real identidade.

– Mas sua identidade real é desconhecida de qualquer modo – disse Victoria franzindo o cenho. – As contas bancárias de bancos que não são on-line estão sob o nome de um costarriquenho. As contas eletrônicas estão em nome de cinco cidadãos chilenos.

– Certo, mas tenha em mente que os bancos panamenhos têm a minha fotografia no passaporte costarriquenho.

– É verdade, caramba.

– Não há como contornar isso, de modo que deixarei estas contas em paz por enquanto; eu as fecharei em minha próxima viagem ao Panamá. Seu único propósito é dar uma fonte legítima para a transferência inicial de fundos aos bancos on-line.

– Quanto sobrou dos cinqüenta?

– Depositei quarenta no Panamá. Os bancos on-line requerem um mínimo entre quinhentos a dois mil dólares para abrirem uma conta. Excedi o mínimo todas as vezes e transferi 17.350. Gastei cerca de duzentos dólares em táxis e correio que não posso cobrar da XEMIC e tenho comigo quase 980, para emergências e despesas futuras.

Novamente Victoria franziu o cenho. Ela considerou algo antes de falar.

– Acho que deve levar o dinheiro para a fazenda de seus pais em Pinar del Rio. Enterrá-lo, escondê-lo, eu não sei, mas não o mantenha aqui. Fique aqui apenas com aquilo que pode dizer ter economizado de seu salário, uns quarenta ou cinqüenta dólares.

– Certo.

Victoria foi até o banheiro para tomar uma ducha e Pardo terminou a cerveja que ele tirara da geladeira após o sexo.

– Conseguiremos pagar Pola Negri em seis meses? – perguntou Victoria após voltar para a cama e ajeitar o travesseiro.

– Assim espero. Talvez antes. Após eu transferir o dinheiro da XEMIC para dois dos bancos on-line, digamos A e B, transferirei quantias de A para B e de B para A antes de transferir a maior parte para os bancos C e D, onde moverei o dinheiro mais um pouco antes de deixá-lo repousar no quinto banco, o banco E. Tenho de criar uma malha de transfe-

rências tão complexa que a fonte original de fundos se torne irrastreável. Chama-se fazer camadas.

– Como a iremos reembolsar?

– Com algo que custe 55 mil. Já disse: é impossível gastar dinheiro digital na internet agora. Ela terá de escolher entre imóveis, um carro, ou um casaco; algo que possa vender depois, ou ficar com ela caso deseje.

– Acho que você nunca me disse que tinha de ser assim.

– Considerando a sua prodigiosa memória, se você não se lembra, é porque eu não lhe disse.

Pardo fez uma pausa e, apoiando-se sobre os cotovelos, sentou-se para arrotar. Então, voltou a se deitar.

– Nos Estados Unidos, Canadá e na maioria dos países de Primeiro Mundo, um vendedor de propriedades deve preencher um relatório de transação monetária para qualquer transação em dinheiro acima de dez mil dólares – disse ele. – Este relatório tem de indicar quem é o comprador. Mas se o pagamento vier em dinheiro digital, nem o banco e nem o vendedor que o aceitar conseguem identificar o comprador. Assim, o vendedor não pode ser acusado de ajudar e dar assistência a alguém que pretenda lavar dinheiro. Eles não sabem quem é o vendedor.

Victoria suspirou.

– O que prova que as pessoas sempre encontram um meio de driblar medidas legais. Mas como pagaremos Pola?

– Com a propriedade que comprarmos. Faremos com que a escritura seja transferida para ela.

Victoria levou a mão ao púbis do marido enquanto considerava algo. Seu saco se contraiu, seus pênis despertou.

– Está certo de que ela não pode ser ligada a nós de jeito nenhum?

– Estou. Segure meu pau.

– Tudo ao seu tempo. Nada deve ligar Pola a Cuba. Ei, o que esse cara está querendo?

– Chupe.

– Eu disse que tudo tem seu tempo.

– Me chupe ou vou bater em você.

– Duvido.

Ele bateu nela duas vezes, devagar. Gostavam de um pouco de SM de vez em quando.

– Quero você dentro de mim agora – disse ela com um olhar de quem implora.

– Primeiro me chupe.

– Tudo bem. Da próxima vez você fará o que eu disser – disse ela, escorregando para baixo para tomá-lo em sua boca.

Os dedos dele descobriram-lhe as dobras, escorregaram para dentro e começaram a mexer com o clitóris de Victória.

Puxando a mala com rodinhas que Fidélia lhe dera havia uns três ou quatro anos, Steil chegou ao Aeroporto Internacional de Miami às 3h05 do dia 14 de abril. Seu vôo charter estava marcado para as 8h30, mas os passageiros foram instruídos a chegar às 2h. O *vôo noturno do embargo*, pensava Steil. *Peguei o embargado de Miami*, podia dizer.

Tendo estado lá algumas vezes quando ele ou seu falecido patrão tinham de viajar para o exterior, sempre de dia ou no início da noite, Steil ficou surpreso ao descobrir o imenso terminal, considerado o terceiro mais atarefado dos Estados Unidos, mal iluminado e quase vazio. Os balcões de linhas aéreas estavam vazios, as lojas de duty-free e lanchonetes fechadas. Não se via nenhum inspetor de alfândega ou da imigração, pilotos ou comissários de bordo. Os faxineiros limpavam o chão e esvaziavam latas de lixo.

Olhando ao redor, viu um fila de cinqüenta ou sessenta pessoas a cerca de uns cem metros, esperando para fazer o check in. "Meus compatriotas", certificou-se ao se aproximar da fila. O último homem confirmou em puro espanhol cubano – falado através de um basto e malcuidado bigode grisalho – que, sim, estavam todos voando para Havana. O sujeito, e aqueles diante dele, pareciam tomados de ansiedade. O chão estava coberto de todo tipo de bagagem, predominantemente aquelas conhecidas pelos cubanos como "vermes", sacos feitos de tecido resistente com um zíper longitudinal – preferidos por sua leveza comparativa que acrescenta quilos inestimáveis ao limite de bagagem da empresa aérea.

Preparando-se para a longa espera, Steil sentiu o ferrão da discriminação. Para a maioria dos vôos internacionais, os passageiros tinham de chegar ao terminal duas horas antes da partida. Os que iam para Cuba vindos de Miami tinham de estar lá seis horas e meia antes do horário da decolagem. A revista geral das bagagens não era conseqüência do 11 de Setembro; começara em fins dos anos 1970. Nenhum cidadão ou residente dos Estados Unidos podia viajar para o exterior com mais de dez mil dólares em dinheiro, mas se o lugar de destino era Cuba, a permissão era de 180 dólares por dia de estadia.

Steil suspirou, resignado. Ele sabia que tratamento tão injusto não era direcionado aos cubanos como uma raça ou nacionalidade. Ele viajara para países da América Central sem experimentar limitações de qualquer espécie. Era tudo política. Contudo, a política se torna pessoal queira você ou não. Ele portava um cinturão de dinheiro que continha oito mil dólares, seis mil e seiscentos dólares a mais do que podia levar legalmente e, caso fosse revistado... Mas qual seria o propósito de sua viagem caso não pudesse ajudar parentes e amigos? Bem, por uma comissão de 15 por cento, dezenas de mexicanos e centro-americanos que viviam em Miami freqüentemente viajavam para Cuba e entregavam milhares de dólares para destinatários designados. Ele economizaria dinheiro deste modo. Mas a verdade era que ele queria ver as coisas com os próprios olhos. Havia rumores de que a situação melhorara consideravelmente desde que ele fora embora, em 1994. Embora nem pensasse em abandonar o emprego, Fidélia, ou as oportunidades de liberdade e negócios das quais desfrutava em Miami, ele sentia saudades de Havana e Santa Cruz del Norte.

– Oi, cara – disse uma voz familiar em espanhol.

Steil voltou-se e ficou agradavelmente surpreso ao topar com Tony Soto.

– O que diabos faz aqui? – perguntou o viajante. O amigo vestia roupas civis, o que possivelmente significava que não estava a serviço. Viera se despedir. Um belo gesto de afeição e talvez um pouco de preocupação também.

O sorriso de Tony parecia forçado. Então, Steil notou dois homens em pé atrás do amigo, olhos grudados nele.

– Eu, bem, vim me despedir... e apresentá-lo a esses cavalheiros. Querem ter uma palavrinha com você – disse o policial, agora em inglês e movendo-se de lado para abrir caminho para os estranhos.

O absurdo da situação deixou Steil sem fala. Olhou para o sujeito mais alto, que lhe estendeu a mão. Negro, perto de 1,80m de altura, quarenta e poucos anos, bem-vestido, usando uma jaqueta esporte bege sobre uma camisa azul e calças jeans. Seu rosto brilhava de suor. Steil apertou-lhe a mão murmurando "Prazer", após o que o homem disse:

– Prazer em conhecê-lo.

E voltou-se para o outro sujeito: branco, cinqüenta e poucos anos, gordo, careca com uma fímbria de cabelo ao redor da cabeça. Vestia uma camiseta branca sob uma camisa de mangas curtas azul-marinho e calças baggy. Tinha lábios em colchetes. Segundo aperto de mão.

– Prazer.

– Todo meu.

– Sr. Steil – disse o negro com uma voz cava –, pedimos que o Sr. Soto nos apresentasse porque sabemos que são bons amigos e precisamos lhe pedir um grande favor. Mas precisamos de privacidade. Você se importaria em nos emprestar um pouco de seu tempo em nosso escritório, lá em cima?

Elliot tentava pôr as idéias em ordem. Quem eram aqueles sujeitos? Teriam coagido Tony a vir até o aeroporto?

– Amigos seus, Tony? – perguntou, apontando para a dupla com o polegar.

– Claro. Querem levar um papo com você, e eu sinceramente sugiro que você os ouça.

– Quem são eles?

– Nós lhe mostraremos as nossas identificações assim que chegarmos ao nosso escritório – acrescentou o negro. – Não queremos fazê-lo na frente de toda essa gente.

Então, eram policiais, intuiu Steil. Era o seu primeiro entrevero com a lei em um bom tempo. De algum modo descobriram que carregava dinheiro demais. Tinha de ser isso. Mas por que Tony estava mediando? Talvez para interceder por ele. De qualquer modo, era razoável poupá-lo do embaraço de ser questionado, talvez até mesmo revistado, na frente de toda aquela gente. Subitamente sua viagem fora estragada. Pedir um grande favor a mim? Será que o filho-da-puta achava aquilo engraçado?

– Ouça, esta é uma fila de check-in – argumentou Elliot. – Se eu perder o lugar...

– Cuidamos disso – interrompeu o negro sorridente. – Não perderá o vôo.

Steil balançou a cabeça, estalou a língua, sorriu, inspirou profundamente e quase disse algo inadequado.

– Tudo bem – murmurou enquanto agarrava a alça da mala com rodinhas.

O branco fez um gesto largo com o braço em direção aos elevadores e os dois cubanos o seguiram. O negro veio atrás. Steil pensava se aquele contratempo tinha a ver com o dinheiro, os estranhos provavelmente eram agentes do Tesouro. Podia suportar uma perda de 6.600 dólares, mas a viagem não teria sentido se fosse de mãos vazias. Um rapaz de feições latinas atravessou o saguão, tomou o lugar de Steil na fila e disse algo para o homem de bigode.

Elliot estava mais curioso do que aborrecido quando foi levado à área de estar do escritório do segundo andar. Junto à parede dos fundos havia duas mesas de metal com monitores, teclados, arquivos, papéis e telefones, duas cadeiras reclináveis e um gabinete de arquivo. Tais móveis destoavam do belo sofá de couro e duas poltronas, mesa de café e as luminárias sobre as mesas de canto posicionadas junto à entrada. Havia gravuras modernas nas paredes, um pequeno refrigerador, uma máquina de café sobre uma mesa auxiliar e um aparelho de tevê em uma mesa com pedestal a um canto. Três câmaras de vídeo escondidas e cinco microfones começaram a funcionar no momento em que as portas se fecharam.

O negro sinalizou para que Elliot e Tony se sentassem no sofá. O tira escolheu o lado direito, Elliot o esquerdo. Os estranhos se acomodaram nas poltronas.

– Obrigado, Sr. Steil. Realmente apreciamos ter dedicado um pouco de seu tempo para conversar conosco – começou o negro enquanto desabotoava o paletó. – Meu nome é Brent Hart. Sou do FBI. – Ele tirou um porta-distintivo do bolso peitoral interno do paletó, abriu-o e mostrou-o para Elliot, que lutava para disfarçar a sua surpresa. *FBI? Não era por causa do dinheiro?* – Este cavalheiro – prosseguiu apontando para o branco – é Paul McLellan e é do Departamento de Tesouro. – McLellan também mostrou o distintivo. Ah, então *era mesmo* sobre dinheiro.

Elliot aprendera que homens em posições de poder não respeitam os pobres de espírito. Aceitam-nos, sim; mas respeitar, não.

– Desejo ver identidades, não distintivos, se não se importam – disse ele.

Hart e McLellan trocaram olhares e Hart meneou a cabeça. Ele foi o primeiro a sacar a carteira e apresentar a sua identificação. Enquanto Steil olhava, McLellan procurava a dele. Tony olhava impassível para o agente do governo. Quando Steil devolveu a identidade de Hart, McLellan ofereceu a sua. Olhando para ela, Steil pensou, *Estou ferrado. Mas o que o FBI tem a ver com isso?* Ele devolveu o cartão de plástico.

– Bem, cavalheiros, estou muito curioso para descobrir o que estou fazendo aqui.

Hart se remexeu na cadeira e, sorrindo, tranqüilizou Steil.

– É nossa impressão que você nada fez de errado, Sr. Steil. Nada tem a temer de nós. Estamos acompanhando um caso já há algum tempo a respeito do qual achamos que você nada sabe e no qual está apenas marginalmente envolvido. No momento, não podemos esclarecer a natureza deste caso. É confidencial. Há um mês soubemos que você pretendia ir a Cuba e queremos pedir sua cooperação no que diz respeito a...

– Só um minuto – disse Steil erguendo a mão e olhando para o chão. – Não, prossiga.

– Tudo o que queremos é que nos diga...

– Espere um instante – interrompeu Steil outra vez. – Vou fazer uma pergunta e quero uma resposta direta. Vão me pedir para espionar algo ou alguém?

– Não – disse Hart.

– Não?

– Não.

Steil olhou de esguelha para Tony, que continuava estranhamente impassível.

Steil limpou a garganta.

– Ouça, Sr. Hart, Sr. McLellan – disse ele, devolvendo o olhar dos policiais. – A política me é indiferente. Não dou bola para o comunismo, o embargo, a Fundação Cubano-Americana, ou qualquer coisa do tipo. Não conheço ninguém em Cuba remotamente ligado ao governo ou ao partido comunista. E se o seu pedido nada tem a ver com espionar, não sei como posso ser útil ao FBI ou ao Tesouro dos Estados Unidos.

Cinco ou dez segundos se passaram. McLellan apertou os lábios em sinal de desagrado. Hart inclinou a cabeça para o lado mas manteve silêncio. Tony Soto cruzou os tornozelos, olhando para o chão, e balançou a cabeça, desiludido.

– Bem? – disse Elliot.

– Bem o quê? – perguntou Hart.

– Como posso ser útil para vocês?

– Como pode descobrir se não me deixa terminar?

Steil apertou os lábios. O sujeito estava certo. Suspeitando de uma armadilha, perdera o sangue frio. Ele meneou a cabeça, concordando.

– Perdão. Prossiga.

– Ótimo. Quer uma Seven-Up?

Olhando o sujeito nos olhos, Steil aceitou a oferta e Hart foi até o refrigerador, abriu-o, e voltou com o refrigerante. Steil não estava com sede. Ele deu-se conta de que o haviam investigado ao nível do trivial, já que aquele era o seu refrigerante favorito.

E os cretinos queriam que ele soubesse disso. Aquilo lhe provocou calafrios, mas ainda assim pegou a lata, abriu-a, tomou um gole. Hart voltou a se sentar, entrelaçou os dedos da mão e começou a falar.

– Temos razão para crer que você será abordado por alguém em Cuba. Alguém que você provavelmente nunca viu antes, embora ele tente se apresentar através de um amigo ou parente seu. Acreditamos que ele tentará fazer um acordo com você. Fique certo de que esse sujeito não vai tocar em um fio de cabelo seu. Ao contrário, vai tentar conquistá-lo. E pedirá que faça algo para ele aqui em Miami.

"Podemos estar errados. Neste caso, nada demais acontecerá em sua viagem e você nos dirá isso quando voltar. Mas há uma forte possibilidade de estarmos certos e, caso um estranho se aproxime de você com alguma proposta, pedimos que você por favor concorde com o que este sujeito lhe pedir para fazer em Miami e nos conte tudo.

Hart cruzou as pernas, McLellan passou a mão na cabeça, Tony alisou o bigode com as unhas da mão. Steil não conseguia crer no que estava ouvindo. Sentindo a boca seca, tomou um segundo gole.

– Agora, por favor, pense nisso. Poderíamos ter optado por não lhe dizer coisa alguma. Então, ao voltar, perguntar se alguém em Cuba pediu que você transmitisse uma mensagem, fizesse uma proposta de negócio ou agisse em seu nome de algum outro modo neste país. Neste caso, suponha que, por medo, desconfiança ou qualquer outro motivo, você se recusasse a cooperar, ou negasse ter falado com alguém quando de fato falou. Ainda pior: nenhum estranho se aproximou de você, nenhum amigo ou parente lhe pediu para fazer alguma coisa aqui, mas podemos pensar que você está mentindo. Neste caso, você se tornaria um suspeito. Não queremos que isso aconteça. Nós confiamos em você porque achamos que você é uma pessoa confiável e pode nos dar uma mão.

– Mas há outro motivo para pedirmos que você coopere com o governo dos Estados Unidos – disse McLellan quando Hart parou de falar. – Se nos ajudar, você ajudará a si mesmo. Seu futuro aqui é esplêndido, Sr. Steil. Você chegou aqui como um imigrante ilegal, herdou uma importante quantia em dinheiro e é sócio de uma empresa comercial. Mesmo que você não tenha se candidatado à cidadania dos Estados Unidos, este é o sonho americano tornado real. Contudo, o sonho pode virar pesadelo se você se envolver em um crime sério. Peço que considere isso.

Steil inclinou-se para a frente e pousou a lata de refrigerante na mesa de café.

– Creio que o melhor que tenho a fazer é cancelar a minha viagem – retorquiu.

– Você pode, é claro – respondeu Hart. – Então teremos de reconsiderar a nossa impressão de que você não está envolvido no que está acontecendo.

Sentindo-se encurralado e furioso, Steil levantou-se.

– Você acaba de dizer que não fiz nada.

– Acalme-se, Sr. Steil. Por favor, sente-se. Eu disse que era *nossa impressão* que você nada fez de errado. Talvez estejamos errados. Talvez você esteja pensando em cancelar a sua viagem para falar sobre esse nosso encontro com alguém – disse Hart suavemente.

– Isso é absurdo! Não sei o que diabos vocês estão dizendo.

– Elliot, sente-se – aconselhou Tony Soto.

– Cala a porra da sua boca, Tony! – devolveu Elliot, olhando-o com raiva.

– Não há necessidade de xingar – reclamou McLellan.

Aquilo fez Steil parar de chofre. Inspirou profundamente e emitiu um suspiro de exasperação.

– Perdoem – murmurou ao se sentar.

– Não perca a calma, Sr. Steil – prosseguiu McLellan. – Precisamos de sua ajuda. Devido à sua nacionalidade, seu trabalho, suas freqüentes viagens à América Central e sua fluência em inglês, você é o candidato perfeito.

Steil voltou a cabeça para o lado, apoiou os cotovelos no sofá, segurou a ponta do queixo e, olhando para a escrivaninha mais próxima sem vê-la, pareceu desagradado com a proposta. Seu silêncio foi respeitado. Ele nada sabia do tal caso. Ele não cometera crime algum, não nos últimos sete anos. Recusara-se a se envolver em política. Em verdade, jamais se envolvera. Ele não faria aquilo. Nenhuma agência governamental poderia forçá-lo a fazer algo contra a sua vontade.

– Cavalheiros – disse ele, voltando-se para encarar Hart e McLellan –, não irei a Cuba. Vou cancelar a minha viagem. Lamento. – Então se levantou.

Hart ergueu a sobrancelha e balançou a cabeça com compaixão, lamentando as coisas terem chegado àquele ponto, então olhou para McLellan.

– Tudo bem. Sem problemas. Este é um país livre – disse McLellan com um sorriso. – Tem advogado, Sr. Steil? – perguntou o sujeito do Tesouro.

– O quê?

– Advogado, conselheiro, perseguidor de ambulância, *abogado* em espanhol.

– Sim.

– Há um telefone ali. Ligue para ele.

– Por que deveria?

– Porque ontem você retirou nove mil dólares de sua conta poupança no Capital Bank. E tenho aqui – McLellan tirou um papel do bolso da camisa – uma autorização para revistá-lo. Suspeito que você está transportando uma soma em dinheiro que excede consideravelmente a quantidade máxima que pode levar para Cuba, que é de exatamente 1.381 dólares, resultado da multiplicação de 183 dólares por sete, os sete dias que você ficará lá, acrescidos de mais cem que você pode legalmente importar em compras. Talvez você não saiba que, caso eu descubra com você apenas um dólar a mais que 1.381, você terá de pagar uma multa que vai de cinqüenta mil a dez milhões de dólares e prisão de dez a trinta anos, por intencionalmente tentar violar uma lei federal que residentes permanentes têm de obedecer. Portanto, acho que você deveria chamar o seu advogado e pedir a ele para vir para cá o mais rapidamente possível.

Em 17 de abril de 1997, alguns minutos após as 11h, Manuel Pardo recebeu um telefonema da assistente pessoal do presidente da XEMIC. *Uma reunião inesperada estava acontecendo no último andar e sua presença acabara de ser requisitada, disse-lhe a mulher. No momento em que o major reformado entrou na luxuosa sala de reuniões e viu os participantes, soube o que estava em pauta. Afora o presidente da* XEMIC *e seus dois vice-presidentes, também estavam ali o presidente do Banco Financiero Internacional, um general – e vice-ministro – do Ministério do Interior, representantes do Banco Central de Cuba, o ministro da Eletrônica e das Comunicações, e o ministro da Ciência e Tecnologia.*

No dia anterior, explicou o presidente da empresa assim que Pardo se sentou, pessoas desconhecidas haviam extraído 1.600.065 dólares de uma conta do Banco Financiero Internacional para uma conta bancária nas Ilhas Cayman.

O homem fez uma pausa para deixar que a informação fosse absorvida. Pardo esperava ansiosamente ouvir aquilo da boca do próprio. Sabia que, para o Interior, todo mundo era um possível suspeito, incluindo os presidentes do banco e da empresa, mas se o administrador de rede da empresa não fosse informado sobre o que havia acontecido, isso significava que ele estava frito. Ele ensaiara o seu papel à exaustão, com Victoria atuando como diretora, e agora, medo aliviado, sentia-se pronto para interpretar.

– Quanto? – perguntou, olhos arregalados de descrença.

O presidente repetiu a quantidade.

– Mas como...? Quero dizer, os bancos têm sistemas de segurança, todo tipo de...

Pardo fingiu hesitação. O burocrata inepto que chegara ao topo depois de trabalhar muitos anos todos os dias, num total de oitenta horas por semana, e de puxar saco de modo considerável, balançou a cabeça.

– Fizeram isso pela internet – explicou o sujeito. – Duas retiradas, uma de... – olhou para o bloco de notas – ...785.414 dólares. A outra de 814.651 dólares.

– Oh – exclamou Pardo, e então deixou passar alguns segundos antes de pular da cadeira. – Mas na internet eles deixam pistas! – disse ele, entusiasmado. Outra pausa para reflexão. – A não ser que tenham usado a Telnet – disse, soando desencorajado com a perspectiva.

– Foi exatamente o que fizeram. A pista evaporou em um servidor de internet do Canadá. O usuário de uma conta deu-lhes um nome falso e citou como lugar de trabalho um terreno baldio em Montreal.

Os outros participantes observaram Pardo refletir a respeito.

– Mas descobrir os nossos códigos e senhas bancárias... – o roteiro dizia para ele deixar aquilo no ar. E foi o que ele fez.

– Sim, também suspeitamos que seja alguém aqui de dentro – disse o burocrata –, mas precisamos de provas. O Ministério do Interior e o Banco Central formaram uma comissão para investigar isso. Quero que colabore com eles. Você juntará forças a...

Enquanto meneava a cabeça para cada membro de comissão a quem era apresentado, Pardo sentiu-se ligeiramente triste. Ele e Victoria haviam dado um golpe de mestre, mas não podiam reclamar os créditos daquilo. Não era justo.

Naquela noite, contando a história para a mulher:

– ...mas quase me mijei nas calças de rir quando o general, Silvestre, você o conhece?

– Não.

– Bem, ele me chamou em um canto após o fim da reunião e disse: "Major, você é nosso homem lá. Se alguém pode descobrir quem fez isso, essa pessoa é você. Esta é minha linha direta" e deu-me um papel com um número de telefone. "Se precisar de algo ou descobrir algo, quero ser o primeiro a saber." Consegue imaginar? Ele quer ser o primeiro a saber! – Pardo riu gostosamente.

Victoria estava um pouco preocupada com a transformação gradual do marido. De um matemático sem graça e sexualmente sem imaginação com noções sociais utópicas, Pardo tornara-se um realista com iniciativa e soberbas habilidades sexuais. Mas também se tornara destemido e excessivamente confiante. Ela achava que um pouco de medo era benéfico. Confiança era ótimo, excesso de confiança era perigoso.

– Cuidado, macho *– advertiu ela. – Agora todos estarão de prontidão. Antes disso, você podia verificar todos os programas e registros, entrar em todas as páginas de internet, ninguém estava alerta porque nada remotamente similar acontecera no passado. Agora será diferente. Deve haver alguém no Interior, ou em Ciência e Tecnologia, ou em Comunicações, hábil o bastante para rastreá-lo.*

– Victoria, confie em mim no seguinte: ninguém, em lugar algum, pode me rastrear.

– Apenas tenha cuidado.

Na primeira reunião, os especialistas de Ciência e Tecnologia e Comunicações concordaram integralmente com as sugestões inteligentes de Pardo. Por sua vez, ele aprovou sem reservas as sugestões deles. Os leigos concordaram sem compreender uma palavra do jargão da internet. O trabalho começou.

Três semanas depois, o general Silvestre convocou uma reunião às 10h em seu escritório. Os três especialistas admitiram seu insucesso.

Não foram capazes de detectar como os intrusos entraram no sistema. O Banco Financiero, explicaram para os burocratas, tinha softwares de última geração, nenhuma brecha na segurança, técnicas de ponta de detecção de intrusão. Alguém conseguira entrar, mas não podiam determinar quem nem como.

O general bateu na mesa com a mão espalmada, assustando os outros.

– Isso é inaceitável, cojones – gritou. – Nós somos roubados e vocês vêm me dizer que está tudo perfeito? A segurança, o software, o hardware? Bem, o cara conseguiu nos ferrar e pode continuar nos ferrando. Me cago en su madre.

Pardo teve de reunir todo o seu auto-controle para não rir tolamente.

– Perdoe-me, camarada general – disse ele. – Mudamos todos os softwares de autenticação e autorização. É impossível que... seja lá quem entrou no sistema volte a repetir o feito.

Não devia ter dito feito, Pardo imediatamente deu-se conta.

– Feito? Você chama roubo de feito, camarada?

– Perdoe, camarada... É só que...

– O que o camarada Pardo quer dizer – interrompeu Ariel Camacho, o especialista do Ministério de Ciência e Tecnologia que se afeiçoara a Pardo – é que de um ponto de vista puramente técnico, o que foi feito é uma obra-prima.

– Quero que se dane a sua obra-prima – gritou o general. – Deve ter sido aquele traidor – acrescentou.

Cinco semanas antes do golpe de Pardo, um executivo de nível médio de 35 anos do Banco Financiero Internacional sediado em Londres pediu asilo como refugiado. O homem fora admitido no partido com 23 anos, servira em Angola, entusiasticamente acenara com pequenas bandeiras de Cuba em demonstrações políticas e dizia para quem quisesse ouvir que o Comandante-em-chefe era a maior personalidade da história da humanidade. Dois meses depois de designado para Londres com a esposa e a filha de cinco anos, ele desertou.

Os especialistas analisaram a possibilidade de o executivo fugitivo ter feito o serviço ou dado a informação necessária para outros o fazerem. A conclusão unânime, relatada para os membros da comissão durante o quarto encontro, era que o homem não tinha o conhecimento, a *informação essencial e a perícia com computadores para fazê-lo. Apesar disso, o general paranóico, que não sabia distinguir um computador de uma máquina de escrever e precisava fechar o caso, continuou insistindo que o "traidor" era o ladrão.*

– Talvez ele esteja mancomunado com outros traidores não detectados esperando para serem mandados para o exterior, onde pedirão asilo político e receberão a sua parte. ¡Hijos de puta!

Ninguém disse palavra. O general engoliu meio copo d'água, devolveu o copo à mesa com um baque surdo e limpou a boca com as costas da mão.

– Agora, camaradas – disse ele – temos de solucionar este caso. Quero que comecem de novo, limpem o placar, comecem do zero, verifiquem tudo duas vezes. Acima de tudo, devem tomar medidas adequadas para proteger os sistemas, softwares, ou seja lá como chamam segurança em seu jargão incompreensível e assegurem que isso nunca volte a acontecer. De outro modo, muita gente seria demitida. Não vocês da Ciência e Comunicações ou do Banco Central. Vocês nada têm a ver com o que aconteceu, estão apenas nos dando uma mão. O Interior agradece. Mas e gente do Banco Financiero? Da XEMIC? Eu não daria um centavo por seus empregos se isso voltar a acontecer.

Embora o culpado nunca tenha sido descoberto, o fato de nenhuma transferência não-autorizada de fundos ter acontecido nos dois anos e cinco meses seguintes fez com que o golpe fosse esquecido. Pardo viajou intensivamente neste período. Em uma viagem ao Canadá ele pagou eletronicamente 58 mil dólares da conta do banco "E" por um terreno em Guelph, Ontário. Em suas idas e vindas entre Brooklyn e Houston, enviou a fatura de compra para o Sr. Bonis, o jardineiro de Miami. Nove dias depois, precisamente às 10h, de um telefone público em Montreal, discou o número de Miami que memorizara e foi atendido pela secretária eletrônica. "Boris paisagista. Deixe sua mensagem e eu volto a ligar para você. Se for o Sr. Dopar, a Sra. Negri manda agradecer."

Pardo esperou pelo bipe e então disse:

– Diga-lhe que agradeço a sua ajuda.

Em 1998 e 1999, o ex-major viajou para Londres, Barcelona, Milão, Frankfurt e Paris. Em cada uma dessas cidades abriu contas na inter-

net com provedores locais. Seguindo as instruções da esposa, alugou em Paris uma caixa de depósito de valores em uma agência do Credit Lyonnais e guardou ali um disquete que Victoria pediu que ele desse sumiço. Ela o fez prometer que (1) ao voltar a Cuba, devolveria a chave para ela, (2) não faria cópia daquilo e (3) sob nenhuma circunstância tentaria descobrir o que continha o disquete. Seguro de que era algo muito secreto e de grande importância, manteve a palavra, certo de que, em determinados assuntos, quanto menos você souber, melhor. Victoria deve ter feito uma apólice de seguro de vida substancial, concluiu.

Em agosto de 1999, quando o chefe de compras das Tiendas Panamericanas, a rede nacional de lojas da XEMIC, desertou em Madri, Pardo estava pronto para agir outra vez. Em 14 de setembro, 1.235.760 dólares desapareceram de uma conta bancária das Tiendas Panamericanas nas Bahamas. O administrador de rede foi chamado de volta de Paris no dia seguinte ao da fraude e voltou imediatamente, convencendo assim os detetives de que ele nada tinha a ver com o golpe. Ocultos em seus sapatos e cuecas, trouxe com ele dez mil dólares em notas de cem.

Depois que a comissão de inquérito terminou seu trabalho em dezembro do mesmo ano, Pardo foi demitido. Todos acreditavam que o Diretório Geral de Contra-Inteligência o transformara em um bode expiatório, após não terem detectado que um alto executivo das Tiendas Panamericanas estava se preparando para trair a Revolução e se apropriar de dinheiro público. Era claro como o dia, disse o general Silvestre. Durante mais de dez anos, o Judas viajara centenas de vezes para o exterior, fazendo contatos em muitos países. Um ISP de Barcelona operava a conta de internet utilizada para fazer a retirada, e o bastardo agora vivia na Espanha. Contudo, sem provas concretas, nenhum pedido de extradição foi apresentado ao governo espanhol.

O filho-da-puta foi muito esperto, concluiu Silvestre. Ele nunca demonstrou curiosidade por computadores, hardware ou software, contabilidade ou transações bancárias, como confirmavam os depoimentos de seus subordinados. Até seu último dia em Cuba, o bastardo alegou seu apoio à Revolução, participou de passeatas e trabalho voluntário e expressou profunda admiração pelo Chefe. Como a contra-inteligência poderia detectar os seus verdadeiros sentimentos e malévolas maquinações? Impossível. Contudo, ficou decidido que Pardo e o administrador de da-

dos da rede de lojas teriam de ser demitidos. A especialista da rede, mãe de dois filhos recuperando-se de uma mastectomia que teve de fazer após contrair câncer no seio, sofrera uma grave crise nervosa durante a investigação e ainda estava hospitalizada. De qualquer modo, foram usados como exemplo. Exemplo de quê? Ninguém sabia.

Victoria e Pardo sabiam ter de demonstrar profunda tristeza e embaraço pelo que acontecera. Sozinhos entre quatro paredes, porém, transavam como coelhos supererotizados: 2,6 milhões em uma conta em um banco em Jersey, Channel Islands, e vinte mil enterrados na fazenda do pai de Pardo revelaram-se um poderoso afrodisíaco. Ariel Camacho, o especialista em computadores da Ciência e Tecnologia, que aprendera a admirar o profissionalismo de Pardo quando trabalhou com ele na comissão, conseguiu que o infeliz major conseguisse um emprego como especialista de computadores no Instituto de Meteorologia.

– Andei pensando, Victoria – disse Pardo para a esposa após um mês no emprego, na tarde de domingo em que ele voltou de uma visita ao farol mais a oeste da ilha, o farol de Roncali, voltado para o estreito de Yucatán –, que devemos começar a pensar em como sair daqui rápido, caso tenhamos de fazê-lo.

Embora ela nunca tenha discutido aquilo com o marido, a tenente-coronel andara pensando naquilo. A vida lhe ensinara que os mais sábios sempre tomam precauções e têm alternativas.

– Poderia dizer mais a respeito? – pediu ela.

– Claro. O instituto tem estações em todo o país. Algumas delas estão em pontos inacessíveis, quase desertos do litoral. Os mais importantes têm radares para rastrear furacões, computadores, rádios, e outros instrumentos. Eu lhe disse que o meu trabalho inclui a manutenção dos computadores nas províncias de Pinar del Rio e Havana a cada dois ou três meses, bem como reconfigurar os que dão pau. Quando vou até lá, em meu tempo livre eu posso pescar e fingir estar fazendo observação de pássaros, ficar amigo de guardas florestais ou da guarda-costeira, ver que tipo de vigilância mantêm sobre os barcos, medir a hora de passagem dos barcos patrulha, esse tipo de coisa.

– Não é má idéia. Mas tenha cuidado.

Cientes de que as mudanças na vida de seu marido eram muito profundas para não afetá-la, Victoria alimentava-lhe o ego constantemente e seguia caminhos tortuosos para fornecer aconselhamento psicológico indireto. Pardo se adaptou bem e, por volta de janeiro de 2002, tinha tudo pronto: ele e a esposa podiam escapar a hora que quisessem ou precisassem.

A carreira de Victoria chegara ao auge 13 meses antes, às 3h30 de 5 de dezembro de 2001, quando o Comandante, fiel ao seu hábito de uma vida inteira de trabalho à noite, a convocou ao seu escritório. Primeiro, ela foi promovida a coronel, então recebeu a medalha de Heroína da República de Cuba. Seu trabalho era tão secreto que apenas três outras pessoas compareceram à cerimônia: o ministro do Interior, o general Lastra, e o coronel Morera.

Ter um relance do círculo fechado do ditador admirou Victoria. Homens geralmente carrancudos que riam a cada comentário jocoso que o Chefe fazia. Sabendo que ele detestava interrupções, mantinham um silêncio respeitoso mesmo quando a pausa durava um minuto ou dois. Anotavam em seus blocos de nota cada palavra significativa que ele pronunciasse. Ninguém dava opinião sem ser perguntado. O general Lastra, que fumava de dez a doze charutos por dia, não ousava acender um Lancero na presença dele. A nova coronel deixou o Palácio da Revolução pensando que aquilo que parecia respeito ou admiração parecia-lhe mais medo concentrado.

Na semana seguinte, Victoria foi presenteada com uma cobertura duplex mobiliada na avenida Paseo, um Tico quatro portas, um computador Pentium-3 da Dell e um laptop Acer. Contudo, o que a elevava a um status privilegiado que poucos cubanos desfrutavam era ter acesso irrestrito à internet a partir de sua casa. A Sra. Victoria Valiente realmente estava com tudo.

Forçado a devolver o laptop após ser demitido pela XEMIC e restrito a navegar apenas por sites meteorológicos a partir do Instituto de Meteorologia, Pardo ficou consideravelmente para trás em sua matéria, que progredira muito em dois anos. Por esse motivo, os benefícios que ele mais valorizava eram o acesso à internet e o laptop. Seu excesso de confiança também aumentou desproporcionalmente. Em sua opinião, Victoria estava acima da vigilância, da crítica ou do impeachment. Ninguém ousaria mexer com ela. E isso o levou a cometer um grande erro.

– VOCÊ O QUÊ? – gritou Victoria quando ele disse ter acessado o banco de casa.

– Ei, por que está tão nervosa? Acalme-se. Agora você é intocável. Ninguém no servidor vai verificar os sites que você visita.

– Oh, Pardo, você não sabe que há apenas dois intocáveis neste país? Que todo mundo pode ser vigiado de vez em quando? Não se dá conta de que comprometeu seriamente tudo o que conseguimos até agora?

– Fique calma. Nada vai acontecer.

– Pardo, querido, até agora você se saiu muito bem. Mas hoje você ferrou com tudo de modo atroz. Vamos começar a descobrir como apagar o seu rastro e, caso não encontremos uma ótima desculpa, descobrir como melhor enfrentar as conseqüências.

Capítulo 3

Voando sobre o estreito da Flórida, um Elliot Steil insatisfeito e abatido observava o mar lá embaixo de sua poltrona junto à janela. Talvez naquele mesmo lugar ele tenha flutuado, desesperado, nas primeiras horas de 5 de junho de 1994, vítima de uma conspiração da qual ele nada sabia. Seu primeiro encontro com a morte. E hoje, sete horas mais cedo, ele fora arrastado a contragosto para... o quê? Não fazia idéia. E não tinha opção. Os filhos-da-puta! Todos os meses, milhares de pessoas excediam a quantidade de dinheiro que podiam levar para Cuba. Alguns viviam daquilo e nada acontecia com eles.

– Estão me chantageando? – perguntara, atônito, sentindo a sua ira a ponto de explodir, após McLellan ter sugerido que ele devia chamar um advogado. Então, indignado, desabafou: – Prendam-me, diabos, levem-me ao tribunal. Vou dizer ao mundo inteiro o que aconteceu aqui esta noite.

Tony salvou o dia ao acalmá-lo. O tira agarrou-lhe o braço, levou-o para um canto, sussurrou em seu ouvido, gesticulou, implorou que ele não fosse um idiota, argumentou com ele quase 15 minutos. Elliot seria um idiota se se recusasse a levar o plano adiante, argumentou Tony. Com a histeria nacional após 11 de Setembro, recusar-se a colaborar com o FBI em um caso que envolvesse um país acusado de fazer parte do eixo do mal era equivalente a alta traição.

Estaria Elliot desejando ir para a cadeia? Teria considerado que teria de gastar todo o seu dinheiro em multas e custos processuais? Que podia perder o emprego e Fidélia também?

– Deus do céu, Elliot, acalme-se, pense – repetia o amigo.

– Tony, nem mesmo sei o que devo fazer – objetou, indeciso.

– Você não tem de fazer coisa alguma, seu babaca, esta é a beleza da coisa. Não ouviu o que o cara disse? Você deve ir aos lugares onde deseja ir, visitar as pessoas que deseja visitar, trepar com as belas *putas* se quiser, e se... está me ouvindo? Se alguém se aproximar de você com uma proposta que soe suspeita, como entregar uma carta, um pacote, ou uma mensagem para alguém aqui, você deve dizer que sim, voltar e fazer um relatório. Ora vamos. Vamos falar com esses caras. Não seja turrão. Diga que lamenta. Que perdeu a cabeça. Vamos, vamos.

Após a sua aquiescência, foram ao que interessava. Hart deu-lhe um curso intensivo daquilo que fazem os informantes. Tinha de confiar na memória o máximo possível. Fazer anotações estava fora de questão. O agente do FBI queria descrições detalhadas de gente que pedisse a Steil para fazer algo em Miami em seu nome, desde enviar uma carta até transmitir uma mensagem para alguém. O lugar onde fosse abordado também deveria ser reportado. E, mais importante de tudo, tinha de se lembrar com quem ele teria de entrar em contato em Miami e qual a mensagem que deveria passar para essa pessoa. Hart insistiu que Elliot não deveria concordar com a proposta imediatamente, especialmente se parecesse ser algo ilegal. Neste caso, deveria se mostrar difícil de ser persuadido e fingir temer um problema com a lei e ver se lhe ofereciam dinheiro, o ameaçavam (aqui Steil riu), ou apelavam para o seu patriotismo. Caso nenhuma dessas introduções fosse tentada, então deveria dizer que faria aquilo como um grande favor que não se repetiria no futuro.

Às 4h35, cinturão de dinheiro intacto, orgulho em farrapos, voltou para seu lugar na fila. O agente com feições latinas que fora designado para guardar o seu lugar estava atrás do sujeito de bigode grisalho com cerca de uma dúzia de viajantes recém-chegados atrás dele. O tira, detetive, informante ou seja lá quem era aquele sujeito, imediatamente rodou nos calcanhares e correu para a saída.

O que Fidélia diria caso soubesse o que acabara de acontecer com ele? Ela amaldiçoaria os governos e suas agências, a política e os políticos, lembraria a ele que a primeira vez em que ele mencionou o desejo de visitar Cuba ela objetou do modo mais veemente. As mulheres e seu sexto sentido.

Enquanto faziam sexo na noite de sexta-feira, ele sentiu molhado o rosto da parceira e descobriu-a chorando silenciosamente.

– O que houve? – perguntou. Pergunta idiota. Ele sabia o que estava acontecendo e nada havia para discutir. Fidélia começou a soluçar, desconsolada. Ele deitou-se ao lado dela. Então ela apoiou a cabeça no peito dele e tentou dormir, os dedos sofrendo espasmos a cada dois minutos.

Eles debateram a sua viagem em cinco ou seis ocasiões diferentes desde o Natal. Ela se opunha firmemente.

– Você pode mandar dinheiro, roupas e remédios através de uma mula. Você pode pagar – argumentou algumas vezes, como se ele não soubesse. Certa vez perguntou: – Você ainda ama Natasha? – Natasha era a sua primeira mulher, uma doente mental incurável já havia muitos anos. – Elliot, diga-me a verdade, você tem algum filho em Cuba que eu não saiba?

Ele tentou assegurá-la de todas as formas, calmamente explicando que ele considerava seu dever dar uma mão a parentes e amigos; que sentia falta de passear pelas ruas de sua cidade natal na qual vivera tantos anos. Nada adiantou. Então ele tentou afastar seus medos e reservas. Nada a persuadiu, ela nunca concordou.

– É a primeira vez que volta? – perguntou a negra gorda sentada ao lado de Steil. Parecia ter seus 60 anos de idade.

– Sim, *señora*.

Durante a decolagem, ela corria as contas de um rosário com os dedos, mas assim que o avião nivelou ela guardou o rosário na bolsa. Carregava em si diversos milhares de dólares em ouro e pedras preciosas. Correntes, medalhas, braceletes, anéis, brincos e tornozeleiras. Tinha a ver com status. Alguns cubanos de Miami chegavam a alugar jóias quando visitavam os parentes em Cuba, faziam-se fotografar ao lado de um Lamborghini ou de uma Ferrari Testarossa enquanto o dono almoçava ou jantava em algum clube elegante de

Miami Beach para provar para parentes e amigos quão bem estavam se dando em *La yuma*. Os criminosos cubanos já haviam matado alguns desses para roubá-los.

– E quando você foi embora? – perguntou ela após um momento, obviamente tentando começar uma conversa.

– Em 1994.

– Parece que foi ontem. Eu fui embora em 1961. Consegue imaginar? Já fiz 11 visitas, sem contar esta. A primeira foi em 1978. Costumava trabalhar na Woolworth antes da revolução. A loja de dez centavos na esquina de Galiano e San Rafael. Já esteve lá?

– Não, lamento – mentiu, então se voltou para a janela.

– Bem, a dez centavos era a mais bela loja de departamentos de Havana – prosseguiu a mulher, sem se importar com a indiferença do outro. – Agora está em ruínas. Da última vez em que estive lá, quase chorei. Por que deixam as coisas se deteriorarem tanto?

Seu companheiro de viagem, com péssimo humor, absteve-se de responder e continuou olhando para as nuvens e para o mar. A mulher suspirou e parou de falar. Ele viu um navio mercante navegando para o sul. Elliot calculou que a rota mais curta para o Canal do Panamá seria consideravelmente mais a oeste e, para a América do Sul, muito mais a leste. Seria um dos navios dos Estados Unidos transportando produtos agrícolas americanos para Cuba? Provavelmente. Tendo acenado com um potencial de bilhões de dólares de compras anuais, a velha raposa fez os fazendeiros americanos babarem e as autoridades da administração ficarem furiosas. No futuro, ele exigiria reciprocidade comercial. Nenhum país pode se limitar apenas a comprar de um outro, argumentaria corretamente. Mas não agora. Agora estava apenas comprando e pagando imediatamente em dinheiro vivo. Estabelecendo uma boa reputação com fazendeiros, homens de negócios e comerciantes que ainda não haviam nascido ou eram crianças quando ele assegurou para gente preocupada do mundo inteiro que ele não era comunista. Gente que ainda não chegara à meia-idade enquanto ele exortava os países do Terceiro Mundo a não pagarem as suas dívidas externas. Ele sabia que, tendo a chance de ganhar dinheiro, os homens de negócios ignorariam outras considerações, concluiu Steil com um suspiro. Bem, acabariam aprendendo a lição na hora certa.

Elliot moveu os olhos do mar para o horizonte diretamente à frente e, sim, ali estava ainda uma promessa nebulosa na paleta do golfo. Mas não se emocionou. Sua admiração pela beleza geográfica de Cuba e pela gentileza de sua gente foi temperada pela desagradável realidade que experimentara ali, pelos anos de frustração e discriminação, pela pequena porcentagem de desgraçados com quem teve de lidar. Embora Cristóvão Colombo tenha dito que a ilha era "a terra mais bela que olhos humanos já viram". Elliot especulava se a emoção da descoberta não arrebatou o almirante. Se fosse possível considerar apenas a natureza e o povo simpático, os países do Caribe em sua maioria poderiam justamente ser proclamados Jardins do Éden.

Contudo, um minuto ou dois depois, quando viu o mar mudar de azul índigo para azul celeste e, então, para a cor de safira das águas rasas, enquanto era ofuscado pelo reflexo da areia de um balneário e, logo a seguir, cativado pelo verde luxuriante das plantações, pelos tons avermelhados do solo e pelo verde-oliva das colinas, sentiu uma enervante e indefinida nostalgia. Elliot vasculhava o litoral em busca de Santa Cruz del Norte quando o comandante anunciou pelo alto-falante que em alguns minutos estariam aterrissando em Havana, onde a temperatura era de 28 graus Celsius e a umidade do ar de 85 por cento.

A senhora repleta de jóias sacou seu rosário, fechou os olhos e começou a rezar. Elliot olhou para ela. Aquela mulher devia gostar muito de alguém ou de alguma coisa em Cuba. Obviamente morria de medo de voar, mas ainda assim visitara a ilha em 11 diferentes ocasiões nos últimos 24 anos. Por quem ou pelo quê ela suportava algo que a apavorava tanto? Uma religião? Seus pais? Um filho ou filha? Um amante? Amigos? Sua vizinhança? Ele jamais saberia.

O perfil dos prédios de Havana tirou a atenção de Elliot da passageira que rezava. Era a primeira vez que via a capital cubana de um avião. Procurou a estrutura mais elevada: o Capitólio Nacional, próximo ao monumento a José Martí, na Plaza de la Revolución, o FOCSA, o Habana Libre Hotel, no qual ele reservara um quarto. A metrópole abaixo parecia pacífica, onírica, seus bolsões de pobreza invisíveis. Elliot deu-se conta de que, caso o capitalismo não tivesse sido reprimido, agora o horizonte estaria pontilhado de centenas de arranha-céus brilhantes de metal e vidro. Teria sido melhor para Havana o fato de sua arquitetura ter ficado congelada no tempo, os antigos carros americanos poluidores misturados com a paisagem? Altamente discutível, pensou ele.

Ao se aproximar da pista de pouso, observou com prazer a assimetria dos campos arados e plantados. Os prédios aumentaram de tamanho, as estradas ficaram mais largas, as árvores e palmeiras ficaram maiores. Diversos homens trabalhavam com a enxada naquilo que parecia ser um campo recém-plantado de batatas-doces. Bum... e bum. A mulher que rezava emitiu um suspiro de alívio e, sorrindo, deu início ao que se transformou em uma salva de palmas. Seu rosário balançou loucamente em todas as direções e o crucifixo de prata bateu na face esquerda de Steil.

– Ai.

– Oh, *señor*, perdão.

Steil olhou para a palma de sua mão. Nenhum sangue.

– Sem problema, *señora*. Não é nada.

– Deixe-me ver. Há um pequeno arranhão, mas não está sangrando. Um crucifixo jamais machucaria alguém, *señor*. O Senhor o tocou. Talvez eu tenha sido o seu instrumento. Caso contrário, por favor me perdoe.

– A *señora* está perdoada – disse Steil, pensando que alguma intercessão divina seria muito bem-vinda.

– Estou tão ansiosa! E você?

– Sim, também estou ansioso.

O avião taxiou até o mais velho dos três terminais, reservado para vôos nacionais e para aqueles vindos ou a caminho de Miami. O jovem tenente da imigração que pegou o passaporte cubano de Elliot e o formulário que este preenchera no avião parecia arrogante e inexperiente. Aparentemente surpreso ao descobrir um nome inglês em um passaporte cubano, perguntou onde o Sr. Steil se hospedaria e pareceu aliviado quando o visitante disse "Habana Libre". A seguir, o oficial desejou saber quando ele voltaria aos Estados Unidos.

– Em uma semana.

– Onde você morava antes de deixar Cuba?

Elliot ditou-lhe o endereço.

– Visitando parentes?

– E amigos – acrescentou Steil.

O homem carimbou seu passaporte e sinalizou para a área de bagagem.

Uma jovem uniformizada aproximou-se dele e ofereceu-se para encontrar a sua mala. Ele meneou a cabeça e entregou o recibo. Sabendo que cães treinados cheiravam cada peça de bagagem em busca de drogas e explosivos, Steil preparou-se para uma longa espera. Vinte e cinco minutos se passaram antes da esteira começar a cuspir "vermes", malas, maletas e caixas de papelão seladas com todo tipo de fita adesiva. Três quartos de hora se passaram até a jovem encontrar a mala. Ele deu-lhe um dólar e foi até onde quatro inspetores de alfândega perguntavam aos passageiros se tinham algo a declarar e, de um modo aparentemente aleatório, inspecionando uma em cada dez ou doze peças de bagagem. Steil ganhou a loteria e foi superficialmente examinado. Na Transtur ele alugou um Mitsubishi Lancer a 125 dólares por dia. Disseram-lhes que os visitantes eram explorados impiedosamente, mas aquele preço o fez estalar a língua, sorrir e balançar a cabeça com tristeza.

Uma hora e meia após a aterrissagem, Elliot Steil dobrou à esquerda na avenida Rancho Boyeros. Ciente de que muitos motoristas cubanos desrespeitam os limites de velocidade e leis de trânsito, escolheu a pista central e concentrou-se em ser cuidadoso. Esperando nos sinais de trânsito, olhava ao redor, curioso. Sim, alguns edifícios haviam sido reformados e pintados, os jardins bem cuidados, nenhum buraco nas ruas. Contudo, este era o tapete vermelho estendido para os turistas. Ele tinha de esperar para ver. Os pedestres não estavam em farrapos, embora os pontos de ônibus estivessem lotados e os tratores puxassem grandes reboques lotados de gente – a contribuição cubana ao transporte de massa, conhecida pelos passageiros como "camelos" – e sugerissem que o transporte ainda estava uma droga. A avenida se alargou de seis para doze pistas e tornou-se impecável após o cruzamento da Calzada del Cerro, embora a vista estivessse estragada por veículos antediluvianos cuspindo grossa fumaça negra de seus canos de descarga, um bando de cachorros sarnentos, e os slogans dos cartazes do governo prometendo jamais se render aos agressores.

Finalmente a sós no quarto 2124 do Habana Libre, Elliot olhou para a paisagem da cidade. O sol ofuscante a fazia parecer alvejada com cloro. O asfalto cinza escuro formava quadrantes entrecruzados. Parques e ruas orladas de árvores acrescentavam espaços verdes. De um ponto de vista de arquitetura e urbanismo, uma cidade semelhante a muitas outras. O que a tornava diferente era intangível: seus problemas únicos, sua cultura, economia, política; em duas palavras, seu povo. A maioria era ingênua, gentil, mais inclinada a feitos heróicos, à música, e ao perambular ocioso do que à aborrecida rotina de trabalho. Muitos esperaram que a solução de seus problemas lhes caísse no colo. Ele fora um desses. Era o inevitável resultado de se abafar a iniciativa pessoal.

Deu-se conta do perigo das generalizações. Estava sendo injusto com alguns e magnânimo com outros. Então, sentiu-se criterioso, o que equivale a se sentir estúpido. Ele queria um drinque, de modo que ligou para Fidélia em vez disso, deu-lhe o número de seu quarto, desfez a mala e tomou um banho.

Enquanto lavava a roupa, Victoria pensava em como corrigir o grave erro de Pardo. Todas as explicações e subterfúgios em que conseguia pensar soavam difíceis de acreditar e ela estava certa de que o administrador do servidor relataria que um banco on-line fora acessado de seu computador. Seu marido recusava-se a ver qualquer perigo, acusou-a de ser excessivamente negativa e não a ajudou com a lista de possíveis justificativas. Ao ouvir a porta da frente se fechar, ela jogou a última peça de roupa recém-lavada em uma cesta de plástico branco e correu para a grande sala de estar.

– Como ele é? – ela perguntou, ansiosa.

Pardo tirou o boné de baseball do Pinar del Rio, guardou as chaves no bolso, e deixou o laptop de Victoria e um jornal na mesa de café.

– Tipo padrão. Branco, minha altura, pesa cerca de oitenta quilos, deve ter a minha idade mais ou menos. Vista-o com roupas cubanas,

tire-lhe o carro alugado, e ele passaria como um habanero *comum caminhando pela rua.*

Victoria meneou a cabeça ligeiramente, em sinal de aprovação. Como todos os profissionais de sua área, ela simpatizava com gente que passava despercebida.

– Ele alugou um carro?

Ela não gostou disso. E se ele se acidentasse?

– Número do quarto? – ela quis saber a seguir.

– 2124.

Ela se voltou, aproximou-se de um sofá belamente estofado em um canto da sala e sentou-se. Convidou o marido a sentar ao seu lado com um olhar, um inclinar de cabeça e três tapinhas no assento. Pardo foi até o sofá, sentou-se e apoiou o braço direito sobre o móvel. Percebeu que Victoria vestia shorts e uma blusa de manga curta sobre nada mais. Não usar roupas de baixo fazia parte de seu ritual de acasalamento. Haviam feito sexo nas noites de quarta e sexta-feira, mas parece que o risco que estavam correndo tornava a sua vida sexual mais intensa.

– Vamos – disse ela.

– Agora? Aqui?

– Refiro-me à história que tem para me contar.

– Oh. Bem, não foi difícil. Deixou a alfândega desorientado, olhando ao redor, como todos os que chegam pela primeira vez. Este foi o sinal número um. O número dois foi que ele foi até uma agência de locação de automóveis, assinou os papéis e deixou o terminal falando espanhol cubano com o sujeito da agência. Ninguém estava lá para ajudá-lo; pista número três. Quando o sujeito da agência voltou para dentro do prédio, perguntei: "Ei, estou aqui para buscar um homem que nunca vi antes. Seria aquele o Señor *Martinez?" E ele disse que não, que era o* Señor *Steil. Então, liguei o carro e fui até o Habana Libre na frente dele. Eu estava sentado no saguão quando ele se aproximou da recepção. Esperei uma hora, fui até o centro de negócios, entrei no banco de dados do hotel e descobri o número de seu quarto. Moleza.*

– Que bagagem ele trazia?

– Uma mala com rodinhas.

– De que cor?

– Preta.

– Cinqüenta e cinco centímetros? Setenta? Quatro rodas? Duas rodas?

– Ei! Eu não sei! Acho que tinha duas rodas, mas não estou certo. Por que quer saber?

– Apenas testando seu poder de observação, major.

– Por que não testa meu poder de fodê-la agora mesmo?

Victoria pensou a respeito.

– Tudo bem – disse afinal. – Vamos primeiro estender a roupa.

Pardo pegou o cesto de plástico branco e um pequeno saco de algodão com pregadores, então ambos subiram a escada espiral de mármore até o andar de cima. Ela seguiu na frente ao longo do corredor que ligava três quartos e dois banheiros, abriu uma porta ao final do corredor, e ganhou o telhado do prédio. O antigo inquilino, um funcionário do Ministério do Interior que fugira para o México e atualmente vivia em Miami, afixara duas molduras de metal em forma de T ao muro de um metro e meio que contornava a cobertura. Linhas de plástico ligavam ambas as molduras.

Na ponta dos pés, Victoria começou a pendurar a roupa de cama e mesa. Segurando a cesta e os pregadores, Pardo inspirou profundamente a brisa marinha e deu uma olhada ao redor. Apenas o Hotel Cohiba era mais alto do que seu prédio, e a vista deslumbrante nunca deixou de impressionar o ex-garoto do interior. O vasto estreito da Flórida ao norte, o longo quebra-mar conhecido como Malecón e as partes mais populosas da cidade a oeste, a costa pedregosa e o elegante Miramar a leste, e o bairro de classe média El Vedado ao sul. Em telhados mais baixos, lençóis, toalhas e roupas esvoaçavam graciosamente. Um bando de pombos passou sobre as suas cabeças. Da rua vinha o ruído do tráfego e um resíduo do cheiro de fumaça da descarga dos automóveis.

Olhou Victoria fixamente durante quase um minuto. Ele gostava de observar seus seios pequenos e firmes quando se moviam para cima toda vez que ela erguia os braços e então voltavam ao lugar quando ela se voltava para pegar outra peça de roupa. Seu primeiro casamento o fizera concluir que mulheres com corpos espetaculares e rostos bonitos não são necessariamente inteligentes ou fantásticas na cama. Ele duvidava muito que qualquer outra mulher pudesse lhe dar o prazer sexual que Victoria, fisicamente inexpressiva, tão entusiasticamente lhe proporciona-

va ano após ano, de modo que ele nunca a enganou. Ele achava improvável encontrar alguém, fosse homem ou mulher, tão brilhante quanto a esposa. Observar aquele ser humano extraordinário cuidando de tediosas tarefas domésticas o inflamava de desejo.

– Acho que devíamos chegar lá um pouco antes, por volta das oito horas – disse ela enquanto pendurava a última peça, uma camisa. – Para o caso de ele decidir sair ou chegar tarde. Temos de fazer contato esta noite. Não gosto dele dirigindo por aí. Pode decidir ir a Santa Cruz del Norte. Então você terá de ir sozinho, porque tenho uma reunião importante amanhã pela manhã. E se ele sofrer um acidente e for levado para uma delegacia ou um hospital?

– Victoria, por favor, pense positivo.

– A melhor maneira de pensar positivo é ser cuidadoso.

– Tudo bem, estaremos lá às oito. Agora, o que me diz de...?

– Vamos tomar banho primeiro – disse ela, pondo o braço ao redor da cintura dele.

A ex-sogra de Elliot, Josefina Montes, chorou em seu ombro agarrada ao seu pescoço durante quase dois minutos. Seu marido, Gustavo Cano, dava-lhe tapinhas nas costas e murmurava palavras de consolo.

– Josefina, por favor, isso é motivo de júbilo, não de tristeza – repetia ele enquanto olhava para Elliot com um olhar de desculpa. – Elliot vai pensar que ele a faz ficar triste. Vamos, mãe, por favor, pare de chorar.

Após um sanduíche ruim (quatro dólares) e uma coca (2,50) na lanchonete do hotel, dirigiu até a casa da ex-esposa, em Santos Suárez. No caminho, encontrou buracos, edifícios decadentes e jardins malcuidados. Seu carro alugado era visto com suspeita. Deveria ter antecipado que isso aconteceria. Distante da realidade cubana, ele adquirira os padrões de comportamento de um homem de negócios norte-americano em viagem ao exterior: um belo hotel, carro alugado, miríades de supérfluos, do creme de barba à calçadeira. Com apenas um olhar, as pessoas se davam conta de que ele não era dali. Talvez não devesse ter alugado um carro; havia táxis de sobra. Não querendo alertar os vizinhos de

Natasha de sua chegada, parou o carro junto à calçada a duas quadras da casa dela.

Agora tinha vontade de fugir dali. Quando Gustavo abriu-lhe a porta, ele viu um fantasma no corredor. Primeiro, a aparição apertou os olhos como se para vê-lo melhor, então ficou embasbacada alguns segundos antes de correr para o quarto. A bela, sóbria e alegre mulher que ele amara loucamente, a mulher que elevara o seu desejo sexual a novos patamares e lhe proporcionara os melhores orgasmos de sua vida, seis anos mais jovem que ele, tornara-se chocantemente grisalha, desdentada e enrugada. Sem saber que Elliot vira a sua filha, Gustavo abraçou-o e deu-lhe o tempo necessário para que ele se recuperasse. O velho deu um passo atrás para examiná-lo da cabeça aos pés. Ele murmurava algo a respeito de quão bem seu ex-genro estava quando Josefina apareceu à porta da cozinha, enxugando as mãos em um pano de prato, perguntando quem era. Então, sua expressão plácida transformou-se em uma combinação de confusão, alegria, tristeza, gratidão e amor que comoveu Elliot. Ela correu para seus braços e ele sentiu a umidade de suas lágrimas em sua camisa. Tendo se recuperado, ele agora tinha como começar a fingir. Ele a segurou pelos braços e deu um passo atrás.

– Você parece maravilhosa, Josefina. Bem, talvez um pouquinho gorda, mas lhe cai bem.

– Oh, Elliot, meu filho. Não fosse por você... – disse ela enxugando as lágrimas da face com o canto das mãos.

– Gustavo também está bem. É bom abrir o olho, Josefina. Ouvi dizer que as meninas de Havana preferem homens mais velhos – disse ele, interrompendo-a para mudar de assunto. Ele temia que ela estivesse se preparando para agradecer os poucos mil dólares que ele enviara nos últimos sete anos.

Gustavo disse:

– Você continua debochando dos velhos.

– E... Natasha, como ela está? – perguntou.

– Vou buscá-la – disse Josefina, e girou nos calcanhares com leveza adolescente. O olhar de Gustavo seguiu a esposa, um toque de compaixão nos olhos.

– Natasha piorou, Elliot – disse o homem com tristeza quando Josefina fechou a porta do quarto de Natasha atrás de si. – Todos os tratamentos possíveis foram tentados, sem sucesso. Nós a mantemos sedada e sob constante observação. Você não encontrará nada com uma borda afiada nesta casa. Tivemos de nos livrar de todas as facas, agulhas e alfinetes de segurança. Mantenho o meu aparelho de barbear aqui – Gustavo tirou o objeto de um bolso lateral da calça, mostrou-o e voltou a guardá-lo. – Antes de começar a cozinhar, Josefina vai até a casa do vizinho para cortar e picar o que tem de usar. Mas sente-se, por favor – disse ele apontando para o divã surrado. Steil sentou-se e olhou ao redor.

A sala de estar fora recém-pintada e parecia elegante. Belas pinturas, cortinas, vasos, antigüidades e bibelôs deixados pelos ricos avós de Natasha quando emigraram nos anos 1960 ainda adornavam as paredes, mesas de canto e de café. De uma fotografia tirada no dia de seu casamento, sua adorável e jovem noiva sorria alegremente. Josefina era uma excelente cozinheira e o cheiro que vinha da cozinha era de dar água na boca.

– Ela perdeu todo interesse por si mesma – prosseguiu Gustavo após se sentar em sua poltrona favorita. – Josefina a banha diariamente, alimenta, penteia os cabelos, corta-lhe as unhas. Ela se recusa a sair, pintar o cabelo, ir ao dentista. Não tem jeito, acredite, não tem jeito – disse ele como se aliviado de, afinal, poder dividir as suas preocupações mais íntimas com alguém.

Havia muita tristeza em sua voz. Steil desejou amenizar a desolação de Gustavo com algumas palavras escolhidas, mas não conseguiu. Após ter visto a ex-esposa, qualquer coisa que dissesse soaria falso. Um pensamento que nunca cruzara a sua mente ocorreu-lhe. Quem cuidaria de Natasha quando seus pais morressem?

– Quando ela entra em crise, nós a mandamos para o hospital psiquiátrico durante duas ou três semanas. Ela fica melhor lá, não porque lhe dão remédios especiais. Ela toma as mesmas pílulas que toma aqui. Ela melhora porque tem medo do lugar, então ela se acalma e eles a mandam de volta. Então começa um novo ciclo.

Steil esfregou as mãos e ergueu o olhar do chão quando algo lhe ocorreu.

– Talvez, se eu conseguir uma cópia de seu registro médico, poderia traduzi-lo, então mandá-lo para algum hospital psiquiátrico ou laboratório de pesquisa nos Estados Unidos. Deve haver novas drogas que não existem aqui, que eu poderia enviar para vocês.

Gustavo refletiu sobre o que ouvira, balançando a cabeça de um lado para o outro.

– Pouco provável, Elliot. O médico dela disse que ela está tomando medicamentos de ponta, muito caros, importados da Suíça.

– Você tem de pagar por isso?

– Não, são fornecidos de graça.

– Bem, de qualquer modo...

Embora abafado pelas paredes e pela porta, os homens ouviram o grito ensurdecedor de Natasha:

– EU DISSE NÃO! Eu não quero vê-lo! Mande-o embora! Saia e diga isso a ele. AGORA!

Gustavo e Steil trocaram olhares embaraçados.

Josefina saiu do quarto da filha e fechou a porta. Correu até Steil e Gustavo. Eles se levantaram.

– Por favor, perdoe-a Elliot. Ela está... – ela buscou as palavras, tentando dizer "fora de si" ou "não é mais a mesma".

– Não se preocupe, Josefina. Sei como é isso. Vou embora agora.

– Oh, não, Elliot, por favor! Eu lhe peço. Fique para jantar. Tem de nos dizer como está, onde mora. Você ainda é professor?

– Não. Trabalho para uma empresa comercial. Mas não posso ficar, Josefina. Tenho outras coisas a fazer, gente a ver – mentiu. – Obrigado de qualquer modo. Deixe-me dar-lhes algo. – E levou a mão ao bolso interno do paletó. – Há três mil aqui. São para vocês.

– Não, Elliot – disse Gustavo. – É muito dinheiro. Não precisamos de tanto.

– Mandem o filho-da-puta embora, porra! Eu disse para mandarem ele embora!

– Fiquem com isso. Não sei quando poderei voltar ou enviar mais dinheiro.

– Mas...

– Estou indo embora. Cuidem-se. Amo vocês. Vocês três. Ela me amou imensamente e vocês me trataram como um filho. Jamais esquecerei isso. Adeus.

Josefina começou a chorar inconsolável. Uma única lágrima escorreu pela face de Gustavo.

Elliot foi até a porta da frente como já fizera milhares de vezes quando morava ali. Acenou-lhes adeus. Gustavo e Josefina pareciam petrificados.

– MANDEM ELE EMBORA!

Ele saiu, fechou a porta, desceu três degraus, atravessou o jardim, abriu o portão e chegou à calçada. Então, emitiu um profundo suspiro.

Victoria chamava aquilo de "foda pré-histórica". Ela descobriu a posição em um filme do qual não se lembrava do nome. Um daqueles feito no rastro do 2001: Uma Odisséia no Espaço, *de Kubrick, no qual os atores, vestindo peles, próteses e maquiagem de efeitos especiais, interpretavam os caçadores coletores que vagaram pelas planícies e florestas da Europa Ocidental há uns trinta ou quarenta mil anos.*

Ela ainda se lembrava claramente da cena. Dentro de uma caverna, parcamente iluminados pelas brasas de carvão incandescentes e uma tocha, dez ou doze hominídeos passavam a noite. Alguns dormiam, outros estavam de cócoras mascando um pedaço de carne. Mais no fundo da caverna, a câmera mostrava um casal copulando. A fêmea imberbe, de quatro, era penetrada por trás. O macho batia contra seu traseiro espasmodicamente, desejando atingir o orgasmo imediatamente. Sim, Victoria tristemente admitira para si mesma que, no Plistoceno, provavelmente nenhum macho pensava no prazer da fêmea. Seria sexo anal ou vaginal? Pensou Victoria a seguir. Vaginal, decidiu. Gente primitiva claramente compreendia a raison d'etre *de cada órgão.*

Nunca tendo feito amor naquela posição, fazia anos que desejava experimentar, mas seus parceiros sexuais anteriores sempre a tentaram convencer a praticar a sodomia, e ela temia que, caso dissesse o que queria, iriam tentar forçar caminho dentro de seu reto. Finalmente, com Pardo, ela satisfez a curiosidade. Foi incrível! Ela adorou! Os hominídeos não eram tão ignorantes assim.

Gradualmente refinaram a posição. De joelhos sobre a cama, apoiada sobre os antebraços, ela erguia os quadris o mais alto que podia.

Por trás dela, também de joelhos, ele levava o pênis até a entrada da vagina dela, penetrava-a completamente, mantinha-se ali um instante, agarrava sua cintura com firmeza, retirava o pênis de modo que apenas a glande continuasse dentro dela, então a penetrava novamente. Pardo acariciava um mamilo enquanto fazia isso. Após ela manifestar o desejo de apanhar com moderação, ele alternava a carícia no seio com palmadas. Quando suas nádegas estavam doloridas, ela atingia orgasmos magníficos.

Contudo, naquela tarde de domingo, em abril de 2002, ele fez algo pela primeira vez. Enquanto estava dentro dela, ele sugou o indicador para lubrificá-lo com saliva, posicionou a ponta do dedo no ânus da mulher, então o introduziu no reto.

– Ai – reclamou Victoria baixinho. Pelo tom de voz, Pardo viu que podia ignorar a reclamação. Ela já havia gozado duas vezes, quando o cavalgava e enquanto o marido a lambia. Ele começou a flexionar o dedo lentamente enquanto introduzia o pênis profundamente. Então deu-lhe uma palmada.

Apoiada sobre um antebraço, o lado esquerdo da face apoiado em um travesseiro, Victoria levou a mão livre até o clitóris e começou a acariciá-lo delicadamente. Seu reto se contraía espasmodicamente, suas inúmeras terminações nervosas reagindo ao sinuoso intruso que fingia estar indeciso entre se retirar ou entrar de vez. Ela queria prolongar o prazer recém-descoberto quando Pardo bateu-lhe com força. Foi demais para ela. Victoria deu-se conta de que teria um orgasmo intenso.

– Ay, macho, *goze comigo. Você é o máximo! Estou quase lá...* Ay, coñóoo!

Observando Victoria forçando o corpo contra o seu púbis, ouvindo-a elogiando-o e gemendo no auge de seu êxtase sexual também foi demais para Pardo. Ele ejaculou profusamente. Após alguns momentos, ele começou a perder a ereção e retirou o dedo. Ela deixou o clitóris em paz. Sentindo-se exaustos, ambos tombaram na cama tentando recuperar o fôlego. Passou-se um minuto.

– Que tal? – perguntou ele.

– Oh, *ótimo,* macho, *simplesmente ótimo.*

– Da próxima vez vou pôr creme facial no dedo.

– É, isso seria ótimo. Também... – Victoria fez uma pausa, então riu tolamente para si mesma.

– O que houve? – perguntou Pardo, sorrindo com incerteza.

Ela demorou quase um minuto para recuperar o controle e limpar as lágrimas que corriam por suas têmporas.

– Estava pensando que, caso você tivesse unhas grandes como as do Chefe, eu não deixaria você fazer isso.

Pardo riu. Milhões de cubanos, consternados com o comprimento das unhas perfeitamente manicuradas do Chefe, brincavam dizendo que ele competia com a madrasta da Branca de Neve.

– Não se preocupe. Você sabe que sempre faço as unhas nas manhãs de domingo. De agora em diante prestarei atenção especial para mantê-las curtas e lixadas para sempre que você precisar delas.

– É isso aí, meu homem – disse ela, orgulhosa do amante que criara.

Durante um tempo, nada foi dito. Então, Victoria virou a cabeça para o marido.

– Não devíamos reduzir o empréstimo de algum modo? – ela perguntou.

– Não creio – respondeu Pardo. – A equação tem muitas variáveis.

– Você soa tão matemático.

– Mas é verdade. Não sabemos quanto tempo seremos forçados a ficar lá, se teremos de seguir uma rota indireta para Paris, quantas passagens de avião iremos precisar, se teremos de subornar alguém...

Victoria refletiu um instante sobre a operação da noite.

– Acha que Steil vai engolir a sua história esfarrapada? – ela perguntou.

– Provavelmente não. Mas não importa. Você disse que ele só tem de dizer a data para ela, certo? Tudo o mais é irrelevante.

– É tão chato se fazer de bobo – ela reclamou.

Pardo voltou-se para encarar a mulher.

– Bem, querida, você o trouxe à baila. Creio que você tenha um bom motivo para isso.

Victoria manteve o olhar no teto.

– O motivo é que ter um homem de reserva é sempre essencial. Temos o sujeito que deve saber o que tem de ser sabido e o que precisa

ser feito. Mas e se ele morrer? Ou bater o automóvel e ficar paraplégico? Ou for preso?

Pardo achou que ela estava sendo excessivamente negativa outra vez, mas evitou dizê-lo.

– Sei. Bem, lamento se não gostou da minha interpretação. Não está tão mal.

– Está péssima. Vamos ensaiar uma última vez.

– Agora?

– Agora.

– Estou com sono.

– Agora, major – disse ela após dar-lhe uma beijoca no rosto.

Sentado ao volante do Mitsubishi durante vários minutos, Steil olhou através do pára-brisa e refletiu sobre o que acabara de testemunhar. Ele fizera todo o possível. Embora o dinheiro não fosse melhorar em nada o estado de Natasha, mitigaria o sofrimento dos pais dela e manteria os três bem alimentados e vestidos durante alguns anos. Suas aposentadorias combinadas somavam menos de vinte dólares por mês e meio quilo de carne moída custava três dólares, e uma garrafa de óleo de cozinha custava dois. Steil obrigou-se a tirar o drama da cabeça e ligou a ignição.

Dobrando a esquina, dirigiu até o Instituto Politécnico onde ensinara inglês durante 17 anos. Ninguém estaria ali em um domingo, o que era perfeito. Resolvera não fazer uma visita à instituição. Por um lado, os membros do instituto não lhe dariam as boas-vindas. Com certeza haviam sido informados que ele imigrara ilegalmente "para o Império". Por outro lado, se alguns colegas o cumprimentassem amistosamente, poderiam ser repreendidos por darem as boas-vindas a um "traidor".

Steil ficou agradavelmente surpreso quando, a um quarteirão de distância, observou que o enorme prédio fora pintado recentemente. Ao se aproximar, observou que as janelas que haviam sido quebradas e vedadas quando ele se foi estavam consertadas agora. Ou seriam novas? Manobrou o veículo no outro lado da rua e desligou o automóvel. Até onde sabia, a antiga escola católica nunca havia sido reformada anteriormente. Dentro e fora? Não conseguia ver.

Talvez os mictórios e privadas roubados na década de 1970 tivessem sido substituídos. Talvez também houvesse novos quadros-negros e apagadores. No telhado, um cartaz proclamava: OBRIGADO, COMANDANTE-EM-CHEFE. Steil estalou a língua, balançou a cabeça e sorriu com tristeza. Após quarenta anos de negligência, tal elogio pela reforma da excelente escola construída pelos Irmãos da Virgem Maria, nos anos 1950, parecia excessivo.

– Ei, *mister*, chicletes? – disse alguém em inglês.

Um belíssimo menino mulato, de seus 12 ou 13 anos, aproximara-se da porta do motorista e inclinava-se na moldura da janela. Grandes olhos castanhos, cabelo negro ondulado, nariz romano, lábios abençoados por um sorriso luminoso. Um exemplo clássico de como a mistura racial pode resultar nos seres humanos mais belos.

– Deixa disso, campeão. Jogamos no mesmo time – disse Steil em gíria cubana um tanto ultrapassada.

– Você é cubano?

– O que você acha?

O menino fez um U com o polegar e o indicador, levou-o aos lábios e assobiou alto.

– O cara é cubano – gritou, fazendo gestos para que alguém se aproximasse.

Tal notícia levou dois outros meninos com mais ou menos a mesma idade a se aproximarem do carro. Um era um exemplo clássico de como a mistura racial nem sempre resulta nos seres humanos mais belos: mulato, baixo, gordo, ligeiramente vesgo, dente da frente quebrado. O outro era branco, olhos verdes, magricelo, com um cacho de cabelo louro caindo-lhe sobre a testa. Todos usavam roupas esfarrapadas e tênis surrados.

– Você é cubano? – perguntou o menino branco com suspeita, observando o jeito estrangeiro de Steil.

– Ahã.

– Como dirige um carro importado?

– Porque ele fugiu do galinheiro, seu idiota – disse o menino bonito para o colega. – Você mora em Miami, certo? – perguntou ele a Steil.

– Sim, moro.

Para Steil aquilo serviu como confirmação de que os cubanos que moravam em sua terra natal ainda não podiam alugar carros de locadoras estatais. O problema era que não havia locadoras privadas. Ele também se deu conta de que uma coisa continuava igual a quando ele fora embora: todas as crianças achavam que, se um cubano vivia no exterior, tinha de ser em Miami. Ele balançou a cabeça e sorriu.

– Quer chicletes ou não? – perguntou Dente Quebrado. A marca "Chiclets" da Adams, uma empresa americana, havia dominado o mercado cubano em tempos pré-comunistas a tal ponto que se tornou sinônimo de goma de mascar. Como Frigidaire para geladeira, Canadá Dry para ginger ale, Delco para o aparelho que envia eletricidade para as velas do carro. A longa lista de marcas com nomes em inglês que substituíam o termo correto em espanhol irritava os puristas do idioma nacional.

– Não, não quero chicletes, mas posso comprar alguns para vocês.

– Legal – disse Dente Quebrado. – Cinco dólares bastam – afirmou estendendo a mão para pegar o dinheiro. O garoto bonito piscou e sorriu maliciosamente para o lourinho, que balançou a cabeça em sinal de reprovação.

– Esperem um instante – disse Steil, teorizando que talvez Dente Quebrado fosse o mais esperto. – Pensa que sou idiota? Cinco dólares por um chiclete? Não me venham com essa.

O desapontamento brilhou em seis olhos.

– Levem-me até o próximo "shopping", sugeriu Steil, referindo-se às lojas que só recebiam em dólares. – Vou lhes comprar alguns chicletes e um refrigerante.

Dente Quebrado fez a volta na frente do carro, abriu a porta do passageiro e sentou-se ao lado do motorista. Bonitinho e Lourinho demoraram um instante a mais para entrarem no banco de trás. Steil ligou o carro.

– Direto em frente por três quarteirões – disse Dente Quebrado – então pegue à direita.

Steil acelerou.

– Em que série vocês estão? – perguntou ele.

– Sexta – responderam em uníssono.

– Mesma classe?

– É – respondeu Bonitinho.

– Gostam de seu professor de ciências humanas?

Os meninos uivaram, giraram os olhos e puseram as línguas para fora.

– O que isso quer dizer? – perguntou Steil.

– Você sabe – disse Lourinho. – Ela é uma gata. Seios grandes, do tamanho de melões, rosto lindo.

– Ele baba por ela – disse Dente Quebrado.

– Ah, é mesmo? Sou eu quem baba, é? E quem estava se masturbando na sala de aula outro dia?

– Eu não me masturbo em sala de aula!

– Masturba sim, que eu vi. Foi no dia que ela veio de minissaia azul.

– Eu não estava me masturbando!

– Calem-se – mandou Steil. – Qual é a idade da sua professora?

Os três meninos trocaram olhares inquisitivos.

– Ela é bem velha – disse Bonitinho. – Uns 25 mais ou menos. – Steil suprimiu um sorriso. Para aqueles meninos ele era Matusalém. Imaginou os apuros da bela professora. Alunos pubescentes, os hormônios começando a se agitar. As meninas tentando imitá-la de todas as formas, os meninos babando o dia inteiro. Os homens que trabalhavam na escola dando-lhe cantadas. Você tem de amar a profissão. Mas não foi muito esperta ao usar uma minissaia em sala de aula.

– Vire à direita na próxima esquina – orientou Dente Quebrado. A loja era pequena embora bem-abastecida. Steil comprou um par de tênis de qualidade média, dois pulôveres de poliéster e um short largo para cada criança. Beberam seis Coca Colas, dividiram entre si dois dólares de chicletes, e foram-lhes negados maços de Salem. Steil levou-os de volta para o seu quarteirão sentindo-se, pela primeira vez, como Papai Noel.

– Ei, *mister*, o que a gente tem de fazer para mudar para Miami? – perguntou Bonitinho à porta do passageiro após Dente Quebrado tê-la fechado.

Steil deu-se conta de seu erro. A sensação de auto-satisfação o abandonou. O que dizer que não fosse contra a propaganda?

– Primeiro você tem de crescer, depois pedir permissão para seus pais.

– Foi isso o que você fez? – quis saber Lourinho, parecendo desconfiado.

– Foi o que fiz. Tenho de ir agora. Cuidem-se, rapazes.

– Obrigado, *mister* – disseram os três simultaneamente, agarrando os seus sacos plásticos com uma mão e acenando vivamente da calçada.

Mesmo antes de deixar Miami, Steil não se sentia inclinado a visitar o apartamento em Havana no qual morara mais de vinte anos. Era domingo, dia de folga de todo mundo, e sua volta para casa causaria comoção. Sem contar os novos inquilinos, ele esperava que seus antigos vizinhos ficassem felizes em vê-lo, mas Steil estava certo de que os membros do partido não lhe dariam as boas-vindas. Decidiu ir na segunda-feira. Sorriu ao imaginar a reação de Sobeida, a negra aposentada que fizera compras para ele durante vários anos. Ela provavelmente gritaria, pularia, choraria, riria, o abraçaria, o beijaria, e faria o sinal-da-cruz na testa dele.

Então ele pensou em visitar Susana Vila, a economista com quem ele tivera uma relação aberta de quatro anos. Teria se casado outra vez? Mudado? Será que ainda trabalhava como caixa de supermercado? Ele poderia descobrir, mas não em uma tarde de domingo. Afora isso, o fogo dorme sob as cinzas, e ele era contra ressuscitar antigos amores. Bem, talvez ela batesse a porta na cara dele. Afinal de contas, eles haviam feito sexo dois dias antes dele desaparecer e nunca ter contado para ela sobre seu projeto. Ele também não se comunicava com ela havia oito anos.

Um imenso bocejo lembrou a Steil que ele não fechava os olhos havia 36 horas. O surto de adrenalina precipitado pela chantagem de Hart e McLellan passara. A experiência deprimente na casa de Natasha também servira para baixar a bola. Por isso, levou o carro até o hotel e entregou as chaves ao manobrista às 19h25.

No quarto, pensou em jantar. Não estava disposto a sair, não naquela noite. Serviço de quarto, talvez? Também não estava com fome. Escovou os dentes e, bocejando diversas vezes, despiu-se e deitou-se às cinco para as oito. Um minuto depois, alguém bateu à porta. Franzindo o cenho, Steil afastou o cobertor, levantou-se, e foi descalço até a porta.

– Quem é?

– Sr. Steil, não nos conhecemos – disse uma voz masculina em espanhol. – Peço por favor que me dê alguns minutos de seu tempo. Preciso lhe falar a respeito de assuntos antigos entre a firma para a qual trabalha, a IMLATINEX, e a minha firma, a XEMIC.

Steil ficou surpreso demais para reagir. Alguns segundos se passaram. No corredor, Victoria meneou a cabeça e piscou para o marido.

– Sr. Steil?

– Sim.

– Ouviu o que eu acabo de dizer?

– Eu... ah... sim. Mas... estou aqui em uma visita particular, não em uma viagem de negócios. Afora isso, até onde sei, sua firma, como é mesmo o nome dela?

– XEMIC.

– É uma empresa cubana?

– Sr. Steil, por favoooor. Sua discrição é prudente, mas desnecessária. O falecido Sr. Scheindlin foi nosso parceiro comercial durante muitos, muitos anos. Ele falava muito bem de você. Por favor, deixe-nos entrar. Não posso falar no assunto daqui do corredor. Asseguro-lhe que é do maior interesse para a minha empresa.

Funcionando a todo vapor, a mente de Elliot voltou ao escritório no Aeroporto de Miami 15 horas antes. Novamente viu Hart, McLellan e Tony Soto, suas vozes se sobrepondo em sua memória. O cara lá fora sabia que seu chefe havia morrido. Elliot sabia que a subsidiária panamenha da IMLATINEX fazia negócios com a XEMIC. Ele não considerara a possibilidade do pedido do FBI ter relação com os negócios de sua empresa em Cuba. Tudo parecia estar interligado; o destino estava traçando um padrão muito complexo para ele. O sujeito dissera “Deixe-nos entrar”? Quantos mais estavam com ele?

– Sr. Steil?

– Você está só?

– Uma subordinada está aqui comigo.

Ele disse *subordinada*, no feminino. Uma mulher metida nessa trama?

– Deixe-me vestir algo. Eu já estava deitado.

Elliot demorou-se para vestir as calças e a camisa pólo que usara após o banho do meio-dia. Como diabos essa gente o encontrara ali? Quem disse a eles que eu estava aqui? A Segurança de Estado Cubana? Estaria se tornando um intermediário relutante entre o FBI e a Segurança de Estado? O que diabos estava acontecendo? Deveria admitir para aquela gente que a IMLATINEX fazia negócios com Cuba havia mais de vinte anos? Definitivamente não. Podia dizer nunca ter sido informado sobre tais negócios. É, faria isso. E dali em diante, improvisaria.

Calçou os chinelos, passou a mão no cabelo, aproximou-se da porta e girou a maçaneta.

Steil olhou para o casal sorridente antes de aproximar-se. O homem desengonçado parecia ter quarenta e tantos anos, tinha a mesma altura que ele, dez a doze quilos mais magro. Tinha rugas na testa, olhos marrons com olheiras, dentes longos e um pomo-de-adão protuberante. O homem estendeu a mão direita e Steil sentiu-se forçado a cumprimentá-lo. A mulher, baixa, diversos anos mais jovem que o companheiro, sorriu-lhe com timidez, como se embaraçada por invadir-lhe a privacidade, e também o cumprimentou. Cabelo marrom liso cortado à altura dos ombros, olhos verdes por detrás de óculos com armações de acrílico, lábios finos, queixo firme. Vestia uma blusa creme, saia vermelha à altura do joelho, sapatos de salto alto, e tinha uma bolsa e uma pasta executiva. Ambos estavam cheirosos. A obsessão cubana por perfumes.

Após fecharem a porta atrás de si, Steil percebeu que o homem, que olhava ao redor dentro do quarto, caminhava com os pés apontando para fora em um ângulo de cem graus. Ela tinha cintura estreita e um traseiro magrelo. Nada demais, pensou. Ambos pareciam ser limpos, agradáveis, extrovertidos e comuns. Esses não eram como Hart e McLellan. Steil apontou para as duas poltronas de madeira e vinil sob a janela.

– Posso lhes oferecer algo? – disse ele, apontando para o pequeno frigobar. Era necessário ser cortês, pensou.

– Estou bem, obrigado – disse Pardo.

– Não obrigada – declinou Victoria enquanto punha a bolsa em cima da mesa de café que separava as poltronas e pousava a pasta no chão. Puxou a barra da saia.

Não havia outra poltrona, de modo que Steil sentou-se na beirada da cama e cruzou as pernas, pousando os antebraços pouco acima do joelho.

– Meu nome é Elliot Steil, sou cubano, moro em Miami desde 1994, e trabalho para a IMLATINEX. Agora, posso perguntar quem são vocês?

– Claro – disse Pardo. Tirou um cartão de visitas de sua carteira e apresentou-o para Steil. Lia-se Carlos Capdevila, Vice-presidente da XEMIC.

– Muito bem – disse Elliot, guardando o cartão no bolso. – Mas posso ver as suas identidades, por favor?

– Claro.

A carteira reapareceu e o turista recebeu uma identidade plastificada da XEMIC com a fotografia do visitante. Especificava que o Sr. Capdevila era o vice-presidente de compras da empresa.

– Obrigado – disse Steil, devolvendo-lhe o documento. – Agora posso ver o seu, senhorita?

– Claro.

Elliot descobriu que Berta Arosamena era a diretora-geral de compras da XEMIC para o continente americano.

– O que posso fazer por vocês? – disse ele ao devolver a identidade. Victoria lançou um olhar questionador para o marido: a dócil auxiliar pedindo permissão ao chefe para prosseguir. Pardo meneou a cabeça, aprovando.

– Como sabe, Sr. Steil – começou ela em um tom ameno –, a IMLATINEX tem feito negócios com a XEMIC durante quase vinte anos. Nesse tempo...

– Desculpe-me interromper, Srta. Arosamena. O que você acaba de dizer me força a... – disse Steil, e se arrependeu imensamente. Será que aprenderia algum dia? Mas era tarde demais para voltar atrás. – Para mim é novidade o fato de meu chefe ter feito negócios com a sua firma. Nunca vi um documento que apoiasse sua alegação. Em verdade, as leis federais dos Estados Unidos proíbem...

Victoria meneou a cabeça e sorriu condescendente antes de dizer:

– Estamos cientes de todas as leis, regras e regulamentações que os Estados Unidos criaram para implementar o bloqueio criminoso contra o primeiro território livre das Américas, Sr. Steil.

Oh, meu Deus, ela vai ler o evangelho para mim, pensou Elliot.

Victoria deu uma olhada para Pardo, que, de acordo com o roteiro, balançou a cabeça ligeiramente antes de dizer:

– Pule a política.

– Mas não estamos aqui para discutir isso – ela acrescentou, abrindo a pasta executiva. – A firma para a qual você trabalha é a empresa-mãe da Trans-Caribbean Trading, certo? – afirmou ela.

– Bem... fazemos negócio com uma empresa panamenha com esse nome, mas não é uma subsidiária da IMLATINEX, ao que eu saiba – disse Steil.

– Bem, é sim, Sr. Steil. Palavra de honra – disse Pardo, um tanto pedante. – Compreendo a sua cautela. Não estamos aqui para fazê-lo admitir isso ou qualquer outra coisa. Tudo o que queremos é que ouça o que temos a dizer, está bem?

– Está.

– Prossiga, Berta.

Victoria pigarreou e disse:

– Estes são alguns documentos da Trans-Caribbean de 1995 e 1996 – disse ela, entregando a Elliot uma pilha de papéis. – Provam que temos feito negócios com sua empresa há vários anos. Temos um arquivo contendo quatro gavetas de correspondência, faturas, documentos bancários, notas de transporte, listas de armazenamento, faxes e e-mails de e para a Trans-Caribbean que datam de fins da década de 1970.

Durante um pouco mais de um minuto Steil folheou as páginas, fingindo inspecionar o material impresso. Eram genuínos, tudo bem. Achando ser prudente manter a boca calada, ele devolveu a pilha.

Pardo esfregou as mãos e sentou-se na borda da poltrona.

– Agora, Sr. Steil, há certas práticas comerciais no mundo que nós, por uma questão de princípios, condenamos veementemente. Uma delas é a concessão de propinas a autoridades do governo. São prática padrão em todo o mundo. Em toda parte... bem, não em toda parte, mas em quase toda a América Latina, os vendedores dão dinheiro por baixo dos panos para os compradores do governo. Quando começamos a fazer negócio com o Sr. Scheindlin, ele nos ofereceu propina. Recusamos o dinheiro embora tenhamos assinado nosso primeiro contrato com ele. Talvez isso tenha causado impressão. Para encurtar a história, o Sr. Scheindlin desenvolveu um... certo tipo de respeito por nós, começou a ver as coisas ao nosso modo e acabou se oferecendo para nos fazer um favor. Um favor muito especial, devo dizer. Ofereceu-se para comprar remédios americanos para nós.

"No começo estávamos desconfiados; o primeiro pedido foi de apenas cinco mil dólares – continuou Pardo. – Mas forneceu o que precisávamos a bom preço. Nos últimos 14 anos, servindo como intermediário, ele comprou quase 3,7 milhões de dólares em medicamentos para nós, a maioria drogas hemostáticas para tratar pacientes com câncer. Nós lhe adiantamos dinheiro e uma lista do que era preciso. Então ele consultou as suas fontes, fez o que tinha de fazer, não sabemos o que e, após alguns meses, embarcou o material de um terceiro país e recebemos a carga. Nunca saberemos ao certo quantas vidas cubanas o Sr. Scheindlin salvou para nós. Bloquear a venda de medicamentos é repugnante.

Steil ficava cada vez mais convencido de que o estavam enganando. Adiantar dinheiro? Ninguém faz isso, muito menos as autoridades cubanas. Se Scheindlin estivesse comprando remédios para Cuba, ele o saberia; seu falecido patrão confiava-lhe muitos assuntos delicados. Ele ficou com o pé atrás.

– Concordo – disse ele.

– Imaginávamos que concordaria, senhor – disse Victoria com uma expressão solene. – Você nasceu e foi criado aqui. Você emigrou há apenas oito anos. Sua presença aqui significa que ainda ama os seus parentes e amigos, seu povo.

– Tenho de admitir que sim. – concordou Steil.

– Sempre lembraremos de Ruben Scheindlin – continuou Pardo. Talvez algum dia seja possível contar ao mundo o que o Sr. Scheindlin fez por Cuba. Mas não tão cedo. Não enquanto prosseguir o embargo.

– Claro.

– O problema extremamente sério que confrontamos agora é que, quando o Sr. Scheindlin morreu, ele tinha cem mil dólares que havíamos lhe dado para comprar remédios.

– O quê?

– Você ouviu direito. Cem mil em dinheiro. E precisamos descobrir um meio de recuperar esse dinheiro.

Elliot passou a mão no rosto para suprimir um sorriso, sentiu que precisava se barbear. Aqueles dois estavam elevando a implausibilidade a novas alturas. A seguir, iriam tentar convencê-lo a ajudá-los. Hart estava certo. O agente do FBI ficaria deliciado ao saber desta tentativa deslavada de extorsão. Contudo, fingir ser idiota poderia ser oportuno.

– Compreendo. Quero dizer, desejam reaver o dinheiro. O que não entendo é como pretendem fazê-lo.

– Precisamos de sua ajuda – admitiu Victoria. – Gostaria de nos ajudar, Sr. Steil?

As instruções de Hart passaram pela mente de Elliot. Ele não deveria consentir de primeira com nada e com ninguém. Teria de fazê-los o persuadirem.

– Eu... Eu não sei – disse ele, tentando parecer prenhe de incertezas. – Posso até ajudar, desde que não me peçam para fazer algo contra as leis dos Estados Unidos... ou que... comprometa o meu futuro... ou que... custe-me dinheiro.

– Jamais pensaríamos nisso... – disse Pardo.

– Perdoe-me, senhor – disse Steil, interrompendo o outro, como se subitamente tivesse visualizado os muitos riscos adiante. – Deixe-me explicar uma coisa. O Sr. Scheindlin era um multimilionário, ele adotou a cidadania americana há muitos anos, tinha dezenas de conhecidos entre juízes, políticos e autoridades governamentais. Se ele tivesse um problema com a lei, podia contratar os melhores advogados, fazer algumas ligações telefônicas para gente influente, escapar de qualquer enrascada em que se encontrasse. Eu não sou ninguém. Sou apenas um residente. Não me candidatei à cidadania americana...

– Algo que fala muito por si só – disse Victoria.

– Não tenho amigos influentes e nem dinheiro, então não farei nada de ilegal. Infelizmente, no que diz respeito a Cuba, praticamente qualquer coisa que se faça nos Estados Unidos é considerado como tal. Estou economizando dinheiro há vários anos para fazer esta viagem. Tenho um trabalho a proteger. Portanto, Sr. Capdevila, Srta... perdoe-me, esqueci seu nome.

– Arosamena. Mas, por favor, me chame de Berta.

– Obrigado. Portanto, Sr. Capdevila, Srta. Berta, se não prejudicarem meu futuro, estou disposto a ajudá-los, embora não veja como.

Os visitantes sorriram. Pardo levantou-se e estendeu-lhe a mão. Um Steil confuso a apertou. Victoria continuou sentada, fingindo estar contente.

– Obrigado, Sr. Steil. Asseguramos que não vamos lhe pedir qualquer coisa que prejudique a sua liberdade ou o seu trabalho – disse Pardo, e então voltou a se sentar. – Só queremos que você responda algumas perguntas que temos a lhe fazer, e então explique o nosso problema para alguém.

– Parece factível. Pergunte – disse Steil.

Victoria fechou a pasta executiva, pousou-a no chão, cruzou as pernas e reclinou-se na poltrona. Pardo fixou o olhar no tapete para formular na ordem combinada a lista de perguntas que ele e a esposa haviam preparado e ensaiado durante uma semana.

– É correto presumirmos que os herdeiros do Sr. Scheindlin assumiram o controle da IMLATINEX? – disse ele, pensando muito bem nas próprias palavras para não cometer erros.

– Sim. A Sra. Maria Scheindlin, sua viúva, e Jenny Scheindlin, sua filha, possuem a maior parte das ações da empresa.

– Estão envolvidas no dia-a-dia da empresa?

– Não. Sam Plotzher, o acionista minoritário, e eu cuidamos disso.

– Você é o gerente? – perguntou Victoria.

Por um segundo, Steil se perguntou o quanto aquela gente sabia. Ruben Scheindlin fora um homem muito reservado. Ele não falaria do funcionamento interno de sua empresa para estranhos. Por conta disso, decidiu ser sincero.

– Creio que sim. Mas não oficialmente. Eu era secretário do Sr. Scheindlin, ou assistente pessoal, escolha. Desde a morte dele, Sam e eu dividimos as tarefas administrativas: eu cuido do escritório, ele cuidado do resto.

– Então, você diz ao pessoal do escritório o que fazer, faz depósitos, faz pedidos, negocia contratos, assina cheques, fornece dados não processados para o contador, esse tipo de coisa?

– Tanto Sam quanto eu assinamos cheques e contratos. Mas, sim, faço as outras coisas que você disse.

Victoria concentrou-se em avaliar as reações do sujeito. Estavam medindo-o, fazendo perguntas sem importância. Contudo, tais dissimulações estavam preparando o terreno para o que viria a seguir. A linguagem corporal de Steil mostrava que ele estava desconfiado e alerta, o que era natural. Estivesse relaxado e confortável, todos os seus alarmes teriam disparado.

– Você faz alguma idéia do que o Sr. Scheindlin pode ter feito com o nosso dinheiro? – perguntou Pardo.

– Não.

– Acredita que ele possa tê-lo depositado em uma das contas bancárias da empresa?

Steil balançou a cabeça enfaticamente.

– Talvez o tenha guardado em uma caixa de depósito de segurança?

– É possível.

– Ou em um cofre em casa?

– Talvez.

– Sr. Steil, não podemos ir a Miami para procurar o dinheiro, nem podemos fazer uma petição na corte pedindo reembolso dos herdeiros do Sr. Scheindlin.

– Eu sei.

– Portanto, se alguém próximo aos Scheindlin puder descobrir onde está o dinheiro e nos ajudar a recuperá-lo, nossa gratidão (neste caso, fui autorizado a dizer que "nós" se aplica também ao presidente da empresa) assumirá a expressão adequada. Tal indivíduo terá garantida autorização para voar para Cuba sempre que desejar, investir aqui, comprar imóveis, qualquer coisa que não viole a lei cubana.

Steil olhou para Pardo, depois para Victoria, e novamente para Pardo.

– Isso é muito generoso, mas como posso ajudá-los? Estou certo de que seu dinheiro não foi depositado em uma das contas bancárias da IMLATINEX. Todos os depósitos dizem respeito a transações comerciais legais. O Sr. Scheindlin nunca me disse que fazia filantropia em Cuba. Se ele alugou uma caixa de depósito de segurança para uso particular, não fui informado. Não sei se ele tem um cofre em casa e, mesmo que tivesse, eu não poderia ir até lá e abri-lo.

– Talvez a esposa possa fazê-lo – disse Victoria, encerrando assim o longo embora indispensável preâmbulo.

Steil considerou a sugestão.

– Creio que ela poderia – admitiu. Então, as implicações o fizeram franzir o cenho. – Quer dizer que devo dizer à mulher dele o que me disseram aqui esta noite, e então perguntar se ela sabe onde está o dinheiro?

– É tão bom trabalhar com gente inteligente – disse Pardo.

Victoria notou que Steil gostou do elogio de seu marido e sorriu um sorriso felino. Os seres humanos são tão fáceis de manipular. Especialmente os homens. Ela descruzou as pernas.

– Bem... – disse Steil, examinando as possibilidades. – E se ela não souber de coisa alguma?

– Fim da história, Sr. Steil – disse Pardo. – Quero dizer, o que mais podemos pedir que faça? Se você não sabe onde está o dinheiro, se ela abrir o seu cofre doméstico, supondo que tenha um, e o dinheiro não estiver ali, se ela não tiver conhecimento de que o marido mantinha uma caixa de depósito de segurança em algum lugar, ou se ela encontrar o dinheiro e se recusar a devolvê-lo, Cuba perde cem mil dólares. Simples assim.

Uma vez mais, Steil perdeu alguns segundos pensando. Pardo e Victoria prenderam a respiração, sentindo que estavam perto.

– E se ela encontrar e quiser devolver para você?

Victoria e Pardo expiraram o ar dos pulmões. Estavam em casa.

– Então – disse Pardo – iremos onde quiser, desde que não seja nos Estados Unidos. Sabe quão difícil é obter um visto.

– É, ouvi dizer – disse Steil. – Mas... ninguém pode sair dos EUA com cem mil dólares em uma pasta. É um crime grave, e agora, após o 11 de Setembro, a segurança dos aeroportos...

Pardo sorriu.

– Não vamos pôr a carroça na frente dos bois, Elliot. Posso chamá-lo de Elliot?

– Claro.

– Uma coisa de cada vez. Se o dinheiro for encontrado e a viúva quiser devolvê-lo, encontraremos um jeito. O Sr. Scheindlin não tinha problema para movimentar dinheiro. Infelizmente, nunca nos disse como o fazia. Primeiro temos de ver como as coisas acontecem. Talvez um simpatizante da Revolução...

– Fale-nos da Sra. Scheindlin – disse Victoria, interrompendo o marido.

Steil moveu o olhar de Pardo para Victoria um par de vezes. A etiqueta dos escritórios proibia os subalternos de interromperem os chefes diante de estranhos. Talvez esses dois fossem amantes. O sexo derruba as barreiras hierárquicas, pensou. Pardo deu-se conta de que a intromissão da mulher fora culpa dele. Havia decidido discutir como recuperar o dinheiro e trazê-lo de volta a Cuba em um segundo encontro. Victoria percebeu que Steil sabia que algo estava errado.

– Bem, não posso dizer grande coisa – disse Steil –, porque nunca a conheci antes do funeral do Sr. Scheindlin. Pareceu-me uma mulher muito bonita, inteligente, culta, educada.

– Você sabe sua opinião particular a respeito de Cuba? – perguntou Victoria.

– Não, não sei. Apenas discutimos assuntos de negócios.

– Bem, você deve estar muito cansado, Sr. Steil – disse Pardo, retomando a iniciativa com um largo sorriso. – Todos em Havana sabem quantas horas os visitantes de Cuba têm de esperar no aeroporto de Miami, e estou certo de que deseja se deitar. Contudo, precisamos nos encontrar novamente antes de sua volta aos Estados Unidos, para combinarmos como manter contato. Vai voar no domingo?

– Sim, vou.

– E se nos encontrarmos na próxima sexta-feira?

– Para mim está bem – disse Steil. – Meu horário está em aberto. No seu escritório?

Pardo inclinou a cabeça e apertou os olhos, fingindo estar pensando em como abordar aquilo que ele e Victoria, após intenso debate, achavam ser o ponto fraco de seu plano.

– Seria melhor aqui ou em qualquer outro lugar público, e há duas razões para isso – disse ele, tentando disfarçar o fato de sua resposta ter sido preparada. – A Segurança de Estado determinou que cubanos que moram nos Estados Unidos não podem ter acesso aos ministérios, escritórios de partido e unidades militares. A XEMIC está incluída na lista. Achamos isso injusto e discriminatório, mas o que podemos fazer? Talvez eles saibam algo que eu não sei. E se algo acontecer, caso ocorra um curto-circuito seguido de incêndio e um cubano residente nos Estados Unidos tiver visitado o prédio três ou quatro dias antes, irão denominar aquilo como sabotagem e dizer que a culpa foi nossa por não termos seguido as instruções.

Steil pensou que aquilo era provavelmente verdadeiro. A psicose compreensível dos primeiros anos, movida por ataques terroristas, uma invasão, guerrilhas, e a crise dos mísseis de outubro de 1962 acabou se transformando em uma paranóia irracional e sem fundamento, mantida de todas as maneiras possíveis pela Segurança de Estado. É um dogma do comunismo dar ao povo um inimigo a quem culpar pelos defeitos do sistema.

– Então, o presidente da empresa nos instruiu a mantermos esta conversa aqui – Pardo continuou –, explicar esta... proibição para você caso achasse necessário e pedir a sua compreensão. Esta é a razão número um.

Pardo inspirou profundamente e fingiu estar preocupado. Victoria estava descobrindo que, embora ele ocasionalmente perdesse a deixa, ela se casara com um ator muito bom. Ele a estava superando!

– A razão número dois é mais... como posso dizer... pessoal. Mas fui autorizado a explicá-la para você. O alto escalão de nosso governo não foi informado do... modo não ortodoxo com que andamos comprando remédios dos Estados Unidos. Eles nunca perguntaram e nós nunca dissemos. Posso compreender isso. Às vezes, as autoridades do estado não querem saber como algo é feito. Creio que isso se chama negação. Portanto, não falamos sobre o dinheiro perdido. Vamos acabar tendo de fazê-lo caso não o recuperemos, mas temo que o camarada presidente, Berta e eu muito provavelmente seremos demitidos. E, como deve ter se dado conta, queremos fazer todo o possível para manter isso em sigilo até termos feito todo o possível para recuperar este dinheiro. Incluindo encontrar com você em particular e em off.

Enquanto meneava a cabeça com fingida compreensão, Steil achou que tinha de concordar que aqueles dois haviam traçado o seu plano com muito cuidado, durante semanas, talvez meses. Apenas para fazê-los suar mais um pouco, ele perguntou:

– E como souberam que eu trabalho para a IMLATINEX e que vinha para Cuba?

– Isto é obra minha – disse Victoria, fiel ao roteiro. – Conseguimos seu nome através da correspondência entre a sua empresa e a Trans-Caribbean. Então, em 1998, me reuni com o Sr. Scheindlin no Panamá. Não o via havia dois anos e achei-o muito envelhecido. Aquilo me preocupou e eu mencionei isso ao camarada... quero dizer, ao Sr. Capdevila.

Pardo meneou a cabeça, aprovando.

– Lembro-me – disse ele olhando para ela. Então, voltou-se para Steil: – Berta trouxe ao meu conhecimento o fato do Sr. Scheindlin estar velho. Ela disse: "Se ele morrer, vamos perder um importante colaborador e parceiro comercial." Ela também sugeriu que fizéssemos algo a respeito.

Desta vez, Victoria respeitosamente esperou um instante, certificando-se de que o chefe terminara de falar.

– Neste mesmo encontro, por algum motivo do qual não me lembro, o Sr. Scheindlin mencionou o seu nome e disse que você era cubano – continuou. – Eu fiquei curiosa. "Cubano? Com esse nome?" Ele sorriu, meneou a cabeça, e disse que você emigrara no começo dos anos 1990. O nome ficou, me fez pensar. Achei que talvez você viesse visitar parentes e que seria interessante encontrá-lo, ver se você concordaria em falar em nosso nome com os novos donos após o Sr. Scheindlin morrer, talvez até pedir a eles que continuassem a fazer o que o Sr. Scheindlin fazia. Por isso, dei o seu nome para os Assuntos Externos e pedi que me informassem caso você alguma vez pedisse um visto. Nada aconteceu durante anos. Então, há cerca de dois meses...

Victoria fez uma pausa porque nada mais precisava ser dito. Steil meneou a cabeça outra vez e concentrou-se em manter uma expressão neutra. Eram bons. Agentes da Segurança de Estado provavelmente.

– Sei – disse ele. – Bem, então que tal sexta-feira à noite, aqui mesmo?

– Parece perfeito para mim – disse Pardo.

– Excelente – acrescentou Victoria.

– Às oito – especificou Steil.

Victoria e Pardo levantaram-se. Steil também. Trocaram apertos de mão.

– Não creio que você possa avaliar o quanto valorizamos a sua colaboração, Sr. Steil – disse Pardo junto à porta.

– Oh, sim. Posso – disse Steil, permitindo-se um largo sorriso. – Vivi aqui até 1994. Sei como funciona o sistema. E temo que vocês talvez passem algum tempo na cadeia caso o dinheiro não apareça.

– Sabemos disso – confirmou Pardo – só não queríamos soar dramáticos.

– Farei o que puder.

– Boa noite, Sr. Steil – disse Pardo.

– Boa noite, Sr. Capdevila.

– Bons sonhos, Sr. Steil.

– O mesmo para você, Srta. Berta – respondeu girando a maçaneta.

De volta à cama, luzes apagadas, Steil descobriu-se incapaz de relaxar e dormir. Mais uma vez experimentava o estado mental pelo qual passara 28 horas antes, em Miami. Relembrou diversas vezes o que as duplas rivais haviam dito, tentou fazer conexões e adivinhar o que estava por trás de tanta verbosidade. Hart e McLellan o forçaram a colaborar, e ele odiou aquilo, mas sabiam que isso aconteceria e foram diretos quanto aos seus objetivos: vá até lá, alguém vai se aproximar de você, ouça o que quer de você, concorde em fazê-lo, então nos informe. Os dois cubanos fizeram o oposto: convenceram-no gentilmente a colaborar e ocultaram os seus verdadeiros motivos atrás de muita conversa fiada. Contudo, parecia que eles não sabiam que o FBI estava interessado em saber o que a Segurança de Estado estava tramando.

Cinco ou seis meses antes, lembrou-se Steil, um analista veterano da DIA, a Agência de Espionagem de Defesa dos Estados Unidos, fora preso e julgado por espionar para Cuba. Em 1998, 12 cubanos que se estabeleceram em Miami no início dos anos 1990 foram presos e acusados de operar uma rede de espionagem. Em 2001, cinco deles receberam longas penas de prisão. Ambos os casos receberam ampla cobertura da mídia norte-americana, e Steil lera diversos artigos e assistira muitas matérias a esse respeito no jornal da noite.

Enquanto vivia na ilha, ele considerava a tão prezada capacidade que tinha o serviço secreto cubano de penetrar nos assuntos de governos e organizações anticomunistas estrangeiras como conversa fiada aprovada pelo partido para impressionar cidadãos desavisados. Parece que estava errado. Obviamente, as organizações de inteligência e contra-inteligência de ambos os países travavam uma guerra clandestina e ele fora pego no fogo cruzado. De tarde, se sentira como Papai Noel. Agora, sentia-se como um pato.

Rolou na cama até as duas da manhã, quando finalmente adormeceu.

Capítulo 4

Elliot dormiu demais e deixou o hotel pouco depois das 10h de segunda-feira. Vestia um jeans desbotado, camisa branca de manga curta, e velhos sapatos pretos de laço que trouxera com o propósito de se misturar com a multidão. Elliot deixou de lado a bizarra conversa da noite anterior e, sem fazer o desjejum, pediu ao manobrista o seu automóvel. Admirou a manhã de abril em toda sua glória: vinte e poucos graus, céu sem nuvens, brisa fresca soprando do leste, sol brilhante. Foi até sua antiga vizinhança ouvindo a Radio Reloj. As novas do dia eram que o presidente Chaviano fora reempossado na Venezuela. Estacionou o carro a três quarteirões do apartamento de Sobeida e caminhou sem pressa, procurando as mudanças.

Tudo parecia estar no mesmo triste estado, ou ainda mais dilapidado. A exceção era uma casa particular recentemente reformada, com um Chevrolet Bel Air 1956 altamente polido em perfeitas condições e um Citroen cinza 1998 na garagem. Ele não se lembrava das grades brancas e brilhantes que agora protegiam as suas portas e janelas. Talvez o dono da casa trabalhasse na indústria de turismo, ou parentes no exterior pagassem por tudo aquilo. Talvez a casa tivesse sido comprada por algum artista que fazia exibições ou vendia trabalhos no exterior, ou por alguém que tivesse um negócio particular lucrativo. Um senhor ou uma senhora estrangeira que tivesse caído pelos encantos de uma mulher ou de um homem cubano podia estar pagando as contas. Qualquer que fosse a fonte, Elliot estava certo de que (1) seu dono era invejado secretamente, (2) os informantes do quarteirão o mantinham sob vigilância, e (3) a maioria achava que o proprietário era ostentador.

Quinze ou vinte anos antes, Elliot concluíra que a igualdade socialista, teoricamente concebida como uma espiral ascendente em direção à riqueza comunitária, na prática se tornara uma queda vertiginosa rumo à pobreza. Esta falha lamentável, observara, gerava inveja – e sua irmã gêmea, a crítica severa – daqueles que prosperavam. Era considerado irrelevante se o bem-estar de um indivíduo se dava dentro da estrutura política vigente ou independentemente dela. As autoridades de alto escalão que nos anos 1960 ocuparam os lares confortáveis abandonados pelas classes média e alta, e que hoje dirigiam carros novos e tinham rações de comida suplementares eram censurados tão severamente quanto aqueles que desfrutavam do mesmo padrão de vida com dinheiro vindo de parentes no exterior ou de outra fonte legal. A esmagadora maioria dos desapossados de Havana sentia ter sido ludibriada a tomar a pílula da igualdade. O prêmio de consolação da estupidez parecia ser a crítica aos mais espertos, concluiu.

– Professor?

Elliot diminuiu o passo, voltou-se parcialmente, olhou para trás, então parou. Franziu o cenho para o jovem arrogante que passara por ele havia pouco e agora o olhava com uma expressão de dúvida. O rapaz musculoso, de pele escura, sem barba e rosto de menino parecia ter entre 18 e 19 anos de idade. Nunca ensinara inglês para estudantes com menos de 15 anos e, tendo ido embora em 1994, o mais jovem da turma daquele ano deveria ter agora vinte e tantos anos.

– Está falando comigo? – disse ele, imitando De Niro em *Taxi Driver*.

– Você não morava naquele apartamento ali há muitos anos? – perguntou o jovem, apontando com o braço.

– Oito anos, sim.

– Eu moro lá. E eu me lembro de você.

– Ah, lembra? Bem... obrigado. E quem é você?

– Sou Lemar – disse ele, estendendo uma mão do tamanho de uma luva de baseball.

Elliot apertou a mão do rapaz se sentido senil. Aquele menino de 1,20m e 10 anos de idade se transformara em um Sansão capaz de derrubá-lo com um simples tapa na cara.

– *Coño*, Lemar, quantos cartões de racionamento você tem? – disse Steil, repetindo uma brincadeira popular cubana de fins do século XX, feita com rapazes e moças altos e fortes. Lemar respondeu com um sorriso tímido. Parecia bem-humorado, como a maioria dos homens capazes de desmontar qualquer oponente nos primeiros trinta segundos de luta.

– Como está seu avô?

– Morreu.

– Oh, lamento saber.

– Você sabe, três maços por dia.

– É, eu me lembro. E sua avó?

– Ela está bem. Vai dar um alô para ela?

– Bem – disse Steil coçando a cabeça –, sim, na verdade eu vou.

Lemar meneou a cabeça e hesitou, sem ter certeza se aquilo que pretendia perguntar seria uma indiscrição.

– Dizem que você foi para Miami em uma jangada. É verdade?

– É. Mas não recomendo isso para ninguém. Você está na faculdade?

– Não. Desisti no ensino médio. Então o exército me convocou. Estou gozando de uma licença de 48 horas.

– Ainda são dois anos, certo?

– É.

– No meu tempo eram três.

– Merda.

– E você receberá baixa em...

– Vinte e um meses e cinco dias.

Steil ergueu as sobrancelhas e balançou a cabeça em sinal de solidariedade.

– Bem, creio que não há nada que possa fazer a respeito.

– Poderia, se alguém me dissesse como fazer uma jangada e navegar até Key West.

– Não pense nisso, Lemar. É loucura. Bem, não vou mais detê-lo. Cuide-se.

– Você também, professor. Tchau.

Lemar foi o primeiro de cinco ex-vizinhos com que Elliot topou antes de entrar em seu antigo prédio. As pessoas pareciam sinceramente felizes em vê-lo, queriam saber o que ele estava fazendo. Onde se estabelecera? Estava casado? Ainda era professor? O que fazia para viver? Foi deliberadamente tímido e modesto em suas respostas. Trabalhava em uma empresa comercial em Miami, ganhava decentemente, ainda estava divorciado, viera visitar parentes em Santa Cruz del Norte e amigos em Havana. Quando ele bateu à porta de Sobeida, eram 11h45.

Ao contrário das expectativas, ela nem gritou nem riu alegremente. Em vez disso, ofegou, abraçou-o, beijou-o e então chorou, chorou e chorou. Ao abraçá-la, ele sentiu-lhe a caixa torácica. Sobeida perdera de sete a dez quilos, o que parecia estranho: ele enviava dinheiro suficiente para ela se alimentar decentemente, talvez até regiamente. Também parecia mais velha do que ele esperava. Que idade teria? Perguntou-se. Sessenta e alguma coisa. Ela desmanchara um casamento sem filhos no início dos anos 1980, e seus pais morreram na cidade em que nasceram – Limonar, na província de Matanzas – na mesma década. Sobeida era uma mulher ignorante e solitária que tentava iluminar seus dias memorizando e repetindo as últimas piadas políticas da cidade.

Quando recuperou a compostura, sentaram-se no sofá, e Steil soube que a amiga fora diagnosticada como possuidora de câncer no útero. Incapaz de se lembrar dos termos médicos exatos, muito menos pronunciá-los, ela disse que havia seis semanas ela tivera um teste positivo em um exame ginecológico de rotina que toda mulher entre 25 e 65 anos fazia a cada dois ou três anos. Levaram-na a um hospital e os médicos olharam dentro dela com um periscópio.

– Periscópio, Sobeida? – perguntou ele, se segurando para não rir.

– Ou algo que acabava com "iscópio"... Então, pegaram amostras para uma biópsia e me disseram que eu tinha carcinoma.

Sobeida admitiu estar aterrorizada desde então. Havia uma cirurgia marcada para dali a duas semanas, para remover o útero. Ela não tinha apetite, dormia duas ou três horas por noite e não podia mais fazer compras para os seus clientes. Steil a reconfortou. Muitos pacientes diagnosticados viviam vários anos, disse ele, e então inventou uma história de que os pacientes cujos órgãos afetados eram cirurgicamente removidos tinham uma taxa maior de sobrevivência do que aqueles tratados com quimioterapia. Os médicos cubanos eram bons. Ela ficaria boa. Então falou a seu respeito.

Ela ainda não havia almoçado e ele estava com fome. Sentindo que uma mudança de ares lhe faria bem, ele pediu que ela pusesse um vestido e foram até El Aljibe, o restaurante na avenida 7 famoso em Miami por seu excelente frango assado e preços exorbitantes. Ambas as coisas eram verdade, confirmou Steil. Durante a refeição, o anfitrião aumentou o repertório de piadas de sua convidada com algumas piadas de Miami. Após a sobremesa, enquanto tomavam uma xícara de espresso, sentindo-se feliz pela primeira vez desde que sua doença fora diagnosticada, Sobeida voltou a ser ela mesma.

– O Chefe faz um comício na praça da Revolução. Um milhão de pessoas comparecem. Após o hino nacional, ele se dirige à multidão: "Tenho boas e más notícias. As boas notícias é que os cientistas cubanos, os melhores cientistas do planeta, fizeram uma descoberta que surpreenderá o mundo e dará mais um golpe no bloqueio criminoso imposto ao nosso povo heróico pelos Estados Unidos. A partir de amanhã, poderemos nos alimentar com pedras." A multidão murmurou, insatisfeita. "Essa é a boa notícia? E qual é a má?" gritou um sujeito. "A má notícia," explicou o Chefe, "é que não temos pedras tratadas suficientes, de modo que começaremos a dar a cada cidadão trinta gramas de pedra por semana."

De volta ao apartamento dela, Steil deu a Sobeida quinhentos dólares, repetiu-lhe a sua certeza de que ela se recuperaria rápida e integralmente após a operação e começou a se despedir. A velha senhora começou a soluçar silenciosamente; Steil sentiu-se consternado. Deu-lhe um beijo na face, voltou-se, saiu e fechou a porta atrás de si.

Na manhã de terça-feira, Elliot fez uma visita ao Cemitério Colón antes de ir até Santa Cruz del Norte. Havia flores à venda e ele comprou uma dúzia de rosas. Os despojos de sua mãe já haviam sido removidos para uma capela funerária e agora repousavam em um ossário. Diante da cripta, surpreendeu-se refletindo sobre as mesmas incorreções pseudofilosóficas que ocorrem a todos nos cemitérios e das quais sempre nos envergonhamos. O que estava fazendo ali? Carmen não era uma pilha de ossos. Ela era o que ele lembrava dela, o que suas três irmãs vivas e diversos sobrinhos se lembravam dela, as poucas e esmaecidas fotografias em preto-e-branco guardadas em Santa Cruz del Norte. Então, o que ele estava homenageando ali? Ossos? Steil se voltou, deixou a capela mortuária e jogou as rosas em uma lata de lixo. O mais certo teria sido a cremação.

Dirigindo pelo túnel sob a baía de Havana, as lembranças de sua mãe gradualmente esvaeceram. Seguindo a avenida Monumental e a via Blanca, Elliot ganhou a Cuba rural. Quando deixou a cidade de Guanabo, ficou tão seduzido pelo verde à sua direita que desviou-se da auto-estrada, entrou uns cem metros em uma trilha de terra batida, estacionou e saiu do carro. Com ambas as mãos no bolso, caminhou pela beira da trilha, observando as cercanias. Havia uma casa pintada de laranja com um teto de telhas vermelhas a cerca de dois quilômetros dali, pássaros cantavam em galhos que oscilavam com a brisa, vacas pastavam por trás de uma cerca de arame farpado, borboletas voejavam ao redor. Ao norte, leste e oeste, o céu era perfeitamente azul. Para o sul, uma massa de nuvens brancas quebrava a monotonia. Como era abril, ele sabia que às três ou quatro horas da tarde nuvens escuras se acumulariam sobre o centro e o sul da província de Havana. A chuva cairia em torrentes ao sul de San José de las Lajas e Aguacate. Ao norte desta linha imaginária, isso era apenas uma possibilidade. Todo mundo é meteorologista no lugar onde nasceu e cresceu, riu consigo mesmo.

Seu espírito se elevou e ele inspirou profundamente. O campo cheirava a terra, orvalho, pólen, esterco de vaca, grama, brisa marinha e plantas aromáticas. O distante cacarejar de um galo chegou aos seus ouvidos. Seria ele, no íntimo, um menino do campo? Achou tal ambivalência muito surpreendente. Quando completou o serviço militar, ele pensou odiar Santa Cruz del Norte, queria desesperadamente se estabelecer em Havana e ficou felicíssimo quando se mudaram para lá. Agora, tendo morado tantos anos na capital cubana e outros oito anos em Miami, sentia saudade de sua cidade natal. Uma volta às raízes, talvez à própria semente. A velhice batendo à porta.

Um jipe se aproximava rapidamente, deixando para trás uma nuvem de poeira vermelha. O Gaz parou junto ao surpreso turista e dele saiu um tenente do exército em roupas de batalha. Havia um praça ao volante. Ambos traziam pistolas à cintura. Em um átimo, Elliot deu-se conta do que estava a ponto de acontecer. Um carro alugado representava a presença de um estrangeiro. O encarregado da contra-espionagem do exército baseado em uma instalação militar próxima fora notificado de que um provável espião da CIA estaria explorando o campo de batalha.

– Bom-dia – cumprimentou o oficial.

– Bom-dia.

– Ah, você fala espanhol.

– Sou cubano.

O tenente estreitou os olhos. Lendo-o como um livro aberto, Elliot esperou pela pergunta inevitável.

– Você mora em Cuba?

– Não, moro em Miami.

– Posso ver o seu passaporte?

Primeiro, o homem verificou o passaporte de Steil, então o recibo do aluguel do automóvel.

– Bem, senhor – disse ele devolvendo os documentos –, esta é uma via militar, os civis não são autorizados a dirigirem aqui. Peço que por favor volte à estrada.

– Sem problemas. Só me pergunto por que não põem uma placa. Vocês não teriam de sair por aí toda vez que alguém desejasse esticar as pernas – disse Elliot, divertido.

O tenente pareceu pensar naquilo, mas nada disse. Steil abria a porta do lado do motorista quando ouviu a última pergunta do oficial.

– Seu nome é cubano?

– Não, é americano.

Vinte ou trinta segundos depois, no espelho retrovisor, Elliot viu o sujeito registrando alguma coisa, talvez a placa do carro e o seu nome. Estalando a língua, forçando um sorriso, e balançando a cabeça com tristeza, ganhou a estrada e acelerou rumo a Santa Cruz del Norte.

A compartimentalização é aplicada nas agências de inteligência e contra-inteligência para garantir total sigilo. As exceções são mínimas. Por exemplo, nenhum psicólogo que se preze traçaria o perfil de um possível agente de alto nível baseado em informação distorcida. A idade verdadeira do recruta, seu sexo, raça, nacionalidade, educação, profissão, local de residência e história pessoal tinham de ser avaliadas para que se pudesse ter uma opinião bem fundada. O candidato podia ter um codinome, mas a informação tinha de ser verdadeira.

Este caso clássico de centralismo tornou-se conhecido em Cuba como a Primeira Regra Sagrada. Conseqüentemente, assim que a compartimentalização era transgredida, como quando uma grande reunião era convocada, todos achavam que a pauta nada tinha a ver com seus assuntos e a desprezavam.

Esta era a atitude naquela terça-feira de manhã no pequeno e mal iluminado auditório do Diretório Geral de Inteligência, onde 37 oficiais impassíveis vestindo roupas civis procediam à autópsia do golpe de estado fracassado na Venezuela.

Um relatório hora-a-hora cobrindo os quatro dias foi rapidamente criado a partir dos boletins codificados feitos por colegas sob disfarce diplomático na embaixada de Cuba em Caracas, por três ilegais nas cidades de Barquisimeto, Maracaibo e Barinas, e por diversos novos contatos. Porções editadas do noticiário da CNN, CBS, NBC, e Fox, gravadas no Instituto de Rádio e Televisão, estavam sendo mostrados em dois aparelhos de tevê de tela grande. O capitão que operava o videocassete tinha uma cópia do relatório. Ele inseria e ejetava as fitas de acordo com o dia, hora, e evento específico a que o narrador, tenente-coronel Mário, se referia.

Victoria observou quando Chaviano foi tirado do Palácio Presidencial no meio da noite. Dias antes, diante de câmaras e microfones, o homem bravateara que nunca se renderia. Contudo, abriu mão do poder, submisso, no instante em que um general o prendeu. "Pelo bem do país." "Para evitar derramamento de sangue." Cambronne, um general-de-divisão de Napoleão, veio-lhe à mente. Ele teria respondido "Merda!" quando, durante uma longa pausa na Batalha de Waterloo, um general inglês exigiu que ele se rendesse. Uma versão mais sadia diz que ele gritou "o Guarda morre, mas jamais se rende". Muitos de seus soldados morreram, é verdade, mas ele não. Anos depois ele se casou com uma aristocrata inglesa e serviu a um dos piores inimigos de Napoleão, o Rei Luís XVIII. Os homens são tão egoístas e as palavras tão baratas, pensou Victoria, que as mulheres deviam ficar de olho nos dois. Ela respeitava Salvador Allende, o falecido presidente chileno, porque foi aquele animal tão incomum: aquele político pé no chão, despretensioso, equilibrado, que garantiu o seu lugar na história escolhendo a morte honrosa à rendição indigna.

Victoria achou falso o silêncio da audiência. Ela estava certa de que muitos daqueles homens e mulheres, se não todos, consideravam Chaviano um covarde de merda. Mas cientes de que ele era um favorito do Chefe, ninguém ousaria dizê-lo em voz alta, provando assim que também não eram modelos de coragem. Os adultos cubanos de todas as idades, especialmente os mais velhos e melhor educados, sabiam que o Comandante acreditava que qualquer um que pensasse diferente era mentalmente deficiente, moralmente corrupto, ou um traidor.

A história latino-americana está repleta de utopistas que tomaram o poder para consertar as coisas e se tornaram ditadores em seu próprio benefício, refletiu ela a seguir. Os ricos que exercem o poder e autoridade não vêem o limite de vitimização social. Os revolucionários criam o limite, prometem consertar o que está errado e, através de meios pacíficos ou violentos, chegam ao poder. Então, a nova classe dominante gradualmente se torna míope e o ciclo se repete.

Agora a tela mostrava um Chaviano sorridente acenando ao voltar ao Palácio Presidencial, pronto para sua terceira chance no poder. O narrador, mantendo a voz neutra, chamava a atenção dos espectadores para os detalhes de segurança que o cercavam e comentava as falhas óbvias. Victoria não podia opinar sobre os aspectos técnicos de proteger um presidente, mas os rostos preocupados de dois homens brancos de cerca de 30 anos lhe pareceram familiares. Provavelmente cubanos do corpo de segurança do Chefe. Mas não ficou surpresa. Óbvia e abertamente ele estava fazendo tudo que podia para ajudar Chaviano.

Embora ciente de que, após o fiasco cubano, uma revolução comunista era impensável, fosse na Venezuela ou em qualquer outro país sul-americano, o Chefe deu-se conta de que seu ardoroso discípulo terminara o seu isolamento nos corredores do poder latino-americano. Ele garantia o fornecimento diário de 53 mil barris de petróleo, vitais para o país, com preços e créditos favoráveis. E as mãos do Comandante estavam limpas. Seu admirador fora eleito em eleições livres. Por esses motivos, diversos milhares de médicos, enfermeiras, professores e instrutores de esporte foram enviados para as regiões mais miseráveis e remotas da Venezuela para tratar, educar e treinar os destituídos. Peões de xadrez, refletiu ela tristemente. Ela, seu chefe, os ministros, e os generais eram todos peões de xadrez manipulados pelo Todo Poderoso no vértice da pirâmide.

– O que acha? – murmurou o coronel Enrique Morera, codinome Bernardo, no ouvido direito de Victoria. Ela voltou à realidade.

O general Lastra e seis colaboradores mais próximos estavam sentados na primeira fila de cadeiras. À esquerda de Victoria, o coronel José Manuel Campa, codinome Paco, rolava um cigarro entre os dedos, louco para fumar. Victoria odiava Campa porque, desde que se casou, ele era o único homem com quem ela adoraria dar uma transada. Ela ficava furiosa por se sentir tão atraída por um filho-da-puta que só olhava para mulheres peitudas e bundudas.

– Uma vitória do povo – sussurrou Victoria voltando-se. – O povo unido jamais será vencido – acrescentou.

O slogan fora forjado por socialistas chilenos durante o governo Allende. O único epigrama que ela conseguia atribuir a Chaviano era irresoluto. Morera, que não era bobo, permitiu-se um sorriso. Alusões como essa de Victoria eram muito apreciadas no oficialato cubano. A linha do partido fora mantida, nada de impróprio fora dito e, no entanto, o sarcasmo era perfeitamente claro.

– Dizem que, no sábado pela manhã, Felipe ligou para Josep para ver se José Maria garantiria asilo político a Rufo – comentou Morera.

– Verdade? – disse uma surpresa Victoria.

– É um boato.

– Sei.

Victoria pensou rápido. Chamar uma notícia de boato queria dizer que o assunto já era de domínio público em toda parte, exceto em Cuba. Felipe era o ministro cubano de assuntos externos, um fanático histérico. Josep era Josep Piqué, sua contrapartida na Espanha. José Maria era José Maria Aznar, o presidente espanhol; Rufo era o primeiro nome de Chaviano. Portanto, o Chefe removeu Chaviano da lista na sexta-feira à noite, após a sua prisão. Incrível. Bem, refletiu Victoria, o Chefe tinha de estar habituado às agruras do poder. Provavelmente, nenhum outro chefe de estado vivo, afora, talvez, Saddam Hussein, tenha visto um número maior de seus presidentes favoritos, primeiros-ministros e outras autoridades de alto escalão perderem os cargos ou morrerem; muitos de seus ministros, generais e burocratas de partido falharam de algum modo com ele. Ela se lembrou do dia em que o chefe da Força Aérea cubana aterrissou o seu avião particular em Miami e se candidatou a asilo político. Na época, *ela* se sentiu humilhada.

Contudo, o Comandante gostava de Chaviano o bastante para conseguir o seu exílio na Espanha, devendo assim um grande favor a Aznar, um político de direita que ele adoraria ver retirado do poder. Mais uma vez ela teve de admirar a esperteza do chefe. Um timoneiro menos experimentado teria conseguido abrigo seguro para Chaviano em Cuba. Contudo, o Comandante se dera conta de que tal iniciativa comprometeria o futuro de seu discípulo. Se o homem passasse dois, três ou mais anos exilado em Havana, ele seria injuriado, rotulado como seu fantoche. Por outro lado, nenhum país europeu sob uma administração de direita poderia ser acusado de ajudar Chaviano.

– Ouviu algum boato sobre a resposta de José Maria? – sussurrou Victoria.

Os subalternos na segunda fileira de cadeiras se esforçavam inutilmente para ouvir os maiorais.

– Dizem que ele consideraria o assunto se o próprio Rufo pedisse.

– Bem, por sorte o povo prevaleceu. Agora, nada devemos a José Maria, desde que o rumor seja verdadeiro.

– Oh, sim, devemos a ele. Ao concordar em considerar isso, devemos a ele. Um dia desses, antes do fim de seu mandato, ele vai nos pedir para desencorajar um nacionalista basco a voar à França para planejar ataques terroristas, ou vai pedir perdão para um contrarevolucionário cumprindo pena de prisão.

Victoria tinha Morera em alta conta. Chefe do Departamento dos Estados Unidos e seu superior, ele sempre a tratara como amiga. A implementação rígida da Primeira Lei Sagrada evitou que ela realmente soubesse quão bom era o homem, mas o respeito com que os superiores o tratavam dava a entender que ele se saíra extraordinariamente bem durante a vida inteira que dedicou à inteligência. Seus modos lúgubres refletiam algo que ela não conseguiu definir. Esperanças frustradas? Desilusões? Frustração sexual? Ele tinha as linhas mais profundas que ela já vira em uma testa, resultado de muitos anos de preocupação e repressão dos sentimentos.

Havia rumores de que ele não fora promovido a brigadeiro-general, em 1995 – porque seu filho único vivia um estilo de vida notoriamente degenerado. Também era dito que Morera estava sendo forçado a se aposentar após a jóia da coroa, o agente do DIA que ele pessoalmente manipulava, ter sido preso sete meses antes. Apenas cinco pessoas sabiam dela: o Chefe, seu irmão, o ministro do Interior, o general Lastra e Morera.

Contudo, depois que sua prisão se tornou pública, Morera passou a confiar em Victoria e deu-lhe a sua versão de por que ela fora presa. Descuido foi o diagnóstico dele. Ele a instruíra a recorrer ao programa WIPE e destruir o arquivo toda vez que recebesse uma mensagem de rádio ou um disco e a advertiu a não deixar informação em casa que não fosse cifrada. Contudo, através dos trechos de informaçãɔ que ele fora capaz de compilar, parece que ela cometera um lapso, ou dois, ou três, ninguém sabe quantos. E isso foi em Washington, onde o FBI estava melhor equipado, lembrou Morera a Victoria. Sem se esquecer de que os humanos tendem a negar a responsabilidade quando as coisas dão errado, Victoria pensou que ainda assim Morera provavelmente estava certo. A maioria dos espiões torna-se excessivamente confiante.

Considerando que uma pausa de dois minutos fosse suficiente, e como se estivesse entediada com o relatório Chaviano, ela se voltou para a direita e mudou de assunto.

– Algum sinal de que o Cigano diminuiu a pressão? – ela sussurrou. Cigano era o nome que o serviço secreto cubano dava para David Szady, chefe da divisão de contra-espionagem do FBI. Depois que o pessoal dele desbaratou a célula Wasp e três anos depois desmascarou o agente cubano mais bem posicionado nos Estados Unidos, seus adversários cubanos esquizofrenicamente admiravam o homem em segredo e o odiavam em público. Suspeitavam que Szady sentia o mesmo em relação aos chefes de espionagem cubanos. Era a marca definitiva de profissionalismo.

Morera inclinou a cabeça para a direita, esquerda, então fez uma careta forçando para baixo o canto dos lábios.

– Não que eu saiba. Suponho que ele esteja fazendo o seu trabalho. Eu certamente estou tentando fazer o meu – disse ele.

– Quando poderei acionar alguns agentes de plantão? – perguntou Victoria.

– Ainda não. Talvez em alguns meses.

– E quanto às transmissões?

– Apenas as autorizadas.

– Um dia o Comandante vai perguntar se isso é tão bom assim.

Morera apenas sorriu, sarcástico. Victoria sabia que ele não diria mais uma palavra. Ela decodificou o sorriso como: "Ele sabe que nós estamos ferrados."

A autópsia havia quase acabado. O capitão que operava o videocassete congelou na tela um close de um Chaviano sorridente. As luzes foram acesas. O tenente-coronel Mário deu uma olhada para o general Lastra e gostou ao receber um menear de cabeça de aprovação. Um capitão que após diversos anos ainda não havia perdido a expressão suspeita dos calouros declarou:

– Viva Chaviano.

– Viva – murmuraram os outros participantes antes de começarem a sair.

Voltar a Santa Cruz del Norte após tantos anos revelou-se uma experiência e tanto. Antes de mais nada, Elliot visitou três casas: nas duas primeiras moravam tias, a terceira era ocupada por um tio. A mesma coisa aconteceu em cada casa. Alguém jovem abriu a porta da frente de um lar abatido pela pobreza mas ainda bem arrumado, olhou-o com curiosidade enquanto ele perguntava pelo parente, então gritou "Vovó [ou vovô], tem um camarada aqui procurando você!" Quase um minuto após ele entrar, uma de suas tias ou seu tio, vestindo roupas e sapatos velhos, aparecia na sala de estar ajustando os óculos. As sobrancelhas se franziam e seguia-se um instante de hesitação. 'Não! É você?' era alegremente exclamado. Então, ele era abraçado ao ponto da asfixia. Ele também os abraçava com força. Então seguiam-se os gritos: "Corra, Elisa! Corra, Jaime! Corra, Ernesto! Corra! Elito, o filho de Carmita, está aqui!"

As mulheres mais velhas choravam e uma névoa incomum podia ser vista nos olhos daqueles *hombres* aposentados ou que trabalhavam à tarde ou à noite. Os olhos de Elliot também se enevoavam. Ele então era levado à melhor cadeira de balanço da casa e forçado a se sentar ali. Alguém desligava o velho rádio barulhento, outro ligava um velho ventilador, um terceiro arrastava cadeiras da sala de jantar e dos quartos. As mulheres mais jovens (que tinham entre seis ou sete anos quando ele as viu pela última vez antes de deixar Cuba) eram obrigadas a passar café enquanto o resto da família sentava-se ao redor dele e fazia-lhe centenas de perguntas que ele tentava responder não menos precipitadamente. Em dez minutos mais ou menos, a menina atraente que fora exilada na cozinha se apresentava para ele com um sorriso tímido embora estonteante e uma deliciosa xícara de café muito forte e aromático. Pela primeira vez em muitos, muitos anos, Elliot Steil sentia-se em casa.

No mesmo dia, ele tinha de reunir toda sua força de vontade para recusar os muitos copos de rum perfumado que passavam por debaixo de seu nariz. Alegar que estava no estaleiro havia oito anos estava fora de questão. Em Santa Cruz aquilo era considerado fraqueza de caráter, e o AA visto como um clube para efeminados. Você tem de ser homem o bastante para se permitir beber quando tem vontade e para recusar convites quando por algum motivo não puder tocar naquilo. A abstinência era quase tão insana quanto o celibato. Por isso, ele inventou a história que, havia cinco semanas, haviam-lhe diagnosticado um fígado gorduroso e o médico mandara ele não beber uma gota nos próximos seis meses. Aquilo produzia meneares de cabeça de compreensão e olhares comiserados de todos.

As refeições foram uma decepção. Embora lhe servissem o que tinham de melhor, as ervas frescas não compensavam a falta de temperos e óleo de cozinha. Sem lingüiça de porco e toucinho, uma panela de feijão roxinho não tinha gosto. Um pargo sem cebola, pimenta vermelha e alho e frito em óleo de girassol em vez de azeite de oliva perdia metade de seu encanto. Será que a boa comida cubana só era encontrada no exterior? Talvez as cozinhas de alguns camaradas fossem mais bem aparelhadas, pensou.

Na manhã seguinte ele começou a perguntar por velhos amigos e conhecidos em um processo de atualização que se mostrou repleto de surpresas. Aparentemente, daqueles que imigraram, nenhum se estabeleceu em Miami ou, mesmo, na Flórida, o que era incrível. Roberto Molina, um colega de escola, filho de pescador, tornou-se mecânico em uma traineira de pesca, abandonou o barco nas Ilhas Canárias e agora possuía cinco camelos que alugava para os turistas nas areias de Fuerteventura. Seu pai mostrou a Elliot fotos do amigo desfilando orgulhosamente com suas bestas de carga. Manolo, que ainda morava na cidade, era gerente-assistente em uma destilaria de rum Havana Club. Um tanto embaraçado, recusou o convite de conversar com Elliot, talvez porque, como membro do Comitê Municipal do Partido Comunista, não devesse fazê-lo. Rosa, uma pediatra mãe de três filhos que sentava perto dele na quarta, quinta e sexta séries, se afogara na Guatemala enquanto cruzava um rio em cheia para atender uma criança desidratada por diarréia. Etelvina entrou para um convento com a idade de 38 anos. Evelio morava no Brooklyn, casara-se com uma argelina, tinha dois filhos e duas filhas, e ganhava o pão cuidando da manutenção das escadas rolantes do metrô da cidade. Devido a problemas de coluna, Pedro se aposentara prematuramente da refinaria de açúcar, onde operou uma centrífuga durante trinta anos. A última vez em que ouviram falar de Ricardo, ele tocava maracas em uma orquestra japonesa, em Kobe. A outrora incrivelmente bela Carmina, agora uma quarentona gorda e grisalha, vendia sorvete artesanal diante de sua casa de madeira. Miguel, Fernando e Roberto navegavam com os pequenos barcos que seus pais herdaram de seus avôs e viviam de pescar perto da costa.

O assunto da imigração ilegal, embora doloroso, vinha à tona repetidas vezes porque todo mundo acreditava que Elliot fugira para os Estados Unidos em uma jangada. Como em qualquer outra cidade da costa norte da ilha, os jovens conheciam os rudimentos da navegação a vela e sabiam nadar. Salários baixos de cerca de dez dólares por mês e o desemprego faziam com que muitos se cansassem de sofrer tantas privações. Para complicar ainda mais o problema, muitos acreditavam que após alguns anos nas Flórida Keys ou em Miami, estariam dirigindo Jaguares zero quilômetros e morando em casas de três quartos com piscina.

Como lhe disse Fernando, o historiador da cidade, Samuel Timoneda, começou a contar em 1980. Desde então, 137 residentes de Santa Cruz, Hershey e das redondezas fugiram de barco ilegalmente em direção ao norte. Desses, 115 desembarcaram em segurança em um dos condados da Flórida ou foram interceptados pela guarda-costeira norte-americana e devolvidos a Cuba. Os 22 desaparecidos deixaram 14 famílias no mais macabro recanto do limbo, incapazes de decidir nos aniversários dos ausentes se deveriam se alegrar ou chorar.

Na quinta-feira pela manhã, os habitantes da cidade começaram a se acostumar a ver Elliot. Ele inalava o ar para desfrutar da fragrância de melado que soprava do sul, o cheiro do mar ao norte e a leste, ou exalava com força para se livrar do fedor dos poços de petróleo que vinha no vento oeste. O centro de Santa Cruz, embora limpo e bem cuidado, continuava o mesmo. Na periferia, encontravam-se diversas novas influências. Horrendas caixas de concreto de quatro andares foram construídas para abrigar as famílias dos gerentes, engenheiros, técnicos e operários que trabalhavam em uma imensa usina de energia elétrica erguida a alguns quilômetros a oeste, no litoral, em fins dos anos 1980. Os funcionários da nova fábrica de papel e aqueles encarregados dos poços de petróleo que perfuraram e construíram oleodutos por toda municipalidade também se estabeleceram nestes prédios de apartamento. A destilaria de rum, supostamente a maior na América Latina, era preeminente. A Santa Cruz del Norte sonolenta e amistosa que ele ansiava não mais existia.

Ao ouvirem que o dissidente errante que ali nascera agora vivia em Miami, alguns recém-chegados o olhavam com desconfiança. Ele devolvia-lhes o olhar. O que faziam em sua cidade natal? Suas conversas tratavam de turbinas, geradores, boilers, vapor, megawatts, toneladas de petróleo, metros cúbicos de gás e qualidades de papel, enquanto as conversas dos moradores de Santa Cruz tratavam de cana-de-açúcar, açúcar, melado, rum e peixe. Alguma manufatura de charutos e turismo foi acrescentada à economia dos últimos. Elliot sentia que, embora os recém-chegados e os moradores antigos estivessem tentando se ajustar às circunstâncias, ainda havia uma desconfiança implícita. Iriam se misturar, como em toda parte na história da humanidade, por motivos sexuais. Rapazes e moças eletricidade-petróleo-papel se casariam com moças e rapazes açúcar-rum, dando à luz meninos e meninas açúcareletropetróleorum.

Após se deliciar com o esquecido prazer de tirar um cochilo em uma rede, Elliot passou a tarde de quinta-feira na loja de dólar na esquina da 4ª com a 13 comprando presentes nos quais os tamanhos não eram um requisito. Três ventiladores giratórios, uma dúzia de lençóis de casal, uma dúzia de travesseiros, uma dúzia de telas de mosquito, seis lâmpadas de querosene a ar comprimido, uma dúzia de lanternas, duas dúzias de pilhas, três liquidificadores, seis panelas de pressão, diversas facas, nove vidros de perfume, quinze vidros de esmalte de unha, dez escovas, quase meio quilo de grampos de cabelo, cinco dúzias de lâminas de barbear descartáveis, seis pacotes de cigarros, duas caixas de charutos, uma dúzia de garrafas de rum, seis pares de óculos escuros e duas dúzias de lenços por um total de 1.257,85 dólares. Após ajudá-lo a carregar tudo no porta-malas e no banco de trás do carro alugado, o gerente da loja disse que a morena sensual do balcão de perfumes pedira que ele por favor informasse ao cliente que ela adoraria jantar com ele. Steil apenas estalou a língua, balançou a cabeça com tristeza e girou a chave na ignição.

Naquela noite, ao ver as suas tias, o tio e outros membros da família de olhos arregalados, abrindo caixas e ofegando de surpresa, balançado as cabeças de consternação e deplorando o fato de ele ter gastado tanto dinheiro, Elliot achou que a inocência, sinceridade, generosidade e honestidade demonstradas por gente nascida e criada na Cuba rural seriam espantosas para aqueles que viviam onde as intrigas, desconfiança e suspeita eram essenciais para a sobrevivência e o sucesso. Se em sua infância parte desta gentileza havia passado para ele, agora só restavam resíduos.

Vinte e cinco pessoas jantaram pedaços de porco frito, a combinação de arroz e feijão preto conhecida em Cuba como Mouros e Cristãos, banana-da-terra verde frita, e salada de alface e tomate. A sobremesa consistiu de metades de goiaba cozidas e adoçadas. Após o café, o rum começou a rolar.

Logo a política tornou-se o tópico das conversas até um apagão pôr panos quentes naquilo que, com o passar do tempo, tornara-se uma festa turbulenta. Um lamento coletivo foi ouvido antes de todos, as crianças inclusive, começarem a reclamar do governo, do sistema e do Chefe. Elliot apenas sorriu no escuro. Dois de seus primos explicaram-lhe que quando algum dos intermináveis discursos do Chefe estava sendo transmitido, a energia jamais era cortada. As usinas adiavam a manutenção programada, as reservas de petróleo eram drenadas, as interrupções eram consertadas em um piscar de olhos. Enquanto os outros introduziam novas pilhas em suas novas lanternas, Elliot contou aos primos que sempre fora assim, desde que ele era adolescente: discurso, energia; sem discurso, ninguém sabia. As lâmpadas de querosene não podiam ser acesas porque não havia querosene na casa de tia Carmina, de modo que o restante do jantar transcorreu à luz romântica das velas, com muitos sentados no chão. Quando, tarde da noite, carregados de presentes, tia Tatica e tio Eusébio foram embora cambaleantes para as suas casas, acompanhados de nove dos primos ligeiramente bêbados de Elliot, sete crianças sonolentas filhas de seus primos e três cães com os rabos abanando, as lanternas tornaram-se desnecessárias por conta do trilhão de estrelas e pela lua cheia que iluminava a trilha de terra batida, as árvores frutíferas ao redor, e as altas palmeiras reais. Raras vezes Elliot dormira tão profundamente.

Na manhã de sexta-feira, a energia foi restaurada por volta das 8h. Enquanto seu primo empacotava as suas coisas, tia Tatica e tio Eusébio voltaram à casa de Carmina para se despedirem. Elliot deu quinhentos dólares para cada um e entrou no carro sem olhar pra trás. Vê-los chorar sem vergonha era mais do que ele poderia suportar. A caminho de Havana, a uns dois quilômetros da cidade, parou o carro alugado no acostamento da auto-estrada, desligou o motor e saiu. Seu olhar vasculhou as redondezas. À sua frente, os novos prédios de apartamento ocultavam a vista da maior parte de Santa Cruz. À sua esquerda, as calmas ondas azuis chocavam-se silenciosamente contra as pedras da linha costeira, escorriam pelas fendas e recuavam. As gaivotas circulavam acima de sua cabeça. No horizonte, um navio mercante rumava para o leste. À sua direita, além das verdes colinas, as duas chaminés da refinaria expeliam uma fumaça esbranquiçada que parecia virginal se comparada ao que a usina de energia elétrica vomitava. Ao menear a cabeça em despedida, duas lágrimas escorreram pelo rosto de Elliot. Então ele secou os olhos, assoou o nariz, inspirou profundamente a brisa marinha, voltou a vestir a sua personalidade de filho-da-puta, e continuou a dirigir.

Naquela noite, enquanto observava Victoria e Pardo se acomodarem nas duas poltronas de madeira e vinil junto à janela panorâmica, Elliot pensava consigo mesmo que os bandidos não pareciam bandidos em absoluto. Se pareciam algo além de comuns, era com os papéis que representavam: burocratas tentando livrar a própria cara. Cogitou que, em uma escala de dez pontos, os bandidos de nove pontos pareceriam merecer confiança, estima e respeito; já os de dez pontos revelar-se-iam os indivíduos mais simpáticos do mundo. Ocorreu-lhe que, durante quase um século, Hollywood conseguira fazer as pessoas acreditarem no oposto e fez uma rica colheita de tal desinformação.

Mãos foram apertadas, sorrisos foram externados, gentilezas trocadas. Victoria estava melhor vestida, trajando uma calça marrom, uma blusa branca, sapatos marrons de salto médio e uma bolsa vermelha. Seu marido vestia uma jaqueta esporte cor de chocolate sobre uma camisa branca, calças cáqui e mocassins marrons. Dois executivos cansados após um dia exaustivo no escritório. Certamente aceitariam uma cerveja caso não fosse incômodo.

– *Você* também não vai beber? – perguntou Pardo quando Elliot, após servi-los, serviu-se de meia lata de Seven-Up em seu copo.

– Não bebo álcool – disse enquanto se acomodava na beirada do colchão.

– Ah.

Elliot acreditou ver um lampejo de respeito nos olhos da mulher, como se ela tivesse acabado de reavaliar o oponente. Pardo esvaziou o seu copo bebendo com volúpia, apenas um homem matando a sede com algo gelado, indiferente com o que quer que fosse. Victoria bebeu apenas dois goles e limpou os lábios com a língua. Deixaram os copos ao mesmo tempo sobre a mesinha de café que separava as poltronas.

– Antes de mais nada, Sr. Steil – começou Pardo, tirando do bolso um lenço com o qual secou os lábios –, o presidente da empresa pediu-me que eu lhe transmitisse a sua gratidão. Sabemos que está fazendo isso por Cuba, mas como acertadamente destacou, estará ajudando a ele, também, e a nós dois. É uma dessas situações nas quais o lado pessoal não pode ser separado do lado profissional e, seja qual for o resultado final, devemos sempre lembrar e valorizar a sua colaboração. Ele enviou-lhe isso como símbolo de sua gratidão.

Pardo extraiu do bolso lateral do terno um pequeno embrulho de presente, que passou para um Elliot surpreso. Após desembrulhá-lo, abriu a caixa que ele suspeitava conter um relógio de pulso. Uma caneta tinteiro Meisterstuck Solitaire Mont Blanc de prata repousava no interior aveludado. Ao examiná-la, considerou-a um presente bem pensado. Qualidade superior, caro, muito apropriado para impressionar clientes quando assinavam contratos. Um presente motivacional, não um pagamento por serviços prestados.

Elliot não tinha como saber que estava superestimando os seus oponentes. Em 1994, um operador de turismo de Madri dera a caneta para Pardo, para expressar a sua gratidão por este ter atualizado o seu computador e os seus programas de graça. Considerando o objeto muito elegante para o seu ambiente de trabalho, Pardo nunca o usara e lembrou-se daquilo ao pensar em um presente que agradasse Steil.

– Bem, diga ao senhor... como é o nome dele?

– Everardo Bencomo.

– Tudo bem, diga obrigado ao Sr. Bencomo. Mas talvez ele tenha agido de modo precipitado, talvez a Sra. Scheindlin não encontre o dinheiro, ou se recuse a devolvê-lo.

– Eu disse, "seja qual for o resultado", lhe seremos gratos, Sr. Steil.

– Elliot – disse Steil, fingindo que o presente o tinha motivado a ser mais amistoso.

Victoria tirou um inalador da bolsa, abriu-o, agitou-o, levou-o à boca. Steil obrigou-se a tirar o olhar dela e voltá-lo para Pardo. Ela bombeou duas vezes, voltou a tampar o inalador, e jogou-o de volta dentro da bolsa.

– Tudo bem. Elliot, então. Vamos combinar como manter contato – propôs Pardo.

– Não vejo qualquer problema nisso – disse Elliot. – Me dê o seu número de telefone. Eu ligo.

Pardo ergueu as sobrancelhas, olhando para o tapete, coçou a bochecha. Sua expressão implicava que *havia* um problema naquilo.

– Na primeira vez em que falamos – começou Pardo – você deixou bem claro que cooperaria desde que não lhe pedíssemos que fizesse algo que prejudicasse sua liberdade e seu trabalho. Prometemos que o faríamos e queremos manter a nossa palavra.

– Então?

– Prossiga, Berta.

Victoria fingiu suspirar profundamente e cruzou as pernas.

– Já ouviu falar nos patriotas sentenciados a longas penas de prisão por um tribunal federal em Miami?

– Está brincando? – disse Elliot com um sorriso. – Quem não ouviu falar?

– Bem, o problema é que, algumas semanas depois dos patriotas serem presos, nosso governo advertiu ministros e empresas estatais, assim como as empresas estrangeiras em Cuba, a serem cuidadosas ao fazerem e receberem ligações de ou para os Estados Unidos. Novos dispositivos instalados pela ETEÇSA, a empresa de telefonia cubana, revelaram que muitas ligações entre Cuba e os Estados Unidos, em particular entre Havana e Miami, estavam sendo gravadas. Foi o que nos disseram, mas você não precisa ser um perito em espionagem para entender que uma agência americana, o FBI ou a CIA, está grampeando as linhas, pondo escutas em telefones, ou fazendo o que for preciso para acusar falsamente outros patriotas ou amigos de nossa Revolução de espionar para Cuba.

– Compreendo – disse Elliot, já sabendo o que viria a seguir.

Mas algo o estava incomodando. O modo de falar da mulher, repleto de slogans, obviedades e frases de efeito, não combinava com ela. Ela parecia muito inteligente e culta para se expressar como os robôs de carne e osso preferidos e recrutados pelos tiranos.

– Portanto – disse Pardo, recuperando a dianteira –, para a sua proteção, devemos combinar um código simples de modo que você possa nos dizer o que descobriu sem prejudicar o seu futuro de algum modo.

– Excelente.

– Portanto, eis o que sugerimos. Primeiro, não ligue para as nossas casas ou escritórios. Compre um cartão telefônico e nos ligue de um telefone público longe de sua casa e lugar de trabalho. Ligue depois do pôr-do-sol. A escuridão dificulta que um amigo ou parente o veja e pergunte para quem está ligando. Está bem?

– Está.

– Não mencione nomes. Nem o de Berta, nem o meu, nem o da Sra. Scheindlin, nem o seu. Você falará comigo ou com Berta, portanto, dirija-se a nós como "*chico*" ou "*chica*" ou "companheiro" ou "prima". Se precisar se referir à Sra. Scheindlin, chame-a de

Señora. É o único nome de código que tem de se lembrar: a Sra. Scheindlin é a *Señora*.

– A *Señora*, tudo bem – disse Elliot, concordando. – Agora, andei pensando no seu problema nesses últimos dias, tentando ver como resolvê-lo. Até onde vejo, há duas possibilidades: ou a Sra. Scheindlin sabe ou pode descobrir onde está o dinheiro, ou ela não sabe e não pode. Se ela não sabe e não pode descobrir onde está o dinheiro, acabou. Como você disse, fim da história. Se ela sabe e conseguir descobrir onde está o dinheiro, três coisas podem acontecer, das quais duas podem ser contrárias a vocês. Ela pode negar saber onde está o dinheiro porque não o quer devolver. Neste caso, também é fim da história. O mesmo acontece se ela me disser que sabe onde está o dinheiro mas se recusa a devolvê-lo porque ela acha que não é de vocês, ou por algum outro motivo. Portanto, só direi algo de positivo se ela tiver o dinheiro e quiser devolvê-lo para vocês. Estou certo?

– Você está certo, Elliot – disseram Victoria e Pardo em uníssono.

– Portanto, como proceder a esse respeito?

– Achamos – disse Victoria, ajeitando os óculos que escorregavam –, que a chamada só se complica se ela tiver o dinheiro e quiser devolvê-lo. Para nos dar más notícias, basta dizer que tio Gustavo morreu... ou qualquer outro nome, não temos de concordar com um nome em particular. Então, trocamos condolências, falamos que sujeito incrível ele era e desligamos. No dia seguinte, o Sr. Bencomo, o Sr. Capdevila e eu informaremos o governo que perdemos cem mil dólares e então iremos para casa fazer as malas com as coisas que vamos precisar na cadeia e dar um beijo de despedida em nossos filhos.

Olhares incômodos e sorrisos forçados foram trocados.

– Mas caso ela encontre o dinheiro e deseje devolvê-lo – prosseguiu Victoria –, teremos de combinar quando, onde e como.

– Foi o que imaginei – disse Elliot, cuidadoso, inteiramente alerta.

– Neste caso dirá que tio Gustavo se recuperou integralmente e agora deseja passar uma semana em Key West, do dia A ao dia B, no mês tal. O Sr. Capdevila, ou eu, ou quem quer que esteja do outro lado, dirá que as notícias são ótimas... e o fará com sinceridade. Provavelmente nunca antes ou depois em nossas vidas nos sentiremos mais aliviados. Então, anteciparemos que o desgraçado vai viver até cem anos, blá blá blá, e você nos dirá o nome do hotel de Key West onde, no último dia em que você mencionar, alguém vai pegar o dinheiro para nós, às 11h, no saguão.

Como haviam previsto, Elliot franziu as sobrancelhas antes de perguntar:

– E quem vai levar o dinheiro para Key West e dar para esse representante de vocês? A Sra. Scheindlin?

Victoria lançou um olhar de esguelha para Pardo, que pigarreou, como se estivesse se dando conta de que não devia mexer naquilo mas tivesse obrigação de mexer.

– Imaginei que desejasse fazê-lo... – disse ele, testando.

– Pois imaginou errado, Sr. Capdevila – disse Steil, os músculos da base de sua mandíbula ressaltados.

Elliot respondera sem pensar, aborrecido ao descobrir que o queriam transformar em seu garoto de recados, mas a sua relutância era o que Victoria e Pardo esperavam: a confirmação de que Elliot Steil estava no ponto. Se concordasse em levar o dinheiro até Key West, ficariam desconfiados. Talvez ele sugerisse o óbvio a seguir. Um pouco mais de provocação era necessária e o roteiro dizia que estas frases deveriam ser proferidas pelo espúrio vice-presidente da XEMIC.

– Claro, por favor – disse Pardo, para acalmar Elliot. – Claro, compreendo. Que estúpido de minha parte. Mas talvez você tenha algum amigo que concordasse em ir, em troca de um pequeno pagamento?

Tony Soto veio à mente de Elliot. Tony era um tira. Ele fora abordado pelo FBI. Do modo como iam as coisas, talvez Hart quisesse envolvê-lo ainda mais. Mas sem saber se o amigo aprovaria, Elliot decidiu não mencioná-lo.

– Ouça, conheço muita gente honesta, mas transportar cem mil dólares em dinheiro é perigoso. E se o cara for roubado? Ou se roubar o dinheiro e disser que foi roubado? Quem quer que venha pegar o pacote para vocês pode fazê-lo na casa da Sra. Scheindlin, em Miami Beach, então levá-lo para Key West. Isso não é possível?

Uma imensa onda de auto-complacência irrompeu em Pardo e Victoria. Haviam planejado assim e ensaiado aquilo à exaustão, palavra por palavra, para levar Steil a sugerir o óbvio. O resultado foi o esperado. Eram bons, não eram? Mas seu marido parecia perplexo, Victoria percebeu, como se essa idéia não tivesse passado por sua cabeça. Seu *macho* tinha um enorme talento dramático.

– Bem, sim, creio que sim – disse Pardo. – Tudo bem, então você nos diz exatamente o mesmo, que tio Gustavo ficou bom, que estará em Key West entre o dia A e o dia B em tal mês, e nosso homem irá à casa da Sra. Scheindlin no último dia às 11h. Que tal?

– Parece melhor. Não sei se ela concordará em receber o seu enviado em casa.

– Se ela concordar em devolver – observou Victoria –, por que não fazê-lo em casa? Ela não precisará sair por aí com uma mala cheia de dinheiro.

Elliot meneou a cabeça, concordando.

– Acho que está certo.

– Qual o endereço dela? – perguntou Pardo ao tirar um bloco de notas e uma esferográfica do bolso da camisa.

Steil ditou o endereço de Maria Scheindlin e imediatamente acrescentou:

– Agora, Carlos, Berta, quero que fique claro que seu emissário ou representante ou seja lá como o chamam, irá se aproximar desta mulher apenas se ela tiver o dinheiro e quiser devolvê-lo. Sob nenhuma circunstância vocês, ou qualquer um da XEMIC, do governo cubano ou dos cubanos de Miami que simpatizam com este governo deverá entrar em contato com ela se eu declarar que tio Gustavo morreu, certo?

– Certo – disseram simultaneamente marido e mulher, reprimindo o seu desejo de comemorar.

– Bom. Agora diga-nos seu número de telefone – disse Steil, para encerrar.

– Claro. Você sabe que deve digitar primeiro 537, então 832-4969.

Steil sacou a carteira e pegou o cartão de visitas falso que lhe haviam dado no domingo.

– Empreste-me a sua esferográfica – disse ele.

– Gostaria de pedir que rasgasse esses cartões agora – disse Pardo ao entregar a caneta para Elliot.

– Por quê? – perguntou Steil enquanto estendia a mão para pegar a caneta quase no mesmo instante em que aquele estranho pedido lhe foi feito.

– Você vai voltar para Miami no domingo. Sei que é muito improvável, mas suponha que seja revistado no aeroporto. Estes cartões dizem que trabalhamos na XEMIC, uma empresa cubana...

– Basta – disse Elliot. – Entendi.

Leu o nome em um cartão e entregou-o a Victoria, então entregou o outro a Pardo. Em um de seus próprios cartões de visita, anotou o número de telefone.

– Algo mais? – perguntou.

Pardo levantou-se. Victoria e Elliot o imitaram.

– Não consigo encontrar palavras para expressar... – Pardo começou a falar.

– Chega, Carlos – disse Steil, erguendo a mão. – Você já expressou a sua gratidão. Vejamos como as coisas acontecem. Mas a possibilidade de recuperarem este dinheiro me parece muito remota.

– Eu sei, mas você é nossa única esperança. Lembre-se que tem três novos amigos em Cuba, o Sr. Bencomo, a Sra. Berta e eu.

– Que não lhe serão úteis caso estejam na cadeia – disse Berta de brincadeira. Desta vez os sorrisos eram reais.

– Outra vez, obrigado pela caneta.

Apertaram as mãos e Elliot os acompanhou até a porta, abriu-a e fechou-a quando se foram. Ele sorriu com hipocrisia e sibilou:

– *Hijos de puta.*

No sábado, após verificar que a zona boêmia da Velha Havana continuava no mesmo estado lamentável, Elliot comprou presentes em lojas de turistas. A seguir, visitou dois lugares onde ele jamais estivera antes: o velho palácio presidencial, construído nos anos 1920 e decorado pela Tiffany, e a galeria cubana e o Museu de Belas

Artes. Apesar de seus sapatos ortopédicos, as muitas horas em pé e de caminhada deixaram os seus pés doloridos. Voltou para o hotel após o pôr-do-sol. O saguão estava tomado por um bando de mulheres jovens e bonitas vestindo roupas apertadas. Algumas o fizeram ver que estavam disponíveis lançando-lhe olhares e sorrisos. Um atravessador tentou vender-lhe um ingresso para o jogo de baseball de mais tarde à noite. Ele jantou no quarto, fez a mala e foi cedo para a cama.

Victoria e Pardo fizeram amor duas vezes no sábado: após o nascer do sol, antes dela sair para o Diretório Geral, e antes de dormirem, perto da 1h. Victoria fechou os olhos imaginando quantos homens faziam amor com as suas mulheres duas vezes no mesmo dia depois de 11 anos de casados. Ou será que o perigo era o seu grande afrodisíaco? Ela dormiu antes de descobrir as respostas.

No domingo, o avião de Elliot decolou às 10h52 e aterrissou em Miami 43 minutos depois.

Alguns minutos antes do meio-dia de domingo, vestida a caráter, Victoria Valiente entrou no escritório enfumaçado do general Edmundo Lastra e, diante de sua escrivaninha, saudou-o e disse:

– Permissão para falar, camarada Gabriel.

Lastra ergueu os olhos de um arquivo que continha uma atualização das órbitas dos satélites espiões dos Estados Unidos sobre Cuba. Fora obtido de fontes públicas a pedido da Inteligência Militar. O general estava certo de que importantes peças de maquinaria seriam movidas quando nenhum satélite estivesse passando acima de suas cabeças. Que tipo de maquinaria ele não tinha idéia. Compartimentalização.

Muito surpreso para devolver a saudação, Lastra deu-se conta de que havia algo de errado e, com a circunspeção e o autocontrole com o qual sempre enfrentou as crises, largou em um cinzeiro de vidro o Lancero que acendera minutos antes. Os chefões do Diretório Geral de Inteligência eram bastante informais no trato com os subordinados e prescindiam das formalidades militares. Os funcionários de escritório usavam roupas civis a maior parte do tempo. Uniformes completos e insígnias só eram usadas em aniversários, promoções e funerais. Era domingo. Teria morrido alguém? Lastra olhou para o mais inteligente de seus agentes de "inteligência". A única outra vez em que ele vira Micaela usando a sua estrela de ouro de cinco pontas fora cinco meses antes, naquela manhã em que o Chefe a espetou no uniforme completo que ela vestia agora.

– Ei, o que houve? – perguntou Lastra, sorrindo perplexo e mostrando dentes manchados de fumaça de charuto.

– Camarada Gabriel. Suspeito que meu marido, o major reformado Manuel Pardo, é um ladrão e que traiu a Revolução.

PARTE DOIS

Capítulo 5

Elliot Steil corria pelo saguão do aeroporto, arrastando a mala atrás de si, quando Brent Hart acenou-lhe de uma porta lateral e chamou-o. Franzindo o cenho, Steil aproximou-se dele e entrou em um corredor de manutenção, com canos coloridos expostos no teto. Havia materiais de limpeza e escadas portáteis de alumínio encostadas em uma parede.

– Hart, pelo amor de Deus, acabei de chegar. Quero ir para casa, desfazer a mala, ver a minha mulher. Nos encontramos após o almoço. Três horas está bem para você?

– Foi abordado?

– Fui.

– Precisamos falar agora. Não faça jogo duro comigo, Steil. O assunto é sério. Dê-me uma hora.

– Uma hora?

– Mais duas ou três amanhã, talvez.

– Ei, tenho de trabalhar amanhã, sabia?

– Steil, não torne as coisas mais difíceis do que já estão, por favor. O termo "relatório de missão" lhe é familiar?

– Já li algumas histórias de espionagem.

– Então sabe que tenho de vê-lo antes de qualquer um. Vamos. Apenas uma hora. Prometo.

Hart guiou Steil através do corredor de manutenção, subiram um lance de escadas e saíram em um corredor público que levava ao escritório no qual haviam se encontrado uma semana antes. No instante em que Hart fechou a porta, Steil perguntou-lhe se podia usar o telefone para falar com Fidélia.

– Claro. Diga-lhe que vai se atrasar porque a sua bagagem sumiu.

Ele discou o número do celular dela.

– Alô?

– Oi, querida.

– Elliot, onde você está?

– No aeroporto. E você?

– No aeroporto, esperando por você.

Elliot articulou “Ela está aqui” para Hart. O agente deu de ombros.

– Ouça. Dei-me conta de que você viria. Foi por isso que liguei. Posso atrasar. Minha bagagem sumiu. Por que não vai para casa e espera por mim?

– Não, vou esperar aqui.

– Tudo bem, espero que não demore. Depois, terei de passar pela alfândega. Sabe como é, estou vindo de um país que pertence ao Eixo do Mal – disse ele, piscando espertamente para Hart, cujo franzir de cenho involuntário demonstrou que ele não gostava de sarcasmo e que era fluente em espanhol.

– Sem problemas, vou esperar. Senti a sua falta.

– Eu também senti a sua. Cuide-se.

– De onde está ligando?

– Telefone público.

– Na área de recepção de bagagem?

Havia vários anos que Steil se perguntava se o fato de se apaixonar e ter de lidar com uma mulher inteligente era uma bênção ou uma maldição. Não chegara ainda a uma conclusão.

– Sim, há um, para os funcionários. Um cubano que trabalha aqui me deixou usá-lo por favor.

– Tudo bem. Eu amo você.

– Eu também amo você. Tchau.

Steil deu a Hart uma descrição de 46 minutos dos dois encontros ocorridos no quarto 2124 do Habana Libre. Em um quarto contíguo, usando fones de ouvido e assistindo cinco de uma bancada de vinte monitores de vídeo, Paul McLellan, que em verdade trabalhava para o Escritório Executivo de Contra-espionagem Nacional e não para o Tesouro, e Nathan Smith, chefe da contra-espionagem no setor do Sul da Flórida, ouvia cada palavra de Steil. O cubano forneceu descrições físicas de Capdevila e Berta, ditou o número de Havana que lhe fora dado e disse que suspeitava de uma fraude. O agente do FBI não o interrompeu uma vez sequer. As notas copiosas que fazia evitaram que Steil se desse conta de que estava sendo filmado, mas à medida que a história se desenrolava, a expressão de Hart mudava de moderada curiosidade para interesse evidente e daí para excitação contida. Pareceu moderadamente surpreso quando Elliot mencionou o comentário de Berta sobre ligações telefônicas entre Miami e Havana.

– ...então Capdevila disse que fora um prazer, Berta meneou a cabeça para mim, e se foram – disse Elliot, terminando o seu relatório.

Hart recolheu a ponta da caneta com um clique, guardou-a no bolso da camisa, inspirou profundamente, acomodou-se na poltrona e sorriu brevemente.

– Fez um grande trabalho, Steil. Obrigado. A agência realmente agradece a sua colaboração.

Elliot imaginou se o sujeito estava descontando ele ter falado com ironia sobre o Eixo do Mal.

– Colaboração, Hart?

– Envolvimento é melhor. Eu me corrijo. O sobrenome de Berta ainda não lhe ocorreu?

– Não. Mas vou me lembrar.

– Não sabia que a IMLATINEX era dona daquela empresa comercial panamenha... – Hart folheou o bloco de notas enquanto Steil balançava a cabeça – ...a Trans-Caribbean Trading, que andava vendendo coisas para a... – novamente o agente do FBI olhou para suas anotações – ...XEMIC.

– Ao que eu saiba, a IMLATINEX não é dona da Trans-Caribbean. Eles apenas compram de nós. Não sei quem são os seus clientes.

– Vamos verificar. Tudo bem. Agora temos de combinar o que dirá à Sra. Scheindlin e considerar como ela reagirá às notícias. Talvez Scheindlin tenha comprado os remédios para Cuba, talvez ele...

– Não, Hart. Dou a minha palavra. Se ele tivesse feito isso, eu saberia. Essa gente inventou isso para dar credibilidade à sua história interessante embora implausível, assim como um toque humanitário.

– Mas Scheindlin freqüentemente viajava sozinho. Pode tê-los conhecido no exterior, feito coisas para eles que você nunca ficou sabendo.

– Ele viajava só, mas consegue vê-lo transportando cem mil dólares em dinheiro? Um homem de negócios que conhece a lei? Por favor.

– Ele pode ter alugado cofres de segurança para depósitos no exterior. Ou depositado o dinheiro em um banco. Quem sabe? Mas não especulemos, vamos ver. Vai ligar para a viúva amanhã?

– Claro. Ela é a minha chefe. Afora isso, ela me pediu que eu lhe comprasse rum, charutos e CDs.

– E você comprou?

– Claro.

– Ótimo. Então, tente entregar-lhe amanhã. De preferência à noite. Precisamos nos encontrar amanhã para combinarmos o que dirá para ela.

– Combinar o quê? Só tenho de lhe transmitir a mensagem.

– Certo. Mas precisamos ter uma boa resposta para qualquer pergunta que ele venha a lhe fazer, considerar alternativas, como o que fazer se ela pedir para você ligar para esses dois e dizer que o tio morreu, ou que ele está vivo e bem. Este dinheiro, seja real ou imaginário, é problema de McLellan. Ele pode querer ouvir tudo diretamente de você. Portanto, seria possível nos encontrarmos amanhã, digamos às oito da noite?

– Tenho escolha?

Hart recostou-se no assento e encarou Elliot com seriedade.

– Não, Steil, não tem. Mas deixe eu lhe dizer uma coisa. Eu admito que seu... envolvimento nisso foi... como dizer...

Elliot imaginou por que o outro escolhia as palavras com tanto cuidado. Hart estava pensando que, se a fita fosse exibida no tribunal, ele não queria que o júri soubesse que o seu informante fora coagido a cooperar.

– ...à nossa insistência – foi o melhor que Hart pôde dizer.

– Sua insistência?

– Chame como quiser. Contudo, a sua cooperação é vital para uma investigação federal, e teremos de nos encontrar freqüentemente para discutir as coisas. Podemos fazer isso de modo amistoso ou hostil. A boa relação é preferível. Portanto, não dificulte as coisas para mim, está bem? Você não gosta de estar fazendo isso. E posso entender por quê. Eu não gosto de... bem, deixe pra lá. Ficaria muito grato se amanhã, às oito da noite, você fosse até esta casa...

Hart fez uma pausa para tirar a caneta do bolso, escreveu um endereço no bloco de notas espiral, arrancou a folha e deu-a para Elliot. Após ler o endereço, o cubano dobrou o papel e enfiou-o em um bolso de sua jaqueta. Hart devolveu a caneta ao bolso da camisa.

– Agora, Steil, falemos confidencialmente.

– Que excitante.

Irritado com o sarcasmo, Hart olhou para o teto e emitiu um longo suspiro.

– Você tem reputação de ser discreto e reservado. É um traço que apreciamos – começou a dizer enquanto encarava Elliot. – Mas não estamos esperando que seja reservado ou discreto. Estamos pedindo para ficar calado, e ponto final. Você agora detém informação que não deve ser compartilhada com ninguém, nem sua mulher, Tony Soto, ninguém. O que acabou de fazer ao dobrar o papel e guardá-lo no bolso é um erro. Imagine que sua mulher o encontre e fique curiosa. Quem mora nesse endereço? Ela pode se perguntar. Suponha que ela pense haver uma outra mulher em sua vida e...

– Você já me convenceu, Hart. Deixe-a fora disso.

– É exatamente o que eu quero, deixá-la fora disso – disse o agente. – Assim como Jenny Scheindlin, Sam Plotzher e todas as outras pessoas que você conhece. Se não tivesse esquecido o sobrenome de Berta, eu teria pedido que guardasse o endereço na memória e destruísse o papel. Mas já que vejo que a memória tende a traí-lo, estou pedindo que ponha este papel em algum lugar onde ninguém possa lê-lo, até amanhã à noite, e depois, assim que sair da casa, o destrua.

– Tudo bem – disse Elliot, ressentido, guardando o papel na carteira.

– A respeito deste caso, você deve se reportar a mim, ao agente McLellan, ou para qualquer outro agente federal que eu ou McLellan trouxermos para um encontro. Você deve compartilhar as suas suspeitas, dúvidas e preocupações comigo, com o agente McLellan, ou com qualquer outro agente federal presente. Achamos que pode manter um segredo. Então, por que estou lhe dizendo isso? Estou dizendo isso porque, até onde sabemos, você nunca esteve envolvido com um trabalho secreto, não está preparado para isso, de modo que temos de ensinar-lhe algumas regras básicas e você terá de prestar atenção e seguir instruções. Você deve compreender claramente que uma indiscrição ou um erro de sua parte pode prejudicar um caso muito importante no qual a agência vem trabalhando há algum tempo. Fui claro?

– Muito claro, agente Hart – disse Steil, petulante.

– Pedimos ao policial Soto para não fazer perguntas sobre o que você está fazendo para nós. Ele prometeu não fazer. Nem você está autorizado a revelar a sua visão pessoal a esse respeito para a Sra. Scheindlin. Só lhe diga o que pensa se ela perguntar. Se ela perguntar se você acha que é um golpe, você dirá que sim. Se ela não perguntar, guarde a sua opinião para si mesmo. Ela é livre para agir como achar melhor. Se ela pedir para você dizer o que lhe foi falado em Cuba para a filha, Sam Plotzher ou advogado, não temos objeção. Se ela pagar um anúncio de página inteira no *Miami Herald* anunciando que a XEMIC está tentando extorquir dinheiro dela, não vamos interferir. Se ela pedir para você ficar de bico calado, não dizer nada para ninguém, você obedece. Compreendeu?

– Compreendi.

– Pois bem, falaremos depois desse encontro de amanhã à noite. Talvez ache que eu o estou enganando, mas eu honestamente agradeço a sua ajuda.

– É. Posso ir embora agora?

– Pode. Os inspetores da agricultura vão perguntar se está trazendo com você algum produto agrícola. Está?

– Não.

– Trouxe charutos?

– Uma caixa de Cohibas.

– Diga ao inspetor. Ele o deixará passar. Então, entre na fila de nada a declarar. Vamos, vou lhe mostrar como chegar até lá.

O ministro do interior de Cuba em 2002, o primeiro indivíduo a ganhar a medalha de Herói da República de Cuba e o segundo promovido a tenente-general no exército cubano, era inquestionavelmente um homem corajoso que vivera uma vida atribulada. Tinha 18 anos quando se juntou aos rebeldes nas montanhas a leste de Cuba, em 1957. Nos anos 1960, lutou contra os guerrilheiros anticomunistas ("bandidos", como eram chamados) nos planaltos do centro da ilha. Nos anos 1970 e 1980, seguindo minuciosamente a estratégia do Chefe, levou soldados cubanos à vitória em batalhas em solo africano. O número de homens que ele viu morrendo mortes terríveis ninguém sabia. Seus melhores sonhos pareceriam estranhos para muita gente, isso para não falar de seus pesadelos, nos quais fluíam rios de sangue, homens executados por ele o perseguiam e serpentes africanas venenosas mordiam os seus braços e pernas.

Este homem triste, endurecido pela guerra, fora nomeado ministro do interior em junho de 1989 por cinco motivos: primeiro, seu predecessor fora preso por corrupção; segundo, o Chefe dera-se conta de que novas e irreversíveis realidades geopolíticas tornaram o envolvimento nos assuntos internos de outros países extremamente arriscado e que estacionar tropas no exterior seria suicídio; terceiro, em momento algum o camarada questionara ou desobedecera uma decisão do Chefe ou de seu irmão; quarto, ele publicamente declarara reverenciar a ambos; por último, era membro do Politburo e vice-presidente do Conselho de Estado.

Tendo despertado ao meio dia de domingo, 21 de abril de 2002, uma vez que o assistente de plantão o informara que nada importante exigia a sua presença no ministério, após um desjejum reforçado, e sabendo que o Comandante estava dormindo, o ministro do interior sentou-se para relaxar e tomar umas e outras. Ele conhecia a rotina: o Chefe estaria despertando por volta das cinco ou seis da tarde, jantaria frugalmente, e iria para o Palácio, onde passaria a noite trabalhando. Portanto, o ministro pretendia tomar banho por volta das quatro, beber uma xícara de café forte e estar pronto para se reportar ao escritório do Chefe com a mente lúcida caso a sua presença fosse requisitada. Só teve um ligeiro contratempo quando, às 14h12, o general Lastra ligou e pediu para vê-lo com urgência. Ao saber que Victoria Valiente, uma das queridinhas do Comandante, tinha algo a reportar, o ministro concordou em estar em seu escritório às 15h. Pediu a um serviçal que lhe preparasse uma xícara de café forte. Se viriam más notícias, ele queria ser o primeiro a saber.

Ele não executava os seus deveres com tanto zelo por estar excessivamente comprometido com a causa dos pobres e famintos do mundo. Após tantos anos exercendo a autoridade e o poder, desfrutando de privilégios, e roçando ombros com os poderosos, para ele a causa dos desapossados se tornara apenas um slogan a ser repetido às massas ignorantes. A razão para ele querer ser o primeiro a saber das más notícias era porque o camarada ministro designara a si mesmo como o segundo protetor da saúde do Chefe, já que o irmão do Chefe não abria mão da posição de primeiro protetor.

Em abril de 1996, o ministro do interior chamou o encarregado da equipe médica do Paciente Número Um e perguntou-lhe o que ele podia fazer para manter a saúde do Chefe em perfeitas condições. O doutor explicou que, aos 70 anos, aquilo era impossível. Mais cedo ou mais tarde o câncer se desenvolve, acontece um derrame ou um ataque cardíaco, ou o mal de Alzheimer se estabelece. A maioria das pessoas idosas, porém, é de aposentados ou semiaposentados, tornando-se, assim, parcialmente imunes ao estresse e às realidades desagradáveis da vida diária, acrescentou o médico, muito didaticamente. Mas um homem de 70 anos na liderança de um país sofre cem vezes mais estresse do que a maioria das pessoas. Quando tal indivíduo, para piorar as coisas, insiste em ser informado sobre tudo o que acontece, seja importante ou não, bom ou mal, de natureza política, econômica, social ou militar, suas chances de sofrer um ataque cardíaco ou um derrame cerebral aumentam exponencialmente.

Portanto, o médico recomendou que limitassem o máximo possível a quantidade de más notícias dadas ao Paciente Número Um. Posteriormente recomendou que, quando as péssimas notícias fossem inevitáveis, seria prudente que lhe fossem transmitidas após ele ter tomado um dos três remédios contra pressão alta que tomava diariamente, e ter a unidade médica móvel de prontidão (dois especialistas em tratamento intensivo, quatro enfermeiras, duas ambulâncias, quatro motoristas e seis paramédicos) caso algo acontecesse. O paciente tinha de seguir uma dieta severa. E seria formidável se o Chefe pudesse ser convencido a falar menos. O médico temia que, um dia desses, algo maligno se desenvolveria em sua laringe ou cordas vocais. Os órgãos humanos não foram feitos para serem forçados de modo tão intensivo durante tantos anos. O ministro não discutiu com o chefe da equipe. Era fácil prescrever receitas e fazer recomendações; já convencer o paciente de que tinha de se comportar não.

Quase seis anos se passaram e as coisas estavam inevitavelmente piores. O Chefe perdia documentos, acusava os auxiliares de estarem mexendo nas suas coisas, esquecia o que estava dizendo. O hábito que sempre tivera de culpar os outros por seus erros assumira enormes proporções. Sua famosa memória estava falhando. Em junho de 2001 tivera um branco de dez minutos durante um discurso em uma cidade perto de Havana. A tevê cubana estava televisionando o comício, a CNN conseguiu a fita, e o mundo inteiro o viu falhar. Sua hipertensão era séria e seus confederados temiam um derrame. Portanto, o ministro resolveu que, no que dizia respeito aos campos de atividade do Interior – inteligência, contra-inteligência, polícia, sistema penal e imigração – ele decidiria, em consulta com o irmão do Comandante, quais más notícias inevitavelmente deveriam chegar ao Chefe e quais eles deveriam manter por debaixo dos panos.

Isso serve para explicar porque, quando a coronel Victoria Valiente terminou de relatar as suas suspeitas, o ministro do Interior sentiu-se aliviado. Levantou-se da cadeira e caminhou lentamente pelo escritório, mãos às costas, olhos no chão. Victoria e seu chefe mantiveram um silêncio respeitoso. O general Lastra a persuadira a vestir o uniforme verde-oliva: jaqueta de manga curta sem etiqueta de nome, calças compridas e botas negras. Em cada extremidade do colarinho aberto da jaqueta, três estrelas brancas. Lastra opinou que o uniforme completo, a estrela de ouro e as insígnias eram excessivas.

Talvez tivesse sido apresentável quando tinha seus 20 anos, pensou Victoria ao observar o ministro caminhar para cima e para baixo. Mas nunca fora um homem atraente. Tinha 1,67m no máximo, feições normais, e faltava-lhe o tipo de personalidade fascinante que fazem as mulheres desculpar a mediocridade física. Agora era apenas um velho flácido e careca com manchas de velhice mas mãos e antebraços. Não parecia um sujeito potente e certamente não agia como tal. Tentou imaginá-lo de cuecas: pernas brancas e magras, a cintura do short abaixo da barriga proeminente.

No entanto, tinha enorme poder. Em um país em que a mídia deificava apenas os ocupantes do cargo Um e Dois, e o Dois era o chefe das forças armadas, muitos acreditavam que a autoridade que mandasse nas áreas arcanas da segurança nacional, polícia e prisões, indiscutivelmente seria o Número Três, designado a estar próximo do Número Dois. Tal futuro promissor transformou-o em um George Clooney para muitas belas jovens oficiais que Victoria já vira lançando-lhe olhares em aniversários, festividades e comícios.

Enquanto Victoria considerava tudo isso, o ministro ponderava se aquilo que acabara de ouvir era uma má notícia. Victoria vira aquilo que pensou ser um extrato bancário na tela de seu laptop; encontrara alguns milhares de dólares escondidos em um armário e estava certa de que seu marido não tinha como explicar a sua origem; o sujeito (como era seu nome? Calvo? Não, Pardo) criticava o Chefe com freqüência cada vez maior, ou ao menos ela dizia isso.

O ministro sabia que o sujeito certamente estivera no lugar certo – a XEMIC – na hora certa – de 1991 a 1999 – na posição perfeita – administrador de rede. Mas precisava de provas para agir. Teria Victoria juntado dois e dois e feito cinco? Talvez o marido tivesse pedido divórcio, e ela quisesse culpá-lo e mandá-lo para a cadeia. Afinal de contas, a brilhante psicóloga não era exatamente do tipo de fazer os homens virarem suas cabeças. Ele não culparia Pardo por se apaixonar por uma mulher mais bonita. O ministro já vira gente fazer coisas piores por ciúmes. Lembrou-se de que, muitos anos antes, na província de Camaguey, um homem fora sentenciado à morte por envolvimento em atividades contra-revolucionárias. Sua mulher e o amante o haviam inculpado, plantando C-3 e detonadores em seu armário. Por sorte, a mulher voltou atrás seis horas antes da execução e confessou tudo. Seu amante foi executado; ela foi condenada a vinte anos de cadeia. Talvez outros homens inocentes não tenham tido tanta sorte.

Mas mesmo se as suspeitas de Victoria se revelassem corretas, fosse Pardo o único culpado ou apenas cúmplice de um roubo do qual o Chefe nada soubesse, não via razão para informá-lo agora. Se Victoria estivesse certa, uma vez que o caso tivesse sido resolvido, o Chefe seria informado que a lealdade dela chegara a ponto de voltar-se contra o próprio marido. Aquilo faria o Comandante feliz! Radiante, perguntaria qual crime o marido de Victoria cometera e, então, saberia que Pardo roubara, ou ajudara outros a roubar 2,7 milhões de dólares. Sim, esta era a maneira de proceder, após o caso ter sido resolvido. O ministro voltou-se para Victoria.

– Bem, camarada coronel, o que propõe que façamos?

Era precisamente o que Victoria esperava. Tudo dependia do ministro fazer essa pergunta. Ela o vira articular a mesma pergunta diversas vezes no passado e ouvira muitas histórias nas quais o homem, após ouvir um problema, perguntara aos subordinados se estes tinham alguma sugestão. Era o oposto do Chefe, que sempre sabia qual a melhor ação a ser tomada. Ela voltou o olhar para o chão como se pensando no que responder, então olhou o ministro nos olhos.

– Camarada tenente-general, refleti cuidadosamente a este respeito. Para mim, os interesses da pátria, do partido e do Comandante-em-chefe estão acima de tudo. Meus sentimentos pessoais são secundários, mas gostaria de esclarecer algo. Amei muito meu marido. Pensei que meus sentimentos por ele jamais esmoreceriam. Mas quando encontrei o dinheiro e lembrei-me que Pardo fora demitido da XEMIC porque mais de dois milhões de dólares haviam sido *eletronicamente* roubados, isso em um tempo em que ele era administrador de rede da empresa, e que ele viajara para o exterior em muitas ocasiões e que poderia recuperar o dinheiro, ou depositá-lo em um banco, ou investi-lo, tive certeza de que ele roubara aquele dinheiro ou ajudara outros a roubá-lo. Neste instante algo se quebrou dentro de mim: meu amor por ele. Não posso amar um ladrão, mas acima de tudo não posso amar um homem que tenha traído a confiança que a Revolução depositou nele.

Momentos de silêncio respeitoso se seguiram enquanto Victoria curvava a cabeça, retirava os óculos, levava um pequeno lenço aos olhos, secava as narinas, voltava a pôr os óculos e guardava o lenço no bolso.

– Respeitosamente, sugiro investigar se meu marido agiu sozinho ou se tem cúmplices – ela prosseguiu –, se é possível ou não recuperar o dinheiro antes de prendê-lo, ou prendê-los. Tenho certeza de que ele não gastou a sua parte, ou tudo, dependendo se agiu sozinho ou não. Bem, talvez ele tenha gasto dez, vinte ou trinta mil, mas creio que o restante está guardado em algum lugar, possivelmente em um banco estrangeiro. Ele viajava muito. Disse que vi um extrato. Meu marido ficou muito nervoso por eu ver o que estava na tela e apagou tudo imediatamente. Eu não o estava vigiando. Eu estava trazendo uma xícara de café e...

– Sim, camarada, você já explicou isso. Diga-me o que nos aconselha a fazer para tentar recuperar o dinheiro – disse o ministro, olhando de esguelha para o general Lastra.

– Perdoe. Estou tão nervosa e envergonhada. Perdoe-me, camarada tenente-general.

– Está perdoada. Prossiga, por favor.

– Meu conselho é o seguinte: eu confronto o meu marido com o dinheiro que ele tem em casa, digo que vi o extrato do banco no laptop, e exijo que ele abra o jogo comigo. Digo que estou cansada da Revolução e do Comandante-em-chefe, que evitei falar com ele sobre isso por não ver outra saída. Então digo que suspeito que ele roubou o dinheiro da XEMIC. Pergunto-lhe se ele agiu sozinho ou ficou com parte do dinheiro, pergunto onde guardou a sua parte. Se ele admitir que roubou o dinheiro, eu o cumprimento, digo que foi a coisa mais inteligente que ele poderia ter feito. Se o dinheiro estiver no exterior, digo-lhe que temos de ir para o México, a República Dominicana, Jamaica ou qualquer outro país do qual ele possa acessar a sua conta bancária, ou que podemos viajar diretamente para onde o dinheiro está depositado. Uma vez que pusermos as mãos nele, viajamos para algum país distante, Austrália, Índia ou algum outro lugar, e começamos uma nova vida.

Victoria ficou em silêncio. O ministro desviou os olhos dela e voltou a caminhar pela sala. O general Lastra mordeu a extremidade de um Lancero e acendeu-o. Após pouco mais de um minuto, o ministro parou diante de Victoria.

– E então?

– Então, camarada tenente-general, vai depender do que ele admita ou negue. Ele não pode dizer que o dinheiro não é dele. Nenhum parente, amigo ou colega nosso botou os pés em nosso novo apartamento. Como vai reagir? O que dirá? Não faço idéia. Sem desejar soar pretensiosa, creio que ele não desertou porque ele me ama muito, embora não o bastante pra viver uma vida honesta. Vou tentar encostá-lo na parede. Não creio que ele irá mentir para mim. Mas não posso prever o que ele dirá. Contudo...

Ela fez uma pausa dúbia.

– O quê?

– Dei-me conta de que, neste caso, não há motivo para confiar em mim apenas porque trabalhei alguns anos no serviço secreto. Devo ser levada a sério? Você pode estar se perguntando. Terá meu marido pulado o muro e eu querendo vingança? Bem, assim poderá ter prova irrefutável deste confronto que estou sugerindo. Peço que considere instalar microfones em minha casa, talvez até mesmo uma dessas pequenas câmaras de tevê que têm a contra-espionagem e gravar a reação de meu marido ao que eu vou lhe dizer.

Parecia que Victoria nada mais tinha a recomendar, e o ministro voltou à sua cadeira reclinável executiva, acomodou-se nela, reclinou-se e olhou para o teto. Apesar de tantos desapontamentos ao longo de tantos anos, a humanidade nunca parava de surpreendê-lo. O desejo de Victoria de filmar tudo de modo que outros pudessem ver o que acontecia dissipava as suas suspeitas de que ela estava incriminando Pardo falsamente. Também ficou claro como o dia que sua Heroína da República era uma piranha. E ela estava certa de que o sujeito a amava muito! Ele não imaginava o que ela faria se pensasse que Pardo a odiava. Contudo, ele aprendera havia muitos anos que os sentimentos pessoais não deviam interferir com o trabalho. Seria um vídeo interessante de se ver.

O ministro também considerou que aquela era a única mulher em Cuba que podia pegar um telefone, digitar um número e pedir uma audiência privada com o Comandante certa de que seria concedida. Ele duvidava que ela ousasse passar por cima dele, mas, com mulheres pré-menopáusicas, ele nunca tinha certeza. Aqueles rompantes e mudanças de humor! Se ele recusasse a sua proposta, será que ela se queixaria com o Chefe que o ministro do interior perdera a oportunidade de recuperar tudo ou parte de 2,7 milhões de dólares? Pouco provável, mas nada impossível. Nada tenha por certo era o seu lema. Ele girou a cadeira um pouco para a esquerda para encarar Victoria.

– Suponha que ele admita que tem todo ou parte desse dinheiro no exterior, coronel. Suponha que ele goste da sua idéia de desertar e fugir para outro país. Então o quê? – sondou.

– Então, camarada tenente-general, a decisão é sua. Obedecerei às suas ordens. Se você decidir que devemos fazer tudo o que pudermos para recuperar o dinheiro ou parte dele, especialmente agora que a Revolução precisa de cada centavo, eu provavelmente teria de fazê-lo crer que desejo partir com ele, concordar com o que ele propuser no que diz respeito às preparações para deixar Cuba. Se for decidido que é melhor considerar o dinheiro perdido, por mim você pode prendê-lo por desfalque. As fitas irão ser uma prova incontestável.

O ministro voltou-se para o chefe do Serviço Secreto.

– O que acha, Lastra?

O general limpou a garganta.

– Bem, camarada, creio que a camarada coronel Victoria provou que a sua lealdade à Revolução é extraor...

– Eu sei, Lastra, eu sei. O que acha de Victoria confrontar Pardo com o dinheiro, perguntar de onde vem, dizendo que deseja desertar, e gravar tudo isso?

– Dependerá, camarada tenente-general, do que você decidir no que diz respeito ao total roubado. Se você o considerar perdido, não há necessidade disso. Apenas revistamos o apartamento, encontramos o dinheiro e perguntamos a quem pertence. Se Pardo ama Victoria tanto quanto ela pensa, ele admitirá que é dele. Vamos perguntar de onde veio o dinheiro, lembrá-lo de que, quando ele era administrador de rede da XEMIC, sumiu um bocado de dinheiro. Ele vai acabar confessando e isso será tudo. Não poderemos recuperar o resto do dinheiro se ele e seus possíveis cúmplices o transferiram para o exterior, mas vamos julgá-lo e sentenciá-lo à prisão perpétua sem condicional. Mas se você quiser recuperar o resto do dinheiro, creio que o que a camarada Victoria sugere é um bom ponto de partida. Devemos gravar a sua conversa, ver como ele reage. Novamente, se ele ama Victoria tanto assim, ele ficará muito contente quando ela disser que deseja desertar. Talvez ele revele onde está o dinheiro, ou a sua parte do total. Então, teremos de nos reunir outra vez, estudar a situação e redefinir os nossos objetivos. Não creio que possamos ter uma visão geral da coisa ou fazer as suposições certas aqui e agora.

O ministro considerou as coisas durante algum tempo. Seu fundo secreto de reserva atingira uma baixa histórica de 44 mil dólares. Como dizem, Cuba devia "para as onze mil virgens, além de dever um peso a cada santo". Naquele ano, a produção de açúcar seria a segunda mais baixa da história da Revolução e o preço mundial do adoçante também estava deprimido. O turismo entrara em colapso depois do 11 de Setembro. Ao fecharem a sua base de espionagem em Lourdes, os russos tiraram 200 milhões de dólares da receita planejada para 2002. A conta de petróleo excederia um bilhão de dólares. Como estudante da história das guerras, a situação lembrava-lhe Dunquerque, uma Dunquerque econômica e financeira. Portanto, ele não conseguiria dinheiro algum para seu fundo de reserva secreto. Mas se pudesse recuperar parte ou todo o dinheiro roubado, talvez o Chefe o deixasse ficar com algum.

– Tudo bem, eu aprovo o plano de Victoria. Lastra, veja isso com os rapazes da vigilância. Victoria, Lastra lhe dirá quando o apartamento estiver operacional, então você nos dirá a hora de agir. Nos encontraremos um dia ou dois depois de você ter essa conversa com o seu marido, para examinar os resultados e decidir nossos próximos movimentos. E obrigado, coronel. Você é uma verdadeira revolucionária.

Victoria ergueu-se e perfilou-se.

– Eu sirvo a Revolução Socialista – bradou.

Naquela noite, em seu quarto, pálido de medo, Pardo tombou sobre a cama.

– Você o quê? – murmurou ele.

– Fique calmo e escute o que tenho a dizer. Tenho tudo resolvido – disse uma sorridente Victoria.

Elliot cruzou as pernas e observou Maria Scheindlin, feliz como uma menina ao encontrar com um presente inesperado, abrir o saco plástico que ele acabara de lhe entregar. Ela retirou os dois sacos de veludo contendo garrafas de rum e pousou-os na mesinha de café. A seguir, retirou uma garrafa do saco e leu o rótulo.

– Isla del Tesoro. Então, este é o famoso rum envelhecido cinqüenta anos.

– É o que dizem.

A seguir, Maria retirou da sacola os cinco CDs da Camerata Romeu e uma caixa de Cohiba Espléndidos, que ela também depositou sobre a mesinha de café.

– Bom. David Sadow vai adorar. Jenny também. Muito obrigada, Elliot. Tão gentil de sua parte. Quanto lhe devo?

Elliot tirou a carteira e entregou-lhe três recibos.

– Os charutos foram 385, o rum...

– Elliot?

– Sim?

– Basta me dizer o total, por favor.

– Seiscentos e vinte.

– Tudo bem, vou lhe passar um cheque. E jogue fora os recibos por favor.

A viúva levantou-se do sofá em um movimento rápido, foi até uma porta fechada, abriu-a e desapareceu na biblioteca. Perdido em reflexões, Steil enfiou os recibos na carteira, guardou-a no bolso, e passou a contemplar a natureza morta na parede oposta. Na noite anterior, em uma fortaleza do FBI na seção noroeste da cidade, Hart e McLellan o fizeram repetir o seu relatório de domingo palavra por palavra, provavelmente procurando encontrar contradições. Lembrar-se do sobrenome de Berta – Arosamena – foi o único acréscimo que ele fez. Então, os agentes passaram a lhe dar instruções para a reunião daquela noite. Basicamente, Hart reiterou o que dissera no aeroporto. McLellan enfatizou a necessidade de sigilo. Mas a gravidade com que os dois trataram todo o caso fez com que Elliot se desse conta de que algo importante estava em jogo. Queria muito sair daquela enrascada.

Mas mesmo que ele fosse posto de lado após fazer a ligação para Havana, o futuro da empresa o preocupava. No aeroporto, Hart mencionara que investigaria as conexões da IMLATINEX com a Trans-Caribbean. Talvez ele devesse ter omitido isso. Antes de o agente dizer que investigariam aquilo, a implicação inevitável lhe escapou. Muita estupidez de sua parte. O que aconteceria se o FBI descobrisse que as pessoas no Panamá eram nada mais do que testas de ferro de Scheindlin? Será que o governo federal multaria a IMLATINEX por violar o Ato de Negociação com o Inimigo? Seria ele, como cubano, considerado um cúmplice? Pior, um agente? Ele tinha de começar a procurar documentos que provassem que a empresa panamenha fora estabelecida 25 anos antes de ele se estabelecer em Miami; que começara a negociar com Cuba nos anos 1970. E falar com um advogado. Qual? Não podia pedir a Fidélia para recomendar alguém. Ela ia querer saber porque ele precisava de um advogado, e isso daria início a uma briga. Será que voltaria ao velho hábito de esconder dela os problemas sérios? Steil emitiu um suspiro de plácida resignação.

Maria voltou com um cheque na mão direita. Vestia uma blusa amarela de algodão sem manga, uma saia à altura do joelho de um tecido verde e leve e sandálias de couro. Parecia melhor com os cabelos soltos sobre os ombros. Os mesmos brincos de ouro nos lóbulos das orelhas, relógio no pulso esquerdo. Steil levantou-se.

– Oh, pelo amor de Deus, sente-se Elliot. Guarde essas boas maneiras para gente estranha. Você me deixa nervosa. Aqui está.

– Obrigado.

Ele sorriu, guardou o cheque em um bolso lateral de sua guayabera e voltou a se ajeitar na poltrona. Uma Maria radiante voltou ao sofá, cruzou as pernas e puxou a barra da saia. Steil preparou-se para fazer aquilo que estava tão relutante em fazer, aquilo que ele jamais faria em outras circunstâncias. Ele pacientemente explicou isso a Hart e McLellan, que se fosse agir por sua livre e espontânea vontade, teria mandado Capdevila e Berta para o inferno e absolutamente se recusaria a contar uma história tão ridícula para Maria Scheindlin. Era o mais lógico a ser feito, argumentou a seguir. Maria o acharia idiota ou cúmplice do golpe. Hart sorriu enigmaticamente e aconselhou-o a dizer que fizera aquilo para proteger a reputação da Sra. Scheindlin.

– Bem, diga-me. Como está Cuba? Como estão os seus amigos e parentes?

O sorriso de Elliot pareceu forçado ao abordar o assunto.

– Agora, deixe-me ver. Cuba está muito melhor do que quando fui embora. Contudo, não fossem os dólares enviados por cubanos que vivem no exterior, o país estaria arruinado. Encontrei os meus parentes com boa saúde, embora uma amiga não esteja muito bem, tendo sido diagnosticada com câncer cervical.

– Oh, lamento.

– Obrigado. Mas devo dizer que algo muito... estranho aconteceu comigo, e isso diz respeito a você, de modo que acho...

– Diz respeito a mim? – disse ela franzindo o cenho e deixando de sorrir.

– Certamente. Ouça, no domingo retrasado, no mesmo dia em que cheguei, quando estava pronto para ir para a cama por volta das oito da noite já que não pregara os olhos na noite anterior, um sujeito, que se identificou como Carlos Capdevila, e uma mulher, que disse se chamar Berta Arosamena, bateram à porta de meu quarto de hotel...

Tendo contado a história duas vezes antes, terminou-a em menos de meia hora. Após Elliot revelar que, de acordo com os seus dois visitantes, Scheindlin negociava remédios com Cuba, Maria pareceu perplexa. Quando ele disse que, à época de sua morte, Scheindlin tinha em seu poder cem mil dólares adiantados pela XEMIC, Maria tapou a boca aberta com a palma da mão e a manteve ali durante cerca de um minuto. Ela ainda não havia articulado uma única palavra um minuto após ele terminar de falar. Hart o instruíra: "Não diga coisa alguma ao terminar. Não se mova, não respire. Espere pela reação dela." Ele estava fazendo exatamente isso.

– Bem, Elliot – disse ela afinal –, isso é... novidade para mim. Não sabia que Ruben estava... fazendo isso. É tão difícil de acreditar. Quero dizer, eu sabia que ele negociava com Cuba, mas não remédios, ele nunca negociou com remédios. Você alguma vez ouviu Ruben falar de remédios?

– Nunca, senhora.

Balançando a cabeça, perplexa, Maria olhava para o tapete debaixo da mesinha de café.

– Seria possível que essa gente tivesse mentido para você?

– Perfeitamente possível.

– Mas seria possível que Ruben estivesse fazendo isso para eles?

– Nada é impossível, Maria. Da primeira vez em que me convidou a vir aqui, você me perguntou quão discreto eu pensava que o Sr. Scheindlin era. Eu disse que, com estranhos, ele era muito reservado. Você disse que ele não trazia assuntos de trabalho para casa. Talvez ele fosse mais reservado do que imaginávamos. Nos últimos seis meses, as contas bancárias da IMLATINEX não registraram qualquer depósito inexplicável de cem mil dólares, ou alguns depósitos misteriosos que, juntos, se aproximassem de cem mil dólares. Estou certo disso. Verifiquei isso ontem. Toda a nossa receita vem de fontes legítimas, que conheço bem. Mas o que esses dois disseram não é impossível. Agora, Cuba está comprando de empresas americanas e pagando em dinheiro vivo. É possível que o Sr. Scheindlin tenha pedido o dinheiro diretamente. Ele podia ter contas bancárias no exterior, ou cofres de segurança para depósitos, ou um cofre aqui nesta casa, para depositar ou guardar dinheiro que ele não queria que fluísse através de canais bancários norte-americanos. Eu não sei. Essa gente acha que você sabe ou pode descobrir. E é isso que estão pedindo que faça. Que lhes diga se você sabe onde está o dinheiro deles e, caso o encontre, se deseja devolvê-lo.

A expressão de Maria refletia desconcerto e descrédito. Elliot suspeitava que ela não tinha idéia do que fazer, onde começar, e sentia pena dela. Ela moveu os olhos para a porta corrediça que se abria para o quintal e pensou um instante.

– Bem – disse afinal –, tenho de verificar algumas coisas para me certificar. Quero dizer, não estamos falando de tostões ou centavos. Mas ajude-me a entender isso, Elliot, por favor. Estou muito confusa. Faça as vezes de advogado do diabo. Vamos considerar a primeira coisa que nos vem à mente: que isso é uma completa encenação, que Ruben nunca negociou com remédios, que esse dinheiro não existe. Neste caso, esses dois seriam loucos? Como podem achar que eu lhes daria cem mil dólares em dinheiro apenas porque eles inventaram uma história inacreditável? Quando você tenta enganar alguém, tem de oferecer algo em troca do dinheiro. Eles não ofereceram coisa alguma, exceto esta "gratidão" que me permitiria investir e comprar imóveis em Cuba; mas isso é conversa fiada. Afora isso, não estou interessada. O governo cubano não pode me levar a julgamento, também não tem qualquer prova. Então, serão loucos? Pareceram-lhe loucos?

– Não, senhora, não pareceram.

– Não fizeram qualquer ameaça?

– Não senhora.

– Não disseram "se ela não devolver o dinheiro vamos incendiar a casa dela"?

– Não, senhora.

– Você está me escondendo algo para eu não ficar apavorada?

– Não, senhora.

– Elliot, você me faz sentir com cem anos de idade. Pare de me chamar de senhora.

– Sim senhora... Maria.

– Portanto, se não são loucos, se não fizeram qualquer ameaça, se o que estão tão gentilmente me pedindo é para verificar as caixa de depósito de segurança e as contas pessoais de meu marido e, caso eu encontre inexplicáveis cem mil, que eu por favor considere se gostaria de devolver o que é deles, então: que merda é essa, Elliot? Desculpe o palavrão. Acho que estou ficando apavorada.

Elliot conteve um sorriso, cruzou as pernas e moveu o olhar para a porta da frente. Não podia dizer o que suspeitava: que esta era uma operação de Segurança de Estado na qual o dinheiro e toda essa conversa fiada sobre Scheindlin comprar remédio para Cuba era apenas um disfarce de algo mais sinistro. Que o FBI estava alerta. Que ela e ele eram apenas figurantes na peça.

– Maria, eu não sei.

– Você é tão prestativo.

– Ouça, você passou alguns minutos pensando nisso. Eu estou considerando a coisa toda há nove dias e ainda não cheguei a uma explicação racional.

Maria mordeu o polegar direito um instante, então voltou a se acomodar no sofá.

– Tudo bem, vamos considerar o que parece impossível. É verdade, Ruben estava fazendo isso para eles, e ao morrer tinha o dinheiro. O que devo fazer?

– Isso cabe a você decidir, senhora. Desculpe, Maria.

– Eu sei que cabe a mim decidir, Elliot. Estou pedindo a sua opinião.

– Desde que você não abata o mensageiro a tiros.

Maria riu e a tensão diminuiu um pouco.

– Creio que a primeira coisa que deve fazer – começou Elliot –, é verificar se entre os documentos pessoais do Sr. Scheindlin há alguma coisa relacionada a fornecimento de remédios: orçamentos, faturas, listas de empacotamento, algo assim. Com relação ao dinheiro, ele devia ter contas no exterior que você provavelmente conhece. Você pode verificar os extratos, ver se um depósito de cem mil ocorreu há uns dois ou três meses. Outra possibilidade é ele ter guardado o dinheiro em uma caixa de depósito de segurança aqui em Miami ou em algum outro país. Vocês têm um cofre aqui?

– Em casa?

– Sim.

– Claro.

– Você o verificou ultimamente?

– Não está lá. Abri o cofre muitas vezes depois que Ruben morreu. Lá só estão vinte e tantos mil dólares, documentos importantes, ações e títulos, e minhas jóias.

– Sei. Bem, não consigo pensar em nada mais que você possa fazer.

– Suponha que, contra todas as probabilidades, eu descubra que o que os cubanos alegam é verdade.

– Então você decidirá se irá devolver ou não, e me deixar saber a sua decisão. Eu ligo para essa gente, digo-lhes que seu tio morreu ou que se recuperou completamente e saio de cena.

Por um momento, Maria pareceu surpresa.

– Que cavalheiresco de sua parte – disse ela, irônica.

Steil balançou a cabeça, estalou a língua, e sorriu sem alegria.

– Tente ver a coisa do meu ponto de vista, Maria, por favor. Sou um cidadão cubano. Cuba é considerada parte do Eixo do Mal pela administração atual. Alguns cubanos que vivem aqui foram condenados a longas penas de prisão por espionarem para Cuba. Acabo de voltar de Cuba. Se essa... coisa se tornar pública, posso ser acusado de ser um agente inimigo, ser deportado...

– Tudo bem, eu compreendo – disse Maria erguendo uma mão, olhando para o chão, sem querer ouvir mais. – Deixe-me perguntar algo para você: quem sabe a esse respeito?

– Ninguém.

– Não contou para ninguém?

– Nenhuma alma.

– Poderia me fazer o favor de manter isso assim? Não quero ver o nome de Ruben no centro de um escândalo político por negociar com Cuba. E você sabe que ele negociava, não remédios talvez, mas muitas outras coisas.

– Não direi para ninguém, Maria.

– Ótimo, obrigada. Agora, Elliot, preciso ficar sozinha. Estou tão confusa...

– Compreendo, Maria – disse ele, levantando-se. – Não devia ter concordado em lhe transmitir esta mensagem. Apenas agora me dou conta de que foi um erro. Peço desculpas.

– Está tudo bem, Elliot. Não há como voltar o relógio agora – disse ela, com uma expressão que Steil interpretou como *"ou você é um idiota ou um cúmplice deles"*.

– Tinha duas coisas em mente: a reputação do Sr. Scheindlin e o futuro da IMLATINEX – disse ao se encaminhar à porta da frente.

– Compreendo – disse ela ao estender a mão até a maçaneta. Mas seu tom de voz dizia que ela não compreendia.

– Bem, se houver algo mais que eu possa fazer...

– Não, obrigada, Elliot. Você é cubano, pode ser acusado de ser espião, pode ser deportado. Eu ligo para você daqui a alguns dias e peço que faça a tal ligação para Havana dizendo o que eu decidir que deve dizer. Eu faria isso pessoalmente caso fosse fluente em espanhol, para minimizar o seu envolvimento. Mas não sou. Após desligar, você sai de cena.

Incomodado com a covardia de suas palavras, perplexo com o desapontamento na voz dela, Steil inclinou a cabeça.

– Perdoe, Maria.

– Obrigado por ter trazido os presentes – disse ela, abrindo a porta. Steil estendeu-lhe a mão.

– Que bobagem. Boa-noite.

– Boa-noite, Elliot.

Maria fingiu não ter visto a mão estendida.

– Três conjuntos de câmeras e microfones: dois na sala de estar e um no quarto, caso ele vá para lá. Na sala de estar, a câmera número um cobre da parede voltada da rua até a sala de jantar, e do centro da sala de jantar à parede voltada para a porta de entrada, onde está o sofá. A câmera dois cobre exatamente a mesma área da extremidade oposta, ou seja, a porta de entrada, as duas poltronas diante do sofá, e a mesinha de café. Toda a área está coberta. Ele pode se sentar ao seu lado, ou de frente para você, pode mudar de assento, levantar-se, mover-se, estaremos de olho. O aparelho em seu quarto cobre a cama, as mesas-de-cabeceira e a janela. A vigilância diz que quando casais discutem no quarto, quase sempre se sentam ou deitam nas camas. Mas seria melhor se pudesse confrontá-lo na sala de estar.

– Suponho que toda essa parafernália está convenientemente oculta.

– Micaela, por favor, essa gente é profissional.

– Claro.

Estavam no escritório de Lastra, o chefe do serviço secreto por trás de uma bela escrivaninha de cedro africano presenteada pelo presidente de Angola, Victoria em uma das duas poltronas de cedro estofadas com autêntico couro de antílope. O general vestia uma camisa xadrez, calças cáqui e sapatos marrons brilhantes. Victoria usava um suéter marrom claro sobre a blusa branca, jeans e mocassins. Lastra sempre mantinha o ar-condicionado no máximo e toda vez que era chamada a se apresentar no seu escritório, ela vestia o suéter. Era quarta-feira, 24 de abril.

– Os monitores, videocassetes e o operador de plantão estão alguns andares abaixo – prosseguiu Lastra. – Diga-me quando estiver pronta. Também quero ter dois homens de prontidão, caso Pardo fique violento.

O sorriso triste de Victoria e o modo como balançou a cabeça de lado a lado diversas vezes fez Lastra perguntar:

– Acha que ele não ficará?

– Eu já disse, brigadeiro-general. Pardo me ama.

– Bom. Mas os homens estarão lá em todo caso, por segurança. Uma vez que essa não é uma campanha comum, a segurança gostaria que entrássemos em ação o mais rapidamente possível de modo que possam desmontar todo o aparato e instalá-lo em outra parte. São tão pressionados com pessoal, dinheiro e equipamento quanto nós.

– Eu sei. E quanto a hoje à noite?

– Isso seria perfeito. Onde ele guarda o dinheiro?

– Não lhes disse?

– Você disse que era em um armário, mas onde? Em uma gaveta? Uma moldura?

– Pensei que tivesse dito. Quando nos mudamos para esse apartamento, guardamos vários livros e revistas em um armário de um quarto vazio. Eu estava procurando um número antigo do *Psychological Bulletin* e descobri que havia uma revista mais saliente na pilha de revistas de computador de meu marido. Tirei-a dali e encontrei um envelope com um rolo de notas de cem dólares, 64 para ser exata, guardado entre as páginas.

Lastra pensou a respeito.

– Já considerou a possibilidade de ele ter escondido aquilo ali porque queria que você encontrasse?

– Sim, já. E essa provocação que vou fazer admite esta possibilidade. Vou dizer que vi um extrato bancário na tela, alguns dias depois topei com o dinheiro, então tirei as conclusões certas. Reagi de acordo. O que me faz lembrar, você pediu que o nosso administrador de rede verificasse a minha conta?

– Sim, e você estava certa. Um site de um banco estrangeiro foi acessado. – Lastra ergueu uma sobrancelha, cruzou os dedos atrás da cabeça, reclinou-se para trás na cadeira giratória, olhou-a nos olhos. – Você é a psicóloga. Diga-me. O que faz um homem honesto se tornar um ladrão da noite para o dia?

Victoria considerou a pergunta.

– Neste caso particular, e em muitos outros, como você bem sabe, talvez viajar para países capitalistas tenha feito Pardo renegar os seus princípios. Lembra-se de nosso coordenador para a Europa Ocidental nos anos 1980?

– Lembro dele. Na época você não estava conosco.

– Não estava, mas li o arquivo. Nascido e criado em uma fazenda, lutou contra bandidos nas montanhas de Escambray, juntou-se ao serviço secreto quando tinha 19 anos. Inteligente, seguia ordens, formou-se em direito, bebia uma cerveja por mês, não fumava, um modelo de rapaz. Então, ele é designado diretor residente de todos os nossos ilegais e informantes na Europa Ocidental, baseado em Praga. Então, menos de um ano depois, o Sr. Perfeito roubou o fundo para despesas, foi de carro até Paris, entrou na embaixada americana e traiu o seu país. Por quê? Tenho uma teoria a respeito.

– Diga.

– Os cubanos nascidos após 1959 cresceram em um ambiente muito austero, sem desfrutar de coisas que são corriqueiras em países ricos, de guardanapos a laptops. Quando viajam para esses países, alguns sofrem um choque. Cada Tom, Dick e Harry tem o que nenhum cubano tem. O capitalismo gera o consumismo. E qual a primeira coisa que precisa um consumidor? Dinheiro. E qual o modo mais fácil de pôr as mãos no dinheiro que você precisa para viver como vivem essas pessoas? Então, olhe para a outra face da moeda. Temos milhares de homens e mulheres neste país filhos de prósperas famílias cubanas. Eram da classe média, alguns até da classe alta. Deviam ter ido embora de Cuba. E o que fizeram? Traíram as suas classes e se juntaram à classe trabalhadora. Algumas dessas pessoas são membros do Comitê Central, oficiais das forças armadas, ministros, vice-ministros; desfrutam de privilégios. Mas a maioria é de intelectuais, médicos, advogados, aposentados. Comem o que conseguem com seu cartão de racionamento, andam de "camelo", ficam horas nas filas. No entanto, quase todos aqueles que viajam aos Estados Unidos para visitar parentes voltam a Cuba. Não desertam, não roubam, a maioria tem uma atitude simpática em relação à Revolução. Eles tiveram a oportunidade de fazer uma escolha e viver com as boas e as más conseqüências dessa escolha.

Lastra apenas sorriu e pareceu perdido em devaneios durante algum tempo. Victoria ouvira dizer que a família dele era rica e possuía centenas de hectares de pasto e milhares de cabeças de gado no leste da ilha. Havia boatos de que ele freqüentara uma universidade no Kentucky, ou no Alabama, ou em algum outro estado norte-americano antes de se juntar ao serviço secreto. Velhas fotos provaram que, quando ele era jovem, não tinha a aparência macambúzia de agora. Outra vítima da profissão, pensou ela. Ela gostava dele porque era um obcecado pela eficiência, preocupava-se com os subordinados, e nunca agia com superioridade em relação às outras pessoas.

– Então, como explica cubanos que nasceram depois de 1959, viajaram para o Primeiro Mundo e permaneceram fiéis à Revolução? – perguntou o general.

– São a prova viva de que a maioria não sucumbiu ao canto da sereia do capitalismo, que fomos capazes de ensinar à nova geração a importância de preservar os nossos princípios. Infelizmente, meu marido pertence à minoria.

– Certo.

Lastra abriu uma gaveta, tirou dali um Lancero, mordeu-lhe a ponta e acendeu-o com a guimba de outro charuto.

– Então, está certa de que fará isso esta noite? Tenho de avisar à Vigilância.

– Será esta noite, camarada brigadeiro-general.

– Ótimo. Algo mais?

– Apenas uma outra coisa, camarada. Pardo provavelmente vai desejar fazer amor esta noite. Não posso recusar, de modo que agradeceria que você dissesse à Vigilância para não assistir ou gravar isso.

– Não se preocupe. Eu o farei. Cuide-se, coronel.

– Você também, camarada.

Tony Soto parecia profundamente embaraçado. Empoleirado em um tamborete de bar, falando em voz baixa e em tom de quem pede desculpas, observava os círculos que desenhava com o fundo do copo sobre o tampo de mogno do bar no Charlie's Lounge. Freqüentes estalares de língua e dares de ombro acompanhavam a voz e os olhos baixos, a linguagem corporal inconsciente que os cubanos aprendem no berço ao fornecer justificativa por um ato do qual se arrependem. Também acontece quando alguém se auto-deprecia, geralmente após admitir que pisou na bola. Embora ouvisse Tony atentamente, o professor em Elliot não podia deixar de notar quantas expressões em inglês e espanhol tinham o mesmo significado. Acabara de descobrir outra: *Put your foot in it** é *meter la pata* em Cuba.

Tony disse que convidara Elliot àquele bar para se desculpar por ter-lhe apresentado Hart e McLellan. Como policial, não podia recusar-se a colaborar com as agências federais, argumentou Tony. Afora isso, haviam pedido educadamente, fazendo aquilo parecer um favor. Tony também achou que poderia mediar caso Elliot perdesse a calma, como de fato fizera. Mas sentia-se mal pela coisa toda, e queria que Elliot soubesse.

– Não se preocupe, Tony. Está tudo bem. Eles estão certos. Eu fui...

– NÃO! Eu não quero saber. E você não pode dizer nada a ninguém.

– Pelo amor de Deus, Tony. Você estava lá, você sabe que disseram que alguém se aproximaria de mim.

– Não lhe disseram que você não pode discutir isso com ninguém?

---

* Algo como "pisar na bola", em português. (*N. do T.*)

– Disseram.

– Então, não discuta.

– Ei, não entre em pânico. Não vou lhe dizer coisa alguma. Meu Deus, eu nunca o vi tão amedrontado. O que está havendo?

– Nada. Não é da minha conta e não quero saber, está certo?

Ficaram em silêncio durante quase um minuto. Tony terminou a sua cerveja e pediu outra. Steil bebericava uma Seven-Up. O barman serviu a terceira cerveja a Tony e o tira sorveu metade sem sequer saborear e passou o nó de um dos dedos nos lábios e bigode. Novamente Steil deu-se conta de quanto seu ex-aluno envelhecera em oito anos. Desenvolvera uma pança que caía sobre as calças, tinha vincos na testa e rugas no canto dos olhos que não estavam ali anteriormente. Alguns cabelos brancos também brilhavam em suas têmporas. Lídia era cinco anos mais velha do que ele e, em 1994, Steil previra que ela acabaria se tornando sua mãe, não sua mulher. Outra previsão que se mostrou errada, pensou Elliot. Agora, Lídia tinha 39 e parecia ter quarenta e poucos. Ela nunca tocou em bebida, seguia dietas severas, tingia o cabelo, e gastava fortunas em cremes faciais e para as mãos. Tony apenas fazia musculação. Com 34, parecia ter 40. Caso mantivesse este estilo de vida mais uns dez anos, ela acabaria parecendo mais jovem que ele.

– Elliot... estava pensando... seria possível, você sabe... evitar dizer para essa gente que eu ocasionalmente faço coisas para a sua empresa. Eles podem pensar, você sabe, que um policial não deveria se envolver com... bem, você sabe, cobrança de dívidas, ajudar com clientes difíceis, entrar em contato com a alfândega, coisas assim, você sabe....

– Eu sei – disse Elliot, pensando nas frases vazias do idioma inglês. Alguns americanos intercalam o termo "*fuck*" e as palavras "você sabe", e, de um tempo para cá, "basicamente" em toda frase que dizem. E aquilo não se restringia aos menos instruídos. A mídia estava apaixonada por "basicamente" e "tendo dito isso". Naquele dia ele estava muito voltado para o idioma, admitiu para si mesmo.

– Eles podem contar para os Assuntos Internos e, você sabe, complicar as coisas para mim.

– Tony, não vou dizer uma palavra. Mas esteja certo de que na próxima semana, talvez nos próximos meses, essa gente vai passar com pente fino na empresa.

– Verdade?

– Certamente.

– Por quê?

– Você não quer que eu lhe diga.

– Certo. Então, você acha que eu devo sumir durante algum tempo?

– Não. Você deve continuar a visitar o armazém como sempre fez. Se parar de ir, todo mundo, e estou me referindo a todo mundo mesmo, de Sam ao vigia noturno, vai perguntar o que diabos aconteceu com você e por que você não está mais aparecendo.

– Certo.

Tony tomou um gole de cerveja e limpou o bigode.

– Esse tal de McLellan – disse ele –, ninguém o conhece. Hart, não. O pessoal diz que ele está na área já há algum tempo. McLellan é novo na cidade.

– Ele me mostrou a identidade. É do Tesouro.

Tony Soto deu um tapa na testa e revirou os olhos em desespero.

– Professor, pelo amor de Deus, deixe de ser tão ingênuo, está bem? Os agentes do FBI, da ASN e da CIA têm uma gaveta cheia de carteiras de identificação autênticas, com suas fotos coladas nelas. Podem ser do Tesouro. Do Departamento de Estado, ATF, o que precisarem ser. Têm um armário repleto de uniformes: exército, marinha, aeronáutica, polícia, é só dizer.

– Assiste o *Arquivo X*?

Tony Soto inspirou profundamente, então expirou com bochechas infladas.

– Tudo bem, eu sou paranóico, você é normal. Você sabe mais do que eu.

– Não se aborreça, Tony. Gostei de seu conselho. Então, McLellan não é do Tesouro. De onde é?

– E eu sei lá? Mas o jeito que esses caras olham para a gente os denuncia. É como, você sabe, como se suspeitassem que cada ser humano com mais de cinco anos é um criminoso ou um espião. Esta manhã? No aeroporto? McLellan estava olhando para você deste jeito.

Steil tomou outro gole.

– Bem, eu não sou criminoso nem espião. Nada tenho com que me preocupar.

– Apenas fique atento.

– Tudo bem, ficarei. Como estão Lídia e as crianças?

– Ela está bem. Esther ficou gripada, Jenny e Tony Jr. estão bem – disse Tony antes de entornar o resto da cerveja.

– Fidélia também vai bem.

O tira arrotou.

– Opa, desculpe.

– Está tudo bem.

– Ouça, estou preocupado, certo?

– Eu disse que estava tudo bem – disse Steil, imaginando quantas vezes haviam pronunciado a mais popular exclamação da história.

– Ótimo. Agora tenho de ir, está bem? – disse Soto, levantando-se do tamborete.

– Tudo bem.

– Você vem?

– Vou terminar isso aqui primeiro.

– Bom. Vejo você por aí, professor.

– Cuide-se, Tony.

– Você também.

O general Lastra apertou o botão ejetor, fechou a caixa de plástico, voltou-se nos calcanhares, alcançou a escrivaninha do ministro em alguns passos e pousou o videocassete sobre o boletim de notícias confidenciais de 27 de abril. Então, voltou para a sua poltrona diante do tenente-general e acomodou-se ao lado de Victoria.

O ministro estava impressionado, e com razão. Primeiro, acabara de ver um exemplo clássico daquilo que a comunidade de contra-espionagem chama de "abordagem provocativa". Segundo, o vídeo provou que, falando de modo geral, manipuladores do sexo oposto obtém melhores resultados; que as psicólogas possuem o conhecimento básico da mente para se destacarem neste campo; e que uma psicóloga brilhante treinada nas artes negras da dissimulação, interpretação e chantagem era simplesmente invencível. Terceiro, pela enésima vez tivera provas irrefutáveis de que homens embriagados agem como idiotas, algo que ele sabia por experiência própria. Os resultados eram muito reveladores e, ainda assim, frustrantes. Apesar do fato de o interrogatório ao qual Victoria submetera o marido ter sido brilhante, apesar de Pardo ter admitido que cometera sozinho o maior roubo da história cubana, apesar de poderem julgar o filho-da-puta e sentenciá-lo à pena de morte, apesar de tudo isso, o dinheiro estava fora do seu alcance. O desgraçado o mantinha em um banco estrangeiro, sob uma falsa identidade. Os documentos que provavam que Pardo era o cliente daquele banco, o único que poderia fazer uma retirada, também estavam no exterior. A recuperação do dinheiro parecia impossível. Se Cuba requisitasse a devolução, o banco exigiria provas, dando início a um longo processo legal. A mídia transformaria a coisa toda em um circo internacional. No fim, caso o improvável acontecesse e um tribunal decidisse em favor de Cuba, diversos credores para quem o país devia bilhões de dólares começariam a processá-los, pedindo para serem pagos.

Sem querer que seus dois subordinados se dessem conta de que ele estava perdido no que dizia respeito ao que fazer a seguir, sabendo que esperavam pela sua reação e que ele ficara em silêncio durante muito tempo, o ministro levantou-se e começou a caminhar a esmo pelo escritório, mãos às costas, fingindo estar imerso em pensamentos. Sentia-se frustrado pelo fato de fazer apenas duas coisas na maior parte do tempo: receber ordem do Chefe ou pedir sugestões dos subordinados. Ele sentia falta da simplicidade do campo de batalha: ataque, defesa ou retirada; fogo ou suspender fogo; viver ou morrer; vitória ou derrota.

– Bem, camaradas, o que acham que devemos fazer a seguir?

Lastra ergueu as sobrancelhas e baixou os cantos dos lábios para indicar que aquilo que diria tinha um caráter preliminar e exploratório.

– Bem, camarada tenente-general, o dinheiro é irrecuperável, portanto, em minha opinião, temos de prender Pardo, julgá-lo e pedir que seja condenado à prisão perpétua.

O ministro meneou a cabeça energicamente, concordando, antes de dirigir-se a Victoria.

– Você compartilha da opinião do general, camarada coronel?

– Com todo respeito, camarada tenente-general, camarada brigadeiro-general, devo discordar.

– Oh? – pronunciou o ministro, as bastas sobrancelhas erguidas em sinal de admiração. Ele não conseguia se lembrar da última vez em que um subordinado havia ousado discordar de algo que ele tivesse aprovado. Mas aquele era o seu gênio residente...

– Poderia por favor nos dizer o que propõe?

– Respeitosamente sugiro que ofereçamos um acordo para meu marido, camaradas.

– Um acordo? – disseram ambos em uníssono, resistindo à idéia.

– Permissão para elaborar.

– Concedida – disse o ministro, queimando de curiosidade.

– Não consegui dormir na noite passada. Passei a noite inteira pensando. No começo estava furiosa, mas a certo ponto lembrei-me da definição que Felix Dzherzinsky deu de um agente da Cheka: um coração inflamado e uma mente fria. Assim, tentei pensar com a cabeça fria. E cheguei à conclusão de que devemos oferecer um acordo a Pardo.

"Tivesse meu marido passado segredos de estado para o inimigo, tivesse conspirado com outros para assassinar o Comandante-em-chefe, o ministro das Forças Armadas Revolucionárias, ou qualquer outro membro do Politburo, eu proporia a sua execução por um pelotão de fuzilamento. Tivesse gastado o dinheiro que roubou, eu concordaria com você, camarada brigadeiro-general: prisão perpétua. Fosse possível recuperar o dinheiro sem a participação dele, eu pensaria o mesmo: prisão perpétua. Mas como viram naquele vídeo, sem a participação ativa de Pardo, temo que o dinheiro esteja para sempre perdido.

Victoria fez uma pausa, como se estivesse tentando organizar os pensamentos, embora o que de fato queria era que os outros refletissem naquilo que dissera.

– Agora, o que é mais importante e benéfico para a Revolução atualmente? Punir um ladrão ou recuperar o dinheiro? Em minha modesta opinião, recuperar o dinheiro. Podem imaginar quantas toneladas de remédios podemos comprar com 2,6 milhões de dólares? Aprendemos algumas coisas muito importantes. Pardo agiu sozinho, não havia cúmplices, nenhuma divisão, ele está com todo o dinheiro. Bem, nem todo. Como o ouviu explicar, ele gastou cerca de cem mil comprando documentos falsos, viajando e abrindo contas de banco padrão, de modo a poder posteriormente abrir contas em bancos no exterior e fazer depósitos sem levantar suspeitas de lavagem de dinheiro. Mas 2,6 milhões de dólares, exatamente 96,3 por cento do que ele roubou, podem ser recuperados se ele cooperar.

"A seguir, vamos tentar imaginar como Pardo reagiria caso alguém tocasse nossa campainha, eu abrisse a porta da frente, três ou quatro camaradas de Operações entrassem e, sem darem qualquer explicação, prendessem nós dois. Perguntamos o que foi, porque estamos sendo presos, eles não dizem uma palavra. Após dez ou vinte horas incomunicável em uma cela, vocês levam Pardo a uma sala e mostram esse vídeo – Victoria aponta para o cassete sobre a mesa do ministro. – Ele vai entrar em pânico. Vai se dar conta de que logo estará enfrentando um pelotão de fuzilamento ou, na melhor das hipóteses, passará o resto da vida na cadeia. Pardo é um oficial reformado, ele sabe que nossas prisões não são redutos turísticos. Também pensará em mim, estou certa. Naquele vídeo eu admito que os odeio, que odeio o comunismo e o Chefe. Portanto, ele imaginará que serei julgada e condenada também. Ao fim da fita, os camaradas o levam de volta à cela sem fazer uma única pergunta. Você o deixa pensar no assunto um dia ou dois. Então, oferecem a ele um acordo.

– Que acordo, camarada Coronel? – perguntou o ministro admirado com a hábil trama de Victoria.

– Vocês dizem a ele: "Você será julgado e condenado, provavelmente à morte, diante de um pelotão de fuzilamento. Sua mulher perdeu todas as condecorações. Será julgada e condenada também. Contudo, devido à situação financeira que nosso país enfrenta, o Alto Comando decidiu oferecer-lhe um acordo. Devolva o dinheiro que nos roubou e o deixamos ficar no país onde o escondeu, uma vez que o devolva. Então, sua mulher irá ao seu encontro."

– Eu conheço este homem: ele vai agarrar a oportunidade. Não tem escolha. Talvez ele tente obter alguma concessão para mim, possivelmente exigir que eu seja solta. Vocês devem concordar. Talvez comece a pensar como fugir quando estiver no exterior, ou talvez não, caso deseje se juntar a mim após devolver o dinheiro. Talvez considere muita sorte o fato de nós dois continuarmos vivos e em liberdade no exterior. Ele perceberá que, como um especialista em computadores, poderá viver em qualquer lugar do mundo. Então, o que temos de fazer é garantir que ele faça valer a sua palavra e cumpra a sua parte no acordo.

Victoria terminou a sua exposição. O general Lastra e o ministro trocaram breves olhares. Ambos estavam surpresos com a sua presença de espírito, a força de seu poder de raciocínio e a firmeza de seu plano. Desde os anos 1980, nada tão ousado e complicado fora tentado. Lastra tentou se lembrar do termo em iídiche para comportamentos imaginativos e arriscados. Não lhe vinha à mente.

– Agora, me dê um minuto, camarada coronel – disse o ministro ao voltar para a sua cadeira. – Tenho várias perguntas.

– Eu também – disse Lastra.

– Vá em frente, Lastra.

– Depois de você, tenente-general.

– Não, você começa.

– Tudo bem. Victoria, deixe-me ver se entendi bem. Você está dizendo que, caso Pardo aceite essa... oferta que lhe fizermos e nós o colocarmos em um avião para o lugar onde ele disser que estão os documentos e o dinheiro, ele irá ao banco, encherá uma pasta executiva de dinheiro e mansamente a entregará à nossa gente?

– Isso não é necessário. Ele poderá transferir o balanço para uma conta do Banco Financiero.

– Por que não fugirá?

– Porque dois de nossos homens estarão com ele e porque ele me ama. Diremos a Pardo que, como parte do trato, dois camaradas fingirão serem os seus guarda-costas no exterior. Ele se dará conta de que é uma precaução elementar que devemos tomar. Ele não é burro e sabe que nós também não somos. Ele precisa de um passaporte e uma passagem de avião, de modo que saberemos de antemão para onde ele vai. Um ou dois dias antes de ele partir de Cuba, mandamos um camarada até lá. O outro viajará com Pardo. Daí em diante, comerão com ele, dormirão com ele, irão com ele a toda parte.

– Certo – admitiu Lastra esfregando as mãos e olhando para o chão. – Mas diga-me, o que evitará que Pardo grite no meio da rua: "Socorro! Polícia! Esses dois são agentes cubanos! Estão me seqüestrando!"

– Você o advertirá que, caso ele faça isso, serei condenada por traição e passarei o resto de minha vida na prisão.

Lastra e o ministro trocaram olhares. O vídeo os convencera de que Pardo adorava a mulher, beijava o chão que ela pisava. Ele admitira que não conseguia viver sem ela, afirmara que roubara o dinheiro para que os dois pudessem viver com aquilo depois que o Comandante morresse e o comunismo cubano entrasse em colapso. Ele revelara que ela era a única razão para ele não ter desertado na última vez em que estivera no exterior. Aquilo deixou os seus superiores surpresos. Em um país livre, com dinheiro bastante para comprar tudo o que um homem poderia sonhar, desde uma bela casa até as mais belas mulheres, por que Pardo voltara a Cuba? Ambos os generais se perguntaram se Victoria exercia algum controle misterioso sobre a mente do marido que o tornasse completamente dependente dela para continuar existindo, ou se ela era a única pessoa com quem ele era capaz de se relacionar. Nenhum dos dois oficiais conseguia encontrar outro motivo para um homem inteligente e maduro agir de modo tão absurdo após 11 anos de casamento com uma mulher tão sem graça. E, agora, ela o traía. Bruxa!

– Não sei, Victoria. Essa sua idéia é muito... complicada e arriscada – disse o ministro, para tirar a ênfase de seu interesse.

– Complicação é um conceito relativo, camarada tenente-general. Para julgar, precisamos comparar isso com o objetivo que esperamos alcançar. Não proporia tal coisa por cinqüenta ou cem mil dólares. Mas por 2,6 milhões, não creio que meu plano seja excessivamente complicado. Quanto ao risco... eu não sei. Sempre fui uma agente de escritório. Nunca estive em uma guerra, nunca corri riscos. Vocês são juízes muito melhores do que eu neste aspecto. Mas estou certa de que vocês dois devem ter corrido riscos mil vezes maiores do que esse.

"Por outro lado, o que temos a perder? Em, nosso primeiro encontro, o camarada general Lastra disse que não tinha uma visão geral do assunto. Eu respeitosamente opino que agora também não temos. Vamos dar o próximo passo, a falsa prisão, e ver como Pardo reage. Suponho que os camaradas gravarão o que ele fizer ou disser. Depois nos encontramos novamente, assistimos ao vídeo e avaliamos a coisa toda outra vez. Então, tomarão a sua decisão. A pátria precisa desse dinheiro.

– O que pensa, Lastra?

O chefe do serviço secreto coçou a cabeça.

– Eu também não gosto disso, camarada tenente-general. Por outro lado, nada temos a perder caso executemos a primeira parte do plano da coronel Victoria: invadir o apartamento, prendê-lo, oferecer o acordo para Pardo. Então, nos encontramos novamente e você decide o que devemos fazer.

– O que acontecerá depois que Pardo devolver o dinheiro e você não se reunir a ele? – perguntou o ministro. – Ele poderá ir à imprensa, denunciar que a seqüestramos. Fazer um alarde.

Victoria balançou a cabeça e se acomodou na poltrona.

– Duvido muito que ele vá à imprensa. Quero dizer, os jornalistas farão perguntas: quem é você? quando chegou? o que faz aqui? por que o governo cubano permitiu que viajasse para cá se sua mulher estava presa? Ele acabaria sendo obrigado a admitir que era um ladrão. Afora isso, proponho uma medida ativa. No minuto em que ele devolver o dinheiro, os camaradas exibirão para ele uma fita na qual eu digo a verdade, que descobri o dinheiro e o denunciei, que fui eu quem deu a idéia de gravar a sua confissão em nossa casa e de minha falsa prisão, que odeio ladrões e traidores, que não o amo mais e me divorciarei dele. Isso o manterá quieto.

Novamente, os generais trocaram olhares. *Que piranha!* Pensou o ministro. O *sujeito vai dar um tiro na cabeça*, pensou Lastra. Ambos pareciam imperturbáveis, mas não estavam.

– Você pensou em tudo – disse o ministro suavemente.

– Tentei, camarada tenente-general. Mas os planos são uma coisa, a realidade outra. Temos de ver como as coisas acontecerão.

– Verdade. Bem, então vamos fazer a falsa prisão.

– Espere uma semana, camarada tenente-general. Minha aprovação pelo que ele fez, meu desejo de fugir de Cuba ao seu lado, fez o traidor se sentir tão feliz e confiante que eu desejo reforçar tal apropriado bem-estar psicológico por mais uma semana, fazer planos para nosso futuro no exterior, enchê-lo de ansiedade, fazê-lo se sentir bem. Assim, o choque da prisão será ainda mais intenso.

Sua puta, pensou o ministro enquanto meneava a cabeça em aprovação.

Vadia, pensou Lastra, que não conseguiu imprimir gentileza em seu sorriso amarelo.

– Concorda em adiar isso durante uma semana, Lastra?

– Se Victoria acha que isso facilitará as coisas para nós...

– Então, entraremos em ação no... – o ministro olhou para o calendário em sua escrivaninha – dia 3 de maio, por volta das 23h. Tudo bem para você, Victoria?

– Perfeito, camarada tenente-general.

– E quanto a você, Lastra?

– Sem objeções, camarada.

– Então terão de me dar licença. Tenho um relatório comprido a ler antes de uma reunião no Conselho de Estado esta tarde.

Chutzpah foi a palavra que veio à mente de Lastra. Sim, aquele era o termo judeu para aquele tipo de coisa. Bem, o Mossad não andava assim tão mal.

Às 16h48 de sexta-feira, 26 de abril, Elliot estava ao telefone com Buenos Aires, verificando detalhes técnicos e um contrato de barras de rotor de cobre-cromo e cobre-cromo-magnésio, quando Maria Scheindlin entrou no cubículo de paredes de vidro do armazém. Primeiro ela cumprimentou o digitador, então aproximou-se da escrivaninha de Elliot. Ele murmurou: "Internacional. Dê-me um minuto", então voltou o olhar para o fax no qual verificava quantidades e especificações.

Ela foi até a escrivaninha do falecido esposo, sentou-se em sua cadeira reclinável e cruzou as pernas. Afora o relógio, brincos de ouro e cordões de prata, ela vestia calças brancas, uma camisa de seda carmim e sandálias. Enquanto Elliot continuava a conversa, ela lançava olhares para o escritório, percebendo coisas pela primeira vez ou procurando mudanças. Sam Plotzher não estava por perto. O digitador vestiu o casaco, preparando-se para ir embora.

– Boa-noite, Sra. Scheindlin – disse ele antes de ir.

– Boa-noite, Chris. Diga olá à sua mulher por mim.

– Certamente. Obrigado, tchau – disse ele, acenando para Elliot, que retribuiu o gesto.

Eram 17h03 quando Elliot pousou o fone no gancho.

– Olá, Maria. Prazer em vê-la.

– Prazer em vê-lo também. Saiba que agora você é o "cubano favorito" de Jenny. Essas foram exatamente as palavras que usou. David Sadow foi menos entusiástico: disse que você era legal. Vindo dele, é um tremendo cumprimento.

Steil sorriu e colocou a esferográfica no bolso da camisa pólo azul.

– O entregador ficou com o mérito? Você não disse quem pagou por aquilo?

– Achei boa idéia melhorar a sua imagem com a herdeira e o advogado da família.

– Você é tão modesta, Maria.

– Bem, talvez um pouco da sua modéstia tenha passado para mim. Vim aqui para saber se você pode me dar alguns antecedentes sobre nossos negócios no Brasil. Estou pensando em passar uma semana em São Paulo e gostaria de ir ao escritório, conhecer pessoalmente a equipe, você sabe.

– Com certeza. Vamos até o PC. Quero lhe mostrar alguns gráficos primeiro.

Durante pouco mais de uma hora, Elliot falou para Maria a respeito de ambos os escritórios brasileiros, o de São Paulo e o de Recife. Como não conhecia os funcionários pessoalmente, seu sumário não tinha substância do ponto de vista humano. Eram apenas produtos, vendas, clientes, margens, a taxa de câmbio do real, e até mesmo alguma especulação sobre como a candidatura de Lula à presidência afetaria o futuro do país. Às 17h45 ele terminou de falar.

– Bem, estou surpresa – disse Maria. – Você acompanha nossas outras subsidiárias com a mesma atenção?

– Não. O Brasil e a Argentina pedem mais atenção. O Brasil devido ao volume de negócios que temos ali. A Argentina por causa da crise econômica.

– Entendi. Bela apresentação, Elliot. Obrigada. Agora me pergunto se você poderia me fazer outro favor.

– Claro. O que é?

– Ligar para Havana hoje à noite e dizer que nosso tio está se recuperando e que estará no Wyndham Casa Marina entre 3 e 8 de maio.

Sem acreditar no que ouvia, Elliot deu-se conta de que o Brasil fora apenas uma desculpa, caso outras pessoas estivessem por perto quando ela chegou ali. Maria dera-se conta de que, caso chegasse, falasse com ele durante alguns minutos e saísse, os outros se perguntariam o que estava acontecendo. Ele olhou para ela durante tanto tempo que ela ergueu as sobrancelhas e arregalou os olhos, admirada, um tipo de *o que houve?* silencioso.

– Deixe-me certificar de que entendi isso direito – disse um Elliot atônito. – Você encontrou o dinheiro e o está devolvendo?

Maria virou a cabeça para o lado e deixou o olhar vagar pelo armazém, um gesto que pretendia expressar leve irritação.

– Elliot, você me explicou claramente as razões porque você deseja "se retirar" neste estágio. São razões válidas. Eu compreendo. Talvez eu apenas não queira ter na minha consciência o peso de saber que três pessoas foram presas porque perderam cem mil dólares. Então, por favor, não faça perguntas. Apenas faça a ligação, está bem?

Novamente, Elliot olhou fixamente para ela. O que Hart e McLellan pensariam? Eles acharam ter sido um erro ter dito a Maria Scheindlin que ele queria se retirar. Steil dera-lhe a desculpa perfeita para tirá-lo da trama, argumentaram. Ele não disse aos agentes que isso era exatamente o que ele queria. Mas, subitamente, ele lamentou ter sido excluído. Será que conseguiria se decidir? Queria ficar ou sair? Sair? Tudo bem, ele estava fora. Então, porque estava insatisfeito? Mas não havia como voltar atrás.

– Ótimo. Deixe-me escrever o nome do hotel em Key West – disse ele, tirando a esferográfica do bolso.

– Wyndham Casa Marina.

Elliot arrancou uma página do seu calendário de mesa e escreveu ali.

– E as datas?

– Entre 3 e 8 de maio.

Elliot acabou de anotar e ergueu a cabeça.

– Algo mais, Maria?

– Não, Elliot, e obrigada por sua ajuda. Estou realmente agradecida – disse ela levantando-se.

– O prazer foi todo meu, Maria – disse ele, levantando-se também.

– Onde está Sam?

– Ele disse que passaria a tarde na alfândega e dali iria direto para casa.

– Tudo bem. Mande lembranças minhas para ele.

– Mandarei.

– Cuide-se, Elliot.

– Você também, Maria.

Naquela noite na casa-forte, e após aturar alguns "nós lhe dissemos isso" proferidos pelos exasperados Hart e McLellan, Elliot discou 5378324969. Imaginou que a máquina esquisita ligada ao aparelho, com diversos dials e luzes piscantes, era um gravador. Mas não se viam fitas ou cassetes. O aparelho tocou três vezes antes de alguém atender em Cuba.

– Alô.

– Oi, cara, como vai?

– Ei, *mi hermano*, prazer ouvir você. Estou bem, obrigado. Qual as últimas notícias sobre o tio Gustavo? Estamos preocupados.

– Ele está bem, recebeu alta do hospital ontem e, sabe do que mais? Está se sentindo tão bem que pretende passar de 3 a 8 de maio em um hotel em Key West: o Wyndham Casa Marina. Disse que quer se bronzear na piscina e observar os brotinhos seminus.

– *Coño*, isso é ótimo! – as luzes brilharam loucamente na máquina. – Estou muito feliz.

Aposto que está, pensou Elliot. Mas disse:

– Também estamos muito felizes. Por favor, ligue para o resto da família e faça-os saber das novas.

– Claro que sim. Diga ao tio Gustavo que a família está louca para vê-lo outra vez. Quando ele vier, vamos assar um porco para ele. E diga-me, como você está?

– Estou bem, obrigado.

– Ótimo. Vamos desligar então. Não quero que esta ligação custe muito caro para você. Obrigado pelas boas-novas.

– A família é a família. Tchau, então.

– Tchau, e mais uma vez obrigado.

Capítulo 6

Às 12h45 de sábado, 27 de abril, Manuel Pardo deixou o Instituto de Meteorologia, um velho edifício localizado no topo de uma colina na cidade de Casablanca, na costa leste da baía de Havana, e cumpriu a rotina diária de atravessar a pé o quilômetro e meio da avenida Monumental. Ao chegar à estrada de oito pistas, porém, em vez de atravessá-la para pegar um ônibus para oeste, rumo ao Vedado, como sempre fazia, Pardo permaneceu no lado do tráfego que ia para leste. Caminhou despreocupadamente até uma parada de ônibus e sentou-se em um banco de granito.

Às 13h30, Victoria Valiente digitou o número para ativar o alarme e fechou a porta de seu cubículo no oitavo andar do Diretório Geral de Inteligência. A caminho do elevador, tirou um inalador da bolsa. Uma vez dentro da gaiola de metal, Victoria apertou o botão do subsolo, agitou e acionou o inalador duas vezes, voltou a fechá-lo, e jogou-o dentro da bolsa. Quando a porta se abriu vinte segundos depois, ela foi até a sua vaga de estacionamento.

Momentos depois, seu Tico subiu a rampa até a rua A, dobrou a esquina na Linea, e na próxima esquina dobrou à direita na avenida Paseo. Após a Calzada, Victoria lançou um olhar para o seu prédio de apartamento do outro lado da divisória central e tentou respirar profundamente. Ao fim da Paseo, virou à direita no Malecón. O dia estava claro e úmido. O mar estava um pouco mexido, como sempre ficava após o meio-dia, quando a brisa do leste ganhava força. Victoria deu uma olhada para a Seção de Interesses dos Estados Unidos enquanto passava, e então se concentrou na direção.

Os agentes da inteligência e da contra-inteligência trabalhavam 24 horas por dia, sete dias por semana, mas desde meados dos anos 1970 – quando o número de divorciados aumentou dramaticamente no Interior – foi feito um esforço consciente para que pudessem passar os sábados e domingos com as famílias. Os horários dos plantões eram estabelecidos com antecedência de seis meses de modo a possibilitar os programas familiares de fim de semana. O pessoal de escritório raramente tinha os seus planos frustrados.

Em contraste, a maioria dos feriados públicos era exaustiva para os membros do Ministério do Interior. Dois ou três dias antes do feriado, todos os agentes, voluntários, policiais e cadetes, incluindo o pessoal da manutenção mas excluindo os guardas de prisão e os bombeiros, tinham tarefas especiais. Tinham de vigiar os lares de dissidentes e ex-prisioneiros de consciência, ou ficar de guarda no topo de edifícios altos, orientar o tráfego, fechar ruas, intensificar a vigilância de diplomatas e turistas, inspecionar bueiros e caixas de correio, e daí por diante. Aquele era o fim de semana anterior ao Dia do Trabalho, 1º de maio, em Cuba. Os oficias de alta patente que não fossem convidados ao palanque onde o Chefe acenaria para os participantes da parada se reuniam no ministério para observar a parada do topo do prédio. Victoria fora convidada ao palanque.

Às 13h46, ela atravessou o túnel sob a baía de Havana e em dois minutos parou alguns metros antes de chegar ao ponto de ônibus onde o marido a esperava. Ao ver o Tico, Pardo ergueu-se e correu para o carro. Ele abriu a porta do passageiro, sentou-se e fechou a porta. Victoria olhou para ele um instante e sorriu. Pardo devolveu-lhe o sorriso. Ela cutucou-lhe as costelas. Ele mostrou a língua para ela. Nada foi dito. Quando o carro voltou a se movimentar, Pardo ligou o rádio e sintonizou em um programa de música popular de quatro horas de duração.

Nos 65 minutos seguintes, o carro dirigiu-se para leste, rumo a Matanzas, capital da província cubana de mesmo nome. Mais ou menos a cada minuto, Victoria olhava pelo espelho retrovisor. Uma vez que o trânsito ficou mais tranqüilo após Guanabo, Pardo pegou a bolsa da mulher, tirou um estojo de pó de arroz, e usou o espelho para verificar a estrada atrás a cada cinco ou seis minutos. Uma placa de trânsito anunciando Santa Cruz del Norte fez Victoria lembrar-se de Elliot Steil. Ela olhou brevemente para o marido, que meneou a cabeça e sorriu. Sete minutos antes de chegarem ao seu destino, Pardo devolveu o estojo de pó de arroz à bolsa da mulher e durante algum tempo desfrutou da espetacular paisagem do vale Yumuri.

Victoria estacionou em frente ao Teatro Sauto, centro da vida cultural de Matanzas. O casal saiu e Pardo tirou uma bolsa de náilon do porta-malas antes de Victoria trancar o carro. Caminharam quatro quarteirões a pé para um ponto de táxis que só aceitava dólares, embarcaram em um Peugeot, e pediram ao motorista para levá-los ao Melid Habana Hotel, em Miramar, La Habana. Aquilo fez do motorista um homem feliz. Poderia conseguir uma gorjeta de dois ou três dólares e voltar para a sua cidade natal mais tarde com turistas ou cubanos de classe alta a caminho de Varadero. Um dia perfeito. Meia hora depois de entrarem em Matanzas, Pardo e Victoria começaram a reconstituir o caminho para Havana.

Às 16h25 entraram no Meliá Habana, usaram o banheiro, se reencontraram no saguão, comeram um cachorro-quente e beberam um refrigerante na lanchonete, então voltaram para a entrada do hotel e pediram um táxi ao porteiro, desta vez, um Hyundai mais espaçoso.

– Leve-nos a Güira de Melena – ordenou Pardo ao motorista quando os empregados do hotel já não estavam por perto.

A estrada para Güira de Melena era margeada de palmeiras reais, árvores frutíferas, hortas, campos de batata, plantações de cana e banana, e campos de diversas culturas. Algumas vacas e cavalos pastavam. Tratores americanos de cinqüenta a sessenta anos – monumentos contaminadores da engenhosidade mecânica cubana – aravam um rico solo vermelho escuro. À margem da estrada, encontraram todo tipo de casas, de residências magníficas construídas por gente rica décadas antes da Revolução até casebres modestos com teto de folhas de palmeira. Pardo sabia que muitos terrenos eram de propriedade privada, e como tais, eram produtivos e rentáveis. Onde quer que os negócios privados foram autorizados a operar, demonstraram ao longo dos anos enorme superioridade sobre seus concorrentes estatais. Mas, como diziam, ninguém é mais cego do que aquele que não quer ver, pensou antes de estalar a língua. Victoria olhou para ele, inquisitiva. Pardo sorriu e afastou a preocupação da mulher com um balançar de cabeça.

Em Güira de Melena o casal fez compras durante algum tempo antes de se aproximar de um homem atrás do volante de um Buick Roadmaster 1953, estacionado em uma rua que contornava o parque central da cidade. Gostaria de levá-los a Mariel, um porto na costa norte da província? O sujeito aceitou fazê-lo por 15 dólares. Pardo barganhou para que baixasse para 12, apenas para agir de acordo com os costumes. O pára-brisa do calhambeque não tinha o selo que o autorizaria a operar como táxi privado, portanto o motorista negaria veementemente ter levado alguém a algum lugar caso fosse perguntado. O calhambeque era dele, ele estava tentando ganhar dinheiro honestamente, mas para o governo ele era um infrator.

Eram 18h15 quando partiram para Güira de Melena. Em resposta à gentil pergunta de Pardo, o motorista explicou que o motor diesel de um trator romeno substituíra o motor V-8 de 325 cavalos. O que ele não disse foi que o motor diesel fora roubado de uma fazenda do governo. Victoria considerava aquilo uma amostra da Cuba de verdade que ela e as pessoas como ela não faziam idéia que existia. Voltaram até San Antonio primeiro, depois dobraram à esquerda em Guanajay. Afinal, saltaram do carro na periferia de Mariel por volta das 19h30. O motorista deu a volta e acenou-lhes adeus. Eles acenaram de volta.

Nunca tendo estado ali antes, Victoria olhou ao redor. Duas chaminés cuspiam fumaça branca contra o sol poente.

– Fábrica de cimento – esclareceu Pardo, que olhava para ela. Ela assentiu. Como em muitas cidades cubanas, quase não existiam prédio altos. Dois ou três quilômetros mais adiante, ao longo da linha costeira, construções modernas chamaram-lhe a atenção.

– Zona livre de comércio – explicou Pardo. Ela meneou a cabeça outra vez. O brilho branco de um farol determinava o lado oeste da entrada da enseada.

Dali, Victoria lembrou-se, 120 mil cubanos emigraram para os Estados Unidos em 1980. O Chefe aproveitara a oportunidade para esvaziar as penitenciárias e enviar milhares de criminosos e um punhado de espiões para o Sr. Carter. A violência desencadeada pelos "marielitos" como os criminosos tornaram-se conhecidos nos EUA, foi uma das situações que ajudaram Reagan a derrotar o presidente em exercício nas eleições daquele ano. Passaram-se quase 22 anos até o 39º presidente dos Estados Unidos anunciar que visitaria Cuba em maio, esperando melhorar as relações entre ambos os países. Será que ele realmente achava que podia? Victoria acreditava que almas sinceras e de princípios deviam se abster de se envolver seriamente em política. Carter parecia-lhe um homem de princípios, mas podia apenas fingir ser sincero, especulou ela.

– Vamos – disse Pardo.

Começaram a caminhar de mãos dadas. A maioria das casas ao redor era de tijolos e blocos com tetos de concreto. Simples em design, tinham o aspecto arruinado de muitas casas particulares modestas, construídas por grupos de auto-ajuda. Como era perfeitamente natural de se esperar, o cimento utilizado para construí-las fora roubado da fábrica ali perto. Já estava escuro quando Pardo guiou a mulher através de um labirinto de ruas sem calçadas nas quais abundavam os buracos. A iluminação pública era inexistente e a noite já havia caído quando Pardo bateu à porta de madeira de uma casa.

– Quem é? – perguntou uma voz mal-humorada.

– Sou eu, Pardo.

Quem abriu a porta foi um homem barrigudo e queimado de sol com cabelos castanho-escuros e um notável bigode em um rosto bem barbeado. Victoria julgou que ele deveria ter entre 35 e 40 anos, 1,75m, cerca de 82 quilos. Vestia um uniforme da marinha cubana, dragonas sobre os ombros.

– Bem-vindos – disse ele, sorriso nos lábios. – Entrem.

Eles entraram e o oficial da marinha fechou a porta.

– Conheça minha mulher – disse Pardo para o anfitrião.

– Diego, prazer em conhecê-la – disse o homem, estendendo a mão.

– Em uma ocasião como essa, não estaria sendo apenas formal ao dizer que o prazer é todo meu – disse Victoria, cumprimentando-o.

Ela achou o sorriso dele viril e atraente. Victoria rapidamente olhou em torno. De acordo com Pardo, o guarda-marinha Diego Amieba se divorciara dois anos antes, e ela imaginou que a fotografia de um menino de dois ou três anos sobre o velho televisor russo era a única coisa que sobrara do casamento falido. A sala de estar parecia desarrumada e empoeirada como qualquer outra casa de um cubano solteiro. A maior parte da mobília era velha: um belo sofá de madeira com encostos e assentos de palhinha, duas poltronas combinando, duas cadeiras de balanço, uma mesa de café, um jogo de mesinhas modernas suportando um rádio, bugigangas e um ventilador giratório. Em uma parede, um tapete decorativo barato mostrava um leão adulto deitado no chão de uma sala de estar, um menino sorridente reclinado na fera. Na parede oposta dois retratos coloridos do Chefe e seu irmão em uniformes de gala.

– Sabe como é – disse Amieba ao perceber que Victoria inspecionava o lugar.

– É, eu sei. Eu tenho os mesmos retratos em casa – mentiu ela.

– É mesmo? – disse o outro com um largo sorriso. – Mas sentem-se, por favor. Dêem-me um minuto.

Pardo assentiu e o guarda-marinha desapareceu em um pequeno corredor. Victoria escolheu uma poltrona, seu marido um canto do sofá. Trocaram um olhar afetuoso e cumpriram o acordo de permanecerem em silêncio dentro de casa. Ela recapitulou mentalmente o que Pardo lhe dissera sobre o oficial da marinha.

Sempre procurando rotas de fuga seguras, seu marido conhecera Amieba havia três anos enquanto fazia a manutenção do equipamento meteorológico em Mariel. Ele cuidadosamente alimentou a relação porque o guarda-marinha era o mestre de uma lancha de corrida confiscada pelo governo cubano de traficantes de droga e convertida em barco patrulha. No mínimo, Pardo esperava aprender os procedimentos, hábitos e a mentalidade dos homens da guarda-costeira.

Um veterano de 14 anos da marinha cubana e membro do partido desde 1993, o guarda-marinha estava baseado em Mariel havia dez anos, tendo previamente servido a bordo de uma nave de patrulha soviética, a Pauk II, que fora aposentada, em 1997, por falta de peças de reposição.

A marinha sempre foi a Cinderela das Forças Armadas Revolucionárias, sem fada madrinha ou príncipe encantado. Desde o início, o Comandante se dera conta daquilo que apenas um idiota não perceberia: caso uma administração norte-americana invadisse Cuba, ele não poderia confrontar a marinha ou a força aérea dos EUA. A Crise dos Mísseis, em outubro de 1962, e a apressada retirada soviética confirmaram isso. Assim, os serviços cubanos haviam sido projetados para atuarem essencialmente como forças de reconhecimento. Se houvesse uma guerra, seria lutada em terra.

A intervenção na África, de certo modo, modificou tal conceito estratégico para a força aérea. A expansão da marinha, porém, fora limitada a dois obsoletos submarinos soviéticos a diesel para escoltar os navios de transporte cubanos através do Atlântico Sul. Após 1994, a decadência da marinha cubana se acelerou. Sem peças de reposição, fragatas viraram sucatas, barcos de patrulha permaneceram ancorados, enquanto suas baterias de mísseis SS-N-2 foram montadas sobre plataformas móveis e localizadas perto das praias para repelir improváveis ataques anfíbios. A base de submarinos cubanos foi convertida em uma instalação turística, em 1998. A desmoralização igualmente contagiou oficiais e marujos. Em 1999, o guarda-marinha Amieba foi designado mestre da lancha de trinta e cinco pés com dois motores de duzentos cavalos à proa.

Toda vez que passava alguns dias em Mariel, Pardo tentava dedicar ao menos uma tarde para jogar dominó com Amieba e alguns de seus subordinados, tomar uma ou duas cervejas com o guarda-marinha ou, simplesmente, conversar amistosamente a respeito de qualquer assunto, de beisebol (ambos eram torcedores fanáticos do Pinar del Rio) até aquilo que faziam para viver – Pardo fingindo ser tão interessado por pesca e navegação quanto Amieba genuinamente se interessava por computadores. Nas piadas que contava, ou naquelas que o faziam rolar de rir, e em outros comentários aparentemente amenos, Amieba denotava insatisfação com sua atual condição e suas sombrias perspectivas futuras.

Certa noite de dezembro de 2001 – quando sua amizade já contava dois anos e meio, a frustração do guarda-marinha estava exacerbada por duas doses de rum e não havia ninguém por perto – Amieba admitiu ter falhado como oficial da marinha, como marido e como pai. Seu trabalho consistia em interceptar compatriotas fugindo da miséria e em recolher pacotes de cocaína dispensados por traficantes, reconheceu com tristeza. A mulher que ele amava o trocara por um fazendeiro 17 anos mais velho que ela e que fazia mais dinheiro em uma semana do que ele era capaz de fazer em três meses, revelou Amieba posteriormente. O cara dera para seu filho as roupas e os brinquedos que ele não podia comprar. Persuadido de que o guarda-marinha estava implorando por um novo começo, Pardo decidiu sondar.

– Então, por que não toma o rumo norte, sete graus a oeste uma dessas noites e começa a viver a boa-vida? – perguntou de brincadeira.

– Acha que nós já não discutimos isso? – foi a resposta a sério de Amieba.

Pardo admitiu para Victoria que o "nós" fora tão surpreendente para ele quanto o fato do guarda-marinha admitir ter pensado naquilo. Incrível! Caso o restante da tripulação relutasse em desertar, o uso da força seria inevitável, mas se estavam todos de acordo...

Dali em diante as coisas ficaram muito fáceis. Os outros três marinheiros eram jovens, solteiros, e a palavra "Miami" fazia seus olhos brilharem loucamente. Pardo prometera pagar dez mil dólares para Amieba em troca de duas passagens, uma para ele, outra para a sua esposa, uma secretária do Ministério da Indústria Básica. Afora isso, Pardo daria para cada marinheiro mil dólares. O guarda-marinha deu-se conta de que o dinheiro o sustentaria até encontrar um bom trabalho como mestre de um belo iate, por exemplo. Ele sabia que a tripulação exultaria, o abraçaria e pularia com os dois pés na noite-D, mas Pardo insistiu em não dizer nada com antecedência. Em 27 de abril de 2002, Amieba já estava havia nove semanas ansiosamente esperando a Noite da Deserção.

– Tudo bem, é isso – disse ele voltando à sala de estar e desenrolando um mapa que ele pousou sobre a mesa de café. – Vocês tomam um ônibus até Cabanas, vão até a rua Maceo 92 e passam a noite na casa de Perla. Não mencionem o meu nome, digam que alguém mais a recomendou. Então, amanhã à noite, vão até a costa oeste da cidade. Seguindo uma estrada de terra que começa aqui, um quilômetro depois da última casa, você verá uma casa de madeira vazia na praia, com as janelas lacradas...

Sobre uma arca de cedro de um metro de altura por trás da escrivaninha do general Lastra, alinhavam-se sete telefones. O vermelho estabelecia contato com o Comandante-em-chefe, o azul com seu irmão, e o verde com o ministro do Interior. O branco ligava Lastra ao chefe da contra-espionagem, o amarelo com o chefe da espionagem militar, e o cinza ligava o general com o chefe da contra-espionagem militar. O preto era usado para fazer ou receber chamadas dos demais mortais. Cada um tinha uma pequena luz que brilhava intermitentemente quando alguém estava chamando.

O general Lastra lia uma mensagem enviada por um ilegal baseado em Isla Morada desde 1979, quando, às 11h23 de domingo, 28 de abril, o telefone branco começou a piscar.

– Lastra – disse ele.

– Como vão as coisas, Sr. Tramóia?

Lastra sorriu.

– Não me queixo, seu desprezível repressor de jornalistas independentes e ativistas de direitos humanos.

O homem no outro lado da linha, general Edmundo Fernández (codinome Timóteo), chefe da contra-espionagem, riu.

– Ainda não viram nada – disse ele de brincadeira. – Ouvi dizer que a paciência do Chefe está se esgotando. Ele pode nos demitir a qualquer momento. Estou pensando em trazer alguns dos homens de Batista para que nos ensinem como conduzir interrogatórios.

Em 1958, o pai de Fernández fora torturado até a morte em uma delegacia de polícia. Seu notório desejo de vingar o pai o tornara um astro da contra-espionagem nos anos 1960. Sua sede de vingança ainda não fora saciada. Lastra achou prudente mudar de assunto.

– Não diga bobagem. Então, o que tem para mim?

– Parece que esse gênio de vocês não dormiu em casa na noite passada. Nem o marido. O carro também não está na garagem do prédio.

Lastra franziu o cenho.

– Está certo disso?

– É o que disse o zelador.

– Sujeito confiável?

– Muito.

Lastra pensou um instante.

– Tudo bem. Vou ver isso. Muito obrigado, Edmundo.

– Cuide-se, Lastra.

– Até mais.

Após desligar, o chefe do serviço secreto acendeu o seu charuto matinal pela terceira vez e pensou durante quase dez minutos. Duas semanas antes, temendo que Pardo poderia ferir Victoria, ele pedira à contra-espionagem para ficar de olho no sujeito. Não chegou facilmente a tal decisão. Agentes de alta patente do serviço secreto ou os seus cônjuges só são mantidos sob vigilância por um ótimo motivo. Embora Pardo não lhe parecesse um sujeito dado à violência, ainda assim queria se assegurar. Então, Lastra passou no escritório do general Edmundo, explicou as coisas para ele e pediu que pusesse informantes no Instituto de Meteorologia e no prédio de apartamentos. Não era necessária uma vigilância muito rigorosa. Ele só queria que os informantes dissessem caso Pardo não fosse trabalhar, ouvissem discussões exaltadas ou sons estranhos vindo da cobertura. O vídeo da confissão de Pardo o deixou menos preocupado. Mas não cancelou a vigilância.

Hoje é domingo, lembrou-se. Talvez Victoria, fazendo o papel de esposa amorosa desfrutando da perspectiva de fugir de Cuba, tenha levado Pardo a algum lugar para uma segunda lua-de-mel. Não, ela o teria avisado com antecedência. Talvez o carro tenha quebrado, ou tenham sofrido um acidente. Não, ele já teria sido notificado. Lastra levantou-se e caminhou decidido até um gabinete de arquivos, abriu a gaveta de cima e tirou o arquivo de Victoria. Folheou as páginas a caminho da escrivaninha, então usou o telefone preto para discar para a casa dela.

– Deixe a sua mensagem – disse a máquina da psicóloga após o quarto toque.

Lastra desligou, voltou a analisar o arquivo pessoal mais algum tempo, então ergueu o telefone branco e discou zero.

– Edmundo.

– Ah, ouça, Edmundo. Poderia pedir para a polícia ficar de olho em um Tico, placa HM-83212?

– Claro. Do seu gênio?

– É.

– Alerta nacional?

Lastra pensou um pouco.

– Era bom, sim.

– Quer que o motorista seja seguido, interceptado, interrogado, preso?

– Não, não, só quero saber onde está e qual a descrição do motorista.

– Tudo bem. Eu o mantenho informado.

A polícia cubana estabelecera prioridades no que dizia respeito a pedir que seus ativos em barreiras, carros de patrulha e no trânsito perseguissem algum veículo: os pedidos da Segurança de Estado tinham alta prioridade. Segurança de Estado era como o Diretório Geral de Contra-espionagem era popularmente conhecido. As credenciais de seus oficiais tinham as letras DSE em verde, sobrepostas diagonalmente, iniciais de Departamento de Seguridad del Estado, nome que era usado na Cuba pós-Batista. *El boniato*, ou batata-doce, era como os oficiais da SE de baixa patente chamavam a credencial mais assustadora que podia ser mostrada a um cidadão cubano, incluindo os policiais. Tudo isso explica porque menos de três horas após falar com Edmundo, às 14h17, enquanto almoçava em casa, o telefone celular do general Lastra vibrou.

– Gabriel.

– Timóteo. Ligue para mim.

Avisados que a Seção de Interesses dos Estados Unidos em Havana havia instalado tecnologia para monitorar chamadas de telefones celulares, autoridades governamentais de alta patente tinham ordem de não tratar de assuntos delicados "no ar". Lastra guardou o celular no bolso. Sua esposa emitiu um profundo suspiro de resignação: outra vez a comida do marido iria esfriar. O general pegou um livro de telefone no bolso da camisa e, enquanto se aproximava de sua linha segura, procurou o número de telefone do escritório do general Edmundo. Ele ergueu o fone do gancho e discou.

– Edmundo.

– Por que ainda está no escritório?

– Estou atolado de trabalho. O maldito Jeffrey está deitando e rolando esta noite.

Jeffrey era Jeffrey De Laurentis, conselheiro político da Seção de Interesses dos Estados Unidos.

– O que tem para mim? – perguntou Lastra.

– Seu Tico está estacionado em frente ao Teatro Sauto, em Matanzas. Está trancado.

Lastra ficou em silêncio um minuto, as engrenagens mentais rodando em velocidade máxima.

– Você está aí? – perguntou um Edmundo um tanto impaciente.

– Estou.

– Então, o que quer?

– Agradeça a polícia e tire-os dessa. E se puder designar alguns homens em Matanzas, peça que mantenham o carro sob vigilância e me informem no minuto que alguém entrar.

– Considere feito.

– E, Edmundo...

– Sim.

– Não estou gostando disso. Talvez tenha de ligar de volta para você daqui a pouco.

Às 17h41, o general Lastra terminou o seu relatório para o ministro do Interior.

– E o que sugere, Lastra? – perguntou o ministro, já muito bêbado. Parecia haver um esforço combinado para estragar o seu hábito de beber nas tardes de domingo.

– Uma imediata revista geral no apartamento e, caso não tenhamos pista de onde ela esteja, espalhar um boletim nacional. Recomendo que fotos dela e de Pardo sejam enviadas à guarda-costeira e à imigração. Diga que são suspeitos procurados para prestar depoimento em um caso de homicídio, para fazer todo mundo se mexer imediatamente. Daremos um nome falso para Victoria.

O ministro franziu o cenho.

– Guarda-costeira e imigração, Lastra?

O general assentiu.

– Por quê?

Claro que tal pergunta seria feita. A caminho do ministério, Lastra inventara uma razão plausível para esconder seu maior medo.

– Porque suspeito que Pardo de algum modo descobriu que Victoria o denunciou e a seqüestrou, tenente-general. Pode tentar roubar um barco ou um avião, mantendo-a refém.

– Muito bem. Vá em frente. Vou ligar para Operações e ordenar a revista do apartamento. No meio tempo, prepare o boletim e as fotos.

– Sim, camarada tenente-general.

Alguns minutos após as 19h, o homem encarregado de revistar o apartamento disse que não havia ninguém no lugar. Aparentemente, nenhuma mancha de sangue ou sinais de luta à vista. A equipe começaria a esquadrinhar o lugar imediatamente. Lastra devolveu o fone ao gancho de seu telefone negro e cruzou o olhar com o de seu secretário e faz-tudo, chamado ao escritório duas horas antes.

Amado Pernas, um capitão não muito inteligente de 55 anos e maoísta inveterado, estava com Lastra havia 11 anos. A manutenção e o pessoal de limpeza não tinha acesso ao escritório de seu chefe por razões de segurança, e Pernas também se encarregava da limpeza, de polir os móveis, mudar lâmpadas, o que fosse.

– Mande o boletim e as fotografias por fax para o oficial de plantão no ministério. Eles vão cuidar disso lá.

Victoria e Pardo aproximaram-se sorrateiramente da casa de férias dilapidada e vazia descrita pelo guarda-marinha Amieba na noite anterior. Vestiam botas e jeans pretos, camisas de manga comprida – a dela verde-oliva, a dele azul-escuro – e luvas pretas. Seus rostos estavam cobertos de lama. Ela carregava a bolsa de náilon, então mais leve. Pardo crescera habituado a ouvir corujas piando, morcegos guinchando e grilos cantando à noite na fazenda de seu pai, enquanto Victoria achava todo som de animal ligeiramente enervante. A brisa marinha amainara após o pôr-do-sol. Meia hora depois começou a soprar um vento vindo da terra.

Observaram a casa isolada a distância, furtivamente, certificando-se de que nenhum mendigo se refugiara ali e que ninguém espreitava na vizinhança imediata. Sentaram-se no chão sob uma imensa mangueira do outro lado da cerca de quatro fios de arame farpado. Sentindo a esposa tensa, mais uma vez Pardo explicou porque Amieba estava tão certo de poder chegar a Key West sem ser detectado. Razão principal: ele mesmo já fizera aquilo duas vezes, em viagens oficiais para trazer de volta barcos de pesca do estado roubados por outros fugitivos. Considerando tais viagens excelentes oportunidades para testar as técnicas de detecção naval dos Estados Unidos, a espionagem militar cubana ordenou que Pardo furtivamente se aproximasse de Key West no meio da noite. A Guarda Costeira fora informada com antecipação do dia da chegada, não da hora. Nas duas viagens, não conseguiram detectar o barco. Na terceira viagem, a Seção de Interesses dos Estados Unidos em Havana, peremptoriamente exigiu que fossem informados o dia *e* a hora de sua chegada.

A casa na praia sofrera com o descaso ao longo dos anos, mas se fosse reformada por dentro poderia voltar a ser habitável. O maior problema que seu proprietário enfrentava, supôs Pardo, era como conseguir as pranchas de madeira necessárias, uma vez que madeira era o primeiro item de uma lista de materiais de construção difíceis de encontrar. Eles deram a volta na casa e, exatamente como previra Amieba, o luar tênue revelou uma plataforma rústica de madeira com 4,5m de comprimento por 60cm de largura e um barco de dez pés ancorado a ela.

O mar estava calmo, a maré vazante, e ondas mansas lambiam o litoral com gentileza de amante. Caranguejos e roedores fugitivos procuraram refúgio na escassa e selvagem vegetação costeira. Pardo aliviou a esposa do peso da bolsa de náilon antes de testar a firmeza da plataforma com uma cuidadosa abordagem pé ante pé. Esperando em seco, Victoria olhou para trás algumas vezes e descobriu ser reconfortante tocar o coldre dentro de suas calças que abrigava uma pistola semi-automática Tula-Tokarev, 7.62mm. Seu marido entrou no barco e encontrou, a bombordo e a estibordo, dois remos de oito pés, repousando no sentido do comprimento nas bordas para que os remadores e passageiros pudessem se sentar. Sentou-se com as costas voltadas para a proa, puxou a bolsa de náilon para dentro e acenou para Victoria se aproximar. Movendo-se com rapidez, em menos de 15 segundos ela estava sentada na proa, de frente para Pardo, que então liberou a corda, empurrou o barco para longe da plataforma, afixou o remos nos estabilizadores, e começou a remar para o mar aberto. Eram 22h19.

Enquanto o marido remava, Victoria lançava olhares preocupados para a costa. A leste, podiam ver as luzes distantes de Cabañas. A oeste e ao norte, tudo escuro. O céu sem nuvens era simplesmente espetacular. Ela agarrou firmemente a bolsa de náilon e tentou não pensar no que aconteceria com ela e Pardo se Amieba fosse um agente da contra-espionagem. Seguindo instruções, Pardo olhava fixamente para a casa escura para manter o barco em um curso constante, perpendicular à costa.

– Que horas são? – perguntou, ofegante.

Victoria tirou as luvas antes de apertar o botão de luz de seu Casio.

– 10h27.

Pardo meneou a cabeça e continuou remando.

Quase dois minutos depois começou o ruído característico de um motor de lancha em baixa rotação se aproximando.

– Prepare-se – advertiu Pardo.

Victoria tirou uma caneta de luz do bolso da camisa. Novamente, ela voltou a apertar o botão de luz do relógio e olhou para o dial. O barco balançava um pouco agora e seu estômago estava virado. Às 22h30, ela apontou a caneta de luz para oeste e acendeu-a durante dois segundos.

A bordo da lancha, Amieba baixou os binóculos infravermelhos e fez uma pequena correção de curso.

Victoria jogou a caneta de luz na bolsa de náilon e a fechou. Encorajado pelo ruído cada vez mais alto da lancha, Pardo parou de remar. O vaivém aumentou notavelmente. Victoria molhou o rosto com água do mar. Pardo a imitou. Subitamente, ela vomitou pela borda. Na escuridão, assomou a silhueta negra do barco patrulha. Um cabo foi lançado atrás de Pardo, que se virou, agarrou-o e puxou. Um segundo cabo caiu no colo de Victoria. Ela respirou profundamente, engoliu com dificuldade e puxou. As embarcações ficaram lado a lado.

– Bem-vindo a bordo, camarada – disse um jovem marinheiro estendendo o braço para Victoria Valiente.

Sorrindo por causa da palavra 'camarada', Victoria ergueu a bolsa de náilon e entregou-a para ele. Quando ele estendeu os braços uma segunda vez, ela fechou os dedos ao redor de seu pulso e, em um rápido movimento, foi puxada borda acima.

A cabine de comando tinha assertos estofados, dois atrás do pára-brisa, para o piloto e o co-piloto, e um banco mais atrás para três passageiros. A estibordo, sentado ao timão e diante de diversos mostradores e botões, Amieba virou-se parcialmente para olhar para os passageiros. Uma pistola Tokarev chinesa em um coldre de cintura despontava de seu cinto. A bombordo, havia um AK-47 aos pés do tripulante que atuava como co-piloto. Os dois guardas que ajudaram o casal a entrar a bordo estavam sentados na traseira do barco, onde havia um segundo AK-47. As luzes azuis do giroscópio estavam desligadas. A bandeira cubana tremulava à ré. O rádio tagarelava em espanhol.

– Está mareada? – perguntou Amieba para Victoria.

– Um pouco, sim. Vou ficar bem – disse ela com um sorriso dolorido.

– Ótimo, vá para a cabina. Os dois. Temos trabalho a fazer aqui. Sentem-se e segurem-se. Em alguns minutos essa gracinha vai decolar.

No camarote parcamente iluminado, Pardo e Victoria encontraram um sofá de couro, uma pequena área de alimentação, uma cama em v, uma pia de aço inoxidável, um refrigerador, e torneiras de água doce. Pardo serviu um copo de água para Victoria. Enquanto ela bebia, os motores aumentaram notavelmente de rotação e eles sentiram uma mudança de curso. Pardo sentou-se ao lado dela e ambos deram as mãos. O barulho dos motores ainda era suportável até que, às 22h54, eles foram jogados contra os seus assentos enquanto a "gracinha decolava". As luzes foram apagadas. O barulho que se seguiu, a vibração e os saltos ocasionais à medida que o barco patrulha batia sobre as ondas foi demais para Victoria. Ela vomitou a água que havia bebido acrescida de um pouco de seus fluidos corporais. Pardo levou-a até a cama em V na proa e ela se deitou sentindo-se fisicamente exausta. A cada meia hora, mais ou menos, ela pegava um inalador e o bombeava duas vezes.

A penosa experiência durou uma hora e meia. Às 0h20 os motores foram diminuindo gradualmente da marcha plena até o quase inaudível ruído de motor em baixa rotação que ouviram anteriormente.

– Chegamos? – sondou Victoria.

– Não creio. Mas devemos estar perto.

Um minuto depois, encharcado, Amieba entrou na cabina. Com os olhos já acostumados à escuridão, viram o sorriso tranqüilizador do guarda-marinha.

– Estamos quase lá, pessoal, quase lá. Como se sente, senhora? – O cheiro de vômito fez o seu sorriso esvaecer. – Nada bem, certo?

– Para dizer a verdade, nada bem. Mas me sentindo melhor. Por que está encharcado?

– Toda vez que o casco bate na água a oitenta quilômetros por hora e há um pouco de vento de frente, a cabine de comando é molhada.

– Claro. Que estupidez de minha parte.

– Tudo bem. Agora, deixe-me explicar o que vou fazer. Estamos a mais ou menos 16 milhas náuticas de Key West. Estou monitorando a freqüência da Guarda Costeira dos Estados Unidos. O radar deles não nos detectou. Portanto, vou tentar entrar. Luzes apagadas, abordagem lenta, vai demorar uma hora, talvez mais. Se subitamente voltarmos a correr, quer dizer que estão atrás de nós. Vou tentar chegar até Higgs Beach, South Beach, onde for, de modo que nos considerem como uma chegada de "pés secos". Se vão se lavar e trocar de roupa, façam isso assim que eu voltar à cabine de comando. Não é fácil fazê-lo no escuro, especialmente para você, senhora. Mas não podemos ligar as luzes.

– Sem problema – disse Pardo.

– Será que pode me dar o meu dinheiro agora? – perguntou Amieba.

Sem dizer uma palavra, Pardo voltou-se, remexeu a bolsa de náilon, e tirou dali algo enrolado em uma página do *Granma*, o jornal oficial do Partido Comunista, e a caneta de luz.

– Aqui está. Cem notas de cem dólares. Conte.

A página de jornal fez o guarda-marinha rir. Ele a deixou cair no chão. Pardo ligou a caneta de luz, apontando o foco para baixo. Amieba verificou o maço olhando para as bordas das notas, sem contar, só verificando se todas tinham o número certo. Então, tirou um saco plástico de um bolso da calça, pôs o dinheiro ali, tirou um elástico do pulso, afixou-o ao redor do saco, e meteu-o no bolso.

– Obrigado – disse ele.

– Não, obrigado a você. Pode mandar os seus homens agora, Amieba? – perguntou Pardo. – Quero pagá-los. Vamos nos lavar e trocar de roupa depois disso.

– Ótimo. Um por um. Está bem?

– Está – concordou Pardo.

Incerto se Amieba explicara claramente para os seus homens como proceder, antes de lhes dar o dinheiro Pardo esclareceu as coisas para os marinheiros encharcados. Ele e sua esposa não existiam. Estavam vendo coisas. Não havia civis a bordo. A tripulação navegara até Key West em um rompante de momento, cansados da miséria cubana. Os agentes do INS iriam interrogá-los em separado, fazer promessas, oferecer acordos, dar a sua palavra. Mas nada seria cumprido caso um deles admitisse ter transportado civis. Em vez disso, seriam todos julgados e condenados por tráfico de seres humanos e mandados de volta a Cuba. Provavelmente seriam revistados, advertiu Pardo. Se o dinheiro fosse encontrado, o que dizer? Que caiu em seu colo, como o maná do céu? Ficaria evidente que não haviam fugido de Cuba no calor da hora, daí ele os aconselhou a guardá-lo em algum lugar antes de se entregarem.

Ele e a mulher só se apresentariam ao INS em Tampa. Uma vez lá, diriam ter chegado em uma jangada. Se fossem pegos em Key West, diriam o mesmo. No caso de um deles, ou de toda a tripulação, encontrar com ele ou com sua mulher em uma lanchonete, na rua, ou na cadeia, cumprimentos, piscadelas e qualquer outro sinal de reconhecimento eram estritamente proibidos. Sob nenhuma circunstância ele e a esposa admitiriam ter navegado em uma lancha de corrida.

– Compreende?

– Compreendo, camarada.

Não havia ofensa ou sarcasmo no uso do termo. Com os anos "camarada" tornara-se uma palavra a tal ponto comum que às vezes um filho ou uma filha respondia a uma pergunta dos pais com "Sim, camarada". Victoria, entretanto, foi tratada com o mais respeitoso *señora*. Os três tiveram uma reação idêntica quando receberam o seu dinheiro: olhos arregalados de admiração ao embolsarem vinte notas de cinqüenta dólares. Cada jovem agradeceu educadamente a Pardo antes de voltar à cabine de comando.

– Sente-se melhor? – perguntou Pardo à esposa.

– Imediatamente, assim que reduzimos a velocidade.

– Quer se lavar e trocar de roupa?

– Vamos.

Após lavarem os rostos, Pardo esvaziou a bolsa de náilon no sofá. Victoria tirou a arma, chaves, jeans, camisa, botas e roupas íntimas, então vestiu uma calcinha e um sutiã preto de renda. A seguir, vestiu pela primeira vez um elegante, embora um tanto fora de moda, vestido negro comprado por Pardo em Madri em 1998. Vestiu os mocassins pretos e pegou um saco plástico contendo sapatos pretos novos, de salto alto. Finalmente, pegou uma bolsa preta contendo uma carteira nova com 250 dólares, cosméticos, e a chave de uma caixa de depósito de segurança em Paris, França.

No meio tempo, Pardo tirou a roupa que usava e vestiu calças creme, uma camisa branca, um paletó azul-marinho e sapatos marrons. Pôs um clipe de dinheiro com quatro mil dólares em notas de cem no bolso do lado esquerdo das calças, meteu a carteira com nove notas de vinte dólares no bolso de trás e inseriu a arma da mulher na cintura da calça às suas costas. O passaporte porto-riquenho com a sua foto e um CD com as informações bancárias foram guardados no bolso interno do paletó.

A seguir, enfiou as botas e as roupas descartadas na bolsa de náilon. Fechou-a firmemente, ergueu-a, foi até a entrada do camarote, curvou-se e se foi. Amieba concentrava-se em manobrar o leme e observar a escuridão. Seu co-piloto usava os binóculos de infravermelho. Os outros dois guardas ficaram sentados no banco de trás, AK-47s no colo, silêncio de guerra. Pardo podia ver as luzes da cidade não muito longe dali. O mar estava calmo. Os motores murmuravam silenciosamente.

– Chefe – advertiu o marinheiro mais jovem após ver Pardo emergir do camarote. O guarda-marinha voltou-se na sua poltrona, olhou para Pardo, olhou-o de cima abaixo, ergueu as sobrancelhas, e lançou-lhe um menear de cabeça de aprovação como quem diz "você está chique".

– Essa bolsa...

Amieba sinalizou para que ele fizesse silêncio, então acenou para que se aproximasse. Em duas passadas, Pardo estava do seu lado.

– Sobre a água, as vozes são ouvidas ao longe – murmurou o guarda-marinha. – O que quer?

– Há nessa bolsa roupas velhas e dois pares de botas – explicou Pardo, também sussurrando. – Não devem ser encontradas aqui. Quero que afundem. Algum problema com isso?

Amieba pensou um instante.

– Vamos providenciar. Dê a bolsa para Jesús, o sujeito à minha esquerda – foi a sua resposta.

Assim que o jovem marinheiro pegou a bolsa, lançou um olhar inquisitivo para o mestre, em busca de instruções. Movendo o polegar duas vezes, o guarda-marinha mandou que ele se livrasse da bolsa. Então, seu indicador apontou para baixo. Jesús assentiu, afrouxou os cordões, curvou-se a bombordo, segurou a bolsa pelos cordões até esta se encher de água, voltou a amarrar os cordões, então soltou a bolsa, que afundou vinte metros antes de pousar no fundo do mar.

– Obrigado – disse Pardo. A seguir, voltou ao camarote e disse para Victoria: – Estamos mais perto de Key West, suponho.

– Como sabe?

– As luzes da cidade parecem muito próximas.

– Ah.

Nos cinqüenta minutos seguintes, como um vírus quase invisível em um organismo diversos trilhões de vezes maior, os motores impeliram a lancha para diante. Para lutar contra aquilo que julgou ser um sério ataque de ansiedade, Victoria fechou os olhos e respirou profundamente. Não conseguia parar de revisar em mente os eventos das últimas horas. Pardo prosseguiu verificando as etapas imediatas de seu projeto. Haviam considerado duas possibilidades – chegarem sem serem detectados ou serem pegos – e tinha planos para ambos os casos. Sentaram-se no sofá, Victoria recostada confortavelmente, Pardo curvado para a frente uma vez que a arma o impedia de se reclinar, ambos olhando para a entrada do camarote. Após o que pareceu uma eternidade, sentiram o barco roçar em alguma coisa. Estariam parados? Assim parecia. Os motores mal murmuravam. Victoria apertou o botão da luz de seu Casio. 1h35. Amieba entrou na cabina menos de um minuto depois.

– Poderiam desembarcar, camaradas? – disse ele mostrando-lhes seu melhor sorriso.

– Deve estar brincando – murmurou Victoria com a voz trêmula.

Sem acreditar, subiram ao convés. A lancha estava ancorada em um cais com um metro e meio de largura e com espaço para dez barcos, ao lado de um veleiro Chrysler 26 e diante de uma lancha de cruzeiro Thomas Point de 43 pés. Ancorado de lado na extremidade, grande demais para se encaixar em qualquer outro lugar, um iate de dois conveses com mais de cem pés impunha-se às demais embarcações. À sua esquerda, um prédio vistoso de dois andares com um teto azul estilo pagode e varandas sobressaía em meio a um fundo difuso. Um pouco mais atrás, à direita, havia um edifício de cinco andares parecendo a mãe da construção menor.

– Rápido, Pardo – apressou-o Amieba. – Não posso perder tempo.

– Mas que lugar é esse?

– Como diabos posso saber?

Pardo saiu primeiro e ajudou Victoria. Jesús ficou no cais segurando um cabo de amarração. Parecia tenso. Pardo acenou para Amieba e sua tripulação e deu um tapinha no ombro de Jesús. Victoria enviou beijos a todos a bordo e beijou Jesús na face. De mãos dadas, o casal caminhou pelo cais. Ouviram os motores serem ligados e se voltaram. Jesús já havia pulado para dentro da lancha e o barco se afastava.

– Vamos – murmurou Pardo.

Chegaram ao fim do cais, passaram entre os dois prédios. Após uns quarenta metros, encontraram uma placa onde se lia HYATT MARINA RESORT. Victoria fez uma pausa, tirou os sapatos altos da bolsa de plástico, descalçou os mocassins, calçou os sapatos novos e jogou os mocassins dentro do saco, que abandonou atrás de uma moita. Dois minutos depois, estavam em Mallory Square.

A primeira coisa que Pardo e Victoria fizeram quando encontraram um restaurante foi usar o banheiro. Depois, embora houvesse apenas um cliente no balcão tomando uma xícara de café, escolheram uma mesa nos fundos. A garçonete, acostumada com turistas, não ficou nem um pouco surpresa com o seu sotaque. Victoria pediu uma xícara de chá de camomila, que bebeu lentamente. Seu marido devorou um imenso *medianoche* cubano: fatias finas de presunto, delicado queijo suíço, porco assado e pepinos em conservas em um pão especial generosamente untado de mostarda e manteiga. O que tornava os *medianoches* únicos eram o pão e o porco, em particular uma pitada de açúcar ou algo mais que punham na massa do pão – malte talvez? Comia o sanduíche acompanhado de uma cerveja.

– Isso está excelente – comentou quando já estava na metade do sanduíche.

Victoria perguntou-se como era possível seu marido ser tão insolente ao ponto de ficar ali comendo um maldito sanduíche com tanta satisfação. Homens!

Mais tarde, esperando o troco, Pardo notou o que não percebera no camarote escuro ou sob a luz da rua: embora tivesse passado um pouco de maquiagem no banheiro, Victoria parecia extenuada, pálida, com olheiras enormes sob os olhos.

– Como está se sentindo, Vicky? – perguntou ele, solícito.

– Melhor. Mas esses sapatos estão me matando.

Pardo perguntou-se como era possível que sua esposa, após uma experiência tão penosa, ainda se recuperando de um ataque de asma, no limiar de uma incrível mudança de vida, podia se queixar, entre todas as coisas, de um par de sapatos incômodos. Mulheres!!

A garçonete pousou um prato de plástico com o troco sobre a mesa.

– Podia nos chamar um táxi, por favor?

– Claro – disse a mulher antes de se afastar. Pardo deixou duas notas de um dólar sobre a mesa.

– Está dando dois dólares de gorjeta por um sanduíche, uma cerveja e uma xícara de chá? – murmurou Victoria.

– E uma ligação telefônica.

– É, e uma ligação telefônica.

– Vicky, aqui é Key West. Se não quiser chamar atenção, tem de ser generoso com as gorjetas. Quer que essa mulher se lembre de nós para sempre? Então dê-lhe 25 centavos de gorjeta.

Victoria suspirou.

– Tudo bem, desculpe. Esqueci.

No banco de trás do táxi, Pardo se reclinou após guardar a arma no lado esquerdo da cintura. O motorista levou-o até o ponto de ônibus da rua 27, mas advertiu-os de que estaria fechado àquela hora. Pardo pediu que ele esperasse um pouco e perguntou a um guarda de segurança. O homem disse que o próximo ônibus para Miami era um Key Line Express que partia às 5h. O relógio de Pardo marcava 2h32. Ele agradeceu ao homem e voltou ao táxi.

– Ei, amigo, onde podemos passar as próximas duas horas? – perguntou ao motorista.

O homem virou-se no banco e ergueu as sobrancelhas.

– Há um zilhão de lugares. Sloppy Joe's, Hard Rock Café, há um belo pub irlandês em Grinell Street, o Finnegan's Wake...

– Nada de bares, por favor – pediu Victoria.

– Senhora, à essa hora as igrejas ainda estão fechadas.

– Vamos, querida – disse Pardo para a esposa em inglês, apertando-lhe a mão –, vamos ver esse pub irlandês. Você não precisa beber álcool. Apenas uma soda ou algo assim.

Victoria concordou, dando-se conta de que não tinham escolha. Naquela noite, estrangeiros com aparência de latinos não deveriam ficar na rua. O plano era que, assim que escondessem o dinheiro, Amieba e seus homens caminhariam até a cidade, procurariam um policial, e se entregariam. Os telefones despertariam todas as autoridades de Key West; mais telefonemas despertariam os jornalistas. Definitivamente, não era uma boa hora para estar na rua.

Foi por isso que se deixaram levar até o número 320 da rua Grinell. Pardo deu dez dólares para o motorista, disse-lhe para ficar com o troco e os viesse buscar às 4h30.

– O pub fecha às quatro, senhor.

– Tudo bem, às quatro então.

O lugar era uma estrutura de madeira pintada de branco de dois andares. Através de uma porta dupla flanqueada por vitrinas e plantas em vasos, entraram em um pub antigo onde imperavam as madeiras escuras. No balcão em curva, falando em voz baixa, bebericando seus drinques, havia dois gordos de cabelos grisalhos. O barman parecia entediado. Os clientes atentaram para as roupas dos recém-chegados. Tudo mundo usava camisetas, shorts, chinelos ou sandálias.

Escolheram uma mesa para dois nos fundos e se sentaram. Bandeiras e fotografias nas paredes, um pequeno palco, lâmpadas penduradas no teto. Três mesas próximas eram ocupadas por gente que, a julgar pela voz pastosa e o barulho que faziam, acordariam na tarde seguinte com uma tremenda ressaca. O lugar evidentemente estava fechando, e seus funcionários pareciam cansados. Uma garçonete bonita, morena e de cabelos longos aproximou-se deles com um imenso sorriso, como se servir os clientes a tornasse a pessoa mais feliz da Flórida. Quando Victoria disse que não queria nada, a morena caprichou mais ainda no seu papel, começou a bajular a cliente. Como era possível? Com tantos drinques maravilhosos à disposição? Uma margarita? Uma frozen Kahlua? Uma *piña colada*? Aquilo provocou um sorriso em Victoria. Por que os de fala inglesa não conseguiam pronunciar a letra *ñ?*

– Sem bebidas, obrigada.

– Um sanduíche, uma sobremesa, talvez? – disse ela voltando-se para a comida.

Victoria inclinou a cabeça e olhou para a garçonete.

– Uma Cutie pie? Um pudim de pão irlandês? Que tal torta de maçã quente com sorvete de baunilha? – experimentou a garçonete.

– Torta de maçã quente? – perguntou Victoria, e a jovem garçonete percebeu que tinha aquela mulher latina na palma da mão.

– Sim, senhora. Feita em casa.

– Tudo bem, Quero uma porção.

– E para beber?

– Iced tea, talvez?

– Excelente escolha. E o senhor?

– Só uma cerveja.

– De barril, nacional ou importada?

– Ah... qualquer uma.

– Qualquer uma, senhor?

– Heineken.

– Volto logo.

Seu primeiro contato com a sociedade de consumo impressionou Victoria.

– Viu isso? – ela perguntou a Pardo.

– O quê?

– A qualidade do serviço? Mamãe não ia me deixar ir para a cama de estômago vazio.

– É como funciona o sistema. Ela provavelmente ganha um salário por hora, mais uma comissão sobre as vendas. Também quer que lhe deixemos uma boa gorjeta.

A jovem voltou com o pedido menos de um minuto depois. Tendo achado a torta e o sorvete deliciosos, Victoria alegrou-se um pouco.

Pela enésima vez eles distraidamente fizeram as comparações e chegaram às mesmas conclusões às quais chegam 99 por cento dos cubanos que viajam para fora do país. Os indivíduos pensam em ajudar os outros apenas quando as suas necessidades básicas estão satisfeitas. O comunismo vai contra a natureza humana, daí o seu fracasso. Para os serviçais cubanos, o cliente é o inimigo porque ganham o mesmo salário miserável caso sirvam cinqüenta ou quinhentas pessoas em seu turno. Nos lugares onde o dólar é válido como moeda, têm de doar parte de suas gorjetas para o governo. Uma vez que há pouca motivação, os clientes não são bem-vindos. Eles interrompem conversas, impedem que assistam a um programa de tevê favorito ou ouçam uma música no rádio, interferem quando querem ver os traseiros das meninas que passam. Os barmen e o pessoal da cozinha põem menos rum no *mojito* e servem porções pequenas para vender o excedente no mercado negro. Mas aquilo não era uma novidade para eles. Haviam discutido aquilo muitas vezes nos últimos anos.

– A mobília aqui parece bem antiga – disse Pardo, mudando de assunto. Estava começando a se cansar de discutir o mesmo assunto repetidas vezes.

Victoria olhou cuidadosamente ao redor.

– É, para criar clima, creio eu. Viu as fotos na parede? Anos 1930, Hemingway, esse tipo de coisa.

– Os turistas provavelmente adoram.

– Provavelmente. Mas quer saber? Estou enjoado de coisas velhas. Havana está congelada no tempo. Quero ver modernidade, *macho*.

Continuaram a falar de amenidades e Pardo pediu uma segunda cerveja. Também havia períodos de silêncio de cinco, seis minutos de duração. Haviam discutido cada passo tantas vezes e durante tanto tempo que não era preciso fazê-lo outra vez. Tudo o que queriam era um lugar para dormir.

– Victoria. Você é incrível.

– Por que isso agora?

– Quando você me denunciou para o ministro, eu quase me mijei nas calças.

– Foi por isso que contei só depois de feito. Você teria sido contra criar uma distração.

– Seria contra *esta* distração. Minha vida estava em jogo.

– Não. Não estava. Se estivesse, eu não teria feito isso.

– Funcionou.

– Claro, tinha de funcionar. Agora, se você não tivesse acessado a sua conta...

– Eu sei – disse Pardo erguendo as mãos para evitar que ela continuasse. – Eu sei. Foi estupidez de minha parte.

– Todos cometemos erros.

– Você não comete.

– Todo mundo erra, *macho*. Todo mundo.

Os homens grisalhos levantaram-se de seus tamboretes e se foram. A jovem garçonete olhou com preocupação para os clientes remanescentes. Às 3h53, sorrindo para fingir que detestava estragar a festa, deixou as contas nas mesas.

– Quanto? – quis saber Victoria.

– Catorze dólares – disse Pardo, tirando a carteira do bolso.

– Não posso crer – admirou-se Victoria, que pegou a conta, leu o total e a devolveu ao prato. – Catorze dólares por uma torta, uma bola de sorvete, um copo de iced tea e duas cervejas?

– E uma hora e meia fazendo hora aqui, Vicky. Esta é uma cidade turística. Mas não espero que os preços sejam muito mais baratos em outras partes. Aqui são os Estados Unidos da América. É bom se acostumar.

– Estamos sendo extorquidos. E ainda por cima, você vai dar dois dólares para ela?

– Três, porque ela cuidou bem de você.

– Isso é mais de... vinte por cento.

– Que sovina.

O motorista esperava por eles. Pardo achou prudente não ir à rodoviária antes de ela abrir, de modo que pediu ao motorista para levá-los à casa de Hemingway. Claro, ele sabia que a rodoviária estaria fechada, tudo bem. O sujeito, feliz desde que o taxímetro estivesse rodando, levou-os até lá e sugeriu que também dessem uma olhada na Jackson Square, na Audubon House and Gardens, e na Land's End Village. Neste lugar, Victoria verificou o relógio. Eram 4h28. Ela cutucou Pardo com o cotovelo e bateu no mostrador do Casio.

– Tudo bem, amigo, leve-nos à rodoviária agora – pediu.

Um carro de polícia, as luzes piscando enlouquecidas, dobrou uma esquina e se afastou velozmente. O motorista resmungou. Amieba e seus homens podiam ser a causa da pressa dos tiras, pensaram ambos os passageiros.

– Este seu relógio barato não combina com vestido tão elegante. Tire-o – sussurrou-lhe Pardo. Ela pensou no assunto, assentiu e fez o que lhe fora aconselhado.

Na rodoviária, pediram a Pardo um documento com fotografia para comprar a passagem para Miami. Ele não tinha previsto aquilo, e ficou surpreso. Uma identidade para comprar uma passagem de ônibus? Victoria estava no banheiro no momento. Pensando que a segurança era mais severa do que imaginara, mostrou o seu passaporte costarriquenho, então pagou 106 dólares. Finalmente, às 4h45, movendo-se rumo ao norte do aeroporto na U.S. 1, passadas as horas mais atribuladas de suas vidas, eles relaxaram. O ar-condicionado fez Victoria tremer, e ela esfregou os braços de cima abaixo. Pardo tirou o casaco, escondeu o cabo da arma sob a camisa e cobriu a esposa. Eles se reclinaram nas poltronas, e quando o ônibus passou por Boca Chica Key, ambos estavam profundamente adormecidos.

Um pouco depois das 5h30 de segunda-feira, 29 de abril, a bexiga cheia do general Lastra o fez despertar. Pensando no desaparecimento de Victoria, ele fez a barba, escovou os dentes, fez um espresso e acendeu o primeiro Lancero do dia. Alguns minutos depois das seis, Lastra deixou o seu sobrado de cinco quartos em Nuevo Vedado – construído em 1957 por um rico advogado cubano que três anos depois emigrou para a Espanha – no qual ainda dormiam profundamente a esposa, duas filhas, dois genros e cinco netos.

Dirigindo o seu Lada até a esquina da Linea com a rua A, experimentou a premonição de que logo teria uma notícia ruim a respeito da psicóloga. Ou ela cometera suicídio, fora seqüestrada, assassinada, ou desertara. Teria um tremendo funeral caso tivesse se suicidado. Se seqüestrada, eles a encontrariam. Tivesse sido assassinada, teria um funeral de heroína e seu assassino seria executado por um pelotão de fuzilamento.

Ele temia a pior das possibilidades: deserção. Por que o faria? Imaginou Lastra. Era pouco provável que tivesse sido recrutada por uma agência inimiga. Mas algumas coisas funcionam em duas mãos. Você aplica um golpe neles, eles aplicam outro em você. Acontece em toda parte. Pergunte a Jacoby, Wilson, ou Hughes no DIA. Tenet ou McLaughlin na CIA. Sessions, Freeh, ou Mueller no FBI. Se ela não fora recrutada, o que teria feito a psicóloga se acovardar, sentir-se frustrada, infeliz? Ele podia compreender que milhões que viviam na miséria quisessem fugir, mas não ela. Recentemente ela fora presenteada com um belo apartamento e um carro novo. Podia comprar o que quisesse na loja especial do ministério, era membro do clã mais exclusivo de Cuba, o clã do Chefe. Em nenhum momento ela demonstrara relutância em cumprir as suas obrigações, nem expressara qualquer dúvida sobre qualquer coisa. Uma crise de consciência, talvez? Não havia razão para isso. Ela nada tinha a ver com a repressão a dissidentes pacíficos, prisões, esse tipo de coisa que com o tempo pode forçar os escrúpulos de um oficial. Ele não entendia aquilo.

Se ela tivesse desertado, o serviço secreto cubano perderia Miami. Cinco células, 15 agentes de alto nível, um excelente falsificador de documentos, três intermediários, e dezenas de informantes – fez uma anotação mental para verificar o número exato mais tarde naquele dia. Mesmo que ela não os denunciasse, assumindo que ela tinha isso como regra básica. Em uma semana, duas no máximo, teriam de considerar que o serviço rival os estava abastecendo com lixo através das redes expostas. Uma perda assim quatro anos depois do revés Wasp e um ano após o agente da DIA ter sido descoberto seria devastadora. Ainda pior, Victoria era um repositório de conhecimento a respeito do serviço secreto cubano. Ela também podia denunciar agentes na Europa e na América Latina.

Para ele seria o fim. Acabaria reformado, sem dúvida. Pensão de trinta dólares por mês, sem rações de comida complementares, roupas e artigos de banho para toda a família. Nada de Lanceros, também. Nunca mais férias com os netos em uma bela praia com toda as despesas pagas. Ele seria mantido sob constante vigilância pelo resto da vida, para o caso de considerar seguir os passos dela. Lastra viu-se a desejar que Victoria estivesse morta.

Caso ela tivesse desertado, no mínimo ele merecia punição por ter sido tão estúpido. Caso essa suposição fosse correta, ele teria sido enganado por uma atuação de mestre. Não, era mais que isso. Ela montara a armadilha perfeita na qual ele caíra sem perceber. Bem, pensando melhor, ele caíra por dois motivos: pela atuação de mestre e pela armadilha perfeita. O ministro também, mas o cérebro do coitado só funcionava em combate. Em sua mente, ele podia vê-la em posição de sentido, bradando: "Eu sirvo à Revolução Socialista!" Esse, talvez, tenha sido o único momento em que ela super-representou. Um indivíduo inteligente agindo como um autômato sem alma. Não, nem mesmo então. Aquela fala fora dita para o ministro, não para ele. Tão boa, ela era *tão* boa.

Subitamente, a razão mais provável da deserção dela explodiu em sua mente como se fosse um fogo de artifício. Sua surpresa foi tão grande que ele pisou no freio e escapou ser colhido por trás por alguns centímetros. Vendo o sujeito vestindo roupas civis, o motorista atrás dele meteu a mão na buzina durante diversos segundos antes de chamar Lastra de babaca. Mas o cara estava certo, pensou o general, ele *era* um babaca. Lastra desviou para a pista da direita, parando junto ao meio fio da avenida 36, entre as ruas 25 e 27. Desligou o motor, os faróis, e, tirando baforadas do Lancero, considerou um instante aquilo que lhe ocorrera de modo tão inesperado.

Ela lhes contara a verdade: Pardo era o ladrão da XEMIC. Mas agiram em conluio! Ambos pensavam em desertar havia anos! Mas não antes de terem dinheiro bastante para viverem confortavelmente o resto da vida. Victoria desertara por 2,6 milhões de dólares! O inimigo não a recrutara. Ela não estava ressentida. Ela e o babaca do marido conseguiram aplicar um golpe de mestre e agora queriam desfrutar do resultado de seu trabalho! Contudo, por certos motivos que ele não atinava imediatamente, decidiram montar a armadilha e representar a comédia. Talvez para ganhar tempo até poderem fugir, ou para terem uma solução alternativa disponível. Ele acabaria descobrindo.

Tudo bem, o que fazer a seguir? Primeiro, se acalmar. Talvez sua perfeitamente compreensível doença ocupacional – suspeitar de todo mundo – tenha evoluído em uma desordem que pedisse tratamento médico. Talvez Pardo a tivesse matado. Riu ao pensar naquilo. Se é que nerds filhos-da-puta com sangue da barata são capazes de matar alguém. O que ele tinha de fazer era demonstrar preocupação por seu subordinado mais brilhante, guardar as suas suspeitas para si mesmo e esperar para ver como as coisas ficariam. Girou a chave na ignição.

A três quadras de seu escritório, na esquina de Calzada e rua 2, lembrou-se do relatório do servidor. Esse provavelmente fora a espoleta que causara a explosão. Tinha de ser. Pardo pisara na bola ao acessar de casa a sua conta bancária no exterior, no banco de Jersey. Victoria sabia que o administrador de rede tinha de fazer relatórios freqüentes e reportaria aquilo. Aquela puta traiçoeira os salvaguardou imediata e brilhantemente com a distração mais audaciosa! Ele fora presenteado com um tremendo embuste! Certamente Victoria Valiente estava viva e bem, a bordo de um avião ou barco, já em outro país, talvez.

O guarda na entrada da garagem fez-lhe continência, que ele distraidamente retribuiu, charuto entre o dedo indicador e o médio. Levou o carro até a sua vaga demarcada, foi de elevador até o nono andar, onde um oficial de plantão fazia guarda. Lastra girou a maçaneta e abriu a porta. O homem levantou-se de um salto.

– Bom-dia, camarada general.

– Bom-dia, major. Quais as novas?

O homem baixou os olhos para o livro de ocorrências.

– O chefe de estação da missão na ONU enviou uma mensagem urgente às 2h54 que já foi decodificada. Às 3h22, o oficial de plantão da contra-espionagem nos informou que nada suspeito foi encontrado no apartamento que você pediu para ser revistado. Também estamos recebendo relatórios de hora em hora a respeito do Tico estacionado em Matanzas. Ninguém se aproximou do veículo. E às 5h31 a Marinha Revolucionária reportou o desaparecimento de um barco patrulha.

Impassível, Lastra manteve o olhar fixo no oficial, processando a informação, imaginando se...

– Quer dizer desaparecido por ter sido afundado por uma nave inimiga, ou... simplesmente, sumido?

– Nenhuma especificação a esse respeito, camarada general.

– Algo mais, major?

– Não, camarada general.

– Tudo bem. Cuide-se.

Lastra foi até seu escritório, apertou o polegar direito no dispositivo de reconhecimento de digitais *made in China*, abriu a porta, foi até a sua escrivaninha e acessou a CNN International. Clicou duas vezes na manchete "Quatro membros da guarda costeira cubana desertam". Leu. "Quatro membros da guarda costeira cubana vestidos com roupas camufladas chegaram nesta segunda-feira a Key West, onde disseram à polícia terem atravessado o estreito da Flórida em um barco patrulha que tomaram enquanto estavam em serviço, disse a polícia."

Lastra soube que os quatro encalharam a lancha em uma praia, entraram na cidade, renderam-se para um carro de polícia e pediram asilo político. Um deles tinha uma pistola chinesa que a polícia confiscou. Foram encontrados no barco dois fuzis AK-47 e oito pentes de bala. O rádio estava sintonizado na freqüência da Guarda Costeira dos Estados Unidos.

O general refletiu a respeito. Que estranha coincidência. Ele não se consolava com o fato de os quatro desertores serem homens. Lastra suspeitava de duas coisas: que Victoria e seu marido haviam fugido de Cuba naquele barco e que Pardo não estava entre aqueles que se renderam à polícia. De algum modo o casal conseguira escapar das autoridades de Key West sem ser detectado. Ou talvez não. Talvez ela tenha ligado para o FBI e dito: "Ei, pessoal: querem aprender algumas coisas sobre o serviço secreto cubano?" Se o fizera, sua deserção não se tornaria pública durante semanas, até ela dizer tudo o que sabia. Algumas você ganha, outras você perde.

Ele sabia a primeira coisa que deveria fazer para confirmar as suas suspeitas. Perguntar à contra-inteligência militar onde o barco patrulha estava baseado. Matanzas possivelmente, a não ser que a "heroína" tivesse abandonado o Tico ali como outra forma de dissimulação. Teria, então, de perguntar a Edmundo para descobrir se Pardo recentemente visitara parentes ou amigos que viviam perto de uma base naval, ou se trabalhou ali. Mas não moveria um dedo.

Ele faria-se de bobo durante algum tempo, deixaria que alguém mais se desse conta disso. Imaginou o que o Chefe diria quando soubesse que a mulher que ele tanto elogiava, talvez designada para ser a próxima chefe do serviço secreto, desertara e se juntara aos seus inimigos. E adivinhe quem ele iria culpar? Lastra sentiu que estava acabado.

Uma idéia veio-lhe à mente como uma cobra esgueirando-se lentamente da toca. Se Victoria fugiu naquele barco, talvez ela estivesse a caminho de Miami. Neste caso, ela talvez tentasse contatar a rede para obter documentos e credenciais falsas. Agora, se ele avisasse ao diretor residente que um traidor podia tentar entrar em contato...

Capítulo 7

O ônibus que levava Manuel Pardo e Victoria Valiente para Miami estava a vinte ou trinta minutos, a depender do tráfego, do aeroporto internacional da cidade, onde a viagem terminaria. Embora a primavera não fosse lá essas coisas tão ao sul, o sol brilhava no céu sem nuvens, e as folhas das árvores e arbustos, as frondes das palmeiras e os gramados, refletiam os recém-chegados tons de verde.

Quatro horas e meia mais cedo, aliviada da ansiedade e extremamente exausta, Victoria dormira profundamente. Agora ela sonhava que alguém tomava o seu pulso direito e a obrigava a segurar um grosso cabo de vassoura. Com os olhos dando voltas por trás das pálpebras, Victoria se perguntou por que teria de limpar o apartamento àquela altura.

A passeata começaria em alguns minutos. Que dia seria aquele? 1º de Maio? 26 de julho? Ou seria um daqueles muitos protestos diante da Seção de Interesses dos Estados Unidos? Ela não conseguia se lembrar. Sua mão continuava a ser forçada a segurar o cabo da vassoura. Os músculos recusavam-se a responder. Ela era incapaz de se livrar. Franzindo a testa de desagrado, ela meio se voltou da janela. Começou a despertar e abriu os olhos. O cabo de vassoura acabou se revelando ser o pênis ereto de Pardo, pulsando sob as suas calças de casimira.

Desperta, Victoria sorriu largamente. Ele também sorriu e largou-lhe o pulso. Ela deu uma boa espreguiçada, bocejou e olhou em torno. Estava livre, rica e gozando de boa saúde. Seu marido, um *macho* inteligente e corajoso, a desejava como nenhum outro homem. Começando a se sentir sexualmente excitada, ela olhou em torno outra vez. Não, impossível. O casal de idosos do outro lado do corredor, que agora olhava pela janela, parecia ser muito certinho. Poderiam olhar para o lado a qualquer instante e ver uma mulher pagando um boquete para o seu homem em plena luz do dia a bordo de um ônibus. Não era o melhor comportamento para turistas recém-chegados à Terra da Liberdade. Porém, talvez gostassem de ver. Mas era melhor não arriscar. Ela fixou o olhar no marido e suas unhas foram da base de seu pênis até a glande diversas vezes. Respirando com dificuldade, Pardo olhava-a com o olhar ardoroso que ela conhecia tão bem. A insônia agia como um potente afrodisíaco em seu marido. Ele sempre ficava de pau duro quando perdia algumas horas de sono ou virava a noite.

– Estamos em Miami – disse ele.

– Estamos? – ela lançou um olhar para seu pulso esquerdo então vazio, e estalou a língua.

– Que horas são?

– Nove e trinta e oito. Em alguns minutos chegaremos ao aeroporto.

– Então é melhor nos acalmarmos – ela sussurrou e, mudando de posição, mexeu na alavanca para levantar o encosto da poltrona. Pardo a imitou, cruzou os tornozelos, e tentou evitar pensamentos libidinosos olhando pela janela. Ela devolveu o casaco de Pardo, tirou uma escova de cabelo e cosméticos da bolsa e dedicou algum tempo para se tornar apresentável.

O ônibus saiu da U.S. 1 e seguiu a Le Jeune. Victoria terminou de se arrumar, limpou os óculos com a barra do vestido, colocou-os, e olhou para o marido. Os homens e suas barbas. Tendo se barbeado havia menos de 18 horas, a barba já despontava do queixo de Pardo. Obviamente impressionada, o olhar dela vagava pelas fachadas, carros e pedestres. Mentalmente preparada para o choque visual – as ruas limpas, gente bem-vestida, milhares de carros, e edifícios altíssimos como se viam nos filmes e documentários – Victoria descobriu-se impressionada não com o que passava diante de seus olhos mas com a diferença em relação às cidades e vilarejos cubanos.

Dois anos antes, os turistas em Havana que saíssem do trajeto tradicional se perguntariam se uma guerra a respeito da qual não tiveram notícia havia ocorrido em San Isidro, a vizinhança na qual ela nascera. Sua decadência se tornara tão embaraçosa, especialmente quando comparada com a seção reformada da Velha Havana a menos de dois quilômetros dali, que o governo municipal começou a tapar buracos aqui, remover o lixo ali, e a vender tinta para aquelas casas cuja fachada pudesse ser melhorada de algum modo com uma mão de tinta à base de água. Os interiores, porém, continuaram arruinados. O propósito verdadeiro era enganar estrangeiros errantes, não reformar. Em marcante contraste, o Palácio da Revolução recebia melhorias e reformas havia mais de trinta anos. Alguns jornalista bem viajados o consideravam o mais esplêndido palácio presidencial da América Latina.

Victoria tentou descobrir uma estrutura em Miami que precisasse de uma mão de tinta. Desistiu após 12 quadras.

No aeroporto, embarcaram em um táxi e pediram ao motorista para levá-los ao centro da cidade.

– O centro? – perguntou o motorista, virando-se no banco com sobrancelhas erguidas, esperando um endereço mais específico. Negro, cerca de 50 anos, seu rádio estava sintonizado em uma estação que, aos ouvidos de Victoria, parecia ser francesa ou creole.

– Sim, o centro – repetiu Pardo.

– Qual parte do centro? – perguntou com forte sotaque.

Pardo voltou-se para Victoria com as bochechas infladas.

– Tribunal – disse ela ao motorista.

O homem meneou a cabeça, engatou a primeira e partiu. Pardo voltou-se para a mulher. Ela o silenciou revirando os olhos para cima.

De volta à Le Jeune, esquerda na Flagler. Depois da avenida 27, as coisas começaram a parecer menos ricas. Após a 15, Victoria viu algumas casas que pediam uma mão de tinta, algumas precisando de reformas urgentes. *Não pré-julgue*. Disse para si mesma outra vez, desta vez sorrindo. Mas nada remotamente comparável a Cuba. Estavam a caminho do centro? Teria o motorista entendido mal o que ela dissera? Seus olhos foram até o taxímetro: 23,75 dólares? O táxi cruzou uma ponte sobre o rio Miami, virou à esquerda na Miami Avenue, e parou após a avenida 1.

– Tribunal – anunciou o motorista.

A tarifa foi de 25,65 dólares. Victoria calculou que, em Havana, o mesmo trajeto não excederia 4,50, talvez 5 dólares, incluindo gorjeta. Pardo deu ao sujeito uma nota de vinte e outra de dez. Saltaram. O táxi se foi.

– Se continuar a jogar nosso dinheiro fora desse jeito, logo estaremos pobres – comentou ela enquanto olhava ao redor. O tribunal era um prédio cinza de quatro andares. Do outro lado da rua havia outro prédio governamental, novo e mais alto. Havia policiais em toda parte, tomando ar e fumando, como se não estivessem em serviço. Ela os observou, curiosa. Esperando para testemunhar nos julgamentos? Poucos pareciam ter mais de 35 anos. Eram muito auto-confiantes comparados aos policiais cubanos, mais saudáveis e melhor alimentados, os coldres na cintura posicionados de modo que o cabo da arma ficava para fora, estilo pistoleiro, como muitos jovens policiais cubanos. Meninos são meninos em toda parte, pensou. Acabariam crescendo. Havia lanchonetes e lojas nas redondezas. Aquilo lá em cima seria um trem? Parecia.

– Que tal tomar um desjejum?

– Não é má idéia. Vai dar dez dólares de gorjeta para o garçom?

Pardo balançou a cabeça com tristeza, tomou-a pelo cotovelo, levou-a até a esquina e esperou o sinal fechar para atravessar a 1ª avenida.

– Como você sabia onde era o tribunal? – perguntou ele.

– Internet. Telegramas e artigos no julgamento da rede Wasp.

– Ah.

Como chefe da seção Miami do serviço secreto cubano, Victoria podia fechar os olhos e ver em sua mente um mapa do condado de Dade com todos os seus prédios públicos e alguns endereços específicos. Mas evitou se vangloriar disso.

Primeiro, usaram os lavatórios. Após se lavar, Pardo tirou quatro notas de cem dólares do maço e guardou-as na carteira. Tomaram um bom desjejum, então voltaram à 1ª avenida para consultar endereços de bancos locais em um catálogo telefônico pendurado em um telefone público. Na filial do Bank of America da 3ª avenida, Pardo pediu ao caixa para trocar os quatrocentos dólares em notas de dez e vinte. A seguir, o casal foi até uma loja de roupas nas redondezas. Amaldiçoando a empresa aérea que perdeu a sua bagagem, compraram roupas casuais baratas em uma lojinha inexpressiva onde também adquiriram uma mala decente, com rodinhas, para guardar tudo o que compraram. Na First Street Payless compraram tênis baratos para ele e um par de escarpins para ela. Os saltos altos foram para a mala, e ela deixou a loja usando os escarpins.

Em uma livraria, compraram um bom mapa da cidade antes de procurarem um hotel no catálogo telefônico. Pardo sugeriu um dois estrelas sem piscina, academia e restaurante. Provavelmente era o tipo de lugarzinho barato onde se hospedavam os turistas latino-americanos de classe média baixa, disse ele. Afora isso, o Lexington ficava muito perto, na rua 1. Victoria não tinha motivos para se opor à escolha do marido.

Mas antes de irem até lá, para evitar ficarem loucos de curiosidade, quiseram saber como estavam as coisas em Key West. Suspeitando que a coisa acontecera tarde demais para chegar às edições matutinas, Victoria procurou uma biblioteca pública nas páginas verdes que listavam os prédios governamentais e descobriu que a Biblioteca Pública de Miami ficava na rua West Flagler 101, uma breve caminhada de onde estavam às 12h44.

Pouco depois, eles subiram a rampa de acesso de um prédio moderno, em estilo um tanto mourisco, do outro lado da rua, diante do tribunal. Três fumantes estavam do lado de fora, junto a cinzeiros de plástico. Desfrutando ao máximo o céu parcialmente nublado, diversas pessoas aproveitavam a hora de almoço para lanchar ou conversar em uma pequena praça dotada de mesas e cadeiras de plástico branco. Uma porta automática se abriu, eles entraram e perguntaram à recepcionista o que deveriam fazer para verificar o seu e-mail.

– Basta usarem um dos computadores lá em cima – explicou a mulher – Mas não podem subir com a mala – acrescentou.

Sabendo que Pardo se sairia melhor do que ela com um programa pouco familiar, Victoria decidiu ficar no saguão. Por volta das 13h17, Pardo entrava no site do *Miami Herald*, onde soube que quatro membros da guarda costeira Cubana haviam encalhado a sua lancha de corrida em Higgs Beach, renderam-se às autoridades e pediram asilo político. "A fuga repentina para a liberdade aparentemente pegou de surpresa as autoridades de ambos os países", dizia a matéria. Victoria riu deliciada quando Pardo disse aquilo para ela. Perguntaram-se onde os quatro desertores haviam escondido o dinheiro.

O hotel não era poeira, mas o quarto era austero. Possuía uma televisão colorida de 17 polegadas em uma moldura de metal aparafusada à parede, um velho aparelho de ar-condicionado, uma extensão de telefone, uma cama dupla, duas mesas-de-cabeceira, um abajur, uma janela através da qual se tinha a vista magnífica de um muro liso na cor creme e um pequeno banheiro. Enquanto se despia freneticamente, Victoria pensou que, embora fosse uma mudança radical de sua cobertura duplex em Vedado, podiam superar aquilo, e a diária de 30 dólares era bem razoável. Pardo também se despiu e o casal nu correu para o pequeno box do chuveiro. Victoria deu-se conta de que ainda estava e óculos, tirou-os, voltou ao quarto, pousou-os na mesa-de-cabeceira e correu para o banheiro.

Seu alto sentimento de realização elevou o seu desejo sexual a novas alturas. A noção de que eram cúmplices em atos criminosos e que ansiavam por cometer mais alguns não cruzou as suas mentes.

Debaixo do chuveiro, enquanto se ensaboavam, deram início a rápidas preliminares. Após se secarem apressadamente, foram para a cama. A paixão incontrolável os fez dispensar a felação e a cunilíngua. Em cima, de frente para Pardo, Victoria gozou primeiro. O segundo orgasmo também aconteceu com ela em cima, mas de frente para os pés dele. No terceiro, estavam ambos lado a lado. Reservaram a posição de quatro, a "trepada pré-histórica" de Victoria para o quarto e mais intenso orgasmo da série, seguido de sua imensamente prazerosa ejaculação. O ato durou menos de meia hora, mas sua intensidade foi suprema.

Desta vez, porém, o ato sexual tinha algo diferente que nenhum dos amantes era capaz de definir. Ambos estavam pensando nisso quando uma poderosa sonolência começou a desligar a sua consciência. Uma sutil poesia física em cada movimento, uma deliciosa interpretação de uma canção na qual suspiros e gemidos de êxtase e frases apaixonadas murmuradas substituíam as letras e as notas musicais. Tal ternura, afeição e compreensão mútua, ou seja lá o que estava ausente no passado, ou que não haviam percebido. Teria sido precipitada pelos riscos e temores compartilhados? Pelo futuro promissor? Seja qual for a razão, nos últimos dias algo importante vicejara.

Dormiram pesadamente durante quase cinco horas. A fome e uma ereção despertaram Pardo. Escurecia, e o quarto estava em penumbra. Ele começou beijando o braço da esposa, ombros, nuca. Ela estremeceu e se voltou. Seguiu-se outra rodada de sexo, desta vez mais descansado e sofisticado. Estava completamente escuro quando terminaram.

– Estou faminto – murmurou Pardo após um tempo, quebrando o encanto.

– Eu também.

– Devo sair e trazer algo para você, ou quer vir junto?

– Vamos procurar um McDonald's. Aqueles quarteirões parecem tentadores.

– Ughh. Lixo de comida.

– Diga isso para a mulher cubana da rua. Afora isso, tenho de fazer a primeira ligação.

– Certo. Esqueci completamente.

– Não podemos esquecer coisa alguma, *macho*. Nada.

Após os hambúrgueres e refrigerantes, Victoria foi até um telefone público, introduziu 35 centavos, e discou um número.

– Paisagismo Bonis – disse a secretária eletrônica. – Deixe a sua mensagem.

– Olá, Sr. Bonis. Aqui é a sua nova cliente, Olga Villalobos – disse ela claramente em espanhol. – Espero que esteja bem. Seria possível cuidar de meu jardim na próxima segunda-feira, 6 de maio? Às 9h estaria bem? Obrigada e até mais.

"Olga" indicava que precisava de um passaporte para uma mulher branca de cerca de 40 anos. "Villalobos" significava que outros documentos de identidade sob o mesmo nome seriam necessários afora o passaporte, como cartões de crédito ou de previdência social. Embora não fossem indispensáveis, seriam muito bem-vindos. "Espero que esteja bem" significava que fotos da mulher seriam entregues. "Seria possível" significava que deveria deduzir dois dias da data de entrega mencionada. A expressão "meu jardim" especificava que a entrega das fotos ocorreria na loja Burdines, na East Flagler 22, quarto andar, departamento de bagagem. "9h" em verdade significava seis horas depois: 15h.

– Pronto? – perguntou Pardo, surpreso, quando Victoria devolveu o fone ao gancho.

– Pronto.

– Mas como esse cara...?

– Shhhh. Não pergunte – disse Victoria tomando-lhe as mãos e afastando-se do telefone público. – É muito simples, mesmo, mas muito complicado de explicar. Eu só memorizei o que tinha a dizer. Olga indica que uma mulher branca de seus 40 anos usará o passaporte. Se o nome for... qualquer outro, indicará uma mulher de 30, 50 ou 20 anos. Morena, negra, asiática, meio asiática. Talvez Gladys signifique uma negra de 40 anos, eu não me lembro. Cada situação possível se inclui, ou assim pensamos. O ilegal tem essas palavras e frases em um disquete, o significado de cada uma, de modo que decodifica o que eu disse, palavra por palavra. "Meu jardim" significa um lugar para a entrega, "meu quintal", outro. "Aparar a sebe do jardim", um terceiro. Não é nada demais.

– Bem! – Pardo sorria e balançava a cabeça. – Achei que usaria giz colorido, papel de escrita secreta, teclados codificados ou micropontos. Isso é tão... *passé*.

– No momento, as comunicações estão severamente restritas – explicou Victoria. – Até mesmo as mensagens de rádio. O que você acabou de ouvir é o código de emergência de reserva.

– O que acontece se ele não tiver um passaporte que tenha pertencido a uma mulher branca de seus 40 anos? – perguntou Pardo, os olhos na calçada.

– Esperamos, mantemos contato, ligamos toda sexta-feira às 23h em ponto, e ouvimos a mensagem gravada.

A expressão facial de Pardo – lábios curvados para baixo, sobrancelhas erguidas – demonstrava a sua dúvida que aquilo pudesse funcionar.

– Pobre coitado. Que vida! – disse ele.

– Não estou certa disso. Talvez ele tenha intensa satisfação em sua missão secreta, talvez acredite ter nascido para isso.

– Você acha?

– Ilegais politicamente motivados são uma classe à parte. Seu perfil psicológico é extremamente interessante.

– Bem, são todos loucos, se quer saber.

– Eu não esperaria que a sua mente puramente lógica e matemática chegasse a uma conclusão diferente. Ilegais politicamente motivados derivam do pior tipo de idealista: poetas, escritores, artistas, especialmente atores frustrados. São indiferentes ao dinheiro e desejosos de adiar o reconhecimento social para a posteridade.

Voltaram outra vez ao assunto a caminho do hotel, Pardo ouvindo atentamente. Afinal, ambos admitiram não terem as coisas que bons espiões têm em abundância.

– Estou tão cansada – resmungou Victoria no elevador.

– Eu também.

Chegaram ao quarto de hotel às 23h22, despiram-se, e dormiram logo em seguida.

Às 11h17 da manhã de terça-feira, Victoria apertou o botão de uma caixa de metal à esquerda do portão de uma imensa residência de um andar em forma de L pintada de branco brilhante. A casa tinha um telhado verde com cumeeira, janelas de vidro pintado e sebes ao longo de um gramado bem cuidado. Duas delgadas palmeiras e jardins de flores flanqueavam o caminho de concreto de mais de 25 metros de comprimento que levava à porta da frente. Três vagas pavimentadas junto à calçada substituíam a garagem. Árvores altas nos fundos do terreno sugeriam um quintal amplo.

A psicóloga e seu marido não faziam idéia de quanto poderia custar uma mansão como aquela, em um terreno daquele tamanho, em uma vizinhança tão exclusiva. Uma fortuna, provavelmente. A 101 era uma rua perfeitamente pavimentada de uma quadra de extensão, na exclusivíssima ilhota oeste de 103 acres de Bay Harbor Islands.

– Sim? – veio a voz do alto-falante.

– Bom-dia, madame – disse Victoria.

– Bom-dia – ouviu-se uma voz de mulher com sotaque espanhol.

– Você é a dona da casa? – disse Victoria, deliberadamente caprichando no sotaque.

– Não. Quem fala?

– Meu nome é Angela. Posso falar com a dona da casa, por favor?

– Ela está esperando por você?

– Não.

– Para que quer falar com a dona da casa?

– Nós, meu marido e eu, estamos procurando trabalho. Fazemos faxina, limpamos piscina, cortamos grama...

– *Mire señora, óigame bien, la dueña de la casa está ocupada y, además, aqui no hace falta nadie. ¿Me entiende? Mi esposo y yo nos bastamos y sobramos para hacerlo todo. Así que pueden marcharse, ¿me entiende?*

Um a zero, pensou Pardo. Victoria deu de ombro, e sorriu para ele. A serviçal de fala hispânica no interfone, tendo identificado através do sotaque que Victoria vinha de um país latino-americano, recusara-se a deixá-los falar com a dona da casa. Não queria competição. Não haviam pensado nessa possibilidade. Foram até a residência seguinte, mesma calçada, onde levaram a cabo sua segunda manobra de dissimulação do dia.

Acordaram às sete, descansados e eufóricos, vestiram as roupas casuais compradas na véspera, do tipo que a maioria dos imigrantes pobres podem comprar. Forçado a trazer consigo a arma, o dinheiro e outras coisas que não podia deixar no hotel, Pardo também tinha de vestir o terno. Após o desjejum em uma lanchonete cubana, o casal correu até o terminal de ônibus do centro da cidade. Não foi fácil descobrir a rota de ônibus adequada através do mapa esquemático, mas deduziram corretamente que a rota de ônibus H os levaria a Bay Harbor.

– Bay Harbor, Bal Harbour, qual a diferença? – perguntara Victoria, sem esperar que o marido lhe desse explicação. Estava na calçada no ponto de ônibus de olho no mapa e olhando ao redor. O ar de riqueza era impressionante. As lojas de Bal Harbour belamente decoradas, localizadas entre arbustos floridos e patrulhadas por guardas de segurança em uniformes vermelhos e pretos de aspecto britânico, indicavam que ali era uma meca da moda para os muito ricos. Os aromas naturais de brisa marinha, terra, flores e orvalho evaporado misturavam-se com fragrâncias artificiais dos mais caros perfumes franceses, couro genuíno, uísques de puro malte e pintura esmaltada fresca. Aquele lugar não estava a 290km de Cuba. Estava a 290 anos luz de distância.

– Caramba – murmurou Pardo após um instante, movendo os olhos do Sheraton Beach Resort para a esposa. – Talvez, para viver em Bay você deva provar ter quinhentos milhões, enquanto meros duzentos lhe dão acesso a Bal.

– Abaixe para cinqüenta e vinte, respectivamente, e eu fico.

– Vendido.

Debochando de si mesmos por terem superestimado a sua riqueza, sabendo que provavelmente dois milhões de dólares seria o depósito que um mordomo tinha de fazer para conseguir um emprego em ambos lugares, atravessaram a Kane Concourse a pé, cruzaram para a ilhota leste, onde chegaram às 10h45, quase uma hora além do programado. A vegetação tropical grassava em toda parte, e as palmeiras reais os faziam se sentirem um tanto nostálgicos. A diferença em relação à outra ilha parecia ser a ausência de condomínios, prédios de apartamentos e outros tipos de habitações para muitas famílias. Apenas casas imponentes ao norte, sul, leste e oeste. A impressão era a de que havia uma competição de arquitetura na qual mais dinheiro nem sempre produzia o melhor resultado. A casa de dois andares na qual Victoria apertou o botão do interfone, nem tão bela aos seus olhos quanto a primeira, serviu como exemplo.

Erguida a uns vinte metros da cerca de piquetes junto à calçada – ineficaz para impedir que o jardim bem cuidado, os canteiros de flores e arbustos fossem pisoteados – também tinha um telhado de cumeeira, mas com telhas vermelhas. O exterior na cor creme combinava com as molduras das janelas pintadas de branco. Árvores altas e piscinas nos fundos das casas pareciam ser características padrões em Bay Harbor.

– Quem é? – disse a voz de uma mulher bem-educada.

– Meu nome é Angela, madame. Posso falar com a dona da casa, por favor?

– É ela.

– Madame, eu e meu marido somos da Costa Rica. Procuramos trabalho de meio expediente. Fazemos faxina, limpamos piscinas, cortamos gramas, raspamos e pintamos paredes, tudo isso a preços muito razoáveis. Se tiver algo que deseje ser feito, nós o faremos com prazer.

Seguiu-se uma longa pausa.

– Não preciso de seus serviços, Angela, obrigada. Já tenho gente para cuidar disso. – Aquela não era estrangeira, pensou Victoria. Talvez um ligeiro sotaque sofisticado de Boston?

– Bem, obrigada de qualquer modo, madame. Conhece algum vizinho ou amigo que more por perto que pudesse se interessar por nossos serviços?

A segunda pausa foi mais longa, como se a mulher estivesse pensando cuidadosamente o que dizer.

– Não, Angela, não conheço. Contudo, supondo que você e seu marido são gente decente tentando ganhar a vida, deixe-me dar-lhes um conselho. Em Bay Harbor, esta sua abordagem está errada. Ninguém aqui admitiria estranhos em suas casas. Em verdade, alguns podem até chamar a polícia e denunciá-los. Sugiro que, ou toquem campainhas em outro lugar ou publiquem um anúncio em um jornal. Tenha um bom dia, Angela.

Victoria e Pardo se olharam. Não haviam considerado este óbvio perigo. Seus olhos arregalados diziam: "*Teremos ficados burros da noite para o dia?*"

– Obrigada, madame.

– De nada.

Ouviu-se o clique do interfone ser desligado. Um tanto perplexos, Victoria e Pardo começaram a caminhar para a casa ao lado.

– Depois de tanto trabalho, acho que devemos insistir – opinou Victoria.

– Certo. E se ela nos rejeitar, saímos daqui. Rápido.

– Imediatamente.

A casa seguinte era a de Maria Scheindlin. Pardo apertou a campainha. Seus olhos pairaram pelo jardim da frente, a entrada com colunas, a sacada proeminente, o caminho de lajotas que levava à porta da frente.

– Quem é?

Victoria repetiu a ladainha. Um pequeno microfone sem fio, disfarçado de graveto seco e preso por uma super-cola no topo da coluna de concreto na qual o interfone era embutido, captou as suas palavras.

– Não obrigada, querida. Não preciso de ninguém. Vá com Deus.

O interfone foi desligado.

– Chega por hoje – disse Pardo.

– Nem um minuto a mais – comentou Victoria.

De uma mansão do outro lado da rua, uma câmera de vídeo os seguiu.

Meia hora depois, estavam sentados em um banco na avenida Collins, esperando o ônibus, quando Victoria chegou a uma conclusão.

– Lembra-se em Key West, quando você disse que eu nunca erro? Bem, essa vinda até aqui hoje foi um crasso erro de julgamento. Este é um mundo novo e somos de fora, aqui não estamos no topo. Não conhecemos hábitos, padrões de comportamento, medidas de segurança, nada. Portanto, estou lhe dizendo, temos de ser muito, muito cuidadosos, *macho*. Não tenha nada por certo.

Trinta e três horas depois, na casa forte do FBI, Elliot Steil olhava fascinado para o telão de tevê. Sim, não restava dúvidas. Mas como aqueles dois chegaram a Miami? O fato do FBI estar mantendo a casa de Maria Scheindlin sob vigilância era quase tão surpreendente quanto ver aqueles falsos executivos da XEMIC andando pelas ruas de Bay Harbor. Hart, McLellan e um terceiro homem apresentado como Sr. Smith olhavam de perto para Steil, que balançou a cabeça, surpreso, voltou-se e dirigiu-se a Hart.

– Esses dois – disse ele apontando para a tela, parecendo e soando atônito – são Carlos Capdevila e Berta Arosamena.

O agente especial voltou-se para Smith, sorriso nos lábios. McLellan pegou o controle remoto e apertou um botão. O quadro congelado mostrava Pardo e Victoria de costas.

Estavam sentados em uma área de estar, Smith e McLellan em poltronas, Steil e Hart em um sofá, todos diante da tevê. Cada um tinha nas mãos uma lata de refrigerante que Hart lhes dera minutos antes. Assim que Steil fez a identificação positiva de Victoria e Pardo, Smith pousou a sua Coca-Cola na mesa de café, sacou um telefone celular e apertou algumas teclas. Três pares de olhos voltaram-se para ele.

– Identificação positiva, começar a busca – ordenou após um instante. Apertou um botão para encerrar a transmissão e devolveu o telefone ao bolso de seu paletó.

– Você não sabe onde estão? – perguntou Steil, surpreso.

– Não – disse Smith.

Houve diversos momentos de silêncio. Steil imaginou se deveria fazer a pergunta que lhe viera à mente e olhou para Smith. Quase 60 anos, cerca de 1,75m, entre 68 e 72kg, cabelo grisalho, curto, eriçado e ralo no topo da cabeça. Sobrancelhas escuras e bastas pairavam sobre olhos cinzentos ou verdes, a depender da luz. A face rubicunda tinha poucas rugas, algo que Steil julgou ser notável considerando o tipo de trabalho do sujeito. Cortava as unhas bem rentes. Terno escuro, camisa branca, gravata azul-clara, sapatos de laço altamente polidos. Um clássico, incluindo a Coca-Cola e o cabelo escovinha. Provavelmente gostava dos livros de Mickey Spillane e canções de Frank Sinatra. Passado militar? perguntou-se Steil. Provavelmente. A julgar pelos olhares respeitosos de Hart e McLellan, o sujeito obviamente estava pelo menos um grau ou dois acima deles na hierarquia do governo federal.

– Como é possível? – perguntou Steil, quebrando o silêncio.

– Abordaram duas outras casas antes, tocaram a campainha mas não foram admitidos. Aquilo fez o nosso pessoal ficar curioso. Mas ao ouvirem o seu sotaque, imaginaram serem imigrantes recém-chegados tentando ganhar a vida honestamente. Não havia motivo para segui-los.

Steil assentiu. Aqueles tratantes! Agora eram agulhas em um palheiro. Havia mais de dois milhões iguais a eles na Grande Miami.

– E como vieram a suspeitar que eram as pessoas que me abordaram em Havana?

Smith voltou a cabeça na direção de Hart.

– Brent deu-se conta. É difícil encontrar estrangeiros em Bay Harbor. Às vezes passam semanas sem que alguém de fora passe de carro ou a pé por aquele quarteirão em particular – disse ele, meneando a cabeça em direção ao aparelho de tevê. – Então, nossos olheiros ficam exultantes quando aparece alguém, pois têm algo a mostrar que justifique os seus esforços, entende o que digo? Mesmo que não passe de um casal de vagabundos oferecendo trabalho em troca de comida.

Steil gostou do estilo de Smith: calmo, contido, não se fazia de durão ou superior. Já Hart e McLellan acreditavam que o número de vezes que urinavam por dia era um segredo de estado.

– Na noite de ontem deram a Brent a descrição desses dois passarinhos – prosseguiu Smith. Ele os comparou com as descrições que você deu do casal de Havana, achou parecido. Esta manhã, pediu que a fita fosse enviada ao meu escritório.

Steil meneou a cabeça. Ele se perguntou se o FBI havia verificado os arquivos da INS em busca de cubanos recém-chegados a Miami nos últimos dias, e se havia perguntado à Seção de Interesses dos Estados Unidos em Havana se Berta e Capdevila haviam pedido e obtido vistos de entrada nos Estados Unidos. Talvez estivessem legais. Autoridades cubanas haviam sido recentemente admitidas para assinarem acordos comerciais. Mas não queria ser muito inquisitivo uma vez que isso o envolveria ainda mais naquele assunto.

– Veja, Steil. O modo circunloquial de fazer reconhecimento de terreno denunciou esses dois – disse Smith. – Não há dúvida:

são agentes inimigos que representam um grave risco de segurança para este país.

– Você acha?

– Você não?

Steil coçou a parte de trás da cabeça e pareceu pasmo.

– Achei que fossem agentes da Segurança de Estado quando me abordaram em Cuba. Suponho que aquele vídeo confirme isso. O que não compreendo foi essa encenação que fizeram. O que queriam?

– Verificar o lugar – disse Smith. – Entradas, saídas, tráfego, câmeras de vigilância, esse tipo de coisa.

– Mas suponha que Maria tivesse dito "Claro, entrem, quero que limpem minha piscina?"

Smith sorriu condescendente.

– Eles teriam adorado. Ver a disposição da casa, conhecê-la em pessoa, tornaria o planejamento muito mais fácil. Teriam limpado a piscina, recebido o seu dinheiro, e saído dali sem acreditar na sorte que tiveram.

– Sei. – Então, Steil considerou uma possível conseqüência. – Mas isso daria a Maria uma boa razão para ficar danada ao descobrir que aquelas eram as mesmas pessoas que vinham buscar o dinheiro.

– Talvez outra pessoa venha receber.

Novamente Steil assentiu. Aquilo estava ficando muito complicado para ele. McLellan terminou o seu refrigerante e amassou a lata. Hart ainda bebia. Elliot deu-se conta de que nenhum dos dois dissera uma única palavra após Smith ter feito a ligação.

– Mas não creio que representem um risco para a segurança dos Estados Unidos – opinou o cubano. – Não me pareceram o tipo de gente que planta bombas ou joga aviões contra edifícios.

– Deixe que façamos a avaliação do tipo de risco que representam, Steil – disse Smith, impassível, desta vez com uma nuance metálica na voz. – Cuidaremos disso. Mas tornaria as coisas muito mais fáceis para nós se nos ajudasse mais.

– O que pensa que estou fazendo aqui? – respondeu Steil, as palmas das mãos voltadas para cima.

– Eu sei. E valorizamos muito tudo o que fez. Ouça, Steil, vamos cortar a conversa fiada. Compreendo a sua posição. Somos um aborrecimento para você. Desperdiçou horas conosco e não ganhou um tostão. Tem vontade de nos mandar encher o saco de outro, mas se contém porque é um residente aqui e não quer arriscar ter a sua residência revogada. Compreendemos tudo isso. Não somos idiotas, você sabia?

– Sei.

– Pois bem. Agora tente ver isso do meu ponto de vista. Você trabalhava e trabalha para a viúva do homem que começou tudo isso, ou que os cubanos alegam ter começado tudo isso, ainda não sabemos. Você estava indo a Cuba. Você é fluente em inglês. Com tal candidato à mão, seria inteligente se aproximar de alguém mais?

– Não, creio que não.

– Exato. Portanto, nós não o escolhemos entre uma centenas de possíveis candidatos, certo?

– Certo.

– Então, que tal nos ajudar um pouco mais?

– O que querem que eu faça?

– Queremos que ligue para a viúva e peça para ser recebido por ela. Achamos que ela dirá claro, apareça. Pensará que deseja discutir sobre algum assunto de negócios. Então você dirá para ela que se sente culpado por tê-la deixado sozinha nessa situação da XEMIC, está arrependido e gostaria de ajudar caso ela precise de alguma coisa a esse respeito.

Steil resmungou, olhou para o chão, sorriu e balançou a cabeça.

– Ela pensará que estou mancomunado com esses dois – respondeu, apontando para a tela.

– Não antecipe o que irá acontecer. Ela pode dizer "Sim, me ajude", ou "Não, obrigada, eu cuido disso". Deixe isso por conta dela.

– Tudo bem. Ligarei para ela amanhã.

– Gostaríamos que ligasse hoje à noite. Daqui. Queremos ouvir a reação dela.

– Não seria um pouco tarde? – disse olhando para o relógio.

– Não creio.

– Tudo bem. Onde está o telefone? – disse enquanto se levantava.

– A curiosidade matou o gato – debochou Victoria, e então se espreguiçou.

– Ora vamos, você está livre agora. E sabe que posso guardar um segredo.

Era 2 de maio, quinta-feira, 21h55. Estavam sentados em um sofá de dois lugares de um quarto no Comfort Inn, no número 3860 do Tollgate Boulevard em Naples, Flórida. A cerca de 175 quilômetros dali, agentes do FBI tentavam descobrir pacientemente – embora já estivessem um tanto preocupados – onde o casal se escondera. Vinte e seis horas haviam se passado desde que o recepcionista no Lexington identificara Pardo e Victoria no momento em que viu as fotos impressas tiradas da câmara de vigilância. Aqueles dois haviam fechado a conta na manhã de 1º de maio sem deixar endereço de contato.

Sem saber que o FBI lançara uma caçada humana atrás deles, o casal manteve o plano original de passar o menor tempo possível em Miami e viajar para Naples, sua base de operações. Conversando após uma boa refeição, Pardo quis saber mais sobre o serviço secreto cubano em Miami e sobre Pola Negri em particular.

Por que ainda me incomodo, como se devesse manter isso para mim mesma? perguntou-se Victoria. *Porque hábitos de uma vida inteira são difíceis de mudar* respondeu para si mesma. Seu marido, por outro lado, significava mais para ela do que qualquer outra pessoa jamais significara. De qualquer modo, um bando de seus antigos colegas suspeitava que ela estava revelando segredos para o inimigo. Mas não o faria. Tudo o que ela queria era parar e ser livre para conhecer o mundo. Graças a Pardo, ela poderia viver confortavelmente pelo resto da vida. Victoria apoiou-se no encosto do sofá, olhando para o teto, e começou a contar a história.

– Bem, após o colapso do comunismo na Polônia, um de seus agentes secretos demitidos se aproximou de nosso pessoal em Berlim e perguntou se estávamos interessados em um relatório de seis páginas que ele fizera sobre a história, a lenda, e o disfarce de uma boa agente polonesa baseada em Miami. Ele pediu cinco mil dólares, embora tivesse certeza de que o FBI pagaria dez ou vinte mil. Ele nos venderia por um quarto desse valor por ter escrúpulos morais quanto a entregar a agente para o inimigo. Um serviço amigo cuidaria melhor dela. E havia tão poucos amigos de sobra, reclamou o filho-da-puta.

"Nosso homem foi ao papa, que disse estar interessado, mas que não passaria de dois mil e quinhentos. Você sabe que os poloneses são jogo duro nas barganhas, de modo que esse sujeito disse que, considerando estar fazendo negócio com camaradas, ele aceitaria quatro mil, mas nem um dólar a menos. O papa aumentou a sua proposta para três mil. O polonês jurou que três mil e quinhentos era a sua última proposta ou ele procuraria o FBI. O papa mandou que pagassem o maldito bandido.

"Foi assim que conhecemos Maria Berkowicz. Ela nasceu em 1947, de ascendência judia. Juntou-se à Juventude Comunista em 1962, foi recrutada pela contra-espionagem polonesa em 1965 ou 1966, não estou certa. Graduou-se no Instituto de Filologia Inglesa, Universidade de Wroclaw, em 1969. Avaliada como um quadro muito promissor, foi transferida para o serviço secreto polonês em 1970 e treinada para se tornar uma ilegal no Ocidente durante dois anos. Em outubro de 1972 ela foi designada para a missão polonesa na ONU, em Nova York, como assistente de escritório júnior. Seguindo ordens, ela desertou em 1973. Seu centro esperava que o serviço secreto dos Estados Unidos a recrutasse e ela se tornasse uma agente dupla, mas uma vez que a entrevistaram, a CIA perdeu o interesse.

– Perdeu o interesse? A Guerra Fria no auge e eles perderam o interesse? – perguntou Pardo.

Victoria voltou-se e olhou-o nos olhos.

– Estou citando o relatório que compramos. De acordo com ele, após a entrevista, nem a CIA e nem o FBI expressaram interesse nela. Imagine. Uma infiltração tão cuidadosa, e tudo o que ela podia fazer era visitar círculos de imigrantes poloneses em Nova York, de acordo com o que dizem os caras.

– Deixe-me adivinhar: então ela conheceu Scheindlin.

Victoria voltou-se para a posição anterior, olhos no teto.

– Em 1974, por acaso, de acordo com o relatório. A vida é incrível. Duas pessoas se encontram em um determinado lugar, num certo momento e num certo dia, e desencadeiam uma inimaginável cadeia de eventos.

– Assim como nós.

– Acontece a toda hora.

– E Scheindlin se apaixonou por ela.

– Sucesso. Ela pediu instruções. Após o investigarem, o centro disse para ela se agarrar ao sujeito como se ele fosse o presidente dos Estados Unidos. De acordo com os poloneses, Scheindlin era o diretor residente do Mossad na Flórida.

– Não!

– Um exagero, sem dúvida. Não creio que os poloneses tivessem um tipo de operação capaz de se infiltrar no Mossad a ponto de serem capazes de determinar quem era o seu homem mais importante na Flórida. Talvez Scheindlin colaborasse com o Mossad de modo regular. Com todos aqueles contatos na América do Sul, ele seria um bom intermediário, mensageiro ou banqueiro*. É possível. Mas eu acho que ele não era um intermediário, muito menos um residente supervisionando agentes e redes em todo o estado.

– Tem certeza?

– *Macho*, no meu negócio, ninguém nunca tem certeza de coisa alguma.

– Certo. Então, quando ela casou com Scheindlin?

– Em 1976, uma semana após o divórcio. Juntaram-se em 1975. Em 1977 ele comprou a casa que vimos outro dia, alguns meses antes de a filha nascer. Acho que ela sentia algo por ele. Deve ter sido difícil ser casada com alguém por quem você não tem atração e passar trinta anos fingindo.

– Muito dinheiro garante muito conforto – retorquiu Pardo.

– É, acho que sim. – Victoria ergueu a cabeça, endireitou-se no assento, cruzou as pernas. – De qualquer modo, em 1992 a madame não tinha notícias de seu centro desde 1989, de modo que imaginou que estava livre. Então, nosso recrutador bateu-lhe à porta. Por assim dizer.

---

* *Bagman*, em inglês. Um agente encarregado de pagar espiões e subornar autoridades.

– Espere um segundo. Quando compramos o relatório?

– Deve ter sido em 1990. Não me lembro exatamente.

– E esperamos dois anos antes de pressioná-la?

– Não se esqueça que o ministério implodiu em 1989. A reorganização ganhou força em 1990. Então, a União Soviética e todo o bloco socialista virou fumaça. Nossos outrora amistosos colegas, Vadim Bakatin, Markus Wolf, Pruszynski, e outros do gênero começaram a ficar muito amiguinhos da NSA. Nós e os chineses éramos os únicos jogadores sérios em campo. Todo mundo achava que iríamos cair a qualquer momento.

– Certo.

– Afora isso, tínhamos de nos certificar a respeito dela, e também ficar de olho em Scheindlin e na IMLATINEX. A possibilidade de estarmos sendo enganados com informações falsas para fornecermos informações verdadeiras também foi pesada. Por que os poloneses não a apertaram? Ele podia tê-la chantageado. A resposta para isso foi o fato de ele ter sido expulso do serviço, exposto como agente secreto para o FBI, e não poder mais entrar nos Estados Unidos. Além disso, ele tinha 62 anos e problemas de coração. Ele só queria pegar leve.

"Maria também não parecia promissora. Ela nunca contatou a fundação ou nenhum outro grupo de exilados cubanos, e com seu disfarce e currículo, seria estranho se ela subitamente se interessasse por assuntos cubanos. Como acabou acontecendo, o pessoal da verificação de informação reportou que o marido dela estava fazendo negócios com a XEMIC através da Trans-Caribbean Trading desde o início dos anos 1970. Imediatamente, o dirigente do clube e o técnico a queriam em nosso banco.

– E você ainda estreava no time.

– É, ainda estava muito verde. Ela foi um dos primeiros perfis que me pediram para fazer.

– Como ela encarou aquilo? Quero dizer, o recrutamento.

Victoria se aprumou na cadeira.

– Encarou muito bem. Ele é uma profissional, você sabe. Recomendei dizer a ela que ela estava sendo transferida para nós, não vendida. Que o serviço secreto polonês queria protegê-la e nos ajudar. Sugeri que também apelassem para seu internacionalismo, seus ideais comunistas. Lastra aprovou o meu plano. E, é claro, funcionou. Deu-lhe a oportunidade de salvar a sua reputação. Ela sabia o que podia acontecer caso se recusasse a colaborar. Portanto, ela fingiu concordar com os argumentos do recrutador. Um bando de bobagens, é claro. Nos anos 1990, ela provavelmente compartilhava da percepção de Orwell (e da nossa) quanto ao comunismo. Afora isso, àquela altura ela vivera a boa vida durante anos demais para ficar preocupada com o proletariado oprimido.

– Ela foi útil?

– Não estaríamos aqui de outro modo.

– Não, refiro-me ao Diretório.

– Mais ou menos. A coisa mais importante que ela disse foi que a comunidade comercial de judeus em Miami está planejando investir pesadamente em Cuba no minuto em que acabar o embargo, não importando quem esteja no poder. Parece que os israelenses exportadores de cítricos de Jagüey estão impressionados; mandam relatórios fulgurantes a Tel Aviv e a notícia se espalha. Maria afirma que freqüentemente correspondeu aos nossos pedidos de sutilmente predispor o marido em relação a Cuba. E Scheindlin tornou-se mais simpático aos pedidos da XEMIC de garantir melhores termos e condições nos negócios desde que ela começou a trabalhar para nós. Ela disse que o seu centro havia superestimado o vínculo dele com o Mossad. Ele nunca dera razão para que se suspeitasse que era agente ou intermediário. Informante? Claro, disse ela. Sua idade, sua história de vida, tinha de ser.

Ficaram em silêncio durante algum tempo. Pardo ficou pensativo, olhando para a tela desligada do televisor de 25 polegadas que estava diante deles.

– Por que Pola Negri? – quis saber a seguir.

Victoria riu, cruzou as pernas debaixo de si, e apoiou o braço direito no encosto do sofá.

– Quando o recrutador foi a Havana, disse que a mulher era bronzeada a ponto de parecer negra, e referiu-se a ela como *La polaca negra*. Então um sujeito se lembrou que Pola Negri era polonesa. Negri está a uma vogal de Negra. Portanto, nós lhe demos este codinome.

– Agora faz sentido – disse Pardo ao se levantar. Foi até a geladeira, pegou uma lata de Heineken e ofereceu-a para a esposa.

– Não, obrigada – sussurrou Victoria.

Pardo voltou ao sofá e se sentou.

– Suponho que tenha sido subordinada a Bonis – adivinhou.

– Sim, ela mudou de jardineiro.

Durante algum tempo, Pardo olhou para o chão, considerando alguma coisa. Bebeu mais cerveja.

– Seria possível que ela tenha virado a casaca em 1973? – conjecturou.

– Nunca diga nunca – foi a resposta de Victoria. – Embora o consenso a que se chegou no Diretório foi o de que ela não é uma agente dupla. Se fosse, quando a rede Wasp foi desmantelada, a célula de Bonis também teria caído. Ele a comanda já há nove anos, mais do que o suficiente para o FBI saber quantos cabelinhos ele tem nas narinas. A célula Bonis é parte da Pitirre, nossa melhor rede em Miami. A Pitirre fornece quase toda a espionagem de alto nível que conseguimos por lá. Um time de craques, vou lhe contar. Tem um cara que faz isso há 39 anos, acredita numa coisa dessas? É composta de cinco células de três agentes, quatro mensageiros, três intermediários, um sapateiro...

– Ei, espere, o que faz um sapateiro?

– É um perito falsário. Nada acontece com os membros da rede Pitirre. Mas...

Victoria fez uma pausa.

– Mas? Mas o quê?

– Mas Maria pode ter virado casaca assim que desertou, em 1973. Neste caso, forneceu informação falsa para o seu centro até o fim. Então, tendo se tornado redundante uma vez que o Solidariedade assumiu o poder, foi transferida para nós. Esta ampla gama de possibilidades é o que torna o serviço secreto o terreno perfeito para criar paranóicos e esquizofrênicos. E o Pescador pode estar nos fornecendo informações falsas através dela.

– Quem é o Pescador?

– Nathan Smith, chefe da contra-espionagem do bureau no escritório de campo do sul da Flórida. Ele sabe que os israelenses e os cubanos são as suas únicas preocupações sérias. Considerando que o Mossad é um serviço amigo, estou certo de que somos a sua prioridade número um. E ele pode ter feito um ou dois de nossos agentes virarem a casaca.

– Você acha?

– Não, não acho, mas está nas cartas.

– Você confia em alguém, Vicky?

– Confio em você. Em ninguém mais, nem mesmo minha mãe, meu pai ou meus dois irmãos. Sei que soa extremamente duro, mas é um sentimento do qual compartilham todos os profissionais. O que acha que gente da CIA ou do FBI sente quando descobre que um dos seus está vendendo segredos para os russos? Caras como Ames, Hanssen, Howard? Começam a pensar se o seu superior é um agente inimigo infiltrado. Você só lidou com o lado técnico, Pardo. Computadores, criptografia e softwares. Na primeira vez em que você me falou de suas idéias de deserção, suspeitei de você. Suspeitei de você durante meses.

– Você suspeitou de mim? – disse ele, apontando o polegar para si mesmo, olhos arregalados.

Ela assentiu enfaticamente.

– Ah, é? O mínimo que podia fazer é me dizer o que livrou a minha cara.

– O mais absurdo e irracional de todos os sentimentos: o amor. Sentir que você me amava e que eu o amava.

Despreparado para tal revelação espantosa, Pardo não conseguiu pensar em algo adequado para dizer e optou por terminar a sua cerveja. A conseqüência nada romântica disso foi que arrotou alto exatamente quando havia pensado em algo.

– Desculpe.

– Está desculpado.

– É por causa desse medo de ser traída que você mudou de idéia sobre a coleta?

– Sim e não. Sim, porque tal preocupação é tão arraigada no pessoal de inteligência e de contra-inteligência que isso influencia o nosso padrão de comportamento. E não, porque se não fosse a vizinha de Pola anteontem, eu demoraria muito mais tempo até me dar conta de quão mal equipados estamos para nos ajustarmos a um país diferente. Em verdade, qualquer país estrangeiro, embora menos na América do Sul, Espanha e Caribe. Aqui? Aqui somos bebês aprendendo a andar. Suponha que Maria tenha instalado pequenas câmaras de vigilância e microfones na sua casa.

– Victoria, por favor!

– Muita gente faz isso, sabia? Ela é podre de rica, pode pagar por tecnologia de ponta. Só para ficar de olho. Ou para gravar conversas com os advogados ou contadores, ou com seu gerente, esse Steil. Para ter provas do que foi dito ou decidido em uma certa data.

– Você está levando isso...

– Não seria lógico supor – disse ela interrompendo-o –, que um espião treinado, veterano, desejaria ter em fita a imagem do sujeito que vem buscar o dinheiro? Ter esta pequena apólice de seguro guardada em algum lugar caso precise dela algum dia...?

– Visto assim...

– Sempre erre para o lado da cautela.

– Então, você pedirá a Bonis para pegar o dinheiro.

– Ele pessoalmente pediu e recolheu o nosso primeiro empréstimo. E pagou-a com a parte de Guelph. Ela se sentirá mais confortável lidando com seu intermediário do que com um casal de estranhos. Em verdade, ela provavelmente espera que Bonis aja como intermediário. Steil é a nosso reserva caso algo aconteça com Bonis. A vizinha de Maria me fez acreditar que seria um erro conhecê-la pessoalmente. Você dará a Bonis as minhas fotos e um bilhete pedindo que ele faça o jardim dela em 8 de maio às 11h. Ele trará o dinheiro para nós.

– Essa é a data e o horário certo?

– O horário, sim. Mas a data correta seria um dias antes, 7 de maio.

– Já lhe ocorreu que o escritório de campo da rede já pode ter sido advertido que tem alguma coisa errada?

– Claro que entraram em contato com ele. Provavelmente lhe enviaram uma mensagem urgente. "Situação inesperada. Inicie contra-medidas." Mandei-lhe uma mensagem semelhante quando o Pescador desbaratou a Wasp. Mas Lastra não vai desmobilizar nossos melhores homens, e Bonis é um deles, antes de se certificar do que realmente aconteceu comigo. Talvez eu tenha me afogado no estreito da Flórida, talvez você tenha me matado, talvez eu esteja viva e bem mas não denunciaria meus camaradas. O tempo está do nosso lado, *macho*. Quando ocorre um alerta e as comunicações são restritas ao mínimo, como agora, por causa de meu desaparecimento, eu supero o superior de Bonis. Para Bonis, eu ainda sou o papa. E nesse bilhete que você entregará a ele depois de amanhã, direi algo para justificar o alerta. O pianista na Seção de Interesses Cubanos em Washington desertou, por exemplo. "Mas não se preocupe, estamos jogando com segurança. O traidor não sabe a seu respeito", acrescentarei.

Pardo continuou balançando a cabeça.

– Victoria, diga-me, como você faz para não se perder nesse submundo de fatos e ficção, verdades, meias verdades e mentiras deslavadas? Você não se arrisca a confundir datas, códigos, essas coisas? Confundindo os lugares de entrega e os portadores?

– No quartel-general, no trabalho de escritório, nada acontece se você esquece algo. Claro, você tenta memorizar, abre arquivos em sua mente. Como você disse: fato, ficção; verdadeiro, falso; nome, codinome; portadores, locais de entrega. Mas se você tem um lapso de memória, você consulta o material impresso. Em campo, a história é outra. Não é fácil, *macho*, não é nada fácil. Exige muitos anos de esforço considerável. Passei os últimos três anos treinando para esses dias.

– E está se saindo muito bem.

– Obrigada. E na cama? – disse ela com um piscar de olhos maroto.

– Melhor trepada do mundo.

– Aí, garoto. Que tal se pagássemos para ver um desses filmes adultos? Poderíamos encontrar inspiração e bons exemplos a seguir.

– Boa idéia.

– Passe os meus óculos, por favor? – disse ela estendendo a mão para pegar o controle remoto.

Maria sentou-se no sofá e olhou para Elliot, pensativa. Após um instante, ele desviou o olhar. O sujeito não era fácil de encarar. Em seu primeiro encontro ele parecia autoconfiante, notavelmente sereno. Durante as suas visitas ao armazém, ele se mostrara um executivo experiente e capaz. Contudo, desde a viagem a Cuba ele mudara. E esta noite ele parecia tão diferente: embaraçado, evasivo, e... envergonhado? Como se estivesse fazendo algo de que estivesse arrependido. *Seja cuidadosa*, disse para si mesma.

– Bem, isso é muito gentil de sua parte, Elliot – disse ela, sorridente, sondando o terreno. – Mas eu também andei reconsiderando as coisas. Na noite em que você me falou do pedido cubano, agi com rudeza, não consegui ver as coisas de sua perspectiva.

– Fui eu quem não conseguiu ver as coisas de sua perspectiva.

Faça-o sentir-se culpado, decidiu Maria.

– Não, não. Foi culpa minha e eu me desculpo. Só estava pensando em mim mesma. Não vi que seu envolvimento nesta bagunça poderia prejudicá-lo caso viesse a público que Ruben andara vendendo remédios para Cuba. E no outro dia? Quando lhe pedi para ligar para Havana? Não foi gentil de minha parte dizer que eu faria a ligação eu mesma caso fosse fluente em espanhol.

– Não se preocupe com isso.

– Posteriormente dei-me conta de que não fora correta com você. Você poderia ser acusado de agir em favor do governo cubano, ser expulso ou deportado. Eu jamais me perdoaria se isso acontecesse e eu fosse a culpada. Nunca. Você foi tão prestativo após a morte de Ruben. Eu dependo muito de você. A empresa depende de você.

– Você está me adulando, Maria.

– Não mesmo. Já conversamos a respeito de Sam. Ele é um ser humano maravilhoso, mas está muito velho. Você é capaz, inteligente e muito mais jovem. Você é um bem inestimável, um ativo intangível que nós, eu e Jenny, não podemos perder.

O termo 'ativo intangível' fez Steil piscar. Tendo alegado total desconhecimento de assuntos de negócios, pela segunda vez Maria usara adequadamente um termo de negócios. Parte da culpa que ele sentia por ter escondido dela a sua colaboração com o FBI evaporou. Havia algo a respeito de Maria, inconsistências, habilidades ocultas ou fraqueza simulada, ele não tinha certeza, que no fundo o incomodava.

– Obrigado, Maria. Não mereço o elogio. Você é quem merece mais cooperação minha neste assunto. Foi falta de consideração de minha parte vir aqui, jogar o problema no seu colo e ir embora após lavar as minhas mãos de qualquer responsabilidade.

Maria sorriu, bebeu um gole de suco de grapefruit, então limpou os lábios. Estavam sentados nos mesmos assentos que escolheram nas duas outras ocasiões: ela no sofá e ele em uma poltrona da sala de estar. Desta vez ela estava descalça, vestindo saia azul e uma camiseta azul mais clara. Steil vestia Dockers, uma camisa pólo verde-escura e mocassins marrons.

– Está bem, vamos fazer um acordo – disse ela, devolvendo o copo à mesa. – Se precisar de você, eu aviso.

– Ótimo. Mas não hesite em me chamar. Posso passar por aqui às 10h ou 10h30 no dia 8, se quiser. Seria bom alguém estar com você quando vierem buscar o dinheiro.

Será que ele deseja estar presente? ela se perguntou.

– Eu aviso – reiterou Maria.

– Bom. Sinto-me menos culpado agora.

– A consciência nos transforma a todos em covardes.

Novamente, Steil piscou. Soava familiar. Seria uma farpa? Será que ela suspeitava dele?

– Só um minuto. Deixe-me pensar. Bacon?

– Está quente.

– Humm. Shakespeare?

– *Hamlet*, 3.1.

Steil meneou a cabeça algumas vezes e meditou durante alguns segundos.

– Bem, acho que teria dificuldade para traduzir isso para o espanhol. Em inglês, a consciência é freqüentemente associada ao sentimento de culpa. Em espanhol, a palavra consciência é usada em um conceito mais amplo: é considerada uma categoria filosófica. Todo indivíduo tem uma consciência, de acordo com algumas escolas de pensamento. Ter uma consciência não torna uma pessoa covarde, *per se*.

– Entendo o que diz. Você sente menos culpa mas não é um covarde.

Com o olhar vagando pela sala, Steil moveu a cabeça para um lado, depois para o outro.

– Não estou dizendo que sou um homem destemido. Já tive medo. Tudo o que estou dizendo é que o Bardo pode ter acertado na mosca para platéias e leitores de língua inglesa, mas errado completamente no caso de gente de fala espanhola.

– Apenas se o tradutor para o espanhol não estiver à altura do autor.

– Verdade. Eu me retrato.

– Neste caso em particular, Elliot, você não tem culpa alguma. Nem eu acho que você seja um covarde. Portanto, não se inquiete.

– Se tivesse de entregar cem mil dólares a um estranho, me sentiria melhor se tivesse amigos por perto.

Ele quer estar presente, concluiu Maria.

– Bem, dependerá de onde você estiver pisando – disse ela. – Se eu fosse pegar cem mil dólares de um estranho, eu desejaria algum tipo de garantia. "Terá esta mulher reportado a situação para a polícia?" a pessoa poderia imaginar. "Será que irão me enquadrar? Acusar-me de ser um agente cubano?" O mensageiro deve estar muito mais preocupado do que eu.

– Assim parece.

– Eu aviso, está bem?

– Está – disse ele, sentindo-se forçado a levantar pelo tom de sua voz.

Assim que a porta corrediça se fechou, Maria Scheindlin trancou a porta da frente e voltou a se refestelar no sofá, olhando para o chão, perdida em pensamentos. Ela se sentou e, tomando pequenos goles de seu suco, revisou toda a situação.

Ela ouviu falar de Elliot Steil pela primeira vez em 1995, após o assassinato do secretário de Ruben. Certa noite, seu marido lhe contou a estranha história do professor cubano que trabalhava para ele. Afora o pai americano endinheirado, ele era apenas mais um refugiado cubano e não havia por que mencioná-lo para o jardineiro. Por volta de 1997 ela mais de uma vez ouviu Ruben elogiar as aptidões de Elliot, de modo que, ao saber da bem-sucedida conclusão do processo que tornara o cubano um homem rico, ela falou a respeito dele para o jardineiro. Bonis ouviu atentamente e pediu que ela soletrasse o sobrenome de Steil. Em 1999, Ruben considerava Elliot um ativo intangível cujo valor aumentaria consideravelmente no dia em que o embargo terminasse e a IMLATINEX pudesse abrir um escritório em Havana. Ela também disse isso a Bonis.

Com o passar do tempo, à medida que Ruben se acostumava com a eficiência cubana, Steil deixou de ser assunto de conversa após o jantar e ela esqueceu que o sujeito existia. Bonis o trouxe de volta à baila algumas semanas antes da morte de Ruben. O jardineiro lhe disse que Steil pedira permissão para visitar parentes em Cuba. Bonis queria que ela descobrisse com antecedência quando ele pretendia ir e onde ele se hospedaria. Aquilo a pegou de surpresa. Como poderia fazê-lo? perguntou ao jardineiro. Ela não o conhecia pessoalmente. Seu marido não falava nele havia um ano, talvez dois. Se Ruben falasse na viagem, ela poderia perguntar quando e por quanto tempo ele ficaria em Cuba. Mas se não o fizesse, não poderia perguntar sem fazer o marido se perguntar por que ela queria saber. Bonis pareceu aceitar as suas razões.

Então Ruben morreu. Quatro dias após o funeral, após expressar as suas condolências, Bonis sugeriu que talvez agora, como herdeira da fortuna da família e sendo acionista majoritária da empresa, ela pudesse se interessar em sondar Steil, ver por si mesma se o sujeito era tão bom quanto o falecido Sr. Scheindlin dizia que era. Cuidadoso, Bonis não a lembrou aquilo que queria descobrir de modo mais imediato. Ele sabia que não era necessário. Mas em sua segunda visita, ao terminar o jardim e beber a limonada que ela sempre preparava para ele, ele explicou que o centro precisava, outra vez, de sua inestimável colaboração.

Um empréstimo de cem mil dólares fora requisitado. Seria reembolsado em seis meses – talvez em apenas três – com propriedades no Canadá que valiam ao menos dez por cento a mais que o total emprestado. Como no empréstimo anterior, aquilo significava um total de vinte por cento de juros ao ano, quarenta por cento se fosse devolvido em noventa dias. Estaria disposta a ajudar o centro outra vez?

Seguiu-se uma longa discussão. Ela advertira Bonis que dinheiro sempre deixa rastro. Ele a contradisse afirmando que ele pessoalmente se encarregaria de impedir que ela fosse descoberta. Passaria anos na cadeia, insistiu ela, se descobrissem que ela emprestara dinheiro a Cuba, isso para não mencionar a hipótese de sua colaboração passada e presente com agências de inteligência comunistas ser descoberta. O jardineiro disse para ela não se preocupar. Apenas quatro pessoas no mundo, três delas em Cuba, sabiam de sua solidariedade com a Revolução Cubana. Ele era o quarto. Afinal, ela concordou em fazer o empréstimo, desde que Bonis deixasse claro ao seu superior que ela esperava que não mais lhe fossem feitos pedidos assim.

Bonis mencionou então que as comunicações com Havana estavam severamente restritas. Após a rede Wasp ter sido desbaratada, o FBI começou a fazer a vigilância eletrônica dos sinais de rádio, chamadas telefônicas e cartas. Portanto, prosseguiu Bonis, durante a visita de Steil a Cuba, o centro o abordaria com uma história a respeito de negócios com o Sr. Scheindlin e pediria que Steil falasse com ela ao voltar para Miami. A história incluiria o dia exato no qual o dinheiro seria entregue. Um dia antes do último dia mencionado, na mesma hora.

Aquilo lhe pareceu estranho. As comunicações haviam sido restritas após o escândalo Wasp, é claro. Era uma medida de precaução elementar. Mas ao ponto de uma simples mensagem codificada com uma data não poder ser transmitida? Por que envolver Steil nisso? Estariam tentando recrutar um homem que fugira de Cuba e estava bem de vida? Não era um bom candidato, ponderou ela. Aquela não podia ser a razão. Talvez Bonis precisasse do dinheiro para algo que nada tinha a ver com espionagem. Mas se era esse o caso, por que envolver Steil? Ela não conseguia entender. O primeiro empréstimo fora devolvido com o terreno em Guelph, que rendeu um belo lucro quando ela o vendeu havia dois anos. De qualquer modo, recusar-se a fazer o segundo empréstimo não era uma opção.

Na época, ela começou a considerar se mudar para outro país. A morte de Ruben dava-lhe a oportunidade perfeita para vender a IMLATINEX e emigrar para a Espanha, França ou Austrália. Aquilo cortaria os seus laços com o serviço secreto cubano. Ela era valiosa para eles enquanto morava em Miami e Scheindlin era vivo. Como viúva em um país diferente, não podia dizer nada para eles. Mas talvez a chantageassem.

Conseqüentemente, era necessário conhecer Steil e conseguir a informação dele. Ela gostou de voltar a jogar aquele jogo após tanto tempo. Tendo estudado o sujeito, ela concluiu que ele era o tipo de homem que a maioria das pessoas gostaria de chamar de amigo. Mas depois de sua volta de Cuba, começou a agir de modo estranho. Naturalmente, era de se esperar alguma mudança. Mas na noite em que contou para ela a história de Havana, ele a surpreendeu dizendo que queria que a sua participação naquilo terminasse ali. Ela esperava o oposto: o cavalheiro perfeito ofereceria os seus serviços. Mais tarde, naquela mesma noite, pensando na recusa dele em se envolver mais, ela admitiu para si mesma que havia sido injusta. Por que deveria querer ajudá-la? Não era uma bela jovem, ele não estava ganhando coisa alguma com isso, daí, por que deveria?

Então, na tarde em que ela pediu que ele fizesse a ligação, no armazém, ele pareceu perturbado por ter sido deixado de fora. Ele a reprovou com os olhos. "*Está me tirando dessa?*" E, naquela noite, veio pedir para estar presente. Contudo, algo na expressão dele soava falso, como se estivesse agindo contra a vontade. Algo que ela não vira antes. Estaria alguém pressionando Steil a testemunhar o empréstimo? Bonis? Claro que não. Ele provavelmente seria a pessoa a vir buscar o dinheiro. Então, quem?

É bom ser cuidadosa, Maria Berkowicz, advertiu a si mesma. *Tenha pronta alguma história plausível. Você é muito velha e muito rica para ir para a cadeia.*

Victoria e o marido dormiram tarde na sexta-feira, 3 de maio. Fizeram um leve desjejum antes de irem a uma estúdio de fotografia em Peeblebrook Drive, onde Victoria tirou fotos 5 x 7. Em pouco tempo, saíram do estúdio com as fotos. O resto da manhã foi gasto em caminhadas pela Velha Naples, vendo vitrinas de lojas de roupas e butiques na rua 3, Victoria espantada com os preços e rindo surpresa a cada novidade. Em uma loja de material de escritório compraram um pacote de envelopes de carta.

Em seu quarto, após o almoço, folhearam as páginas do *Miami Herald* até encontrarem e lerem uma matéria sobre os quatro cubanos que desertaram da Guarda Costeira. Eles insistiam terem tomado a decisão no calor da hora, motivados pela falta de oportunidades e a intensa repressão em Cuba. Os quatro queriam pedir asilo baseados no Ato de Adaptação de Cubanos. O governo cubano exigiu a imediata repatriação dos desertores e a devolução da lancha. O que surpreendeu a todos foi a facilidade com que a lancha patrulha penetrou em águas norte-americanas. O embaraço do porta-voz da Guarda Costeira era evidente. Um leitor desconfiado podia imaginar que haviam editado a matéria. Nenhum jornalista que se preze perderia a oportunidade de especular se o próprio Osama não estaria espreitando nos Estados Unidos continentais, duas bombas nucleares portáteis a tiracolo. Mas o artigo não mencionava nada a respeito.

– Acabou – disse Victoria, dobrando o jornal e jogando-o no chão. – Vamos tirar o resto do dia de folga. Antes de irmos para a cama esta noite, vamos verificar os planos para amanhã. Agora vamos esquecer tudo, está bem?

– Está – disse ele, rendendo-se.

Após comprarem protetor solar e material de praia básico, foram à piscina por volta das três da tarde e se reclinaram em espreguiçadeiras sob um pára-sol até as dez para as quatro. Então, nadaram um pouco, pegaram sol outra vez por mais algum tempo e beberam iced tea até começar a escurecer. A conversa se baseava em coisas locais: do fato de, ao nível da rua, o centro de Miami parecer uma cidade latino-americana colonizada por ingleses, ao incrível contraste entre Bal Harbour e o deprimente velho centro. Após o jantar, passaram uma hora e meia revisando o que teriam de fazer no sábado e recolheram-se cedo.

Na manhã seguinte, o bronzeado casal pegou um táxi na estação de ônibus em Davis Boulevard e, às 9h35, partiu para Miami. Por volta das 11h30 entraram na Biblioteca Pública de Miami e ficaram ali as duas horas seguintes navegando na Internet. Verificaram o Google, AskJeeves, e outros instrumentos de busca de notícias de Cuba. Nenhuma lhes deu motivo para se preocuparem. O almoço consistiu de suco de laranja e *medianoches*. Quando Victoria saiu do banheiro feminino, Pardo entrou no masculino. Então, ela deixou a lanchonete sozinha e atravessou as duas quadras até a Burdines, observando as redondezas e vendo vitrinas. Empurrou a pesada porta de vidro na entrada da rua um às 14h43 e, olhando ao redor, curiosa, aproximou-se do balcão de perfumes mais próximo.

Sete minutos depois, Pardo entrou pela mesma porta e viu a mulher imediatamente. Ela sorriu disfarçada e virou o rosto. Pardo subiu a escada rolante para o quarto andar. Victoria deixou passar dois minutos para se certificar de que ninguém seguira o marido, então pegou a escada rolante. Entrou no departamento de malas às 14h55 e olhou distraída para a direita antes de caminhar até o departamento de moda masculina. Posicionou-se junto a um cabideiro circular de camisas onde podia ficar de olho no que acontecia enquanto fingia estar escolhendo roupas.

Após um minuto ou dois, um homem careca de cerca de 50 anos chegou ao quarto andar. Por um instante, Victoria achou que estava enganada. Aquele não podia ser Bonis. Lançou um olhar para o relógio: 15:00:10. Tinha de ser. Podia não ser. Muitas vezes ela tentara formar uma imagem mental desses e de outros agentes cujos arquivos careciam de fotografias. Ela imaginava Bonis como um homem baixo, cabelo escuro, bigodudo, um tipo de cubano gordo com um dedo verde que fazia piadas de si mesmo e jogava dominó nas tardes de domingo – uma pessoa que ninguém levava a sério, exceto o Papa. Contudo, o que ela tinha diante dos olhos era uma usina humana que lembrava um general calejado, cascudo, marcado pelas batalhas. Ou um desses magnatas de antigamente que faziam fortunas com pura força de vontade e garra. Um esplêndido espécime "rouba-festas", gente cujo grande carisma chama atenção em toda parte que vai. Que desperdício, apiedou-se Victoria.

Vestia um casaco esporte marfim sobre um pulôver de algodão azul-escuro, jeans preto e sapatos de trabalho pesado. Em forma, nem um quilo de gordura ao redor da cintura, alguns centímetros mais baixo do que seu marido. Seus olhos verdes brilhavam de... hostilidade? desconfiança? alerta? em um rosto marcado e profundamente vincado. O cabelo ralo e louro escuro era o único indício de algo em declínio. Durante um instante, enquanto ele esquadrinhava o andar com o olhar, seus olhos se encontraram. Aparentemente ele não deu atenção para ela e continuou olhando para outros clientes. Quando viu Pardo, seu olhar voltou-se para Victoria um instante, como se a intuição tivesse dito que ela era Olga Villalobos. Ela lutou contra aquele olhar hipnotizante e voltou a olhar para as camisas. Então Bonis aproximou-se de Pardo enquanto fingia examinar algumas malas. Demorou um minuto para ele se manifestar.

– Perdoe, não consigo me decidir – disse ele em espanhol. – Que marca prefere, Halliburton ou Philco?

– Nenhuma. Hartmann é a melhor – disse Pardo, deixando um envelope branco em cima da bancada.

Bonis pegou o envelope, colocou-o no bolso do casaco e se foi, olho nas mercadorias. Passou outro minuto fazendo isso, então escolheu uma bolsa de náilon barata de tamanho médio, pagou em dinheiro e desceu a escada rolante. Victoria escolheu uma camisa, pagou, então desceu ao terceiro andar para ver as lingeries. Pardo disse ao vendedor hondurenho no caixa que queria dar mais uma olhada e se foi seis minutos depois de Victoria, dez minutos depois de Bonis.

O casal se reuniu na esquina de Biscayne Boulevard e rua 3 às 15h30.

– Bem? – perguntou Victoria.

Pardo encarou-a.

– Quer saber o que estou pensando?

– Claro.

– Em certas pessoas, a coragem e o poder de raciocínio são inversamente proporcionais.

– Pensamento interessante. Incomodaria-se de elaborá-lo?

– O homem é corajoso, não resta dúvida quanto a isso. Mas está se arriscando a ser preso pelo resto da vida para servir ao comunismo, uma causa que se revelou a mais chocante derrocada política e econômica do século XX. Uma causa que reprimiu mais gente do que qualquer outra na história. Ele não é motivado, como aqueles no topo, pelo poder, privilégios ou benefícios. Morando aqui, com pleno acesso a todo tipo de jornais, revistas e livros, se ele não consegue se dar conta de que serve a uma causa perdida e injusta indica que ele é intelectualmente deficiente, mesmo sendo imensamente corajoso. Inevitavelmente, os fanáticos têm de ser gente pouco esclarecida.

Victoria pegou-lhe a mão e começaram a caminhar para o ponto de ônibus. Ela pensou no que Pardo acabara de dizer durante quase todo o minuto que gastaram para cruzar o quarteirão.

– Sua hipótese implica que os covardes abundam entre os mais inteligentes.

Pardo não havia estudado o corolário de sua teoria.

– Provavelmente. Sim. Mas as exceções confirmam a regra.

– E esse homem, não poder ser uma exceção? – perguntou ela.

– O que quer dizer?

– Bravo e inteligente.

– Talvez – concedeu Pardo.

– Então, mesmo que sua hipótese se mostre verdadeira, parece difícil determinar à primeira vista quem é corajoso e tolo, ou corajoso e inteligente, ou covarde e inteligente, ou covarde e burro.

– Acho que sim.

– Vamos voltar para Naples, *macho*.

Capítulo 8

A van cinza Chevrolet Astro 1995 que entrou no acesso de veículos da casa de Maria Scheindlin em 7 de maio, rebocava um trailer preto aberto que transportava equipamento de jardinagem, e tinha os dizeres BONIS JARDINAGEM e um número de telefone nas laterais. Do outro lado da rua, usando binóculos, um vigia observou o motorista saltar, o portão se fechar e a viúva abrir a porta da frente. O segundo vigia fechou o zoom da câmara de vídeo, primeiramente nas placas do veículo e, depois, no homem e em Maria enquanto se cumprimentavam e conversavam. Eugênio Bonis vestia uma calça azul-escura com um grande bolso em cada lado, joelheiras, botas de trabalho, uma camisa jeans de manga comprida e um boné de baseball dos Florida Marlins. Maria vestia roupão de banho e chinelos. Em alguns minutos ela entrou e fechou a porta. O jardineiro aproximou-se lentamente do trailer e começou a descarregar as ferramentas de seu ofício.

O vigia do FBI que usava binóculos pegou um rádio transmissor e apertou o botão *Enviar*.

– Base, Equipe Quatro – disse ele.

– Prossiga, Quatro.

– Acabou de chegar um jardineiro. 9h05. Dirige uma van Chevy com os dizeres Bonis Paisagismo. B-o-n-i-s.

– O mesmo cara de há duas semanas?

– Não estávamos aqui há duas semanas.

Seguiu-se um breve período de silêncio.

– Tudo bem. Forneça a descrição do sujeito e a placa do veículo.

A primeira coisa que Bonis fez foi regular o seu cortador de grama rotativo no máximo. Uma primeira aplicação de fertilizante completo havia duas semanas dera uma cor azul esverdeada muito saudável à grama St. Augustine que estava com mais de dez centímetros de altura. O motor movido a gasolina começou a funcionar, e o jardineiro passou a aparar a grama, deixando-a com oito centímetros de altura, primeiro na frente da casa, depois no quintal. Eram 10h25 quando devolveu o cortador de grama ao trailer. Bonis deixou a grama cortada no chão, mas soprou de volta para o jardim a grama cortada que caíra no caminho de lajotas da frente, e pelo caminho de granito, pela área cimentada e pelo chão de azulejos junto à piscina no quintal.

Tendo devolvido o soprador ao trailer, Bonis pediu a Maria para ligar a irrigação na frente da casa. Tirou um par de luvas e começou a mover vasos de brotos do trailer para o jardim. Também pegou uma pá, um ancinho, e um saco de fertilizante pela metade, então pediu que a irrigação da frente da casa fosse desligada. Canteiros de budléias híbridas, coreopsis, dentes-de-leão, hibiscos, plumbagos e ruélias ornavam o jardim de Maria com tons de azul, lilás, amarelo, laranja, vermelho, roxo e violeta. De joelhos, Bonis começou a replantar os canteiros com os brotos. Logo estava encharcado de suor. Suas mãos ágeis ocasionalmente arrancavam ervas daninhas do chão e folhas mortas dos arbustos. Trabalhou duro até 12h30, quando pediu que a viúva ligasse a irrigação do quintal.

Os borrifadores já jogavam água havia algum tempo quando Maria veio até o quintal, uma jarra de limonada gelada e um copo alto sobre uma bandeja. Vestia uma bermuda, uma blusa estampada e sandálias. Sorrindo, Bonis tirou as luvas, meteu-as no bolso de trás das calças e pegou o copo. Ela o serviu. Ele bebeu avidamente todo o conteúdo e devolveu o copo a Maria, que perguntou se ele queria mais. Ele respondeu que estava satisfeito e agradeceu. Ela entrou um instante para deixar a bandeja em cima de uma mesinha de cabeceira e voltou imediatamente ao quintal.

– Está muito quente para esta época do ano – disse ele.

– Muito.

– Tempo excelente para estas flores perenes. Eu acrescentei adubo no solo da última vez em que estive aqui, de modo que esses brotos logo irão crescer.

– Estou certa que sim. Você é um excelente jardineiro, Sr. Bonis.

– Obrigado. Como vai a sua filha?

– Bem, obrigada. Está em uma seção de fotografia em West Palm Beach ou algum outro lugar assim. Volta hoje à noite.

– Diga-lhe que pesquisei sobre os beijos-de-frade. Não são adequados ao seu jardim. Têm pouca tolerância ao sal e vocês estão muito perto do mar.

– Ah, entendo. Vou dizer para ela.

– Obrigado. Tem pronto o empréstimo?

– Sim.

– Como eu disse? Notas de cem e cinqüenta em um saco plástico?

– Exato.

– Pode trazê-lo agora? Vou guardá-lo no saco de fertilizante.

– Claro. Vou fazer um cheque pelo seu trabalho de hoje. Quanto é?

– Paguei 75 pelos brotos, então você me deve 175 dólares.

– Volto em um instante.

Maria entrou na casa. Bonis pegou as suas ferramentas e o saco de fertilizante voltou para a porta dos fundos para esperar por ela e tirou a poeira das roupas enquanto esperava. Após alguns minutos, a viúva reapareceu com uma sacola de plástico na mão direita e um cheque na esquerda. Bonis pegou o saco plástico de compras, abriu-o, olhou dentro, meneou a cabeça e colocou-o dentro do saco de fertilizante. Então tirou a carteira do bolso e guardou o cheque.

– Algum dia, seu comprometimento com a causa será lembrado, Sra. Scheindlin – disse ele guardando a carteira.

– Espero que sim. Porém, gostaria de lembrá-lo quão preocupada fico ao fazer esses empréstimos. Como eu disse...

– Não se preocupe, madame. Eu lhe garanto que nunca mais iremos aborrecê-la com esse tipo de favor.

– Sinceramente, assim espero.

– Pode estar certa disso. Agora deve desligar os borrifadores. Posso usar o seu banheiro um instante?

– Mas claro, entre por favor.

Ignorando a alegação de Maria de que não era necessário, Bonis removeu as botas de trabalho. Claro que era necessário, insistiu o jardineiro. De outro modo, ele sujaria o belo chão de tábua corrida. Quando entrou na casa, Maria indicou-lhe onde era o banheiro de visitas do térreo. Enquanto caminhava até lá, ela percebeu que Bonis usava meias brancas de algodão. Como um atleta, pensou ela. Maria desligou a irrigação e ficou esperando por ele junto à porta dos fundos. Pouco mais de um minuto depois, o jardineiro saiu e aproximou-se de Maria com um ligeiro sorriso nos lábios. Ela se perguntou que ferramenta estranha era aquela que ele trazia à mão direita. Era uma Beretta 92 Compact automática 9mm, o número de série apagado com ácido, um silenciador acoplado.

O jardineiro estava a menos de um metro de Maria quando estendeu o braço e puxou o gatilho uma única vez. A bala entrou pelo olho direito da vítima, saiu pela nuca e cravou-se na parede. Ela caiu silenciosamente, os últimos momentos de sua vida um caleidoscópio de lembranças. Bonis contemplou-a com um auto-controle que, dadas as circunstâncias, a maioria das pessoas consideraria assustador.

– Isso vai ensinar você e seus camaradas a não se meterem conosco – disse ele em espanhol enquanto travava a arma. Sua voz não denunciava rancor. Aquilo soou como um comentário casual.

Bonis passou cerca de dois minutos procurando a cápsula. Ao encontrá-la, jogou-a dentro do copo vazio ao lado da mesa, então guardou o copo em um bolso lateral de suas calças. A seguir, correu até a porta da frente, olhou um instante para o painel de controle do portão junto ao alarme de roubo e apertou o botão "abrir". Pelo olho mágico, certificou-se de que o portão estava abrindo, então guardou a arma no bolso lateral vazio de suas calças, tirou as luvas de látex que vestira no banheiro, jogou-as em um bolso e saiu no quintal. Calçou e deu laço nas botas, então pegou as suas ferramentas e o saco de fertilizante antes de caminhar até a frente da casa.

Após colocar tudo na van, fechou a porta traseira, sentou-se ao volante e girou a chave da ignição. O veículo entrou à esquerda na West Broadview Drive, depois à direita na Broad Causeway, de volta ao continente.

– O que ela está esperando para fechar o portão? – perguntou o Vigia Um para ninguém em particular.

– Talvez vá sair em breve – adivinhou o Vigia Dois.

– É, talvez – disse o outro, pegando o rádio transmissor. – Base, Equipe Quatro.

– Prossiga, Quatro.

– Jardineiro foi embora às 12h56.

– Tudo bem. Desligo.

Victoria argumentou que Pardo devia fazer aquela ligação à noite, e que deviam gravá-la. Bonis o encontrara no Burdines. Identificaria a sua voz e sotaque. A possibilidade de que seu marido pudesse mal entender um lugar, horário ou senha, não devia ser afastada, argumentou Victoria. Somos apenas humanos, afirmou. Corrigir um mal entendido os atrasaria. Para evitar isso, deviam gravar a ligação, insistiu ela.

Pardo objetou, argumentando estar sendo subestimado.

Victoria insistiu que gravaria a ligação caso ela mesma falasse com Bonis. Ela lembrou ao marido de que, para se certificar de que não esquecera coisa alguma, Bonis sempre gravava as ligações que recebia. Agora *eles* ouviriam *dele* o lugar onde ocorreria o segundo encontro. Não podiam errar. Finalmente, Pardo concordou.

Em uma loja de aparelhos eletrônicos na avenida Collier, pagaram 184,55 dólares, impostos incluídos, por um gravador de conversas telefônicas. De acordo com o vendedor, bastava afixá-lo a um cabo telefônico ou, mesmo, ao fio entre o fone e o aparelho. Gravava conversas sem precisar cortar e desencapar fios.

Às 3h45, tendo lido o manual, após se certificar de que o aparelho funcionava já que Pardo ligara para o seu quarto de hotel de uma lanchonete a cinco quadras dali e ela conseguiu gravar-lhe a voz, Victoria deu a sua opinião sobre a política da coisa.

– Ainda não me acostumei com a idéia de lojas vendendo aparelhos de escuta para o público, detectores de grampo, câmeras com e sem fio. Coisas que gravam o número de toques que você digita em seu teclado, alteradores de voz, mil coisas assim. Fico apavorada. Em alguns estados, você não precisa nem de permissão para comprar uma espingarda de caça ou um rifle. Em Cuba, sequer vendem pistolas de festim ou facas de caça. Se um dissidente cubano gravar uma conversa com uma autoridade da Segurança de Estado na qual ele é ameaçado, e levar a fita ao tribunal, quem vai para a cadeia é o dissidente.

– Por que está me dizendo tudo isso, Vicky? Eu sei.

Victoria estava pasma.

– Não estou falando com você. Estou refletindo a respeito das diferenças entre ambos os sistemas.

– Mas já refletimos sobre os excessos da democracia e os defeitos do comunismo uma centena de vezes. Vamos fazer algo a respeito? Não, certo? Então deixe isso para os dissidentes ingênuos que arriscam a sua liberdade, talvez até mesmo as suas vidas. Ainda não se deram conta de que, quando o comunismo cair, os cubanos-americanos lhes darão uma medalha e uma pensão antes de promoverem eleições e assumirem o poder. A política é nojenta, Victoria. Esqueça. Vamos nos concentrar no trabalho que temos em mãos.

Sentindo-se ligeiramente admoestada, Victoria ficou um pouco aborrecida. Ela achava que ele estava certo, mas era frustrante ter as suas observações desprezadas como assunto batido. Suspirando, lembrou-se que fora o próprio Pardo quem a instigara a meditar sobre os defeitos das sociedades contemporâneas.

– Vou procurar uma cabina telefônica fechada. Vem comigo ou quer tirar uma soneca? – perguntou Pardo.

– Vou com você, mas espere um instante, está bem? Se formos seguir a coisa à risca não devemos ligar de Naples. Passe o mapa.

Discutiram Estero, ao norte, e Copeland, a sudoeste. Ambas pareciam ser cidades pequenas nas quais uma cabina telefônica fechada não devia ser difícil de achar. Fort Lauderdale na Costa Leste parecia perfeita, uma cidade maior em comparação com a que estavam, mas implicava uma viagem de três horas de ônibus.

– Não estamos exagerando, Vicky? – perguntou Pardo. – Esse sujeito está aqui como ilegal há... quanto tempo?

– Vinte e dois anos.

– Há alguma razão para suspeitarmos que a sua linha telefônica foi grampeada desde que ligou para ele da última vez?

– Não que eu saiba.

– Não quero dar a entender que penso ser um perito nesse negócio. Você é. Mas qual o problema de ligar daqui? Não deste hotel, claro. Mas de Naples.

– Nenhum problema. Só que não é o mais inteligente a ser feito. Fugitivos... é o que somos agora, gostemos ou não, não devem ligar de lugares que podem ser facilmente rastreáveis. Naples não é Nova York ou Chicago, sabia? Oh, diabos, talvez eu esteja sendo muito teórica e negativa. Vamos procurar uma cabina em um grande hotel.

Dizer que Eugênio Bonis viveu uma vida aventureira embora patética seria pouco. Seu avô, um operário de fundição vitimado durante os primeiros anos de capitalismo cubano corrupto, juntou-se ao Partido Comunista em 1925, aos 34 anos. Seu pai, um engraxate sem instrução doutrinado por seu antecessor na ideologia do proletariado, entrou para a Juventude Comunista em 1935, aos 15 anos. Eugênio Bonis, cujo nome verdadeiro era Alfredo Aparício, tinha apenas 9 anos quando começou a vender uma revista comunista em 1960, 16 meses depois do ditador Batista ter sido derrubado, um ano antes do Chefe proclamar a natureza comunista da Revolução. Alfredo juntou-se à contra-inteligência cubana como informante em 1966, três semanas após o seu aniversário de 15 anos.

Na Cuba pós-capitalista, a esmagadora maioria de comunistas de carteirinha com menos de 30 anos pertencia à União da Juventude Comunista, a organização júnior do partido. Entrar no partido quando jovem era uma honra reservada àqueles que se distinguiam em alguma coisa, de ciências aos esportes. Poucos conseguiam filiação completa ao partido aos 18 anos de idade –

em muitos casos por terem se destacado no campo de batalha ou em assuntos relacionados à segurança da Revolução. Alfredo era um desses.

Ingressou no partido nesta tenra idade para passar 1968 e 1969 em um campo prisional, supostamente cumprindo pena de trabalhos forçados por vadiagem. Em verdade, estava ali para denunciar católicos, gays e hippies que tivessem sido condenados por suas crenças e práticas religiosas, sexuais ou culturais. Alfredo comia comida ruim e mal preparada, dormia em abrigos repletos de piolhos, passava nove horas por dia de segunda a sábado – mais quatro aos domingos – arando a terra e não tinha assistência médica adequada. Apesar de tudo isso, ele adorava denunciar os papistas, degenerados e maconheiros bêbados de cabelo comprido de quem ele fingia ser amigo.

Tamanho sacrifício rendeu-lhe o respeito do alto escalão da Segurança de Estado. De junho de 1970 a dezembro de 1971, em uma fazenda da SE, a 55km de Havana, passou com louvor em um curso sobre a teoria e a prática da inteligência e da contra-inteligência. Seu total comprometimento à causa e ao serviço secreto e uma conduta diária baseada na total obediência tornaram-no o agente consumado, o tipo de marujo que todo capitão queria a bordo. Por conta disso, nos anos 1970, Alfredo viveu uma vida peripatética. Contrabandeava armas, explosivos e dinheiro para a Nicarágua e El Salvador; treinava agentes na Argentina, Chile, Peru e Venezuela; intermediava as relações entre espiões de campo e seus superiores em quatro nações africanas; contrabandeava ouro no valor de diversos milhões de dólares para fora do Líbano, executou dois traidores e aprendeu a falar inglês e português razoavelmente.

Embora a maioria das mulheres considerasse o heterossexual Alfredo um homem extremamente atraente, ele não via muita diferença entre ejaculação e defecação. Ambas eram funções fisiológicas, descargas inevitáveis. Durante muitos anos ele se masturbou dez vezes para cada ocasião em que levou uma mulher para cama. Aos 30 anos, ele chegou à conclusão que ignorar os avanços de membros do sexo oposto parecia torná-lo ainda mais fascinante para as mulheres, de modo que praticava um flerte leve e limitado, que funcionava com a maioria. A idéia de formar uma família nunca lhe passou pela cabeça. Alfredo tinha dois amores: a pátria e a Revolução.

Em 1978, o Chefe decidiu revitalizar e melhorar aquilo que até então vinha sendo um esforço amador – embora produtivo – de espionagem nos Estados Unidos, plantando quadros experimentados em Miami, Key West, Tampa, Nova Jersey e Nova York. Embaixadas americanas e cubanas já haviam sido abertas em Havana e Washington. Ele autorizou cubanos que viviam no exterior a visitarem parentes que vivessem na ilha. O liberal de coração mole na Casa Branca provavelmente seria reeleito, disse para o irmão. O tempo era perfeito. O nome de Alfredo Aparício era o terceiro da lista, logo abaixo do diretor residente e de seu delegado, que o Comandante pessoalmente aprovou.

Mandado de volta para a fazenda, Alfredo aprendia jardinagem de manhã e tecnologia de espionagem contemporânea à tarde. À noite, aperfeiçoava o seu inglês. O curso estava quase acabando quando, em abril de 1980, o Chefe deu início ao êxodo de Mariel. O ministro do Interior achou a ocasião ideal, um comentário que produziu um enigmático sorriso do Número Um ao dar a autorização. Sob o nome de Eugênio Bonis, Alfredo Aparício foi mandado para o Combinado del Este, a imensa penitenciária de Havana, e, 26 dias depois, se tornou um dos diversos mil condenados que Castro enviou para os Estados Unidos.

Instituições americanas tomaram Bonis pelo que parecia ser e lhe deram documentos que lhe permitiam conseguir emprego e abrigo, permissão para viajar, abrir conta em bancos, obter crédito, assistência médica gratuita e isenção de impostos. Durante as suas primeiras semanas nos Estados Unidos, cubanos-americanos zelosos forneceram-lhe o que ele necessitava, de roupas a dinheiro. Bonis se candidatou e obteve cidadania norte-americana em 1986. Abriu o seu negócio com um empréstimo bancário para pequenas e médias empresas. Cinco anos depois, casou com uma mulher americana para apoiar o seu disfarce. "Tirar vantagem das contradições do imperialismo" – expressão comunista para descrever as oportunidades existentes em sociedades democráticas do Primeiro Mundo – não era uma situação repleta de dificuldades.

Por volta de 2002, Bonis praticava paisagismo e espionagem com sucesso havia 22 anos consecutivos. Como os cubanos loucos por baseball gostam de dizer: se não um recorde, ao menos uma boa média de rebatidas.

Agora, dirigindo sozinho ao longo do elevado rumo a Miami, o jardineiro encontrava a paz interior. Sentia-se bem após completar uma missão. Este, porém, era um estado emocional estranho e surpreendente. Ele sentiu que os anos mais importantes de sua vida estavam se aproximando do fim, que ele cumprira uma missão pela qual, em um distante futuro, quando não mais houvesse exploração e o imperialismo tivesse sido fragorosamente derrotado, seus feitos, senão seu nome, mereceriam algumas linhas nos livros de história.

Voltar ao rebanho – o desejo secreto que ele se recusou a alimentar para evitar frustrantes adiamentos – parecia mais perto do que nunca. Em alguns dias estaria caminhando tranqüilamente pelo Malecón, se embriagando, fumando um charuto de verdade. Aquele próximo 26 de julho ele celebraria com estilo. Faria as coisas que lhe foram proibidas durante tanto tempo. Entraria em uma plantação, machete em punho, para cortar uma tonelada de cana; andaria em um ônibus lotado; visitaria alguns velhos camaradas ainda vivos; leria jornais que denunciam o imperialismo. E, finalmente, visitaria o túmulo de seu pai e diria para ele: *Viejo, cumpri meu dever. Segui o seu exemplo.*

Cairia fora desse esgoto iluminado com neon. Nunca mais veria a sua revoltante estrutura de classes: os podres de rico dirigindo Rolls-Royces no topo e, no fundo, os desprezíveis traidores que traíram a pátria para acabar implorando por moedas nas ruas. Não teria mais de aturar esses covardes que, dos estúdios com ar-condicionado das estações de rádio nos Estados Unidos, incitam os cubanos que vivem na ilha a pegarem em armas contra a Revolução. Aqueles que pagam mercenários para plantar bombas em Havana e querem que o exército norte-americano faça o trabalho para eles, os mesmos desgraçados que esperam explorar o povo cubano como os seus ancestrais fizeram no passado. Os rábulas, traficantes, viciados, jogadores, agiotas, autoridades corruptas e os alcoólicos. Os papistas hipócritas que molestam criancinhas, os veados e as prostitutas que vendem seus corpos para os ricos. Finalmente, deixaria para trás essa escória humana.

É claro, haveria festas, celebrações e uma decoração. Contudo, após uma ou duas semanas, voltaria a integrar a contra-inteligência para operar contra os chamados dissidentes, jornalistas independentes e ativistas de direitos humanos que, em Cuba, denegriam a Revolução diariamente. Estaria o Chefe amolecendo? Por que permitiu que se reunissem com políticos estrangeiros, concedessem entrevistas para jornalistas, falassem ao telefone com estações de rádio de Miami? Tinha de ser parte de uma estratégia e, como um soldado, ele não tinha direito de subestimar o Comandante-em-chefe. Um revolucionário nunca questiona o partido e se orgulha de sua disciplina. Ele estava certo de que, mais cedo ou mais tarde, a ordem os esmagaria sem piedade. Então, ele se ofereceria como voluntário para prender e ou executar quantos fosse possível.

Uma vez no norte de Miami, o jardineiro deu-se conta que tinha de se concentrar em seus planos imediatos. Primeiro ligou para a mulher (uma enfermeira de tratamento intensivo no Cedars Medical Center no turno das 15h às 23h) de um telefone público e disse para ela não esperá-lo para almoçar, chegaria tarde. Então, dirigiu ao longo da 125 e estacionou a três quadras de uma agência de aluguel de automóveis. Vinte minutos depois, ele estacionou um Chevy Impala atrás da van, mudou para o carro alugado o saco de fertilizante com o dinheiro e a bolsa que comprou na Burdines, agora contendo uma muda de roupas e um coldre de ombro para a sua Beretta e então trancou a van. Jogou os óculos de Maria e a caixa em um bueiro antes de dirigir até um motel na Flagler com a 37, onde alugou um quarto. Antes de tomar banho, rasgou o cheque de Maria Scheindlin, jogou-o na privada e deu descarga, então pediu uma pizza e uma cerveja. Após o almoço, satisfeito e despreocupado, pediu à portaria que o acordassem às 16h. Tirou uma longa soneca e sonhou que estava vendendo a revista *Mella* no Parque Central em Havana.

Às 16h45, vestindo uma muda de roupas limpas, dirigiu o carro alugado à casa da Sra. Gene Hagstedt, uma viúva corretora de imóveis aposentada que possuía uma casa modesta na avenida 96 e a rua 32 SW, em West Wood Lakes. Para suplementar sua pensão, a mulher administrava um serviço de atendimento para dez clientes fixos e diversos temporários de quem cobrava trinta dólares por mês. O jardineiro a escolhera porque as pessoas sabiam de seu serviço na base do boca a boca. Ela não era registrada como autônoma, nem pagava imposto por aquilo que ganhava como prestadora de serviços.

A Sra. Hagstedt jamais perguntou a Eugênio o seu estado civil, embora firmemente acreditasse que as chamadas que recebia para ele eram do tipo que um homem casado não podia receber em casa. Embora tivesse 77 anos de idade, a senhora ainda tinha olhos para homens atraentes. Ela acreditava que se havia dois sujeitos de meia-idade atraentes em Miami, o jardineiro cubano era um deles. Ele recebia duas a três mensagens por dia e quase todas vinham de Ana, uma mulher de voz rouca que simplesmente dizia: "Por favor diga a Eugênio Bonis para ligar para Ana." A Sra. Hagstedt achava que se Eugênio fosse metade do que parecia ser na cama, tanto a esposa quanto Ana eram mulheres de muita sorte.

Uma ou duas vezes por mês Eugênio aparecia sem avisar, perto das 17h. Dizia algo agradável sobre seus olhos azuis, sua pele macia, ou quão bonita ela estava naquela fotografia de 40 anos sobre o console da lareira antes de se sentar para ler uma revista ou ver tevê até o telefone dela tocar quando o relógio anunciava a hora. Ele atendia, ouvia um instante, anotava alguma coisa ou lia de um pedaço de papel uma frase ou duas em espanhol rápido e ininteligível, então desligava. Nessa ocasiões, ele lhe dava cinco dólares de gorjeta.

– Você está linda – disse Eugênio quando a Sra. Hagstedt abriu a porta na tarde de 7 de maio de 2002. – Estou com vontade de me ajoelhar e pedir que se case comigo.

Pardo e Victoria tomaram um táxi no Hyatt Regency Coconut Point, foram até o clube do campo de golfe, e do saguão ligaram para o número de Bonis às 18h em ponto.

– Ligue para meu outro número, por favor – disse a máquina.

Quando Pardo disse aquilo para a mulher, ela franziu o cenho e pareceu desconfiada.

– Tudo bem. Desligue e ligue 305-555-1965.

Pardo obedeceu. O telefone da Sra. Hagstedt tocou.

– Alô? – disse o jardineiro.

– Ãhn, Sr. Bonis? – experimentou Pardo.

– Sim.

– Aqui é o Sr. Villalobos.

– Certo. Diga à sua esposa que consegui os gerânios – leu ele de um pedaço de papel manuscrito que tirou da carteira. – Tenho de ir para West Palm Beach amanhã cedo, de modo que vou deixar os brotos em seu jardim da frente às 19h de hoje. Adeus.

Pardo desligou e passou a mensagem para Victoria. Escondendo a sua manobra para desconectar o gravador, ela inclinou a cabeça e franziu o cenho, ligeiramente intrigada. Voltaram para o Comfort Inn e Victoria pediu ao marido para voltar a fita e tocá-la outra vez. Ela a ouviu em pé junto a um gaveteiro.

– Não foi o que eu disse, palavra por palavra? Quase? – quis saber Pardo, esperando um elogio.

– Shhhh. Toca de novo.

– Por quê?

– Toca de novo, Pardo, por favor.

Pardo suspirou e apertou os botões.

– Tudo bem. Vamos decifrar – disse Victoria.

Sentada na cama, ela esvaziou a bolsa sobre o colchão. Pardo voltou a fita. Ela tirou um grampo de cabelo, abriu-o, e com uma extremidade repetidamente cutucou os pontos da costura do forro interno da bolsa, junto à moldura de metal, até tirar uma ponta de linha. Entre o forro e o couro falso, extraiu um pedaço de papel A6 com ambos os lados impressos com letras minúsculas.

– Passe para mim uma folha de papel em branco. Toque novamente.

– Outra vez?

– E faça uma pausa a cada cinco ou seis palavras.

– Claro.

Ela escreveu cada palavra. Quando a gravação acabou, Pardo desligou o aparelho.

– A não ser que eu esteja muito enganado, 19h de hoje significa 1h de amanhã, certo? – disse ele.

Victoria meneou a cabeça enquanto vagava com o olhar das anotações que acabara de fazer para a página de código.

– O que diz o restante da mensagem? – perguntou o marido.

Victoria terminou de anotar, então disse:

– West Palm Beach significa Aeroporto Internacional de Miami, garagem Flamingo, segundo andar. As palavras 'ir' e 'deixar' indicam que ele tem as duas coisas, meu passaporte e o dinheiro, prontos para entrega. Os gerânios, no plural, indicam que ambos temos de estar lá. E deixar os brotos no meu jardim da frente significa que ele perdeu contato com Havana.

– Tudo bem. Vamos pegar um ônibus para Miami.

Victoria continuou sentada, olhando pensativa para a parede em frente.

– Por que ele me disse que perdeu contato com Havana? Ele sabe que eu sei disso. Por que pediu que nós dois estivéssemos lá? Isso é um erro.

– Surpreenda-me.

Um breve silêncio se seguiu.

– Há algum meio de obtermos um mapa das garagens do aeroporto? – perguntou Victoria.

Pardo enfiou a mão direita sob o sovaco esquerdo o segurou o queixo com a palma da mão esquerda.

– Estou certo de que podemos imprimir um mapa no site do aeroporto – disse um pouco depois. – Acessos, portões e lojas, esse tipo de mapa. Mas não creio que tenham um mapa das garagens de estacionamento.

– Vamos descobrir.

– É cedo, Victoria. Quinze para as sete.

– Vamos para Miami. Vamos a um cyber café. E devemos chegar nessa garagem de aeroporto o mais cedo possível. Tentar estar lá com três horas de antecedência. Há alguma coisa nessa mensagem que não consigo entender.

Ninguém ouviu o grito agudo que Jenny Scheindlin emitiu às 21h06. Então ela rodopiou no mesmo lugar diversas vezes, temendo que um assassino estivesse escondido na casa, e correu de um lugar a outro ligando todas as luzes da área de estar. Quando a noção de que não havia ninguém ali assentou em sua mente, Jenny olhou para o cadáver da mãe durante quase um minuto enquanto mordia o punho fechado. Não conseguiu reunir a coragem necessária para se aproximar, muito menos para procurar por sinais vitais. A inércia do corpo a fazia ter certeza de que Maria estava morta. Uma esfera quente subiu por seu esôfago e ela vomitou sucos gástricos no chão de madeira corrida. Respirando profundamente, Jenny recuperou-se o bastante para pensar no que faria a seguir. Ela molhou a boca com água no banheiro onde o assassino de Maria pusera as luvas e sacara a arma. Às 21h14, tremendo incontrolavelmente, Jenny juntou coragem e discou 911.

Demorou dois minutos até que um carro do departamento de polícia de Bay Harbor, as luzes piscando loucamente, chegasse ao local. O policial conduziu o carro através do portão aberto, parou com um cantar de pneus, desligou o motor e as luzes e saiu. A silhueta de Jenny surgiu na porta da frente.

– Base, Equipe Quatro – disse ao rádio o intrigado vigia do turno do coveiro.

– Prossiga, Quatro.

– Um carro de polícia acaba de entrar no acesso de veículos da casa.

– Repita, Quatro.

O vigia usou as mesmas palavras.

– Por quê? – quis saber a base.

– Não faço idéia, senhor.

O policial de Bay Harbor, que era novo no emprego e jamais vira Jenny Scheindlin, seguiu os sinais feitos pela jovem obviamente aterrorizada e aparente muda. Sem tocar no corpo, voltou-se para Jenny, gentilmente levou-a até uma poltrona, disse-lhe para não se mover, e falou ao microfone do ombro esquerdo. A polícia de Bay Harbor não tocaria em um assassinato nem com uma vara de três metros, de modo que o atendente ligou para o departamento de polícia de Noah Miami Beach. Às 21h29 uma unidade forense chegou à casa dos Scheindlin. Um veículo do Instituto Médico Legal de Miami chegou às 21h45. Praticamente todas as luzes da casa foram acesas. O vigia do FBI reportou esses acontecimentos à base, à medida que ocorriam.

Por seu lado, a base tentava freneticamente descobrir o que estava acontecendo. Uma dúzia de chamadas telefônicas e algumas buscas no computador revelou que o fotógrafo de plantão na Unidade de Crimes de North Miami Beach havia se candidatado a um trabalho no bureau havia sete meses e provavelmente estaria desejoso de explicar o que diabos estava acontecendo na casa dos Scheindlin.

O telefone celular do sujeito tocou às 10h19. O fotógrafo do FBI se identificou e perguntou ao colega se ele poderia perder um minuto e ir a um lugar onde pudessem conversar. É claro que ele podia, disse o fotógrafo de North Miami Beach. Caminhando ao longo da piscina, olhando para as luzes sob a água que alguém ligara inadvertidamente, anunciou que uma mulher profundamente bronzeada de uns 50 anos morrera como resultado de um ferimento de arma de fogo na face. Não encontraram a arma, nenhuma cápsula foi recuperada, e as marcas de pólvora no rosto da vítima sugeriam que fora abatida à queima-roupa. A filha descobrira o cadáver. Ouvira o legista dizer que a mulher morrera havia oito ou dez horas. O fotógrafo acreditava em assassinato.

Brent Hart ligou para Nathan Smith às 22h44.

– Desculpe acordá-lo, senhor, mas as coisas pioraram.

– O que foi?

– Maria Scheindlin morreu. Provavelmente assassinada.

Smith sentou-se na cama de um pulo.

– Quando?

– De oito a dez horas atrás.

– Espere.

Smith pousou o fone sobre o colchão, esfregou o rosto e os olhos, voltou a pegar o fone.

– Conte-me tudo.

Hart repetiu o que o fotógrafo do departamento de polícia de North Miami dissera.

– Isso aconteceu depois que o jardineiro saiu?

– Aparentemente.

– Você investigou o sujeito?

– Sim.

– Diga-me.

– Eugênio Bonis. Cubano de nascimento. Chegou de barco em 1980. Foi preso em Havana por cultivar e vender flores, ou ao menos é o que ele diz. Possui um negócio de paisagismo. Naturalizado em 1986. Sem ficha criminal, casado com uma enfermeira branca, anglo-saxônica e protestante em 1991. Sem filhos. Contribui com vinte dólares por mês para a Cuban American Foundation mas, afora isso, é indiferente à política. Mora na rua 57 entre a 3ª e a 4ª avenida, em Hialeah.

Smith processou a informação em silêncio durante algum tempo.

– Quando ele saiu de casa?

– Às 12h56.

– Está sendo vigiado?

– Dois carros, um em cada esquina de seu quarteirão. Chegaram lá há 15 minutos. Com exceção da luz da varanda, as outras luzes estão apagadas. Os aparelho de ar-condicionado também.

– Telefone?

– Estamos trabalhando nisso.

– Tudo bem. Alguma chance do assassino ter entrado e saído sem ser visto?

Trinta anos de casamento não foram suficientes para que a mulher de Smith se acostumasse com aquilo. Ela se virou para a direita e tapou o ouvido esquerdo com a mão.

– Teoricamente, sim – disse Hart. – Ele pode ter pulado a cerca do quintal. Da mesma forma, se nossos rapazes estavam lendo revistas masculinas ou jogando baralho... – E ficou por aí.

– Estarei no escritório em trinta minutos.

– Tudo bem – disse Hart antes de desligar.

Em um cyber café na seção noroeste da cidade, a sete minutos de carro do aeroporto, Victoria e Pardo examinaram o mapa do terminal na tela. Havia duas garagens de vários andares, muito arrogantemente chamadas Flamingo e Dolphin, conectadas ao terminal por uma esteira no terceiro andar. O mapa, porém, não tinha detalhes sobre o perímetro, número de carros que cada nível podia comportar, ou qualquer outra informação significativa, de modo que decidiram não imprimi-lo. Saíram do café às 20h55.

Seu táxi chegou ao terminal às 21h15 e eles saltaram na entrada do Saguão E. Após uma pizza de pepperoni com refrigerantes, usaram o banheiro. Um elevador os levou ao terceiro andar e eles entraram na garagem Flamingo através da passarela mecânica às 21h55. O tamanho da área os surpreendeu. Parecia ser capaz de abrigar mil automóveis, embora apenas algumas dezenas estivessem estacionados ali no momento. Tinha rampas para veículo e elevadores para pedestres. Apesar da iluminação, o lugar era sombrio.

– O andar de baixo provavelmente é exatamente assim – murmurou Victoria, os olhos sondando o lugar, procurando equipamentos de vigilância e cantos escuros. – Vamos nos esconder atrás dessas colunas.

– Não, esta parte é muito clara – disse Pardo, olhando em torno. – Devemos ir até ali atrás, nos agachar atrás de um carro e esperar que o dono esteja em Xangai.

– Acho que na metade da garagem seria melhor. Vamos.

– Só um minuto, Vicky. Você está me dizendo que vamos ficar aqui durante três horas?

– Sim, *macho*. Quero ver Bonis chegar, ter um minuto para ver como ele age, anda e se mexe. Na Burdines ele estava muito alerta, desconfiado. Tem algo errado aqui. Estamos usando Bonis para os nossos próprios fins e não sei se ele está desconfiado, quer perguntar para que é o dinheiro, ou se ele tem autoridade para decidir se deve confiar em nós. Para mim ele é um fanático, mas talvez eu esteja errada. Talvez ele tenha mudado com o tempo e queira ficar com o dinheiro para ele. Ou talvez os federais o tenham apanhado e feito se passar para o lado deles. De qualquer modo, quero me precaver.

Caminhavam absorvendo o lugar.

– Seria possível? – perguntou Pardo.

– Tudo é possível. E sem aquele dinheiro e o meu passaporte, ficarei presa aqui.

– Apenas por alguns dias, querida. Neste caso irei à Europa, abrirei uma conta aqui para a qual transferirei um pouco do dinheiro que temos no banco, nas ilhas Jersey, então voltarei. Três dias no máximo.

– Espero que nos atenhamos ao plano A. Quanto mais rapidamente eu deixar os Estados Unidos, melhor. Se o INS me pegar, vão tirar as minhas digitais e fotografias. Também terão uma amostra de minha caligrafia nos formulários que terei de preencher.

– Eu sei, eu sei. Mas, Vicky, ele chegou na Burdines em cima da hora. Por que chegaria mais cedo hoje?

– Esse é o ponto. Não deveria chegar. Se ele chegar aqui com cinco minutos de atraso, tudo estará bem. Mas quanto mais cedo vier, mais motivos teremos de nos preocupar. Isso vai significar que *ele* quer nos observar, ou verificar se *nós* chegamos mais cedo para observá-lo. De qualquer modo, será sinal de que ele está tramando alguma coisa. Se ele chegar uma ou duas horas antes, prepare-se, e quando digo prepare-se me refiro a preparar-se para o inesperado.

Pardo coçou a têmpora e refletiu.

– Como deveremos lidar com ele nesse caso?

O olhar de Victoria continuava a varrer o lugar.

– Não sei. Vamos pensar. O que acha que devemos fazer?

Elliot e Fidélia experimentavam os primeiros estágios do sono antes de entrarem em REM, que é quando o cérebro desconecta as pessoas completamente, quando o telefone tocou. Elliot começou a sonhar que estava sentado ao volante de seu carro em um cruzamento de ferrovia, olhando duas luzes vermelhas piscando e ouvindo o estridente clangor de um sino. Chegaria tarde à reunião. O trem estava fora de vista. Haveria tempo de sobra para atravessar os trilhos em segurança. Os trens ali eram intermináveis, com dezenas e dezenas de vagões de carga. Uma mão o sacudiu pelo ombro e ele acordou.

– É para você – disse Fidélia, estendendo-lhe o fone. Ele o pegou.

– Alô.

– Sr. Steil? – disse uma trêmula voz feminina.

– Falando.

– É a Jenny.

– Quem?

– Jenny, a filha de Ruben e Maria Scheindlin.

– Claro. Desculpe-me, Jenny. Eu estava dormindo. O que posso fazer por você?

– Oh, Sr. Steil... – sua voz ficou embargada.

Elliot sentiu as últimas teias de aranhas de sua mente se desfazerem. Jenny Scheindlin ligando aos prantos para a casa dele no meio da noite?

– O que houve, Jenny?

Ele a ouviu assoar o nariz, fungar.

– Minha mãe está morta.

Após um momento de total imobilidade, Elliot pousou os pés no chão e sentou-se na cama.

– Perdão?

– Minha mãe foi assassinada, Sr. Steil. Foi levada para o necrotério há cerca de meia hora.

Elliot esfregou a testa e correu os dedos pelo cabelo. A confusão o fez ficar sem ação. Queria dizer algo, mas nada lhe ocorria.

– Sr. Steil?

– Sim, Jenny.

– Ouviu o que eu disse?

– Sim, sim, ouvi. Estou... pasmo. Não sei o que dizer. Como ela...? Quero dizer...

– Ela foi baleada no rosto.

– E... e... quem fez isso?

– Eu não sei.

– A polícia está aí? – mal terminou de fazer a pergunta deu-se conta de que fizera a pergunta mais idiota que podia ter feito. O corpo estava no necrotério.

– Esteve. A casa estava cheia de tiras. O últimos dois foram embora há alguns minutos.

– Jenny, ouça. Você está só?

– Não, chamei dois amigos. Eles estão aqui agora.

– Bom. Estou a caminho.

– Não precisa, Sr. Steil. Mesmo. Liguei para Sam primeiro. Não sabia que ele estava em Nova York, como me disse a esposa. Então pensei que você, como gerente da empresa, deveria estar entre os primeiros a saber da notícia. Achei o seu telefone de casa na agenda de mamãe.

– Fez bem. Estarei aí daqui a pouco. Espere por mim, está bem?

– Está.

– Até mais.

– Até, Sr. Steil.

Elliot desligou.

– O que houve? – perguntou Fidélia quando ele se levantou.

– Maria Scheindlin foi assassinada – disse enquanto vestia as calças apressadamente.

– O quê?

– Foi tudo o que ela me disse.

– Quem?

– A filha dela. Você me consegue uma camisa limpa? Meu Deus, isso está parecendo um pesadelo.

Eugênio Bonis estacionou o seu Chevy no primeiro andar da garagem Dolphin às 22h07 e entrou no terminal seis minutos depois, carregando a bolsa de náilon, que então abrigava cem mil dólares. Para a sua completa surpresa, descobriu que não havia vôos noturnos para Ottawa partindo do Aeroporto Internacional de Miami. Após o vôo que partira às 16h, o próximo seria um vôo da Delta que partiria às 6h45 para Atlanta, onde haveria uma conexão para Ottawa. Bem, pensou, aquilo o obrigava a uma mudança de planos. Dirigiria para o norte e partiria de Orlando pela manhã.

Às 22h35, voltou ao estacionamento Dolphin, pegou o elevador para o segundo andar, e atravessou para a garagem Flamingo através de uma passarela. Dedicou um minuto ou dois olhando para os veículos estacionados, rampas e escadas de emergência, escolhendo o lugar no qual emboscaria os traidores. Sem saber qual dos seis elevadores pegariam, qualquer canto escuro servia. Tentando encontrá-lo, caminhariam por toda a garagem. Não havia câmaras de vigilância ou manobristas à vista. Enquanto estava nisso, uma mulher saiu do elevador e correu até um Toyota vermelho 4Runner, saltos batendo contra o chão de cimento. Ela embarcou, ligou o motor, acendeu os faróis e desceu a rampa.

Bonis fora advertido que Miami era um dos lugares para o qual os dois desertores poderiam estar se dirigindo. Se chegassem lá, poderiam tentar contatá-lo e, através dele, outros agentes ou informantes. Ninguém no serviço secreto cubano sabia que ele inadvertidamente fora intermediário de Victoria durante anos, nem que Pola Negri lhe emprestara dinheiro e que outro empréstimo estava a caminho. Em 2 de maio, um cubano-americano insuspeito visitando os parentes levara para Havana uma mensagem cifrada em um disquete. A ordem que sentenciou os dois traidores à morte veio em um disquete similar, trazido para Miami por outro inocente cubano que passara uma semana com parentes em Santa Clara. Aquela mensagem mandava que o jardineiro voltasse para casa ao fim da missão, uma vez que ele encontrasse e executasse os dois traidores.

Bonis escolheu uma das colunas de sustentação mais distantes para se esconder e esperar. Caminhou até lá despreocupadamente, a bolsa de náilon à sua esquerda, resignado com a longa espera que teria pela frente. Embora Havana não lhe tivesse dito quem eram os desertores, ele acreditava que fossem da inteligência ou da contra-inteligência, bem versados nas manhas da profissão. Não podia lhes dar vantagem. Estava a uns quarenta metros da coluna escolhida quando aquela mulher baixa e nada atraente usando óculos inconvenientes que ele viu pela primeira vez na Burdines emergiu de trás de um Mercedes.

– Chegou cedo, camarada – disse Victoria, rindo com ironia.

Bonis costumava planejar suas ações com antecedência, não dando chance para o inesperado. Ele vinha evitando surpresas desagradáveis havia tanto tempo que ficou chocado. Mas aquela piranha estava visivelmente perturbada. Suas mãos estavam vazias. Bom. Onde estava o outro? Por perto, certamente.

– Onde está o seu camarada? – ele quis saber, os olhos evitando os dela.

– Em outro lugar. Não havia razão para ele estar aqui hoje à noite. Por que chegou tão cedo, camarada?

– Minhas instruções eram para dar isso para vocês dois. E ergueu a bolsa. – Ele não está aqui, portanto vou devolver para Pola Negri.

O jardineiro voltou-se para ir embora. Sem retardar o passo, sua mão livre entrou por debaixo do casaco. Movido à ação pela recusa de Bonis em entregar o dinheiro, Pardo saiu de trás de um Buick Park Avenue cinza claro, pistola apontada para Bonis. Nem ele ou Victoria perceberam que o espião estava tentando pegar a arma.

– Estou aqui, Bonis – disse ele. – Agora ponha a bolsa no chão.

Bonis voltou a cabeça e olhou primeiro para o rosto depois para a arma do vulto. A pistola... uma Tokarev? e o modo como ele segurava o pulso para reduzir o coice da arma confirmou que estava enfrentando um profissional. A Beretta de Bonis estava travada. Ele pretendia destravá-la quando se escondesse atrás de um carro ou uma coluna. Ele perderia meio segundo para destravá-la, tempo suficiente para o traidor disparar duas vezes em seu peito, talvez três. Irritou-o tê-los subestimado. Sua mão voltou vazia.

– Está apontando uma arma para mim? – disse Bonis, deixando a palma da mão repousar sobre o peito para demonstrar quão ofendido estava. – Eu corro riscos por vocês e vocês me apontam uma arma? Não consigo acreditar numa coisa dessas, camarada.

– Ponha a bolsa no chão, Bonis. Então vá embora – disse Pardo.

– Qual o seu problema? O que está havendo? Após todo o trabalho que tive para conseguir isso? – e ergueu a bolsa.

– Bonis, não me dê trabalho e ponha a bolsa no chão. Talvez algum dia você saiba porque estou fazendo isso. Apenas ponha a bolsa no chão.

Victoria olhava, hipnotizada.

– Por que está tão nervoso? Sabe quantos anos de minha vida eu dediquei à causa? Não mereço ser tratado assim.

– Ponha... a... bolsa... no... chão.

– Então é assim? Tudo bem. Mas vou denunciar a sua atitude para Havana – disse Bonis antes de largar a bolsa.

– Nada tenho contra você, Bonis. Agora, vá passear – ordenou Pardo.

– Vá se foder.

Fingindo estar muito furioso, o jardineiro caminhou pesadamente, seis, sete passos em direção ao elevador mais próximo. Pardo continuou olhando para o seu oponente, mas, aliviado pelas coisas terem sido resolvidas pacificamente, abaixou a arma. Victoria moveu-se em direção à bolsa. Pardo deu uma olhada de rabo de olho para a mulher no mesmo instante em que Bonis voltou-se e jogou-se no chão.

– PARDO! – gritou Victoria no momento em que pegou a bolsa.

O marido se voltou e atirou duas vezes. Mas mirou muito alto. Bonis, apoiado nos cotovelos, apertou o gatilho três vezes. Victoria observou fascinada o brilho na ponta do cano da arma. Duas balas atingiram Pardo: a primeira bem abaixo da clavícula esquerda, a outra a três centímetros de seu mamilo direito. Franzindo a sobrancelha em sinal de surpresa, Pardo caiu de joelhos e então tombou pesadamente.

Bonis voltou a sua atenção para a mulher. Ela corria agachada em direção à coluna, que ainda estava a um metro e meio de distância. A bolsa estava no lugar onde fora largada. Ele atirou uma vez e errou as costas dela por uns três centímetros. Tendo perdido a conta das balas remanescentes no pente, mas lembrando-se de que precisaria de mais duas para os tiros de misericórdia, Bonis levantou-se e tirou a poeira dos joelhos antes de começar a refazer os seus passos. Se ela tivesse uma arma, estaria atirando nele agora. Ele a pegaria, não havia pressa.

Bonis havia dado cinco ou seis passos quando uma bala de 7,62mm atravessou a sua face esquerda de baixo para cima, trepanou o osso temporal, perfurou o cérebro e, repelida por um occipital muito grosso, ricocheteou para trás. Gradualmente a bala perdeu impulso enquanto ziguezagueava por ambos os hemisférios cerebrais, quebrando em milhões de pequenos fragmentos a determinação do fanático e suas reminiscências de uma terra distante. Bonis deu um passo em falso, deixou cair a arma e sentiu as pernas lhe faltarem. Já estava com morte cerebral antes de seu rosto bater no chão.

Fora um tiro de sorte. Com a visão embaçada e com muita dor, Pardo mirara o tórax. Quando viu o seu oponente cair, Pardo tentou respirar profundamente, não conseguiu e apoiou a testa no chão de cimento. Era isso que sua mulher sentia quando tinha um acesso de asma? Sentindo muita falta de ar, extremamente fraco e tendo um estranho pressentimento, imaginou se Bonis ainda podia alvejar Victoria. Quis erguer a cabeça e olhar mas tudo o que conseguiu foi arranhar o rosto contra o chão.

Atrás da coluna de concreto, Victoria saiu de sua imobilidade ao se lembrar que o marido fora ferido. Reconhecera o disparo altissonante da Tokarev. Teria Pardo alvejado Bonis? Ela deu uma olhada e, ao ver o jardineiro caído, inerte, correu até onde estava Pardo. Ela ajoelhou-se ao seu lado. Os cabelos de sua nuca se eriçaram quando viu sangue saindo da boca e do nariz do marido.

– Pardo? Você está bem meu amor?

– Eu acho que... não. Você está... ferida?

– Não, estou bem.

– Consegui... pegar o filho-da-puta?

Victoria ergueu o olhar para o corpo de Bonis e olhou-o durante alguns instantes.

– Ele não se move – disse Victoria.

– Ótimo. Traga a... bolsa até aqui.

– Para quê?

– Traga-a até aqui. Agora.

Ela foi pegar a bolsa, voltou para o lado do marido, e voltou a se agachar.

– Abra.

Ela abriu.

– O que tem aí dentro?

– Dinheiro. Muito dinheiro.

– Ele trouxe o seu... passaporte?

Ela demorou um minuto verificando todos os compartimentos da bolsa até dar-se conta de que não havia passaporte e nenhuma outra identificação.

– Não, Pardo. Não trouxe. Ele veio nos matar para ficar com o dinheiro.

– Bom. Fique com o... dinheiro... e esconda-o. Pegue... o CD. Está no bolso... do peito. Espere por mim. Eu tenho um passaporte.

Eles vão me levar a... um hospital... e me curar. Depois eu... procuro você... em Naples?

– Não vou deixá-lo, Pardo – disse Victoria tomando-lhe o pulso.

– Não discuta... comigo. Preciso... preservar as minhas forças. Vou dizer... que esse cara... tentou... me assaltar. Vá. Chame uma ambulância... e vá.

– Não vou deixá-lo e ponto final.

– Você não tem... um passaporte, você não...

A uns dez metros dali, um Ford Escort subindo a rampa chegou ao segundo andar. O brilho dos faróis momentaneamente iluminou a mulher ajoelhada e o homem caído. Assustada, Victoria ergueu a cabeça, mas estavam muito longe para o motorista poder vê-los, de modo que continuou a subir a rampa da garagem. Ela baixou o olhar para Pardo a tempo de vê-lo tossir, ofegar duas vezes, contorcer-se espasmodicamente e morrer.

Ela nunca vira alguém morrer diante de seus olhos. Após um minuto de descrença, olhando para as pálpebras semi-cerradas do ser humano que ela amava mais do qualquer outro, ao tomar-lhe o pulso inexistente e verificar que ele não estava mais respirando, um novo lado da personalidade de Victoria emergiu.

– Não faça isso comigo, *macho* – ela implorou. Não havia lágrimas em seus olhos. A dor não a imobilizava. *Estarei em choque?* perguntou-se, surpresa por sua serenidade. *Parcialmente sim, claro.*

Victoria soltou o pulso do marido, levantou-se e verificou as redondezas. Nenhuma alma. Teria alguém ouvido os tiros? Ela baixou o olhar para Pardo, pensativa. A única coisa que podia fazer era fugir. Tendo se decidido, ela se agachou uma última vez, virou o corpo de costas, pegou o CD. Em sua trajetória ascendente, a bala que perfurara o pulmão esquerdo de Pardo também perfurara o disco, tornando-o inútil. Victoria sorriu com tristeza antes de pegar a Tokarev. Pôs os dois objetos na bolsa, fechou-a e se levantou. Detrás da coluna ela recuperou a bolsa. Deu uma última olhada para o marido e se foi. Passando perto de Bonis, viu a Beretta no chão e notou que tinha um silenciador acoplado. Portanto, os únicos tiros que possivelmente teriam sido ouvidos por outra pessoa foram os de Pardo. Victoria trincou os dentes, ergueu a arma, e disparou as balas remanescentes na cabeça do jardineiro. Então, jogou fora a Beretta e correu para o elevador imaginando o que fazer a seguir.

Os dois jovens evidentemente eram gays a julgar por suas roupas na moda, cabelos tingidos, sobrancelhas feitas, gestos efeminados, mas estavam cobrindo Jenny de solicitude maternal. O moreno, Valério, um peruano com considerável quantidade de sangue inca nas veias, falava um espanhol impecável e segurava um pires com uma xícara fumegante de chá de camomila do qual Jenny bebeu alguns goles. O mais velho, Chris, nascido em Nova York, fotógrafo de moda profissional, e residente em South Beach desde 1998, contemplava Jenny com adoração, mãos nos ombros dela. Os três estavam sentados em um imenso sofá revestido de seda listrada; Elliot estava na poltrona onde sempre se sentava quando visitava os Scheindlin.

– Foi a primeira coisa que a polícia me perguntou – respondeu Jenny à pergunta de Steil. – Não verifiquei na hora, de modo que revistei as casa inteira ao lado deles. O cofre está fechado, as pinturas estão no lugar, não faltam jóias nem dinheiro no meu quarto. Havia 415 dólares na bolsa de mamãe. Seu carro está na garagem. Não, Sr. Steil, o motivo não foi roubo. A única coisa estranha que percebi ao chegar foi o portão aberto.

Steil esfregou a testa e fechou os olhos. Certamente a polícia deveria saber que um cofre fechado pode muito bem estar vazio. Talvez o assassino tenha forçado Maria a abri-lo, tirado tudo dali e fechado. Ele queria fazer mais perguntas. Jenny sabia se a mãe tinha um amante? Ou algum inimigo conhecido? Teria a viúva demonstrado sinais de tristeza, depressão, ou pareceu preocupada recentemente? Certamente os caras da homicídios já haviam feito tais perguntas. Além disso, ele não tinha o direito de se intrometer nem no pesar da jovem nem em seus segredos familiares. Ele ergueu a cabeça, olhou para as manchas de sangue no chão, então buscou os olhos de Jenny. Ela olhava desanimada para o tapete sob a mesa de café.

– Bem, Jenny, não sei o que dizer. – Ela olhou para ele. – A morte é sempre surpreendente. Seu pai, por exemplo. Mas ele era um homem velho e morreu de causas naturais. Isso é tão... inesperado e brutal. Só espero que a polícia pegue seja lá quem fez isso o mais rapidamente possível.

– Também espero.

– Há algo que eu possa fazer por você hoje à noite?

– Não creio. Obrigado. Chris e Valério ficarão comigo.

– Pelo tempo que ela desejar – acrescentou Chris sem ser perguntado. – Também estamos tentando convencê-la a ficar algumas semanas em nossa casa. Ficaríamos deliciados.

– É muito gentil de sua parte, cavalheiros. – Então, voltando-se para a jovem, abatida, continuou: – Tudo bem, Jenny. Você tem meu número de telefone e também sabe os números da firma. Se precisar de alguma coisa, me ligue.

– Obrigada.

Steil pousou ambas as mãos sobre os joelhos, pronto para se levantar, então hesitou, limpando a garganta.

– A caminho daqui pensei se deveria lhe contar o que estou a ponto de lhe dizer agora. Sei que não é o momento certo de trazer isso à tona, mas creio ser meu dever contar-lhe agora. Quando se sentir melhor, precisará saber alguns fatos básicos sobre a IMLATINEX. Terá de consultar os seus advogados, talvez designar algumas pessoas para representá-la.

Primeiro, Jenny franziu o cenho sem compreender. Então seus ombros tombaram ligeiramente, como se um objeto físico tivesse sido posto sobre os seus ombros.

– Sim, suponho que sim, não é?

– Sim, terá, Jenny. Não há como fugir a isso, e quanto mais cedo fizer, melhor. Não falo de amanhã ou depois. Sam e eu tentaremos agir em seu melhor interesse o tempo que precisar: uma semana, duas, três, o que quiser. Mas meu conselho não solicitado é que deve discutir a situação com seu advogado – concluiu, levantando-se.

Jenny também se levantou. Valério pousou o pires e a xícara no canto da mesa e a imitou. Chris também se levantou. Steil os cumprimentou e Jenny levou-o até a porta.

– Estou realmente sentido, Jenny. Sua mãe era uma mulher e tanto.

– Sim, ela era. Obrigada, Sr. Steil.

Dirigindo para Miami, Elliot refletiu sobre o que deveria fazer a seguir. Teria de ligar para Hart, claro. No meio da noite? O que Hart podia fazer? Nada. A polícia lidava com assassinatos. Afora isso, o FBI filmara Capdevila e Berta quando foram a Bay Harbor, de modo que tinham o lugar sob vigilância. Nenhuma pressa, então, ligaria para Hart pela manhã. Sam Plotzher estava em Nova York. A Sra. Plotzher provavelmente ligou para ele pouco depois de Jenny lhe dar as notícias. Não havia razão para ligar para ele também.

Ele se lembrou que em algumas horas alguém viria até a casa dos Scheindlin para recolher cem mil em dinheiro. Carlos Capdevila e Berta Arosamena? Que surpresa esperava por aqueles dois... *Espere um instante!* pensou de estalo. Teriam vindo um dia antes para pegar o dinheiro, discutido com Maria, e a assassinado? Ele balançou a cabeça.

Para ele, os dois não eram assassinos. Como tinha certeza de que não eram? Como tinha certeza de que o assassinato nada tinha a ver com eles? Visto deste ponto de vista, reportar o assassinato para Hart o mais rapidamente possível parecia muito mais urgente. Agora, ele decidiu. Viu um posto de gasolina na esquina de 66 com a Biscayne, diante do American Legion Park. Entrou no posto, passou pelas bombas, desligou os faróis, o motor e saiu em busca de um telefone público. Olhou para o número que Hart lhe dera, inseriu as moedas, e discou.

– Bureau Federal de Investigações.

– Esta é uma emergência. Necessito falar com o agente especial Brent Hart.

– Seu nome, senhor?

– Elliot Steil.

– Aguarde na linha.

Elliot achou que a chamada estava sendo transferida para a casa de Hart. Seu relógio marcava 0h16. Tirou outra moeda de 25 centavos do bolso e introduziu-a na fenda, para o caso de precisar. E começou a mudar de idéia. Tornar Capdevila e Berta suspeitos de um caso de assassinato não era algo legal de se fazer. Embora não fossem anjos, ele não tinha provas. Mas nunca se sabe. Cerca de dois minutos se passaram e ele já havia desistido de apontar o casal de cubanos quando a voz grave de Hart ressoou no ouvido de Steil.

– Steil?

– É.

– O que tem em mente?

– Ouça, eu sei que é tarde, mas sabe que Maria Scheindlin foi assassinada esta noite? Quero dizer, ontem. Em sua casa. Acabo de sair de lá.

– Não, isso é novidade para mim. Acalme-se. Comece do começo – disse Hart.

Steil falou sem parar durante quase três minutos. Hart ouviu-o pacientemente. Ele estava no escritório, trabalhando naquele caso. O vigia havia passado a placa do carro de Steil por rádio quando ele chegou à casa dos Scheindlin e, em dez minutos, Hart sabia quem era o motorista. O agente especial também sabia sobre Chris e Valério. A hora que o cubano saiu da casa também fora informada. Contudo, as versões de outras pessoas eram bem-vindas; forneciam confirmação ou, menos freqüentemente, apontavam algo que outros não haviam visto. A chamada, assim como todas as outras, estava sendo rastreada e gravada.

– De volta para casa me ocorreu que Capdevila e Berta estão ligados a isso de algum modo. Não creio que eles a tenham matado, veja bem. Aqueles dois não me parecem assassinos. Mas queria saber se você falou para a polícia a respeito deles e como eles se encaixam nisso tudo. Estou ligando de um posto de gasolina porque minha... – ele hesitou – ...amiga está em casa e você disse que ela deveria ficar fora disso.

– Fez bem. Vou entrar em contato com o departamento de polícia imediatamente para saber os detalhes. Obrigado, Steil.

– Não há de quê. Acho que nenhum de nós vai dormir bem esta noite. Tchau.

– Tchau.

Elliot desligou, respirou profundamente, entrou no carro e dirigiu para casa sentindo ter feito a coisa certa.

O prédio onde ele alugava um apartamento, na rua Virgina, Coconut Grove, não era nada de que se orgulhar. Contudo, apesar de ter 37 anos de idade e ser arquitetonicamente insípido, o proprietário aumentara o aluguel de seu apartamento em 25 por cento nos últimos sete anos. Ele se acostumara com o lugar, o prédio e o quarteirão.

Estacionou em sua vaga designada e foi até a entrada principal do edifício. O guarda de segurança no saguão reconheceu Elliot no momento em que o viu do outro lado da porta de vidro, então disse algo para uma mulher sentada em um banco. Steil puxou a porta e entrou. A mulher voltou o rosto para o recém-chegado. Elliot se sobressaltou. Ouviu o mecanismo de fechamento da porta funcionando às suas costas. O ruído parecia o de uma cobra na grama.

– Esta senhora espera pelo senhor, Sr. Steil – disse o guarda, que parecia estar confuso.

Elliot a observou ao se aproximar. A executiva confiante que confrontara em Havana desaparecera. Havia pouca cor em seu rosto, e ela dava a impressão de estar tensa e perdida. Sua expressão aliviada no minuto em que o viu indicava que ela tinha grandes esperanças. Teria enlouquecido? O que estava fazendo ali? Ele estava relutante em vê-la. Uma bolsa preta e uma bolsa de náilon? Planejava passar a noite ali? E vestindo um vestido de noite, ainda por cima!

Para aumentar o embaraço, Victoria teve a coragem de beijá-lo no rosto.

– O que faz aqui? – perguntou mal-humorado e desconfiado.

– Preciso falar com você.

– Precisa falar comigo? – disse Steil apontado para o próprio peito. – Está louca? Como chegou aqui? Como descobriu onde eu moro?

Ela olhou por sobre os ombros para o guarda de segurança.

– Posso explicar tudo, Elliot. Podemos ir até o seu apartamento? – disse ela, tentando manter a voz baixa, evidentemente lutando para conter as suas emoções.

– Não, não a levarei até o meu apartamento. Esse cara não entende uma palavra de espanhol. Você pode falar.

– Por favor, me ajude – implorou Victoria. – Pardo foi assassinado. Eu não tenho...

– Pardo? Quem é Pardo?

Victoria deu-se conta de que cometera um grande erro.

– Perdão. Pardo é meu marido, Carlos Capdevila. Eu o chamo de Pardo quando estamos sozinhos, porque... a cor de sua pele era um pouco escura.

Tendo conhecido o homem, Elliot poderia ter argumentado que a cor da pele de Capdevila não eram nem um pouco escura, mas comovido pela notícia de outro assassinato, não se deu conta da inconsistência.

– Só um minuto – disse ele, erguendo ambas as mãos para evitála e erguendo o olhar para o teto em busca de compreensão.

– Deixe-me ver se entendi isso direito. Está me dizendo que era casada com Capdevila e que ele foi assassinado?

– Sim.

– Foi baleado?

– Sim.

– Quando?

– Há mais ou menos duas horas.

– Por quê? O que houve?

– Fomos assaltados. Ele resistiu. Não sei quem fez isso. Todo mundo aqui me é estranho.

– Onde estavam?

– No aeroporto.

Elliot expirou, olhando para os elevadores. Estaria dizendo a verdade ou se fazendo de donzela em apuros? A curiosidade cresceu dentro dele.

– Você chamou a polícia?

– Não. Eu fugi. Sou ilegal aqui. Ouça, Elliot. Você é a única pessoa que conheço em Miami. Preciso de seu conselho. Preciso de sua ajuda. Quebra essa. Se não vai me deixar subir ao seu apartamento, então, por favor, ouça-me dentro de seu carro.

Elliot lembrava-se claramente de ter escapado de uma situação muito séria havia oito anos graças a Scheindlin. Desde então, tornara-se receptivo às dificuldades e às necessidades de ajuda alheia. Berta parecia estar em grandes apuros, e com motivo, uma vez que seu chefe, amigo, amante, marido ou seja lá o que Capdevila era dela, foi assassinado. Ele não arriscaria o pescoço para ajudá-la, mas precisava ouvir o que ela tinha a dizer, pedir-lhe para entrar, ligar para Hart. Afora isso, estava muito interessado em saber o que estava acontecendo. A raiva que sentia havia um minuto esvaeceu.

– Minha mulher está lá em cima. Ela vai querer saber quem é você, porque está nos visitando a uma hora dessas, qual o problema.

– É a casa dela. Eu não me importaria.

– Eu não chegaria nem perto disso, Berta.

– Eu sei. Você disse isso em Havana.

Elliot olhou nos olhos dela e viu desespero.

– Vamos.

Ele tomou o cotovelo de Victoria e a conduziu.

– A senhora vai subir comigo, Lee.

– Certo, Sr. Steil.

Dentro da cabina do elevador, Elliot quis saber como Victoria descobrira o endereço de sua casa.

– O formulário com seu pedido de visto.

– Ah.

Uma vez na sala de estar, Victoria sentou-se em um sofá de dois lugares e escrutinou o lugar. Viu a mão de uma mulher. Nenhum homem viril decoraria os seus aposentos com cortinas rendadas nas janelas, finos pratos de porcelana pendurados nas paredes, estatuetas nas mesas laterais, um pedestal de madeira com um pastor entalhado, belas velas na mesa de café. O conjunto de móveis revestidos de couro genuíno pareceu-lhe opulento, a tevê de tela larga principesca, a escrivaninha de madeira elegante, a cristaleira de porta de vidro delicada. Um perfume sutil e agradável preenchia o cômodo. Ajudava a obliterar o cheiro de sangue, pólvora e fumaça de arma de fogo em suas narinas. Victoria relaxou um pouco.

Após sinalizar para Victoria se sentar, Elliot entrou no quarto e despertou Fidélia. Deu-lhe um breve resumo do assassinato de Maria Scheindlin, então explicou que uma executiva cubana que ele conhecera em Havana havia duas semanas chegou sem se anunciar e estava agora na sala. Parecia estar com sérios problemas, queria se confidenciar com ele, e provavelmente pediria ajuda. Contaria a sua história de modo muito mais espontâneo caso Fidélia não estivesse presente. Ela se incomodaria? Não, ela não se incomodaria, disse Fidélia ao se levantar e vestir um robe. Não obstante, por cortesia, iria cumprimentá-la e perguntar se gostaria de tomar um espresso. Então voltaria para a cama.

Não fosse a gravidade da situação, Elliot acharia a reação de Fidélia divertida. Por trás da civilidade com que saudou a estranha, sua avaliação de uma possível rival era notável. Um brilho de curiosidade também brilhou nos olhos de Victoria, que compreendeu a razão que fizera a esposa despertar. Steil ser casado era novidade para ela. O formulário de visto que ele preenchera dizia que seu estado civil era divorciado. Durante a troca de cortesias, ela soube que Fidélia era advogada e supôs que, para praticar direito nos EUA ela deveria ser uma cidadã americana. Uma possibilidade que ela não havia considerado brotou em sua mente. Sim, se as coisas fossem de mal a pior, poderia haver uma alternativa.

Fidélia percebeu que a mulher não era do tipo de Elliot e relaxou. Nos 15 minutos que se seguiram, os três agiram como se fosse perfeitamente natural um estranho chegar inesperadamente de madrugada na casa de um casal, aceitar uma xícara de espresso preparada pela dona da casa e continuar conversando com o marido quando a mulher voltasse a dormir.

– Bem, vamos lá Berta – disse Elliot quando Fidélia fechou a porta do quarto atrás de si.

Victoria havia preparado uma mistura de fatos reais com a versão que combinaram para o caso das autoridades de Key West os interceptarem. Ela e o marido se desencantaram com a Revolução nos anos 1980, começou Victoria, e sonhavam em vir para os Estados Unidos. Porém, como membros do partido e executivos da XEMIC, não podiam pedir um visto. Seriam considerados traidores, demitidos de seus empregos e impedidos de emigrar pelo resto de suas vidas.

– Sei como é isso – interrompeu Elliot. – Encurte a história. Como conseguiu chegar aqui? Quero dizer, aos Estados Unidos.

– Pagamos um contrabandista.

– Vocês o quê?

A primeira vez em que fizeram uma consulta, os traficantes de seres humanos cobravam dois mil por pessoa, inventou Victoria, a partir do que fora informada por um colega do serviço secreto cubano. O único modo que eles poderiam conseguir tanto dinheiro seria usando a sua influência quando a XEMIC fizesse decisões de compra. Tinha vergonha de admitir aquilo, mas acreditando que os fins justificam os meios, eles começaram a exigir propinas e comissões de seus fornecedores. Com o passar do tempo, os preços aumentaram muito. Por volta de 1996 tinham três mil economizados, mas o preço subira para quatro mil por cabeça. Quando tinham quase seis mil, aumentou para cinco mil por cabeça. Portanto, continuaram recolhendo dinheiro por debaixo dos panos. Em março passado, finalmente levantaram 16 mil, que era o custo de duas passagens em 2002.

Tudo o que disseram a Elliot sobre Scheindlin era verdade. Ele tinha cem mil dólares de dinheiro cubano que planejavam manter para começar uma nova vida. Mas mesmo que Maria Scheindlin se recusasse a devolver o dinheiro, eles viriam de qualquer modo. O comunismo era uma porcaria e o Chefe estava nas últimas.

– Eu sei disso, Berta – disse Steil, impaciente. – Esteve na casa dos Scheindlin?

– Não. Claro que não. O combinado era irmos lá hoje.

– É, claro.

Foi a primeira coisa que ela disse que Elliot sabia ser uma mentira deslavada, e a dureza de seu olhar denunciou a sua irritação. Victoria deu-se conta de que algo dera errado, mas não tinha a menor idéia do que. Ele tentou tornar o seu olhar neutro mas não conseguiu. Victoria levantou a guarda e seus olhos se estreitaram um pouco.

– Bem, lá embaixo você disse que precisava de meu conselho. Ainda precisa? – perguntou ele.

– Claro.

– Acho que deve ligar para a polícia agora mesmo. Dizer o que aconteceu no aeroporto. Prestar um depoimento completo e pedir asilo político sob o Ato de Adaptação de Cubanos.

Com olhos arregalados fixos nele, Victoria piscou duas vezes. Ela esperava aquela sugestão e, sabendo ser um erro afastá-la, preparou-se para ela. Contudo, achou que seria inteligente fingir que a idéia não lhe passara pela cabeça e que a estava considerando.

– Você acha?

– Com certeza.

– Humm. Sim, você está certo. Mas não acha que primeiro devo recolher o dinheiro da viúva?

Se ela não sabe que Maria está morta, nem ela e nem Capdevila a mataram, raciocinou Elliot com algum alívio. Deveria contar para ela? Não, não por enquanto.

– Quero dizer – prosseguiu Victoria, cruzando os tornozelos –, Pardo foi assassinado há três horas, seu assassino pode estar escondido ou fugindo. Denunciar a sua morte agora não trará o meu marido de volta. E aquele dinheiro representa muito para mim, Elliot.

Steil considerou Victoria uma mulher muito calejada. Não vertera uma lágrima em sua presença, suas córneas estavam brancas. Ela pediu ajuda, não consolo. A cobiça sobrepondo-se ao luto? Ou talvez ela e Capdevila não tivessem qualquer tipo de relacionamento. De qualquer modo, aborrecia-o mascarar o seu desagrado por uma pessoa que vinha fazendo-o de idiota desde o dia em que se conheceram. Por outro lado, ela não podia imaginar que o FBI estaria esperando por ela na casa dos Scheindlin de braços abertos. Ela jamais tocaria naquele dinheiro.

– Deixe-me pensar a respeito – disse Elliot, dando-se conta de que ficara em silêncio durante muito tempo. A noção de deixá-la cair na armadilha sem saber, porém, era-lhe repugnante.

Nenhum dos dois suspeitou que ambos eram ignorantes de algo que o outro sabia e que estavam presos em um duelo de mentiras e meias verdades.

– Não, Berta, na situação em que está, deve esquecer esse dinheiro. Denuncie a morte de Capdevila à polícia e então peça asilo político. Tenho um amigo que é policial. Posso ligar para ele agora e pedir que venha até aqui.

Victoria abriu a bolsa de náilon e sacou a Tokarev.

– Perdoe, Elliot. Mas você não me deixa escolha – disse ela a contragosto.

Capítulo 9

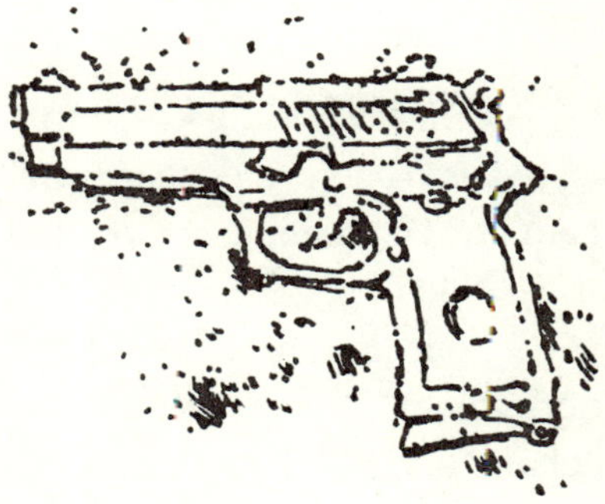

Elliot sempre achou que indivíduos encurralados tendem a se desesperar. Se armados e perigosos, não devem ser contrariados. Berta estava armada, e a impressão de que ela podia ficar enlouquecida a qualquer momento começou a crescer em sua mente. Após abrir mão do fingimento, voltou a ficar pálida, tinha um aspecto obcecado e parecia perto do desespero. Ele levantou as mãos, palmas para fora, então balançou a cabeça e estalou a língua.

– Não, não, talvez eu não tenha me explicado direito – disse Elliot. – Não vou forçá-la a fazer aquilo que não quer. Fiz o que pensei ser uma boa sugestão. Se pensa que estou errado, faça o que acha melhor. Se quer ir embora, não vou impedi-la.

Victoria meneou a cabeça em câmara lenta, pensando adiante.

– Isso é muito compreensivo de sua parte, Elliot – desdenhou. – Obrigada. Gostei de ouvir isso, mesmo que sob a mira de um revólver. Mas não, não vou embora. E se tentar alguma coisa, não hesitarei. Eu atiro em você. Estamos entendidos, Elliot?

– Claro, Berta.

– Bom. Vou pedir que se levante e abra a porta do quarto. Vamos nos juntar a Fidélia.

– Ouça, Berta. Farei o que disser. Mas deixe-a fora disso.

– Acho que sei porque ela se chama assim. Como muitos outros filhos de pais pobres nascidos nos anos 1960, eles lhe deram o nome do Comandante-em-chefe, certo?

– Certo.

– Cerca de dez ou vinte anos depois, se arrependeram. Estou errada?

– Deixe-a fora disso, Berta.

– Justo agora, a doce, gentil e passadora de espresso Fidélia está bem atrás daquela porta, ouvindo cada palavra dita nesta sala.

– Não creio.

– Pode apostar a sua vida nisso, Elliot. Não sei como mulheres norte-americanas reagem a uma situação assim, mas uma esposa cubana não iria para a cama e deixaria o marido conversando com uma estranha na sala de estar no meio da noite. Portanto, levante-se, Elliot – disse Victoria enquanto ela mesma se levantava –, vamos ver Fidélia.

Quando Elliot abriu a porta do quarto encontrou uma Fidélia de cara amarrada sentada na cama, braços cruzados, ainda de robe. Seu rosto estava tenso.

– Pois bem, Fidélia, caso tenha perdido alguma coisa, deixe-me recapitular para você – disse Victoria, por trás de Elliot. – Façam o que eu disser, não toco em um fio de seus cabelos. Mas advirto: não tentem nada. estou desesperada e vocês não terão tempo de se arrepender. Está bem?

A advogada teimosa permaneceu em silêncio. Os cantos de sua boca, curvados para baixo, demonstravam a intensa aversão à intrusa que desenvolvera havia um ou dois minutos.

– Compreende o que eu disse, Fidélia?

Sem resposta.

Victoria apertou o cano da Tokarev na nuca de Elliot.

– Meu marido foi morto há menos de três horas. Quer experimentar o mesmo que estou sentindo agora?

– Não.

– Então mude de atitude. Irá cooperar?

– Sim.

– Bom – disse Victoria, recolhendo a arma. – Onde está seu passaporte?

Elliot imediatamente leu a mente dela. Fidélia demorou um pouco para pensar antes de responder:

– Na segunda gaveta da cômoda.

– Traga-o para mim.

Victoria analisou o passaporte norte-americano usando apenas a mão esquerda, movendo os olhos do documento para os reféns diversas vezes. Folheando as páginas, encontrou selos de entradas e saídas da Espanha, nada mais. Mas Fidélia não se parecia com ela. Não que a outra tivesse um belo rosto. Eram apenas fisionomias diferentes. Mas tinha de servir. Se perguntada, podia dizer que estava processando o seu cirurgião plástico. Victoria enfiou o passaporte sob a taça direita de seu sutiã.

– Pois bem. Agora pegue uma tesoura e corte o lençol da cama em tiras de dez centímetros de largura.

Quando Fidélia foi buscar a tesoura no gaveteiro, Steil viu novamente o que estava por vir. Ela instruiria Fidélia a amarrá-lo, então mandaria que ela se deitasse e a imobilizaria também.

– Antes de prosseguir, Berta, talvez devesse saber onde fui esta noite – disse ele, olhando para a cabeceira da cama.

Victoria estreitou os olhos, desconfiada.

– Devia?

– Acho que deve.

– Desembucha.

– Recebi um telefonema esta noite. Mas para você não pensar que estou inventando, pergunte a Fidélia quem ligou.

Victoria e Fidélia se olharam, a advogada tendo parado a meio caminho entre o gaveteiro e a cama, tesoura nas mãos.

– Bem, Fidélia? – perguntou Victoria.

– Jenny Scheindlin ligou – disse a advogada.

Uma pausa de três segundo. O sobrenome fez Victoria lembrar quem era Jenny.

– E quem é Jenny Scheindlin? – perguntou Elliot a Fidélia.

– Jenny Scheindlin é a filha de Ruben e Maria Scheindlin.

– Agora conte o que Jenny me contou.

– Jenny disse para você que a mãe dela havia sido assassinada.

A notícia chocou Victoria e ela ficou momentaneamente perdida. Elliot não conseguia ver a reação dela, mas sentindo que conseguira uma vantagem, prosseguiu com a idéia.

– É verdade – confirmou ele, virando a cabeça para a esquerda para olhar Victoria com o canto do olho. – Pense. Como eu poderia saber que você estava esperando por mim quando eu voltasse? Como saber que você me apontaria uma arma? Teria tido tempo de combinar isso com Fidélia nos poucos minutos em que estive a sós com ela após subirmos? Acredite-me, Berta. Maria Scheindlin foi assassinada ontem de tarde em sua casa em Bay Harbor. Sua filha me ligou e eu fui ver se podia fazer alguma coisa por ela. Neste exato momento, a polícia está procurando o assassino. Se você for lá amanhã, quero dizer, hoje, você será interrogada. O que vai dizer? Você deve denunciar o assassinato de seu marido agora. Talvez a mesma pessoa que o matou também matou Maria. Ouça, Berta, isso é loucura. Você não está pensando claramente. Você devia...

– Cale a boca!

Um minuto de silêncio se seguiu enquanto Victoria processava as implicações. Ela *sabia* que era verdade. Ela *sabia* quem matou Maria. Ele andara seguindo ordens para executar os traidores e voltar a Cuba imediatamente. Foi por isso que escolheu o aeroporto para a entrega, porque, depois de matar ela e Pardo, pegaria o primeiro vôo para a Cidade do México, Bahamas, Kingston, ou qualquer outra capital na qual pudesse entrar despreocupadamente em uma embaixada ou consulado cubano. Lastra e Morera haviam decretado que tanto ela quanto Pardo deveriam ser executados. De um ponto de vista profissional, Victoria sabia que mandar matá-la era tecnicamente correto. Contudo, como seus superiores inferiram que iriam para Miami? Teriam ligado o episódio da lancha de corrida a ela e Pardo? Talvez todos os diretores residentes no continente americano estivessem em alerta. Ela jamais saberia. Seus brônquios começaram a se contrair e sua respiração ficou difícil. *Agora não, por favor.*

Vendo como o rosto da intrusa empalidecia lentamente enquanto ela pensava, Fidélia deu-se conta de que a notícia a abatera. Bom. Ela esperava que as coisas fossem de mal a pior para aquela piranha desgraçada. Aquilo era conseqüência da viagem de Elliot para Cuba. Por que os homens eram tão cabeça dura? Ela implorara a Elliot para não ir. Mas não, ele sabia o que estava fazendo. Ele sempre sabe. Não há nada a temer, disse ele. Ela lançou um olhar de reprovação para o marido.

Elliot percebeu desespero no tom de voz de Victoria quando ela mandou que ele calasse a boca. Afora isso, a duração de seu silêncio, e o suave sibilar que chegava aos seus ouvidos, indicavam que a notícia causara mais impacto do que ele esperava. Ela contava com o dinheiro para fugir, deduziu ele. Agora se dava conta de que estava fora de seu alcance. Tinha de ser isso. Ele sentia simpatia pela mulher. Ela tinha de compreender que não havia meio dela resolver aquilo por conta própria. Se o seu patrão – ou marido ou o que quer que Carlos Capdevila fosse dela – foi assassinado, por que estava tão relutante em denunciar isso? Certamente ela era da Segurança de Estado, mas nada tinha a temer. A Fundação Cubano-Americana afirmava que Miami estava repleta de ex-funcionários do Ministério do Interior de Cuba, que acabaram ficando insatisfeitos.

– De agora em diante, quem fala sou eu – disse Victoria afinal, absolutamente intransigente. – Comece a cortar o lençol, Fidélia.

– Você está nos aprisionando, Berta – disse Elliot em tom de reprovação.

– Esta arma diz que posso fazer isso. Vamos, Fidélia.

Quando a advogada havia cortado duas tiras de dois metros e meio, Victoria a instruiu que as cortasse pela metade. A seguir, ordenou que Elliot deitasse de barriga para baixo na cama.

– Amarre-o, Fidélia.

Sob o olhar cuidadoso de Victoria, a advogada amarrou as mãos de Elliot atrás das costas com uma tira, os pés com outra. A psicóloga teve de ordenar que os nós fossem amarrados com mais força, já que Fidélia tentou tornar possível que Elliot se livrasse. Quando terminou, ele se descobriu amarrado de um modo que não prendia a sua circulação, embora estivesse apertado o bastante para ele não poder se mover.

– Ótimo. Agora se deite ao lado dele, Fidélia.

Detestando todo tipo de violência, a advogada nada tentou quando Victoria largou a arma duas vezes, durante talvez 15 segundos, para imobilizar os seus pés e mãos. A seguir Victoria desconectou o telefone.

– Tudo bem pessoal, ouçam – disse ela após olhar para o relógio. – São 1h45. A essa hora nada pode ser feito, e eu preciso descansar um pouco. Não quero amordaçá-los, mas se gritarem por ajuda, amordaçarei. Tentem relaxar e dormir. O tempo vai voar.

Victoria usou o banheiro antes de desligar as luzes do quarto. Deixando a porta aberta, ela voltou à sala de visitas e aproximou-se do sofá de dois lugares, onde se deitou. Ela deixou a arma de lado, tirou a carteira da bolsa de náilon, procurou o inalador. Após sacudir o frasco, ela o manteve a menos de cinco centímetros da boca, bombeou e conteve a respiração durante alguns segundos. Voltou a tampar o frasco e jogou-o dentro da bolsa. O passaporte de Fidélia foi guardado a seguir.

Fechando os olhos, inspirou o mais profundamente possível. O colapso emocional que ela conseguiu evitar durante quase quatro horas eclodiu e as lágrimas começaram a rolar pelo seu rosto. Durante mais de cinco minutos, não querendo ser ouvida, ela abafou os soluços o mais que pôde e chorou sem parar. Para a sua surpresa, dar vazão ao seu pesar e a aplicação do inalador se combinaram para limpar sensivelmente as suas vias aéreas. Tendo recuperado o autocontrole, foi até a pia da cozinha e assoou o nariz, então lavou o rosto. De volta à sala, programou o despertador do relógio para as 8h.

Às 2h04, ainda angustiada, Victoria se enroscou no sofá de dois lugares para encontrar esquecimento no sono. Sentiu as suas fundações emocionais balançarem, tentando superar lentamente o vazio criado pela morte de alguém que ela tinha por certo. Jamais imaginou que Pardo fosse tão indispensável para ela. Tendo sido tão segura em relação às suas ações durante tanto tempo, era incrível dar-se conta de que muito de sua força, decisão e confiança derivavam dele. Ela se sentiu como a sobrevivente de um terremoto que perdeu todos os entes queridos. Não havia ninguém para confortá-la em sua atribulação. Seu futuro esvaeceu naquela maldita garagem. O que ela podia fazer sem ele? Após quase uma hora, Victoria Valiente finalmente adormeceu.

Às 4h32, um manobrista que fazia o inventário dos veículos encontrou os dois corpos. Dezesseis minutos depois, dois carros de polícia do Departamento de Miami chegaram ao local. Alguns minutos antes das cinco, a Unidade Forense começou a trabalhar.

Às 5h54, um carro de polícia estacionou em frente à casa de Bonis. Um policial uniformizado saltou e apertou a campainha ao lado da porta da frente. Os especialistas do FBI que investigavam o jardineiro notificaram Hart. Quando o policial se foi, às 6h16, um carro civil dirigido por um homem à paisana o interceptou duas quadras mais adiante. Mostrando a sua credencial, o homem explicou que seus superiores precisavam saber porque um policial fizera uma visita ao Sr. Bonis tão cedo pela manhã. Foi como o FBI ficou sabendo que os corpos de dois caucasianos foram encontrados na garagem do Aeroporto Internacional de Miami. A identidade de um deles fora emitida para Eugênio Bonis.

– Eu não falei para a dona – adiantou o policial –, mas quem quer que tenha matado o marido dela fez um trabalho e tanto. O cara tinha mais chumbo na cachola do que um radiologista no avental.

Vinte e um minutos depois, o carro oficial de Hart subiu a rampa da garagem e parou cantando pneus a uns dez metros da cena do crime, agora iluminada pelos refletores de três equipes de tevê. O agente especial e Smith se aproximaram do encarregado. Tendo conhecido os detalhes, Smith usou o celular para chamar o chefe de polícia do condado de Dade e o Instituto Médico Legal. Ele requisitou urgência nas autópsias dos dois corpos, na perícia das balas, e cápsulas, bem como do corpo de Maria Scheindlin.

De volta ao escritório da divisão de Miami, na avenida Dois, em North Miami Beach, Hart pegou a Le Jeune. O nascer do sol, luminoso e sem nuvens, prometia um dia quente para a cidade que bocejava e se espreguiçava. O cheiro dos gases dos canos de descarga estragavam os aromas vindos de jardins, arbustos e árvores frutíferas que flanqueavam a ampla avenida. O rumor abafado de motores e de pneus no asfalto eram os sons predominantes.

– Lembra de quantas balas cabem no pente de uma Beretta? – perguntou Smith para Hart quando este parou no sinal da 54. Na divisória central da avenida, um homem de feições astecas de cerca de 40 anos vendia buquês de rosas aos motoristas.

– Oito em uma Compact. De 13 a 14 em outros modelos.

– Bonis foi baleado quatro vezes. Esse outro sujeito... qual era mesmo o nome dele...?

– Ele disse para Steil que o seu nome era Carlos Capdevila. O passaporte costarriquenho foi emitido para Evaristo Consuegra.

– Certo. Capdevila foi baleado duas vezes. São seis. Devia haver duas cápsulas no pente. Não há nenhuma.

– A não ser que houvesse seis balas no pente.

– É, isso é possível. Mas a arma era de Bonis. Como se ele tivesse baleado Capdevila duas vezes, então Capdevila tivesse tirado a arma dele, atingido-o na cabeça, jogado a arma perto do corpo, tentado ir embora, e caído. Não me parece. Se quiser saber, está faltando um atirador.

– Berta Arosamena? – conjeturou Hart enquanto pisava no acelerador.

– Possivelmente. Mas considere o seguinte: Bonis fez o jardim de Maria Scheindlin. Quando ele foi embora, o portão permaneceu aberto; ninguém foi visto entrando no lugar durante o dia. Isso o torna o principal suspeito. Agora ele é encontrado morto ao lado do corpo de um agente cubano. O que entende disso?

Hart moveu-se da pista do centro para a da esquerda.

– Que ele era um mensageiro da CuIS? – a CuIS era a abreviação que dava o FBI para o Serviço Cubano de Inteligência.

Smith meneou a cabeça, tirou um cigarro do maço. Tragou profundamente, abriu o cinzeiro, bateu a ponta.

– Vamos recapitular. Estamos na pista de Maria desde agosto de 2001, seguindo uma dica em uma carta anônima que a acusava de espionar para Cuba. Ela era uma dissidente polonesa, vivia nos Estados Unidos havia trinta anos, casara-se com um informante veterano de um serviço secreto amigo que fazia negócios com Cuba e cujo assistente era cubano. Não era um mau candidato para recrutamento por nossos vizinhos. Mas Washington não achou que fosse. Dona-de-casa, nunca se metera em política, não conhecia nenhum cubano, vida tranqüila, destacaram.

– Você tem de admitir a lógica do argumento – disse Hart, lançando um olhar para o espelho retrovisor. – Então soubemos que ela saía de casa tarde da noite para ligar de telefones públicos.

– E isso deu uma nova perspectiva para o caso – prosseguiu Smith. – Sempre um telefone público diferente, sempre um novo cartão telefônico. Até agora, a escuta telefônica e a vigilância que mantivemos sobre Steil não deram em nada. Sua raiva quando o recrutamos forneceu provas adicionais de que ele estava limpo. Após a morte de Scheindlin, Maria se aproximou de Steil, que em breve viajaria para Cuba. Fez uma de suas ligações telefônicas suspeitas dois dias antes de Steil voar para Havana, quando Carlos Capdevila e Berta Arosamena se aproximaram dele e lhe contaram essa estranha história sobre Scheindlin ter comprado remédios para Cuba. Então, alguns dias depois, esses dois aparecem em Miami.

"Portanto, temos todas as evidências circunstanciais que ligam Maria a quatro cubanos: Berta e Capdevila, que com certeza são do CuIS; Steil, que trabalha para nós; e Bonis, o coringa a respeito de quem nada sabemos. Esta manhã, Berta e Capdevila esperavam recuperar o dinheiro cubano que dizem que Scheindlin tinha em seu poder quando morreu. A data que disseram para Steil provavelmente não era a data verdadeira. É uma prática padrão mover a data real para trás ou para frente no tempo. Sabemos que Berta e Capdevila foram até a casa de Maria e não foram admitidos. Sabemos que Bonis fez o jardim de Maria ao menos uma vez desde que começamos a vigiar a sua casa há cinco semanas; talvez ela tenha sido sua cliente durante meses, ou anos. Afora isso, Bonis emigrou de Cuba.

"Assim, uma hipótese de trabalho é a de que talvez Maria não fosse uma informante cubana, encontrou o dinheiro e concordou em devolvê-lo. Bonis, querendo ou não, era mensageiro, intermediário ou administrador auxiliar de agentes para a CuIS. Ele pegou os cem mil, ficou cobiçoso, exigiu uma porcentagem, ou por algum outro motivo discutiu com Capdevila e eles atiraram um no outro. Mas por que mataria Maria se ela lhe deu o dinheiro? Mensageiros, intermediários e auxiliares não são executores. Seria uma briga entre amantes?

– Ora vamos, chefe. Você está forçando um pouco a barra, não acha? – queixou-se Hart. – A vigilância não descobriu provas dela pular a cerca. Afora isso, esse tipo de mulher não trepa com serviçais.

– Então, uma segunda hipótese pode ser a de que Maria Scheindlin era espiã cubana – prosseguiu Smith –, e por algum motivo o CuIS achou que ela os traíra, ou que estava fornecendo informações falsas para obter informações verdadeiras, e mandou que ela fosse eliminada. Ela pode ter se recusado a dar dinheiro.

– Sei que o CuIS está em dificuldades, mas não a ponto de matar por cem mil – objetou Hart.

– É, você está certo. Se Bonis matou Maria por razões ligadas ao serviço secreto, então ele era um ativo administrador de agentes, talvez um líder regional. Ele sabia que seria o principal suspeito e estava se preparando para fugir.

Olhos na rua, Hart balançou a cabeça.

– Não temos nada contra esse cara e ele está aqui há 22 anos – disse ele. – Mas devemos considerar se Maria Scheindlin estava de algum modo envolvida com o CuIS. Isso daria uma explicação racional para toda essa besteira sobre Scheindlin comprar produtos farmacêuticos para Cuba e o dinheiro pendente. Quando farão as autópsias?

– Imediatamente – disse Smith. – As balas irão para análise imediatamente, para comparar com a bala retirada da parede da casa de Maria Scheindlin. A arma e as balas recolhidas ali também. A essa altura já devemos saber se Maria foi baleada com uma Beretta.

– É tão prático ter uma unidade interna no IML. Acelera as coisas.

– Também temos um sofisticado equipamento fotográfico no departamento de imagens.

– Um vem com o outro.

Nada foi dito durante alguns minutos quando ambos os homens refletiram sobre os recentes acontecimentos.

– Acho que devemos mandar uma equipe à casa dos Bonis – sugeriu Smith enquanto cruzavam a avenida Ali Babá. – Podemos dizer à mulher que procuramos provas de quem matou o seu marido e passar um pente fino no lugar. Ele pode ter um computador registros...

– Você acha? Um jardineiro?

– Todo mundo tem um PC hoje em dia.

– Será que ela não vai se perguntar por que o FBI está investigando o assassinato do marido?

– Bem, se ela o fizer, diga que o outro presunto é estrangeiro, e que isso nos chamou para o caso.

– Tudo bem.

Uma voz gritando por Berta despertou Victoria às 7h13. A realidade lhe voltou em um milissegundo. Ela se levantou, pegou a arma, correu descalça até a porta do quarto e a abriu.

– Já era hora – resmungou Elliot. – Nós mijamos e cagamos, sabia?

– Elliot! Não seja vulgar – censurou Fidélia.

– Tudo bem, acalmem-se. Dêem-me um minuto – disse sua captora ao saber qual era o problema.

Horas antes, quase quarenta minutos depois de Victoria sair do quarto e quando tudo se acalmou, Elliot havia pedido para Fidélia tentar desamarrá-lo usando os dentes contra a tira de pano ao redor de seus pulsos. Quase meia hora depois, os esforços revelaram-se infrutíferos e a advogada desistiu. Então, ele tentou livrá-la usando o mesmo método. Vinte e cinco minutos de tentativas frustradas o persuadiram de que, afora perder tempo, arriscava-se a perder os dentes da frente. Enquanto recuperava o fôlego, Fidélia perguntou se o Sr. Steil achava que, como uma vítima, ela teria o direito de saber o que ele deixara de contar a respeito de sua viagem a Cuba.

– Em outras palavras, Elliot, poderia gentilmente me dizer que merda está acontecendo? – Cumprindo a promessa feita a Hart, ele omitiu o seu papel como informante do FBI. Quando ele terminou, Fidélia não resistiu dizer:

– Eu avisei – disse ela cantarolando, debochada.

A seguir, procuraram em vão por um meio de sair daquela situação. Após uns dez ou quinze minutos de silêncio, Elliot deu-se conta de que a exausta Fidélia adormecera. Reconhecendo que a única coisa positiva que ele podia fazer era também repousar um pouco, logo adormeceu.

Às sete, seu despertador disparou.

– Estou apertada – disse Fidélia.

Então, ele começou a chamar por Berta. Após perder vários minutos aumentando a voz gradualmente, Steil foi forçado a berrar.

Victoria se aliviou e lavou o rosto antes de libertar Fidélia. A advogada correu até o banheiro e seis minutos depois voltou ao quarto em plena forma. Então Victoria autorizou-a a desamarrar Elliot. Esperaram enquanto o homem usava o banheiro. Quando ele saiu, a psicóloga disse que deviam ir para a sala e fazer o desjejum.

Enquanto Fidélia esquentava o leite e preparava o café para três *cafés con leche*, Victoria calçou os sapatos e sentou-se no sofá de dois lugares considerando as opções que tinha. Elliot olhava pela janela enquanto segurava o queixo com uma expressão sombria. O litoral exibia a cor de água-marinha que as pessoas dos trópicos têm por certa até passarem um inverno vendo o Báltico a partir de Rostock, o Cantrábico de Gijdn, ou o Atlântico da Terra do Fogo. As velas enfunadas de dois barcos lembravam-no que a maioria das pessoas vivia em paz. Uma lagartixa subiu pela vidraça. Cinco andares de altura. Incrível. Lembrou-lhe Santa Cruz del Norte. Desejava estar lá.

– Vá para a cozinha, Elliot – disse Victoria, levantando-se. Ela decidira dar um passo na direção certa. – Tenho de fazer uma ligação e desejo privacidade.

– Certamente – disse ele com sarcasmo. – Sinta-se em casa. Aqui em Miami estamos acostumados a sermos seqüestrados pela Máfia a cada 15 dias.

Quando Elliot enfiou duas fatias de pão branco na torradeira, a psicóloga foi até a escrivaninha de madeira posicionada entre a janela e a parede mais distante da sala de estar. Tinha três gavetas do lado direito e um laptop, uma impressora, e um telefone no topo, mais um bloco e duas esferográficas. Puxou uma cadeira giratória, voltou-a para a esquerda para melhor vigiar os seus prisioneiros através do balcão da cozinha, sentou-se, e apoiou a arma sobre a impressora. Então, ergueu o fone e discou um número. Durante dez segundos, a ausência de som fez parecer que nada aconteceria. Victoria pegou a arma e olhou para o balcão da cozinha. Steil, de costas para ela, dizia algo para Fidélia. Então a conexão se completou e alguém atendeu após dois toques.

– Ordene – disse uma lacônica voz masculina.

– Passe-me para Lastra, Mao – ordenou Victoria.

Ninguém ousava chamar Pernas de "Mao" desde que ele foi nomeado adjunto de Lastra em 1991. Ele achava aquilo uma honra, mas acabou dando-se conta de que era dito como um insulto. Deixava-o louco ver que certos camaradas engoliam a propaganda capitalista que difamava a maior personalidade histórica de todos os tempos.

– Quem é? – perguntou.

– Micaela.

– Micaela! Onde você está, coronel? Estávamos tão preocupados!

– Passe-me para Lastra. Agora. Sei que ele está aí.

Uma longa pausa se seguiu enquanto faziam-se os arranjos para gravar a chamada. Aquela linha era para uso exclusivo de gente de confiança cujas conversas com o chefe do serviço secreto não eram para ser registradas, lembrou-se Victoria.

– Micaela! Onde você está? – disse Lastra, soando alegre.

Victoria debochou.

– Não me faça de boba. Você sabe muito bem onde estou. Tenho notícias para você. Pode fazer três novos talhos na coronha de seu revólver. Pardo está morto, Pola Negri está morta, mas o seu assassino está morto também.

– Não sei do que você está falando.

– Tudo o que queríamos era ir embora, Lastra. Estávamos de saco cheio de repressão, hipocrisia, mentiras, culto de personalidade e a crise econômica cada vez pior. E, sim, é verdade, Pardo teve inteligência e coragem para ferrar com você. Mas deixe eu lhe dizer uma coisa: nunca me passou pela cabeça entregar os idiotas que temos aqui arriscando a sua liberdade para que Sua Majestade e seus cortesãos vivam bem. Comporte-se e eu nada farei. São apenas um bando de fantoches manipulados, como são você e aqueles sob o seu comando, como eu era até há alguns dias. Mas fique avisado, Lastra, farei um relatório completo, dando todos os nomes e endereços. Pode apostar que se alguma coisa acontecer comigo, recorrerei ao Cigano. E você sabe, Lastra, sabe perfeitamente bem que o escândalo chegará às manchetes daqui até o Nepal. Portanto, está em suas mãos, general.

Lastra considerou sobre o que dizer durante alguns segundos.

– Você obviamente não está em seu estado mental perfeito. Diga-me onde está e eu mandarei buscá-la.

– Adeus seu eunuco patético – disse ela antes de desligar.

Victoria inspirou profundamente. Tão profundamente, em verdade, que ela não tinha memória de haver algum dia enchido tanto os próprios pulmões. Isso a fez sorrir largamente. Steil parecia estar passando manteiga ou geléia na torrada. O cheiro de café passado na hora chegou até ela.

– Então, vamos comer alguma coisa? – gritou ela alegremente.

Então, do canto sagrado de seu coração que guardava todas as suas memórias mais preciosas, Pardo sorriu para ela. Após um instante de confusão, ela começou a soluçar e a chorar inconsoladamente. Elliot e Fidélia trocaram olhares surpresos. Deviam esperar para ver, consolá-la ou fugir? Ainda estavam indecisos quando Victoria fungou, limpou o nariz com as costas da mão, e levantou-se.

– Preciso comer algo – disse ela. – E preciso de um lenço.

Victoria desligou às 7h49. Às 7h58, a extensão de Hart tocou e ele atendeu.

– Hart.

O agente especial estava em seu cubículo, sentando diante da escrivaninha superlotada, no segundo andar da divisão Miami do FBI, segurando uma caneca com a mão esquerda. Do outro lado da escrivaninha, em uma poltrona de metal e vinil, Nathan Smith, que gostava de fazer argumentações sutis, bebia café em uma caneca do *Washington Times*. As persianas metálicas para um escritório maior no qual trabalhava o resto do pessoal estavam fechadas.

– Alford, senhor.

– O que foi?

– Senhor, ãhn, há 12 minutos uma mulher fez uma ligação para Havana do número de Elliot Steil. Não era Fidélia Orozco. Era outra pessoa. E... acho que você deveria se inteirar do que foi dito. O quanto antes.

Algo na voz do especialista fez Hart sugerir para Smith que deviam correr para o estúdio de gravação. No instante em que Victoria se identificou como Micaela, os dois homens trocaram olhares perplexos. Quando o clique do telefone marcou o fim da conversa, olharam um para o outro.

– Micaela? – disse Hart, fazendo uma careta de dúvida. – Coronel?

– A chefe do setor Miami? – disse Smith, também incrédulo.

Sabia o seu codinome através de comunicações com o chefe da rede Wasp. O fato de uma mulher ser chefe do setor Miami sempre foi questionado. Para confundir a oposição, os homens geralmente escolhiam codinomes femininos.

– General Lastra? – perguntou Hart, confuso.

– O general-diretor? – disse Smith, imaginando se estavam sendo enganados.

Os dois se olharam.

– Berta Arosamena é Micaela? – perguntou Smith, incrédulo.

– Steil é... um agente cubano? – disse Hart, completamente perplexo.

– Parece que sim – disse Smith.

– Mas... mas...

Alford, o especialista em escuta eletrônica, voltava a cabeça da esquerda para a direita, acompanhando o diálogo.

– Mande uma equipe da SWAT para a casa de Steil o quanto antes.

– Imediatamente disse Hart, voltando-se e correndo para a porta.

– Maldição – murmurou Smith antes de sair atrás de seus subordinados.

Boquiaberto, Alford estava certo de que topara com algo grande.

Em um tom conciliador, o cano da arma apontando para o chão, Victoria pediu a Fidélia para por favor lhe trazer uma xícara de *café con leche* e uma fatia de torrada para a escrivaninha. O casal deveria tomar o desjejum na cozinha. Ela se desculpou pelo inconveniente, hesitou, riu enquanto balançava a cabeça e acrescentou que a palavra inconveniente não chegava nem perto de descrever o que ela fizera para Fidélia e seu marido, mas talvez um dia a advogada se daria conta de que ela não tinha escolha. Ela apertou um botão para desligar o alarme de seu relógio. Então jogou na lixeira junto à escrivaninha o lenço de papel com o qual limpara o nariz.

Após o desjejum, Victoria disse para Fidélia que ela precisava que Elliot a levasse de carro a um certo lugar. Se ele seguisse as instruções dela ao pé da letra, ela prometeu que nada aconteceria ao seu marido e ele estaria de volta em algumas horas. Fidélia retorquiu dizendo que seria melhor se ela mesma levasse Berta para onde ela queria ser levada. Duas mulheres em um carro era menos suspeito, argumentou.

Steil interrompeu:

– Já se deram conta de que estão falando como se eu fosse um robô que você, Fidélia, possui, e que você, Berta, quer alugar?

– Estava tentando fazer a sua mulher entender por que vou pedir que a amarre outra vez – disse Victoria.

– Amarrar? Outra vez?

A psicóloga, sentindo que estava lidando com uma mulher que estava muito distante de seu mundo de trapaças e embustes, tentou tornar aceitável o inaceitável.

– Por favor compreenda, Fidélia. Você pode denunciar o que aconteceu aqui para a polícia e isso...

– Eu prometo que não denunciarei.

Victoria estalou a língua e balançou a cabeça. Aquela senhora estaria falando sério?

– Não vê que não posso aceitar a sua palavra neste caso? Ouça, estou tentando resolver isso com você, fazê-la ver coisas de onde estou, mas não tenho alternativa. Antes de deixar este apartamento, preciso me certificar de que você não pegará aquele telefone, ou se dirigirá à primeira delegacia e denunciará que seu marido foi seqüestrado e está dirigindo um carro placa número tal.

– Ótimo – disse Fidélia, furiosa. – Então você aponta uma arma para nós e quer que façamos o que deseja. Mas não tente nos fazer crer que você é a vítima aqui.

– Se é assim que deseja...

– Espere! – gritou Elliot. – Você não acreditou em mim? Você não pode ir à casa de Maria pegar o dinheiro. Maria está morta. Você será presa.

– Calma, Steil. Não vamos até a casa de Maria. Eu já estou com o dinheiro. Vamos, deite-se na cama, Fidélia.

Portanto, era voltar para o quarto sob a mira de uma arma. Victoria exigiu que Elliot apertasse mais os nós que prendiam os pulsos e tornozelos de Fidélia. Imaginou se era verdade que Berta tinha o dinheiro. "O que é verdadeiro e o que é falso aqui?" Uma vez que Victoria se assegurou de que a advogada não teria como se soltar, dirigiu-se a Steil.

– Está com a carteira e as chaves do carro?

Steil sentiu o bolso.

– Sim.

– Ótimo. Estamos indo agora. Vamos – disse ela, andando de costas em direção à porta da sala, sem tirar os olhos dele. Ela pegou a bolsa de náilon.

– Muito bem. Agora eu cuido disso.

Victoria abraçou a bolsa de náilon com o antebraço esquerdo e meteu a arma dentro dele, mas a mão direita continuava dentro da bolsa, segurando o cabo da pistola, o indicador no gatilho.

– Temos de pegar o elevador, atravessar o saguão, entrar no estacionamento. Você pode tentar me dominar no caminho. Não faça isso. Eu o advirto: não faça isso. Estou muito tensa, há uma bala na agulha, a arma está destravada, e posso me mover com rapidez se precisar. Portanto, não tente coisa alguma. Não quero atirar em você. Mas atirarei se tentar algo. Estamos entendidos, Elliot?

Ele assentiu enfaticamente. Ouvindo a conversa do quarto, Fidélia fechou os olhos com força e murmurou para si mesma: "Elliot, faça o que ela diz, por favor."

– Agora, quero que abra a porta da frente e diga-me se há alguém no corredor.

Elliot obedeceu. O corredor parecia estar deserto.

– Não há ninguém – disse ele, voltando-se para encarar Victoria.

– Ótimo, vamos.

Ganharam o corredor, Elliot uns quatro metros e meio adiante da psicóloga. Victoria inclinou-se, tateou com os dedos da mão esquerda até achar a maçaneta, e fechou a porta da frente. Havia dado dois passos em direção a Elliot quando ouviram:

– FIQUEM PARADOS!

Que foi exatamente o que, em um instante de total surpresa, ambos fizeram. Elliot jogou-se ao chão imediatamente. Victoria sacou a Tokarev.

– LARGUE!

Ela pensou em tudo durante um tempo que pareceu uma eternidade. A vida sem Pardo, sem dinheiro, denunciando outras pessoas, limpando chão ou lavando louça até o fim? Elliot voltou-se para olhá-la.

Victoria ergueu as sobrancelhas em sinal de resignação e forçou um sorriso antes de voltar a arma para si mesma e puxar o gatilho.

Seguiu-se um pandemônio. Homens armados vestidos de preto materializaram-se do nada. Um se ajoelhou diante de Elliot, posicionou uma horrível HK MP5SD 9mm com silenciador diante de seu rosto e ordenou que não piscasse um olho. Outro chutou a Tokarev de perto de Victoria. Os números três e quatro usaram um aríete para arrombar a porta da frente de Steil e invadir o apartamento. Dois outros se ajoelharam junto a Victoria. Um deles posicionou dois dedos na carótida da psicóloga. Seu parceiro abriu as pálpebras de Victoria e olhou para as pupilas dela. Fidélia emitiu um grito agudo que chegou aos ouvidos de Elliot ao mesmo tempo em que ele sentiu mãos apalpando-o em busca de armas.

– Ei, o que houve? – perguntou.

– Ele está limpo – ouviu alguém dizer.

– Levante-se – ordenaram.

Elliot ergueu-se olhando para um par de sapatos cordovão e suspeitou estar a ponto de se confrontar com um civil, ou uma autoridade legal em roupas civis. Smith olhava-o de cara feia. Descobri-lo ofegante, como se tivesse corrido dois quilômetros, surpreendeu Elliot. No outro extremo do corredor, um vizinho abriu cautelosamente uma fresta da porta para espiar.

– Estará morta? – perguntou Steil, começando a sentir pena de sua seqüestradora.

– Não parece – Smith respondeu. – Quem é ela?

– Não a reconhece? Ela é Berta Arosamena.

– O que ela está fazendo aqui?

Steil voltou-se nos calcanhares.

– Você não vai acreditar. Dê-me um minuto. Deixe-me primeiro...

Smith agarrou o braço de Elliot.

– Espere aí, Steil. O que ela está fazendo aqui?

– Dá um tempo, Smith – disse ele se soltando com raiva. – Tenho de desamarrar Fidélia.

– Ei, Steil, venha aqui – disse Hart em voz alta no exato momento em que saiu do apartamento, parecendo aliviado. O agente especial contornou o agente da SWAT que erguia Victoria nos braços, olhou para o rosto dela, e caminhou decidido para onde estavam o seu chefe e Elliot.

– Sua amiga está muito preocupada – acrescentou.

– Você a desamarrou?

– Claro. Entre – disse ele guardando a arma no coldre.

Quando Elliot entrou no apartamento, Hart disse para Smith que haviam encontrado Fidélia com as mãos e os pés amarrados, o fio do telefone desligado. Ela dissera que uma cubana armada seqüestrara Elliot. O policial que carregava Victoria correu para o elevador, a porta mantida aberta por outro tira.

– Parece que ela pegou Steil como refém – disse Hart para Smith. – Viu a rapidez com que ela sacou a arma? Faz-me pensar que ela a estava apontando para Steil antes de saírem.

– Leve-os ao quartel-general e certifique-se disso. Vou ao hospital com a suspeita. Não vou poupar para salvar-lhe a vida. ESPEREM AÍ RAPAZES – gritou Smith, e correu para o elevador cuja porta ainda estava aberta.

Elliot e Fidélia foram mantidos separados e interrogados individualmente, o que fez com que ambos ficassem furiosos. Quatro horas depois, provas indiscutíveis – as abrasões avermelhadas ao redor dos pulsos e tornozelos de Steil no topo da lista – dissiparam as últimas dúvidas de Smith, e Hart tentou fazer as pazes com um Elliot furioso.

– Ouça, Steil. Não dormi a noite passada e provavelmente também não dormirei esta noite. Tenho um zilhão de coisas a fazer, checar, verificar e re-checar. Mas vou lhe dar dez porque sua colaboração neste caso é crucial...

– Foi crucial. Estou fora.

– Tudo bem, certo. Você está aborrecido. Compreendo. Mas não quero que fique aborrecido conosco. Portanto, vou lhe dar dez minutos, no máximo. São 13h12. Ouça-me. A verdade é a seguinte: esta mulher ligou para Cuba de sua casa. Ela ligou para... alguém que... é uma alta autoridade governamental. Ela é uma autoridade do Ministério do Interior, isso é um fato. Ela entrou ilegalmente neste país, uma mulher de quem ela tentava extorquir dinheiro foi morta, e o jardineiro desta mulher foi encontrado morto...

– Quem?

– Eugênio Bonis, o paisagista de Maria Scheindlin. Já ouviu falar dele?

Franzindo o cenho, Steil olhou para o chão e refletiu alguns instantes.

– Acho que não.

– Bem, esse sujeito foi encontrado morto no aeroporto. Capdevila também, no mesmo lugar. Berta estava fugindo e... e o que passou pela cabeça dela ao procurar um lugar para se esconder? Sua casa. Isso nos levou a considerar brevemente a possibilidade de que... quando você foi a Cuba... talvez tivesse sido chantageado ou coagido a colaborar com o CuIS.

– O que é o CuIS?

– Serviço Cubano de Inteligência.

Elliot deu um tapa na coxa e revirou os olhos.

– Que eu era...? Não consigo acreditar nisso. Você suspeitou que a Segurança de Estado Cubana estava fazendo comigo o mesmo que o FBI fizera anteriormente?

Hart voltou a cabeça e deixou o olhar vagar pelo interior de seu escritório. Os músculos na base de sua mandíbula se ressaltaram.

– Steil, você nada sabe sobre métodos e procedimentos usados pelas agências de inteligência e contra-inteligência. Muitos são patrióticos e diretos. Mas, às vezes, são obrigados a fazer coisas que aparentemente são pouco ortodoxas ou eticamente questionáveis...

– Como grampear a minha linha telefônica – interrompeu Steil.

– Graças a isso você está agora sentado neste escritório – disse Hart apontando um dedo para Steil. – Poderia estar morto, ferido, ou dirigindo para uma criminosa sob a mira de uma arma.

As engrenagens mentais de Steil aceitaram aquilo de má vontade.

– Verdade. Mas por que grampear o meu telefone, para começo de conversa? Você suspeita que eu seja um espião ou o quê?

Hart afastou a cadeira giratória da escrivaninha e cruzou as pernas.

– Este caso ainda está em aberto. Podem passar anos antes de ser encerrado, e não posso divulgar informação confidencial. Mas direi o que sei: alguém intimamente associado a uma pessoa de suas relações foi acusado de espionar para Cuba. Quando a investigação começou, o seu nome surgiu. Você é cubano. Você trabalha para uma empresa que faz negócios com países da América Latina. No início você estava apenas marginalmente envolvido. Não grampeamos o seu telefone então.

"Mas duas coisas aconteceram, que o trouxeram ao centro da ação: a morte de Ruben Scheindlin e sua viagem planejada para Cuba. Foi quando pedimos autorização para grampear o seu telefone. E o grampo deu fortes indícios de que você era apenas uma vítima das circunstâncias. Motivo pelo qual tentamos recrutá-lo. Mas você tem um pavio muito curto, Steil. Ficou furioso no aeroporto. Contudo, estávamos preparados para forçá-lo caso tivéssemos de fazê-lo. E o fizemos.

Hart fez uma pausa. Steil inspirou profundamente.

– Mas manteve o grampo depois de eu ter concordado em colaborar com vocês.

– Para o caso do suspeito ligar – argumentou Hart. Ele olhou para o relógio. – E funcionou. Talvez o grampo tenha salvado a sua vida.

A expressão facial de Steil era de dúvida.

– Se eu tentasse tirar a arma dela, ela certamente teria me baleado. Mas se eu fizesse o que ela queria, não creio que ela fosse me matar.

Hart sorriu com ironia.

– Deixe-me contar só uma coisa: Berta pode ter disparado três balas 9 mm na cabeça de um sujeito.

– Verdade?

– Ainda não estamos certos, mas parece provável.

– Não a achava capaz de fazer isso. Como ela está?

– Situação delicada. Está no CTI. O prognóstico não é bom.

– Posso ir vê-la?

O peito e os ombros de Hart balançaram enquanto ele gargalhava. Irritado com a reação do agente, ainda assim Steil percebeu que o riso tornava mais humano o rosto do agente.

– Não, Steil, não pode. Ela está sob custódia. Meu Deus! Você não entendeu, não é? Aquela mulher é uma criminosa perigosa.

– Tudo bem. Creio que acabaram os meus dez minutos. Posso ir agora?

Ele se levantou.

– Claro. Mas deixe-me pedir um último favor – disse Hart ao se levantar também. – Se possível, tente fazer com que Fidélia continue sem saber de sua colaboração com o FBI. Eu disse para ela que o motorista de táxi que levou Berta ao seu apartamento mencionou o fato para a polícia quando soube que dois corpos haviam sido encontrados na garagem do aeroporto. Ele suspeitou do envolvimento dela no duplo homicídio porque Berta saiu da garagem parecendo muito perturbada. Isso garantiu uma explicação para como descobrimos onde Berta estava.

Steil considerou aquilo.

– Tudo bem. Vai tirar o grampo do telefone hoje?

– Não posso prometer para hoje. Mas amanhã, com certeza.

– Tenho a sua palavra?

– Tem a minha palavra – respondeu Hart enquanto estendia a mão. Steil a apertou.

– Tchau.

– Fidélia está esperando por você na área de visitantes.

– Obrigado.

A sala de seis por seis metros apelidada de Caldeirão no Palácio da Revolução de Havana devia o seu nome ao fato de todos os problemas de crucial importância serem resolvidos ali. A sala de reuniões mais protegida de Cuba era revistada em busca de aparelhos de escuta toda semana. Afora o Número Um, apenas 19 pessoas tinham autorização para entrar ali, duas delas eram pobres almas que cuidavam da limpeza, consertavam coisas e aplicavam mãos de tinta nas paredes quando necessário. O lixo ali recolhido, de papéis amassados a poeira, era incinerado.

O Chefe abriu a porta que unia o seu escritório ao Caldeirão e entrou. Trocara o terno azul que usara à tarde no auditório da Universidade de Havana pelo uniforme militar verde-oliva de sempre. O Número Um estava extremamente aborrecido com aquilo que considerava uma descortesia do presidente Carter. Na palestra que dera sobre as relações entre Cuba e os Estados Unidos na Universidade de Havana, o ex-chefe de estado mencionara o projeto Varela – uma petição para um referendo assinado por 11 mil cubanos e preenchido diante da Assembléia Nacional. Transmitido ao vivo em todo o país, o discurso de Carter foi assistido por vários milhões de surpresos telespectadores.

As pessoas no exterior estavam cientes do Projeto Varela, a imprensa estrangeira o noticiara. Contudo, para o Chefe – e, por extensão, para a imprensa, governo e partido em Cuba – aquilo não existia. Inevitavelmente, a esmagadora maioria não ouvira falar a respeito da iniciativa do movimento dissidente. Para piorar as coisas, três de seus colaboradores, possivelmente para ficar bem aos seus olhos, expressaram o seu desagrado com o Sr. Carter. A reação dos espectadores àquilo seria negativa, assegurou-lhes o Chefe.

Quando jovem, o Número Um entendia a enorme importância da publicidade e da propaganda. Em 1953 e 1954, enquanto cumpria uma pena de 15 anos por lançar um ataque surpresa contra os mais importantes quartéis do exército na parte leste da ilha, ele escreveu artigos anti-Batista publicados pela revista mais vendida de Cuba. Quando o tirano o perdoou e a todos os assaltantes sobreviventes após apenas vinte e um meses de prisão, diversos jornais e estações de rádio o deixaram se expressar antes de ir para o exílio. O *New York Times* apresentou-o ao mundo em 1957 com uma entrevista de primeira página. Uma rádio pirata transmitia as suas mensagens enquanto ele promovia sua guerra de guerrilhas. Durante diversas semanas após Che Guevara e Camilo Cienfuegos terem vencido a guerra para ele, da baía de Hudson até a Tierra del Fuego, apenas Jesus Cristo conseguiu melhor divulgação pela imprensa. Tendo aprendido bem a lição, logo depois de decidir que se manteria no poder o maior tempo possível, ele confiscou a mídia cubana e se certificou de que nenhum adversário pudesse apresentar a sua opinião para o público. O presidente Carter, porém, aceitara o convite com a condição de que lhe seria permitido se dirigir ao povo cubano ao vivo. Cancelar a visita por algum pretexto teria sido pior.

Afora o irmão mais novo do Comandante, o ministro de interior e o chefe de inteligência sentavam-se no outro lado da mesa de reunião retangular para dezesseis pessoas do Caldeirão. O Número Um estava furioso. Sempre que o Interior tinha de dar notícias devastadoras, invariavelmente o ministro falava com o seu irmão primeiro e então pedia que ele marcasse e estivesse presente no encontro. O Chefe acreditava que perder as vantagens inerentes às suas funções aterrorizava muitos velhos que haviam sido idealistas destemidos na juventude. Motivo pelo qual sempre o apoiavam. O ministro do Interior era um desses.

A maioria dos cubanos achava que o irmão mais jovem do comandante era o epítome da mediocridade. Parece que, para cada coisa que fez certo, ele errou diversas outras. Apesar da dependência que a Cuba comunista tinha da URSS, desde o início o Chefe deu-se conta de que, em muitos aspectos – história, cultura, demografia, tradições –, ambos os países eram diametralmente opostos. Seu irmão, porém, tentara transformar cubanos em russos. Nos anos 1970, encarregado de reformar a economia, ele copiara em detalhe instituições e procedimentos soviéticos, a ponto de chamar os novos ministérios de "comitês de estado", como em Moscou. Também nos anos 1970, e também nos 1980, impusera ao exército, marinha e força aérea cubanas todos os aspectos formais das forças armadas soviéticas, das insígnias de seus oficiais e soldados até as suas faixas, medalhas e uniformes. O Chefe sentiu-se forçado a terminar com tal comportamento após a transmissão ao vivo de uma parada militar. Seguindo ordens, em vez de gritarem "Viva", os soldados cubanos gritaram "Hurra" três vezes – como o Exército Vermelho fazia todo dia 7 de novembro na praça Vermelha.

Não fosse ele o seu irmão, e o mais novo teria vivido uma vida desastrada e obscura, o Chefe tinha certeza. Mas desde muito cedo o pobre demonstrara-lhe total devoção, compartilhara os seus momentos de glória por trás dos panos, o confortara em seus piores momentos, e sempre lhe prestara obediência cega. Como estava certo de que ele jamais o trairia, o designara segundo-secretário do Partido Comunista, primeiro vice-presidente do Conselho de Estado, primeiro vice-presidente do Conselho de Ministros, e ministro das Forças Armadas Revolucionárias. Além disso, ele indicara diversas vezes, em público e em particular, que ninguém era mais qualificado para sucedê-lo do que seu irmão mais jovem, uma afirmação que se equiparava às suas mentiras mais cabeludas.

– Que merda está acontecendo? – gritou o Número Um ao fechar a porta atrás de si.

Com o passar do tempo, os cortesãos e sicofantas aprenderam que, quando o chefe falava palavrões e praguejava, ele estava de mau humor. Seus íntimos perceberam que ele andava xingando um bocado ultimamente. Recusar-se a sentar era outro sinal de desagrado, de modo que os três observaram, ansiosos, quando o Número Um pegou as costas de uma cadeira com ambas as mãos mas não a afastou da mesa de reunião. O irmão pigarreou. O ministro do Interior abriu um bloco de notas e tirou a tampa de uma caneta. *C-em-c perguntou o que houve*, escreveu.

Um Lastra preocupado instintivamente sacou um charuto do bolso de cima de seu uniforme. Aquilo lhe rendeu um olhar furioso. O general deu-se conta de seu erro e guardou o Lancero. Desde que o Comandante-em-chefe teve de parar de fumar por motivos de saúde, apenas estrangeiros podiam acender charutos na sua frente. Homens de negócios dos Estados Unidos em particular, pretendendo cair nas graças do novo cliente, chegavam fumando os melhores *habanos*. Eles não faziam idéia de que estavam sujeitando o seu anfitrião ao suplício de Tântalo. O delicioso aroma de um *habano* fazia o Chefe lembrar-se de seus dias de glória, quando tirar uma profunda baforada de um Cohiba estava entre os seus prazeres mais valorizados. Às vezes, um visitante jovem e mais desinibido perguntava ao Sr. Presidente porque ele não fumava. Sua resposta, invariavelmente dada com o olhar resignado de um mártir cristão, era que cumpria o seu papel de Grande Líder. Teve de parar de fumar para dar um bom exemplo ao seu povo.

– Veja, Fidel – disse o irmão –, houve uma deserção. Temos um novo traidor.

– Quem é ele?

– É uma desertora: Micaela.

– QUEM?

– É difícil de acreditar, eu sei, mas estamos certos disso. Ela nos traiu.

O Chefe lembrava-se bem dela: um de seus poucos gênios. Ao contrário dos boatos, as deserções não o faziam ficar irado. Estava acostumado àquilo. Ao longo de 45 anos, afora os milhões de cubanos que preferiram emigrar a viver sob o comunismo, e os dois e tantos milhões que hoje desejam emigrar para qualquer lugar que não seja a Coréia do Norte, centenas de membros confiáveis de seu círculo interno deram-lhe as costas. Alguns serviram com ele, lutaram nas montanhas contra o exército de Batista, repeliram guerrilheiros anticomunistas anos depois, renunciaram a futuros promissores em outras partes. Homens e mulheres arriscaram as suas vidas, sacrificaram famílias e amigos para servirem à causa. Micaela não estava entre esses, mas ela recolhera, comparara e corretamente avaliara a informação necessária para evitar três atentados à vida do Chefe. Na noite em que ele a condecorou, ela parecia estar em transe, seus olhos diziam que ela o idolatrava. Tornara-a um de seus quadros prediletos, dera-lhe um belo lugar para morar no Vedado, presenteara-a com um carro e computadores. Quais eram os motivos de sua traição?

Número 2 descreve o problema para o C-em-c, escreveu o ministro. Um silêncio terrível pairava na sala.

O Chefe estreitou os olhos e voltou-se para Lastra. O general era o único na sala, provavelmente em toda Cuba, capaz de fornecer respostas bem informadas e conclusões plausíveis. Durante um instante, o Número Um se perguntou se deveria fazer aquela pergunta. Estava ciente do fato que lhe dariam uma mistura de algumas verdades, diversas meias verdades e exageros, afora diversas mentiras deslavadas. Ele refinara e tropicalizara os ensinamentos de Maquiavel apenas para se tornar vítima do seu sucesso, pois seus pupilos mais brilhantes levaram os seus preceitos um passo adiante. Lastra era um deles. As bochechas rosadas do Chefe ficaram ainda mais rosadas. Os cabelos cinzentos sob o seu queixo proeminente tremeram.

– O que houve, prezado camarada chefe do serviço secreto? – perguntou naquele tom de voz baixo que as pessoas temiam mais do que suas explosões de fúria.

Lastra levantou-se.

– Ela se pôs à venda, Comandante-em-chefe, e eles a compraram. Ela e seu marido fugiram há três semanas. Ambos estão em Miami agora.

O Número Um assentiu, pensativo.

– Como sabe disso, Lastra? – perguntou a seguir.

O general começou a dar-lhe a explicação sucinta e cuidadosamente elaborada que ele sugerira e que os outros dois participantes aprovaram havia três dias. A CIA se aproximara do marido de Victoria Valiente durante uma de suas muitas viagens, nos anos 1990. Com toda probabilidade, o serviço secreto dos Estados Unidos só pretendia recrutar mais um informante de baixo nível. Não tinha meio de saber quem era a esposa do sujeito. Mas então, este indivíduo, Manuel Pardo era seu nome, revelou ao seu recrutador que era casado com uma alta autoridade do serviço de inteligência. Lastra admitiu não saber quando ou como Pardo conseguiu convencer Victoria, mas não seria absurdo assumir que foi ela quem denunciou a rede Wasp para fornecer provas do tipo de revelações que poderia fazer caso lhe garantissem chegar a salvo nos Estados Unidos e lhe pagassem 2,5 milhões de dólares.

Gabriel faz o relatório completo.

– Foi isso o que eu perguntei para você? – perguntou o Chefe, agora trêmulo, os nós dos dedos tornando-se brancos no encosto da cadeira. O que realmente o aborrecia quanto às deserções bem-sucedidas era a inabilidade de detectar traidores com antecedência e mandá-los para a cadeia. O chefe do serviço secreto, que idiota ingênuo!

Perdeu bons agentes de todos os lados devido à sua inabilidade para descobrir e eliminar traidores. Um repositório de incompetência era o que ele era.

– Não, camarada Comandante-em-chefe. Perdoe-me. Sei disso porque ela ligou para mim de Miami e contou tudo.

Seguiu-se uma pausa breve e refletiva. Como sempre, o olhar do Número Um vagou pela sala antes de se voltar para Lastra.

– Você acha que ela denunciou a Águia? – perguntou.

Águia era o codinome de uma analista da DIA recrutado pelo Diretório. Sete meses antes, o FBI a havia prendido.

– Não, Chefe. Micaela não sabia da Águia.

O Chefe assentiu.

– Por que diabos ela ligou para você? Arrependimento?

– Ela disse que alguém baleou e matou o seu marido. Ela suspeita que eu o mandei matar. Ela ameaçou fazer um escândalo, dizer que mandávamos matar pessoas, etc.

O Chefe voltou-se para o irmão caçula, que olhou com o mesmo olhar dócil e resignado que sempre mantinha em sua presença. O ministro do Interior, caneta pousada sobre o bloco de notas, desejou ter uma frase curta para explicar o que estava acontecendo.

– Que provas tem, Lastra?

– Eu gravei a ligação, Comandante-em-chefe.

– Quero ouvir o que ela disse.

Curvando-se lateralmente para a direita, Lastra pegou uma pasta executiva do chão, abriu-a, e tirou dali um mini-gravador. Apertou um botão, então fechou a pasta e devolveu-a ao chão.

Durante seis minutos o Chefe ouviu uma composição da gravação feita no apartamento de Victoria na noite em que Pardo "confessou", e fragmentos de sua última ligação. O trabalho, extremamente profissional, exigiu vinte e nove horas de cuidadosa adulteração e correspondia exatamente à versão de Lastra.

Fita de áudio ouvida.

O Comandante sabia que gravações podiam ser forjadas. Ele suspeitava que aquela chamada telefônica poderia ter sido adulterada, mas não tinha como provar. Os melhores especialistas estavam sob as ordens de Lastra. Sob nenhuma circunstância eles admitiriam terem conspirado para enganá-lo. Caso admitissem, teria de sentenciá-los à morte por um pelotão de fuzilamento. Que Micaela tivesse desertado tinha de ser verdade. De outro modo, aqueles três não estariam ali, ponderou. Em alguns dias ou semanas, a mídia norte-americana confirmaria isso. Era certo que fugira para outro lugar. Mas ele jamais saberia por que ela desertou. Outro mistério. A lista de coisas que ele não compreendia continuava a crescer. Talvez ele tivesse criado muitos Lastras. Ele os ensinou a manipular pessoas e informação; agora ele, o irmão e outros sujeitos que ainda achavam estarem no comando, como o ministro do Interior, estavam sendo inescrupulosamente manipulados. Eles estavam ouvindo apenas aquilo que era impossível esconder ou aquilo que os seus subordinados achavam que ele devia saber.

– Peludo.

O ministro do Interior deixou cair a caneta, tentou se levantar, não conseguiu, segurou a borda da mesa de reuniões, então se ergueu.

– Ao seu serviço, Comandante-em-chefe

– Neste exato momento, o general Lastra está aposentado. Daqui a seis horas, quero ler um relatório sobre o que foi feito e o que ainda precisa ser feito para trazer de volta os nossos camaradas em Miami antes do FBI prendê-los. Não poupem recursos para tanto. Em dois dias quero ler um estudo sobre como reconstruir a nossa rede lá, estamos entendidos?

– Sim, Comandante-em-chefe.

– Lastra.

– Ao seu serviço, Comandante-em-chefe.

O general esperava por isso. Ele tinha de descontar em alguém e ele era o melhor culpado possível.

– Consegue se virar com quatro caixas de Lanceros por mês?

Lastra não conseguiu reprimir um sorriso triste. O gesto de despedida do Líder Máximo. Ele estava certo de que era a última vez que o veria. Em alguns instantes ele deixaria de existir para o Chefe.

– Sim, Comandante-em-chefe.

– Raúl.

– Sim, Fidel – disse o irmão caçula ao se levantar.

– Certifique-se de que Lastra receba mensalmente quatro caixas de Lanceros em sua casa.

– Obrigado, Comandante-em-chefe – murmurou Lastra. Ele sabia que, mais tarde naquele dia, provavelmente durante a reunião da manhã, o ministro seria instruído a mantê-lo sob vigilância durante 24 horas por dia, sete dias por semana, pelo resto da vida.

O Chefe arrastou-se de volta à porta de seu escritório pensando em seu argumento reconfortante favorito. Um entre doze seguidores traiu Jesus. Ele tinha milhões de seguidores, portanto, não deixaria que alguns mil Judas o deprimissem. Os traidores faziam parte da política e a política era a sua vida. Antes de girar a maçaneta, voltou-se para os três homens que permaneciam estáticos.

– Nunca mais quero ouvir falar em Micaela – disse, impassível. Então, entrou no seu escritório e fechou a porta atrás de si, imaginando que time ganhara o jogo de beisebol daquela noite.

Gabriel aposentado. Relatório sobre resgate de agentes em Miami às 6h45. Relatório sobre refazer a rede: 48 horas. Reunião terminou às 0h16, 15 de maio de 2002.

No mesmo dia em que Victoria Valiente foi admitida no Jackson Memorial Hospital, uma excelente instituição médica perto do lugar onde morava Steil, Smith fora advertido que o prognóstico era desanimador. A bala fraturara a primeira costela, perfurara a artéria intercostal, ferira os brônquios e atingira o pulmão esquerdo. Enquanto estava sendo operada, soube-se que um inalador de asmático fora encontrado na bolsa da paciente. Tal insuficiência respiratória era outro fator nada encorajador, advertira o médico de plantão. Portanto, quando o hospital ligou quatro dias depois para dizer que a paciente estava morta, Smith não ficou surpreso. Foi de carro até lá e uma enfermeira do CTI passou cinco minutos lendo para ele o relatório médico da paciente, uma longa e incompreensível lista de acrônimos e abreviações.

– Mas quando um paciente se recusa a melhorar, a ciência médica torna-se impotente – foi como ela concluiu. E fechou a capa de metal do arquivo.

– O que quer dizer com isso? – perguntou Smith.

– Esta paciente recusou-se a viver, senhor – disse ela batendo com os dedos sobre o arquivo. – Já vi muitos casos assim. Seus olhos diziam que ela queria morrer.

David Szady, o chefe da contra-inteligência do FBI, pedira-lhe para ser mantido informado dos acontecimentos, motivo pelo qual, na divisão Miami, Smith recapitulou tudo antes de ligar para ele.

A perícia provara que a bala que matou Maria Scheindlin fora disparada por uma Beretta. A mesma arma acabara com a vida de Carlos Capdevila. Eugênio Bonis, já morto ou morrendo devido a uma bala disparada pela Tokarev, fora alvejado na cabeça de muito perto pela Beretta. A arma russa tinha impressões digitais de Berta e de Capdevila. A Beretta tinha impressões de Berta e Bonis. Amostras das mãos de Berta recolhidas no hospital detectaram escorva, nitritos e nitratos de dois tipos diferentes de munição. Conclusão: ela disparara a Tokarev *e* a Beretta. Ele e Hart compartilhavam da teoria de que o casal encontrara Bonis na garagem do aeroporto, o jardineiro e Capdevila atiraram um no outro, então Berta, furiosa ou a sangue frio, deu o golpe de misericórdia em Bonis usando a arma dele. O que teria causado a disputa? O dinheiro confiscado era uma possibilidade.

Baseados nas provas circunstanciais disponíveis, Smith e Hart fizeram algumas suposições embaraçosas. Embora nada tivessem encontrado na casa de Bonis que pudesse ser relacionado a armas de fogo e espionagem, sentiam-se razoavelmente certos de duas coisas: o jardineiro matara Maria Scheindlin e era um espião. Seus registros provavam que ele era o paisagista preferido de muitos cubanos ricos, incluindo diversos diretores da Fundação Cubano-Americana. Ele cuidava do jardim dos Scheindlins havia mais de dez anos. A fita de vídeo determinou que ele foi a única visita que Maria recebeu na manhã de 7 de maio. O portão da residência permaneceu aberto após ele sair. Dois atendentes de linhas aéreas lembraram-se de que ele esteve no seu balcão, perguntando por passagens para Ottawa. Ele passou um limpador de disco para apagar o disco rígido de seu computador. Ora, se a coisa se parece com um pato, anda como um pato e grasna como um pato, então deve ser um pato.

Contudo, com ele, Maria e Micaela mortas, descobrir muito mais do que isso parecia ser muito difícil. O motivo de recrutarem uma dona-de-casa que não tinha ligações com a comunidade cubana não estava claro. Talvez, especulou Smith, a CuIS esperasse conhecer os planos do marido dela em relação a Cuba. Mas Hart tinha dúvidas quanto a isso.

Para o FBI, porém, Bonis e Maria eram peixe pequeno se comparado a Berta-Micaela. O codinome que ela dera durante a ligação para Havana os fez crer que ela era a famosa chefe da seção Miami do CuIS. Hart defendia a teoria de que ela e Capdevila, cujo nome real aparentemente era Pardo, realmente eram dissidentes e que Lastra, diretor-geral do CuIS, mandara Bonis executar a ambos e a Maria Scheindlin, cujo codinome era Pola Negri. Afora isso, argumentou o agente especial, a CuIS raramente enviava chefes de setor para o exterior e, quando o fazia, dava-lhes cobertura diplomática.

Fazendo o papel de advogado do diabo, Smith discordou. Ele argumentou que agentes leais preferiam a morte à desonra, e foi o que ela acabou fazendo. Berta-Micaela viera a Miami para executar uma importante missão para a qual precisava dos cem mil dólares, talvez reconstruir a rede Wasp, supôs. A página de códigos e a chave para uma caixa de depósito de valores encontradas em sua bolsa fornecia provas de suas intenções. O CD perfurado, diagnosticado como ilegível pelos técnicos do FBI, provavelmente armazenava informação relacionada à sua missão. Tendo falhado, vendo o seu camarada e possível amante morto, ela cometera suicídio. O caso Berta-Micaela fugiu ao padrão, argumentou.

Considerando tal possibilidade implausível mas sem querer dizê-lo, Hart abriu uma gaveta da escrivaninha, extraiu dali uma mini-fita que inseriu em seu gravador: "Tudo o que queríamos era ir embora, Lastra. Estávamos de saco cheio de repressão, hipocrisia, mentiras, culto de personalidade e a crise econômica cada vez pior. E, sim, é verdade, Pardo teve inteligência e coragem para ferrar com você. Mas deixe eu lhe dizer uma coisa: nunca me passou pela cabeça entregar os idiotas que temos aqui arriscando a sua liberdade para que Sua Majestade e seus cortesãos vivam bem. Comporte-se e eu nada farei. São apenas um bando de fantoches manipulados, como são você e aqueles sob o seu comando, como eu era até há alguns dias. Mas fique avisado, Lastra, farei um relatório completo, dando todos os nomes e endereços. Pode apostar que se alguma coisa acontecer comigo, recorrerei ao Cigano. E você sabe, Lastra, sabe perfeitamente bem que o escândalo chegará às manchetes daqui até o Nepal. Portanto, está em suas mãos, general."

– O desprezo e o ódio nesta voz, chefe, parecem bem reais para mim – disse Hart ao parar o gravador. – O desprezo de alguém que fingiu durante muito tempo e finalmente pode se expressar. O ódio de uma pessoa dirigindo-se ao homem responsável pela morte de seu amor.

Smith gostava de fazer papel de advogado do diabo mas detestava ser considerado um idiota, portanto desistiu da hipótese da "missão importante" e aceitou a teoria da deserção como a mais provável.

– Imagino quem seria o Cigano – perguntou-se antes de encerrar a troca de idéias.

Tendo completado este resumo mental, ergueu o telefone do gancho e discou o número do Cigano uma hora depois da morte de Victoria ser anunciada. Ele passou as notícias para seu superior.

– Por que ela se matou, Nathan? – perguntou Szady. Smith sabia que aquela não era uma pergunta retórica.

– Creio que nunca descobriremos, senhor – disse Smith. – Em sua ligação para Havana, que ela não podia imaginar que estávamos gravando, deixou bem claro que havia desertado. Mas alguém desertaria e, depois, cometeria suicídio? Isso não bate.

– Não, não bate.

– Talvez o fator determinante fosse a nossa presença. Ela devia estar com medo de ser torturada até a morte.

– Ora, vamos, Nathan. Ela era cubana, lembra-se? Não uma fanática da al-Qaeda.

– Bem, senhor, sabe como são os comunistas. As crianças são doutrinadas desde o jardim de infância. Nós, porcos capitalistas, somos maus, nós torturamos, aplicamos soro da verdade e eletrodos nos genitais. Este tipo de lixo ideológico vem à tona em momentos críticos. Perder o seu homem, se é que esse Capdevila ou Pardo era o seu homem, pode ter sido um fator que contribuiu para ela puxar o gatilho. Estavam sexualmente envolvidos, com certeza. Encontramos esperma nos lençóis de seu quarto de hotel. Ela disse que Pardo era seu marido, mas Hart disse que em Cuba a palavra *marido* tanto se aplica a um homem com quem se é casado legalmente quanto um amante. Talvez ela gostasse dele. Não creio que algum dia venhamos a descobrir se eram casados.

– Acha que ela planejava entrar em contato conosco?

– Apenas como último recurso. No telefonema para Lastra, ela disse que não pretendia denunciar os *compañeros* aqui. Mas gostaria que aquele CD estivesse intacto, ou que minha requisição de consulta com o DGSE fosse aprovada. Alguma notícia a esse respeito?

– Não, ainda não.

– Gostaria que você discutisse isso com o diretor. Nossos rapazes estão certos de que a chave pertence a uma caixa de depósitos francesa, mas não podemos determinar de que banco ou filial. Deve haver provas frescas ali.

– Muito bem. Verei o que posso fazer. Merda, esperava que ela se recuperasse. Perdemos uma grande fonte. Imagina aquela mulher abrindo a boca?

– Um divisor de águas. O dissidente consumado. Teríamos limpado o sul da Flórida. Sabe o que disse Hart quando eu falei que ela tinha morrido?

– Não.

– A enviada pelo céu voltou para o céu.

Szady riu.

– Bela frase – disse ele. – Não creio tê-la ouvido.

– O pessoal do Jackson Memorial fez tudo o que podia – disse Smith. – Eles a salvaram de duas paradas cardíacas.

– Estou certo que sim. Bem, acabou. Eu lhe direi o que o diretor acha de consultar o DGSE. Cuide-se, Nathan.

– O senhor também.

Capítulo 10

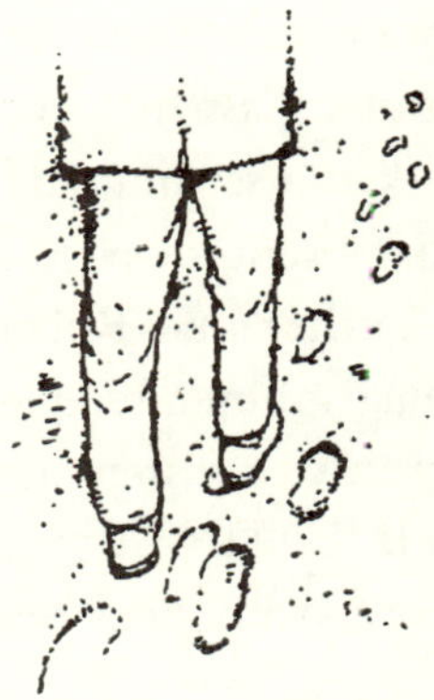

Fidélia recebeu uma ligação de Hart por volta do meio-dia em 29 de maio, uma quarta-feira. Haviam terminado com o seu passaporte e ela poderia buscá-lo naquela mesma tarde caso desejasse. Ele estaria no escritório até as sete, acrescentou o agente especial.

Enquanto estava em Cuba, Fidélia desenvolvera uma estranha antipatia para com as autoridades. Tal disposição piorara nos Estados Unidos. Seus negócios com todo tipo de autoridades de governo, policiais, juristas e burocratas em geral eram de natureza adversa. Por este motivo, ela pediu a Hart que o passaporte fosse entregue em sua casa, lugar, aliás, de onde fora tirado, argumentou. O agente especial tinha prática em lidar com gente não cooperativa. Em sua casa? perguntou ele. Ao que se lembrava, o passaporte da Sra. Orozco fora encontrado na bolsa de uma seqüestradora. Afora isso, teria a Sra. Orozco mudado para o apartamento do Sr. Steil? Seu endereço registrado era outro, não aquele do Sr. Steil. Afrontada, Fidélia ficou sabendo a seguir que também teria de assinar um recibo. Ciente de que havia perdido feio aquela disputa, Fidélia deixou a empresa de advocacia mais cedo, foi até o edifício do FBI e pegou o seu passaporte. Chegou ao apartamento sentindo-se beligerante.

O dia de Elliot também não fora bom. Gente do Departamento de Controle de Bens no Exterior do Tesouro dos Estados Unidos começara uma investigação para determinar se a IMLATINEX era a empresa-mãe da Trans-Caribbean, a empresa panamenha criada por Scheindlin para servir-lhe de fachada para os seus negócios com Cuba. Caso fossem descobertas violações das regras, a IMLATINEX poderia ser multada na casa dos milhões de dólares, e seus executivos sentenciados à prisão. Seus advogados asseguraram Elliot e Plotzher que Ruben Scheindlin havia coberto as suas pegadas magistralmente, que ambos os testas-de-ferro panamenhos estavam prontos a testemunhar em corte caso surgisse a necessidade, e que a IMLATINEX teria um certificado de idoneidade, mas Elliot não confiava nas certezas dos advogados.

Naquela noite, a lavadora de pratos murmurava calmamente na cozinha e Elliot estava à escrivaninha, lendo o *New York Times* em seu laptop, quando Fidélia, sentada no sofá de dois lugares, acabou de revisar pela última vez um mandado que ela enviaria na manhã seguinte.

– Peguei o meu passaporte esta tarde – disse ela.

Elliot voltou-se em sua cadeira.

– Ah, foi?

– Sim.

– Esteve no FBI?

– Estive.

– Viu Hart?

– Sim.

– Ele disse alguma coisa sobre... o que aconteceu?

– Para mim? Está brincando? Por que ele faria isso quando vê que até mesmo você está me escondendo coisas?

Elliot viu o que estava para acontecer mas não conseguiu pôr panos quentes no assunto.

– Isso não é justo, Fidélia. Eu lhe contei toda a história.

– Ora vamos, Elliot. Pare de me enganar. Não sou retardada, sabia?

– Eu, enganando-a? Está me dizendo que eu não encontrei Berta e Capdevila em Havana? Que eu inventei a história de Scheindlin ter comprado remédios para Cuba?

– O que estou dizendo é que o que me contou é apenas a ponta do iceberg. Detesto abusar de analogias, mas esta descreve a coisa muito bem. Você está escondendo o jogo. Oh, merda, lá vou eu de novo. Não me incomodaria, você sabe, não me incomodaria nem um pouco, porque a nossa relação não me dá o direito de meter o nariz em tudo o que você faz. Detesto vê-lo se meter em problemas porque me preocupo com você, afinal você já é um homenzinho e cabe a você conduzir a sua vida. Contudo, quando sou ameaçada, seqüestrada e resgatada por uma equipe da SWAT, acho que tenho o direito de saber o que diabos está acontecendo. Então você fica escorregadio e misterioso comigo, e basta observar os olhos de certas pessoas, como o Sr. Grande Super Agente Especial Hart, e ler: "A madame é uma idiota. Steil a despreza."

Steil desligou o computador e voltou-se na cadeira para encarar Fidélia.

– Já falamos sobre isso. Eu lhe disse tudo o que há para contar. Toda essa situação começou de um jeito e acabou de outro. Parece que Berta e o marido eram espiões cubanos e o FBI estava atrás deles. Não sei como entraram no país. Ela disse que tinha de pegar o dinheiro, você a ouviu dizer isso, e todo o tempo o tinha com ela. Teria o homem que matou Maria Scheindlin dado o dinheiro para ela? Eu não sei. As coisas se encaixam, certamente, mas como? Não faço a menor idéia. Como posso lhe dizer? Seria estupidez de minha parte encontrar Hart e dizer: "Ei, Fidélia e eu queremos saber o que aconteceu. Diga-nos." O sujeito riria na minha cara. Portanto, não o farei. Mas uma coisa eu posso lhe assegurar. – Ele ergueu e balançou o indicador da mão direita. – Nunca me envolveria em algo sabendo que isso poria a sua vida em risco. Contudo, arrisquei a sua vida duas vezes. Eu sei. Peço desculpas.

– Desculpas aceitas. Mas não aponte o dedo para mim.

– Oh, lamento taaaanto – disse Steil, então irônico. – Obrigado por ser tão compreensiva. Agora, eu não sei...

– Terei detectado um tom de sarcasmo em sua voz?

– Pelo amor de Deus! – disse ele, girando os olhos em sinal de desespero. – Vamos ser sérios. Eu estava a ponto de dizer que não sei o que me aguarda no futuro. A OFAC está investigando a empresa.

Ela franziu as sobrancelhas e perguntou:

– O que é a OFAC?

– OFAC é o departamento do governo encarregado de manter o embargo sobre Cuba. Eles suspeitam que a IMLATINEX violou o embargo.

– Vocês violaram? Que pergunta idiota. Por que a fiz? Você não precisa responder.

– Não no meu turno de vigia. O que aconteceu antes de eu me juntar à empresa não é da minha conta.

– Certo. Você não é legalmente responsável pelo que aconteceu antes de 1995.

– Sei disso. Mas se descobrirem alguma transação questionável de lá para cá, a empresa será multada e Plotzher e eu podemos ser condenados à prisão. E você pode se ver em apuros. A imprensa noticiaria o fato. Ainda pior: alguns anti-comunistas empedernidos poderiam me acusar de ser um agente de Castro e me espancarem ou arranjarem um atentado contra mim. Isso seria ainda pior. Suponha que você esteja do meu lado quando eu for espancado ou baleado.

– Você está exagerando demais as coisas.

– Certo. Estou antecipando a pior hipótese porque quero que você pense longa e seriamente em nosso futuro a dois.

– Espere aí, espere aí. O que isso quer dizer?

– Quer dizer que compartilhar a sua vida comigo pode ser arriscado, e se você quiser ir embora, eu compreenderei. Não será o que desejo, mas compreenderei.

– É isso?

– Não se decida agora. Pense bem. Tire uma semana, um mês, o quanto quiser. E não conte com relatórios diários de cada coisa que eu faça ou de cada risco que eu assuma, porque não os farei. Certo?

Fidélia levantou-se.

– Você está insuportável esta noite. Vou dormir.

– Bons sonhos, Fidélia.

– Elliot, você não é bom fazendo sarcasmo. Cale a boca.

No quintal de sua casa em Bay Harbor, sob um pára-sol com listras verdes e brancas, sentados em cadeiras acolchoadas e acalentando seus drinques, Jenny Scheindlin e Samuel Plotzher concluíam um longo e interessante diálogo. Durante uma pausa na conversa, o velho judeu contemplou os arredores através de óculos bifocais com armação de ouro. O jardim estava majestoso, como que em tributo ao jardineiro falecido. Emoldurados pelas espetaculares buganvílias púrpuras que margeavam a propriedade, os canteiros em plena floração criavam uma esplêndida paleta de azuis, verdes, vermelhos, rosas e amarelos. Os perfeccionistas diriam que o gramado precisava ser aparado, pensou Plotzher. Uma brisa suave espalhava o aroma das flores, árvores, água do mar e terra molhada pelos jardins da comunidade. As ondulações que causava na piscina refletiam o sol e criavam uma sucessão de clarões ofuscantes que forçavam os humanos, pardais e beija-flores aninhados no teto de telhas romanas a piscarem mais que o habitual.

Vestindo um tope amarelo-limão três vezes maior que ela, Jenny lembrava uma adolescente esquelética brincando de vestir as roupas de uma mãe obesa, mas a moda agora era vestir roupas maiores que o seu tamanho. Também vestia calças verdes, mocassins, e óculos escuros de grife. Jenny tomou um gole de seu copo – os drinques clássicos estavam de volta à moda e Chris fazia ótimos coquetéis. Sob a luz trêmula, cabelos presos por uma tira de cetim, ela estava tão bonita que Plotzher a admirou, absorto. Ele vestia jeans desbotados, botas de trabalho, e uma camisa azul de algodão com mangas compridas, mangas dobradas até o cotovelo. Seu copo continha uísque escocês com gelo. Os dois juntos contrastavam: glamour e praticidade, arte e indústria, ingenuidade e política, futuro e história. Em verdade, porém, a parceria comercial entre Sam e o pai de Jenny, o fato de compartilharem os mesmos valores culturais e tarefas secretas levadas a cabo nos últimos três anos haviam forjado um vínculo estreito entre a modelo e o velho.

– Eu sinto tanta falta dele – suspirou Jenny, olhar perdido no céu azul-claro.

Durante um instante, Plotzher pensou no que dizer.

– Nunca pensei que viria a amar um homem. E eu o amava – foi o que ele disse.

– Mamãe era assim... – Jenny hesitou. – Bem, você sabe. Ela tinha um grande tino comercial e, no entanto... basicamente agia como se o seu mundo de sol, alegria e tarefas domésticas fosse... tipo... ruir caso ela tomasse a iniciativa. Sabe o que quero dizer? Então, quando ela começou a sair do casulo depois que papai morreu, aquele filho da puta a matou. Por que ele fez aquilo, Sam?

– Eu não sei – disse ele.

Ele suspeitava porque, mas não tinha certeza.

Jenny olhou para os canteiros de flores e suspirou.

– Eu sinto muita falta dela, claro, mas sinto ainda mais saudade de meu pai. Ele me ensinou princípios básicos de conduta, tipo, você sabe, "estude, economize seu dinheiro, seja forte, corra atrás do que você quer." Desde que tenho três ou quatro anos ele falava comigo sobre Israel e o povo judeu com tal devoção que eu tipo, você sabe, me apaixonei pela minha ancestralidade. Meu orgulho por ser judia é resultado de suas lições e o tempo que passei em Israel.

Plotzher meneou a cabeça, aprovando.

– Ele ficaria muito feliz e orgulhoso ao ouvi-la dizer isso. Mas o que mais o agradaria seria ver quão bem você seguiu os seus passos.

– Ele estava sempre me dizendo: "Considere cuidadosamente o que deve fazer, então faça. Falar é fácil. Para ter valor prático, o falar deve ser amparado por atitudes."

– E você está se saindo muito bem – disse ele encarando-a, cotovelos nos braços da cadeira, segurando o copo com ambas as mãos. – Seu relatório sobre o sheik da Arábia Saudita foi muito elogiado por Tel Aviv. Mas deixe-me lembrar-lhe de algo, para encerrarmos por hoje. Você está em um negócio no qual as pessoas se aposentam jovens, certo?

– Certo.

– Portanto, enquanto persegue a sua carreira de modelo, tenha em mente que daqui a cinco, dez ou quinze anos, os estilistas e fotógrafos vão parar de mimá-la. Mas não fique preocupada. Eu já terei ido embora há muito tempo quando você atingir esse estágio em sua vida e...

– Oh, Sam, não diga isso – disse ela com autêntico pesar em sua expressão.

– Não me venha com "Oh, Sam". Ruben morreu, você superou; sua mãe morreu, você superará; eu morrerei e você superará ainda mais rapidamente, porque a gente aprende a aceitar a morte. Se eu não tiver morrido quando você encerrar a sua carreira de modelo, estarei sentado em uma cadeira de rodas, babando e cagando nas calças. Deus me livre! Portanto, o que quero dizer é o seguinte: outras modelos, ao chegarem nesta encruzilhada, casam-se com um sujeito rico ou se tornam putas de luxo. Você não. Você não precisará disso. Será ainda mais rica do que agora. Entende o que estou dizendo?

– Claro – disse ele, lembrando-se que, apesar de estar intrigada, não devia franzir as sobrancelhas. Onde Sam queria chegar?

– Quando terminar a sua carreira de modelo, você terá opções. Por exemplo: "Por que me aborrecer com a empresa? Vou vendê-la para fazer o que gosto, ir para onde quiser, quando quiser." Bem, é a sua vida e, claro, pode fazer o que achar melhor. Mas gostaria que considerasse que, caso venda a empresa, estará vendendo algo vital para a segurança de Israel. Não pedimos dinheiro, não pedimos que interrompa a profissão que escolheu. Não precisará pedir a nossa permissão se quiser casar, ter filhos, divorciar-se, ficar solteira. Jamais pediremos para você mudar o seu estilo de vida ou se expor ao perigo. O que pedimos, para a segurança de Israel e pelo bem do povo judeu, é que você se apegue à sua empresa e prepare-se para administrá-la. Agora, você faria isso por Israel e por seu povo?

– Claro que sim, Sam.

– Você realmente pensa assim ou só está dizendo isso para eu ficar tranqüilo?

– Realmente penso assim, Sam.

– Então tem de começar a se mover nesta direção. As coisas que tem de dominar não podem ser aprendidas em um ano ou dois. Portanto, sugiro que você se aproxime de Elliot Steil o mais rapidamente possível, aprenda com ele tudo o que puder. Sempre que tiver um ou dois dias de folga, por favor chame Elliot, vá até a empresa, faça perguntas...

– Por que devo depender de Elliot? Eu tenho você.

– Você deve depender dele por dois motivos, três em verdade. O primeiro é que ele é o gerente. Sei pouco sobre burocracia e ele não sabe coisa alguma sobre a logística do negócio. Nós nos complementamos. Mas, em alguns anos, Elliot saberá tudo o que precisa saber sobre a IMLATINEX, porque eu vou lhe ensinar a logística. A segunda razão é que ele é um professor nato. Ele tem a habilidade de fazer as pessoas compreenderem assuntos muito complexos em pouco tempo. E a terceira razão é por ele ser esperto e honesto. Honesto ao ponto de ser ingênuo, sabe ao que me refiro? Agora, esperteza e honestidade são duas grandes qualidades, desde que estejam na proporção certa. A honestidade excessiva é perigosa para os negócios. Cuidado com a honestidade de Elliot, mas absorva tudo o que puder dele.

– Eu o farei.

– Quando tomar as rédeas da empresa, você começará vida nova: a vida de uma mulher de negócios. O sangue de Ruben a fará adorar aquilo. Somente então você se dará conta de que os agentes secretos mais valiosos de Israel são aqueles que operam no mundo dos negócios. Você está indo bem. Mas este saudita e os outros que se aproximam de você agora vêem em você pouco além de uma bela mulher que desejam levar para a cama. Fazem comentários casuais, se o fazem, porque não estão pensando em política e negócios na sua presença. Estão pensando em romance ou sexo. Eles a subestimam e isso é maravilhoso. Afinal de contas, acabarão vendo você como uma executiva de meia-idade, muito rica e atraente, capaz de negociar, citar preços de memória, se encontrar com autoridades governamentais e, durante um drinque após o expediente, discutir eventos do mundo atual. Então, Jenny, você estará em posição de ampliar a fama de seu pai, que era um dos mais valiosos agentes do Mossad de todos os tempos.

Jenny inspirou profundamente e deixou os olhos vagarem pelo jardim. Os pensamentos que seu protetor acabara de plantar em sua mente, como os feijões de João, cresceram desproporcionalmente. Ela se viu atravessando os corredores do poder político e financeiro, entrando nos mais famosos salões artísticos, atraindo olhares admirados de homens ricos, elegantes e cultos, que disputariam a sua companhia e afeto. Ela seria o símbolo de status que outras modelos eram então. O tipo de mulher que os bilionários exibem nos lugares mais exclusivos. Aquilo serviria para colher informações para o povo judeu, para proteger a sua pátria, conquistada com tanto sacrifício. Ela certamente ampliaria a fama de Scheindlin.

– Eu a vi crescer, eu a amo, quero o melhor para você – disse Plotzher após alguns instantes, tendo considerado com antecedência que a conversa devia terminar com uma observação muito íntima e pessoal. – Você perdeu o seu pai, sua mãe, e eu quero saber o seguinte: quem é o seu parente mais próximo, Jenny?

Seu sorriso era o mais belo que ele já vira.

– Você, seu bode velho. Quem mais?

– Foi o que pensei. Portanto, ouça esse conselho. Só vejo duas coisas que podem frustrar o seu futuro brilhante: drogas e álcool. Não há mal em cheirar uma ou duas carreiras ou tomar um desses – disse ele erguendo o copo. – O problema começa quando você tem de cheirar pó ou beber álcool porque o seu cérebro exige, sabe o que quero dizer? Quando isso acontecer, você estará com problemas. Portanto, fique de olho em si mesma. No dia em que começar a sentir necessidade de uma bebida, uma carreira, uma pílula, uma baforada ou seja lá o que estiver na moda no mercado, você estará em apuros. Neste caso, procure ajuda, de quem você achar que melhor pode ajudá-la. Entende o que digo?

– Sim, Sam. Não se preocupe.

– Ótimo. – Sam Plotzher pousou o copo na mesa, agarrou os braços da cadeira e levantou-se. – Bem, querida, vamos ficar por aqui.

Jenny levantou-se rapidamente.

– Fique para jantar, por favor.

– Quer que a velha me deixe na rua hoje à noite?

– Oh, Sam. Não fale assim. Esther é a mulher mais doce que conheço.

– Seus amigos lhe farão companhia. São bichas, não são?

– Sam... ora vamos, não seja homofóbico. Um sujeito como você? São boa gente.

– Toda geração tem o seu código de valores. Para a minha, bichas são pervertidos. Estou velho demais para mudar, Jenny. Leve-me até a porta.

Ela deu o braço para ele e andaram pelo caminho de granito cinza que levava à porta corrediça.

– Acho que vou vender esta casa, Sam. Más lembranças – disse Jenny, o olhar vagando pelo quintal.

– Eu compreendo.

Cruzando a área de estar, o velho sorriu e meneou a cabeça para Valério quando este saiu da cozinha para perguntar se queriam alguma coisa. Jenny agradeceu e disse que não. Na porta da frente, a modelo ficou com os olhos lacrimejantes ao beijar a face de Plotzher.

O protetor de Ruben Scheindlin por mais de vinte e cinco anos, e de Jenny Scheindlin desde 1999, o homem que escreveu a carta anônima que pôs o FBI na pista de Maria, pegou o carro e foi embora enquanto o sol se punha.

O coronel Enrique Morera (codinome Bernardo), chefe interino do Diretório Geral de Inteligência e chefe do Departamento dos Estados Unidos, vivera uma vida imprevisível desde a adolescência. Geralmente, quando quase todo mundo estava trabalhando, ele estava profundamente adormecido em casa, e vice-versa. À meia-noite de 31 de dezembro de 1999, enquanto 99,9 por cento dos cubanos saudáveis, seus parentes e amigos inclusive, erguiam as suas taças para saudar o novo milênio, ele redigia uma mensagem urgente para um ilegal. Tal dedicação custou caro à sua vida familiar. Sua primeira mulher se divorciara dele após cinco anos e seu filho único, agora com 38 anos, era um alcoólatra exibicionista mantido fora da cadeia graças aos amigos do pai nos círculos policiais.

Em 1974, algumas semanas depois que sua segunda mulher deu à luz, Morera começou a tentar evitar que acontecesse a mesma coisa de novo. Quando, em 1998, sua filha, uma microbióloga, casou-se e mudou-se para Sancti Spiritus, ele prometeu à esposa que toda vez que tivesse uma folga, iriam ao cinema, tomariam um drinque, ou apenas sentariam no muro do Malecón para admirar o mar e conversar um pouco. Morera já chegara à conclusão que vivia uma vida de cão; e por uma causa perdida.

Sua mulher, uma juíza aposentada, era agora uma dona-de-casa de tempo integral. Uma ou duas vezes por mês, quando menos esperava, o telefone tocava e o marido lhe perguntava o que ela achava de soltar o cabelo. Invariavelmente ela topava, trocava de roupa, passava batom, e entrava no Lada do coronel quando ele buzinava diante de sua bela casa no Casino Deportivo.

Às 17h19 de 23 de maio, uma quinta-feira, Morera e a esposa entraram em um cinema na rua 23 entre a G e a H, no Vedado, para assistir a um filme italiano. Sentaram-se no andar de baixo, quinta fileira contando de trás para a frente e esperaram a matinê começar. Quinze minutos após o começo do filme, uma mulher de meia-idade mudou para uma poltrona na quarta fileira, atrás e à direita do coronel. Passava o terceiro rolo de filme quando Morera lentamente tirou do bolso da calça uma caixa de plástico contendo um CD de 8cm. Segurando-a com o polegar e o indicador, sem tirar os olhos da tela, ele cruzou as pernas e apoiou o braço nas costas da poltrona à direita naquilo que parecia ser uma mudança de posição natural. A mulher de meia-idade pegou a caixa e jogou-a dentro da bolsa.

No momento em que o filme acabou, quando rolavam os letreiros, a mulher saiu às pressas do cinema ainda às escuras. Ela desceu a rua G com longas passadas, virou à direita na 21, abriu a porta do lado do passageiro de um Studebaker 1953 estacionado entre a G e a H, abriu a bolsa e entregou a caixa para um jovem de cabelos negros e óculos de armação de plástico que estava ao volante. O motorista ligou a ignição e partiu. A mulher saiu do carro na esquina de Artola e Vista Hermosa, em Jacomino. Naquela noite, o jovem entregou o CD para uma faxineira da filial Havana de uma empresa brasileira. Na manhã seguinte, a faxineira deu o disco para o gerente da empresa.

Cinco dias depois, em 28 de maio, Efraim Halevy, chefe do Mossad, recebeu duas mensagens de seu inestimável agente cubano. Uma dizia respeito ao caso Micaela; a outra listava os nomes de 19 agentes do CuIS que trabalhavam sob disfarce diplomático na missão cubana da ONU, em Nova York, e no Escritório de Interesses de Washington. Halevy assinou uma ordem transferindo vinte mil dólares para a conta numerada do banco em Liechtenstein onde o coronel cubano guardava o seu dinheiro.

Recrutado em 2000, Morera era o responsável pela longa lua-de-mel que o Mossad e o FBI estavam mantendo. Ciente de que o Mossad servira como simples intermediário, para atiçar o apetite do usuário final e em troca de cinqüenta mil dólares, em março de 2001, Morera denunciou o analista da DIA recrutado em 1985. Quando o representante oficial do Mossad em Washington passou a informação para o agente de ligação do FBI, o sujeito riu na sua cara.

– Verifique – disse o israelense.

A lua-de-mel realmente decolou quando o FBI corroborou o inimaginável: Castro tinha olhos e ouvidos no serviço secreto do Departamento de Defesa dos Estados Unidos.

Para fazer o intermediário feliz, Morera denunciou Pola Negri em maio de 2001. Foi embaraçoso para o Mossad descobrir que a verificação de segurança de Maria em 1975 falhara miseravelmente. Os envolvidos estavam aposentados ou mortos, portanto não podiam ser cobrados. Ruben Scheindlin, um de seus melhores agentes, passara 26 anos casado com uma espiã comunista que dera a luz e educara uma jovem promissora que se comportava como uma verdadeira sabarita. Era reconfortante lembrar que Scheindlin fora extremamente cuidadoso e discreto. Ele provavelmente nunca revelou qualquer coisa significativa para a esposa. Baseado nos relatórios de

Morera, o Mossad instruíra Samuel Plotzher, o protetor de Ruben Scheindlin, a enviar uma carta anônima para o FBI denunciando a mulher do agente.

Agora, Morera estava exigindo meio milhão, salvo-conduto, relocação, e ser incluído no programa de proteção de testemunhas do FBI, em troca da rede Pitirre. Halevy tinha certeza que os Estados Unidos não pensariam duas vezes antes de dar quinhentos mil dólares para desmantelar aquilo que Morera descreveu como a mais antiga e mais eficiente rede de espionagem cubana, que incluía agentes que ninguém poderia sonhar estarem trabalhando para a inteligência cubana desde os anos 1960.

A logística para tirar de Cuba um sujeito como Morera e três parentes era particularmente complicada, ponderou Halevy. Como segundo em comando no Diretório, o cubano tinha de dizer onde estava todo o tempo. Talvez quando Morera e a família tirassem férias. Se lhe dessem este trabalho, ponderou Halevy, infiltraria um submarino na calada da noite em uma enseada larga e profunda de Cuba sem instalações portuárias na costa sul da ilha – na Baía dos Porcos, por exemplo. Mas esse não era problema seu. Ele só tinha de servir como intermediário. Halevy apertou um botão para chamar seu assistente.

– Encaminhe isso, Yossi – disse, quando um homem portando um bloco de notas entrou na sala. – Memorando para Washington. Por favor encaminhe para amigos a lista de diplomatas cubanos nos Estados Unidos que...

Às 17h45 de 7 de junho, no cubículo envidraçado da IMLATINEX, Samuel Plotzher verificava os itens de uma lista em sua prancheta e Elliot Steil revisava especificações em um contrato quando o judeu se espreguiçou, olhou para o relógio e voltou-se a Steil.

– Ei, Elliot, você me daria uma carona? Meu carro está na oficina para regulagem.

– Claro – disse Elliot, que imediatamente começou a fechar pastas e fichários para mascarar a surpresa. Era a primeira vez em oito anos que Plotzher pedia-lhe um favor.

Entraram no recentemente adquirido Saab 9000 1988 cinza carvão de Elliot dois minutos depois. Menos de vinte segundos depois de deixarem o armazém as coisas ficaram ainda mais estranhas.

– Está quente não é mesmo? Que tal se fôssemos a South Beach tomar um drinque e admirar bundas e peitos? – perguntou Plotzher.

Steil perguntou-se se ouvira bem. Sam Plotzher queria admirar jovens nuas?

– Não é má idéia – disse o cubano, bastante evasivo – vamos lá.

Ele entrou à esquerda na North Miami Beach Boulevard.

Considerando Sam um tipo forte e silencioso, Steil concentrou-se em dirigir e nada mais foi dito durante o trajeto de 35 minutos. O Saab passava pelo Delano Hotel na avenida Collins quando Sam voltou a falar.

– Estacione onde quiser, Elliot. Vamos caminhar pela praia.

Elliot encontrou uma vaga na esquina da Collins com a 12, em Lummus Park. Ambos saíram do carro e, queimando de curiosidade, Steil trancou o carro. Plotzher caminhou em direção à água, deixando marcas na areia quente cor de mármore. Seu sócio cubano o acompanhou. A tarde sem nuvens prometia um esplêndido pôr-do-sol. Surpreendentemente, nenhuma das poucas pessoas ao redor estava completamente nua. Contudo, uma morena de 1,80m de altura e vestindo apenas a parte de baixo de um minúsculo biquíni atraiu o olhar de Elliot. Com os músculos da coxa ressaltados sob a pele, ela passou em direção ao sul, as suaves marolas quebrando e morrendo aos seus pés. A brisa suave balançava o seu rabo-de-cavalo, que despontava de um boné cáqui. A mão esquerda repousava sobre a viseira do boné, para melhor observar os diversos veleiros que pareciam estar fazendo parte de uma regata. Um corpo que merecia ser idolatrado, pensou Elliot. Bola de Pêlo, um cubano que ele conhecia, sempre dizia o mesmo ao ver mulheres assim: começaria beijando o pé da cama.

– O verdadeiro motivo que me levou a pedir que me trouxesse até aqui, Elliot – disse Plotzher ao chegarem a uns dez metros da água, olhar voltado para o horizonte a leste e parecendo indiferente às cercanias –, é que a eletrônica avança aos pulos. Você nunca pode ter certeza se há alguém ouvindo o que se diz, e quero diminuir a chance de alguém gravar em fita o que tenho a dizer para você agora.

Elliot tirou os olhos da morena e olhou para Plotzher, preparando-se para algo realmente importante. Ele é quem era o velho tarado, não Sam.

– Talvez esses caras da OFAC tenham grampeado o escritório para verem se deixamos escapar algo sobre a Trans-Caribbean. Vamos falar disso primeiro. Há a possibilidade deles estarem desconfiados que andamos driblando essa lei idiota de embargo, mas não vão conseguir provar coisa alguma e não seremos levados a julgamento. Do modo como as coisas estão mudando, com todas essas vendas autorizadas de frango, cereais e outras coisas para Cuba, provavelmente receberemos uma advertência e a coisa não passará disso. Não se preocupe com este assunto, está bem?

– Está.

Plotzher parou perto da linha d'água. Com olhos fixos na distância, pensou no que diria a seguir. Elliot deu uma olhada na morena que se afastava. Apenas uma palavra a descreveria bem: perfeita.

– Antes de mudarmos de assunto, quero lhe dizer que gostei de você ter me contado o que aconteceu em Cuba e depois aqui, em Miami. Mas o fez depois que tudo estava acabado. Sua vida particular só diz respeito a você, mas se isso afeta a empresa, também me diz respeito. Você se meteu nisso porque é gerente da IMLATINEX e porque a Trans-Caribbean vende para a XEMIC. Devia ter me dito no dia em que voltou. Isso já passou, mas da próxima vez vou querer saber. Quanto mais cedo melhor. Para planejar adiante, talvez ajudá-lo. Estamos entendidos?

Elliot meneou a cabeça, assentindo.

– Não quis preocupá-lo, Sam.

– Bem, fico feliz com isso. Mas no futuro, você me conta, está bem?

– Está.

Sam inspirou profundamente e olhou ao redor.

– Em dezembro próximo farei 69 anos. Comecei a me sustentar quando tinha 8, engraxando sapatos, vendendo jornais, fazendo entregas. Sonho em me aposentar aos 70 desde que fiz 60. Após a morte de Ruben, Maria disse para mim o mesmo que disse para você: que ela não queria vender a IMLATINEX. Achei que em um ou dois anos, você poderia aprender alguns macetes que ainda não dominou, e poderíamos instruir Maria sobre os fundamentos da empresa. Ela não sabia porra nenhuma de comércio, mas como um adulto responsável, ficaria de olho na empresa apenas para se certificar de que ela, a filha, e possivelmente um neto ou neta vivessem confortavelmente pelo resto da vida.

Plotzher voltou-se para Steil.

– Mas agora não creio que me aposentarei tão cedo. Maria morreu e uma modelo de 25 anos possui 79 por cento da IMLATINEX. Essa menina só pensa em tipos e cores de tecidos, no comprimento das saias, nos sapatos, na câmara, e nas luzes. Ela não sabe a diferença entre uma rolimã e uma porca, entre uma serra e um cortador de grama, entre uma fatura e um inventário... acha isso engraçado?

Steil balançou a cabeça e parou de rir.

– É o modo como você diz, Sam.

– Não é engraçado.

– Tudo bem. Desculpe.

– Não é engraçado porque o pai dela construiu esta empresa do nada, porque dediquei quase vinte e sete anos de minha vida a ela, porque não quero vê-la vendida para um traficante de drogas que a usará como fachada para lavagem de dinheiro e/ou contrabandear cocaína e heroína. Entende o que estou dizendo?

– Creio que sim.

– Conversei com Jenny há alguns dias. Ela jurou que não venderá a empresa e tentará aprender administração. Mas são apenas palavras, e você sabe o que valem as palavras.

– Coisa nenhuma.

– Exato. Portanto, pretendo envolvê-la e preciso de sua ajuda.

Steil franziu as sobrancelhas.

– Envolvê-la como, Sam?

– Envolvê-la para que ame a empresa, o comércio e o fazer negócios.

Steil estalou a língua e balançou a cabeça.

– E como pensa que vai conseguir isso?

– Ela tem os genes de Ruben, ou parte dele, portanto talvez também tenha herdado o seu tino comercial. Ela se tornará uma mulher de negócios se tornarmos o comércio atraente para ela. Por que está balançando a cabeça?

Steil olhou para o céu.

– Ora vamos, Sam. Genes nada têm a ver com vocação. Os pais de Henry Ford eram fazendeiros. Tchaikovsky era filho de um inspetor de minas; O pai de Stephen Hawking era médico e queria que o filho estudasse medicina; milhões de casos provam isso. Você acabou de dizer: ela só pensa em sessões de fotografia, manter o bronzeado e beber drinques da moda no bar da moda com gente do mundo da moda. Se ela largar isso em troca de contratos e faturas, eu corto fora as minhas bolas e jogo-as aos cães.

Plotzher sorriu brevemente, então voltou a ficar sério outra vez.

– Ela não vai largar a moda. A moda é que a abandonará.

Elliot lançou um olhar intrigado para Sam.

– O que quer dizer? – perguntou.

– No mundo das modelos, as pessoas ficam velhas com 30, tornam-se geriátricas aos 35. Ela sabe disso. Ela tem 25. É apenas questão de tempo. Ela vai acabar se dando conta de que seu bem-estar depende da IMLATINEX, não da carreira de modelo.

Elliot olhou pensativo para o horizonte. Talvez.

– E como podemos tornar o comércio atraente para uma garota como ela? – perguntou.

– Você me diga. Você é o professor.

Elliot fingiu gargalhar.

– Eu? Fala sério? Ora vamos, Sam, caia na real.

– Ouça. Eu a vi crescer. Sou como um tio para ela. Ela me ama, mas poucas pessoas aprendem com aqueles que amam. Quando tento explicar algo para ela, ela apenas finge estar prestando atenção.

Ela interrompe, faz piada, ri, me abraça, me beija no rosto. Ela não fará isso com você. Ela o respeitará. Você é um professor treinado, melhor educado, você cuida da administração da empresa. É mais jovem que eu, também, de modo que o conflito de gerações é menor entre vocês dois. Se existe alguém capaz de tornar o comércio atraente para ela, esta pessoa é você. Estou pedindo isso como um favor. Você faria isso para mim?

Elliot ergueu as sobrancelhas e estreitou os lábios, concentrado. Dois favores em oito anos, ambos no mesmo dia. Missão impossível, pensou. Uma mudança tão radical estava condenada ao fracasso. Seria o mesmo que ensinar mecânica para um poeta, ou procedimentos sexuais para o papa. Mas ele não podia recusar.

– Diga-me, Elliot, há oito anos, podia imaginar que aprenderia tanto e seria tão eficiente a ponto de ser tornar gerente da empresa?

Plotzher tinha razão nisso, concordou Elliot, olhando para os próprios sapatos. Mas era diferente. Para ele, tudo estava em jogo. Para Jenny, nada está em jogo.

– Não, Sam, não imaginava. Mas no caso de Jenny creio que está errado. Nada em seu passado indica que ela se interessará por comércio, muito menos por assumir a empresa. *Agora* eu adoro o comércio, mas há oito anos eu não tinha alternativa. Jenny tem alternativas. Ela pode vender a empresa e, com a renda, viver confortavelmente pelo resto da vida. Mas vou fazer o melhor, como um favor para você. O que acontece se ela decidir vender a empresa?

Sam Plotzher olhou Elliot com um largo sorriso.

– Você a compra.

– O QUÊ?

– Você a compra. Sei que parece impossível. Como pode pagar por essa empresa? Talvez um empréstimo bancário. Mas discutir tal possibilidade é algo prematuro. A morena está voltando. Tremenda mulher, não é mesmo?

Sem se deter, a Srta. Perfeição percebeu o velho que a olhava de modo tão descarado e o idiota boquiaberto de meia-idade que a admirava com intensa concentração. Ela fulminou o idiota com os olhos. Qual o problema daquele cara? Nunca viu uma mulher antes? Ela desviou o olhar, desgostosa, e continuou a caminhar.

Ela não tinha como saber que a expressão do idiota nada tinha a ver com o seu corpo. Quando ela cruzou a sua linha de visão, Steil estava pensando se Sam Plotzher estava gagá ou se, outra vez, o destino estava conspirando para torná-lo uma vítima das circunstâncias.

– Agora, leve-me para casa Elliot – disse Plotzher antes de se voltar. – Não estou a fim de me embebedar enquanto você toma uma Seven-Up atrás da outra. Vamos embora.

Títulos da Coleção Negra:

Noir americano – Uma antologia do crime de Chandler a Tarantino, editado por Peter Haining
Los Angeles – cidade proibida, de James Ellroy
Negro e amargo blues, de James Lee Burke
Sob o sol da Califórnia, de Robert Crais
Bandidos, de Elmore Leonard
Procura-se uma vítima, de Ross Macdonald
Perversão na cidade do jazz, de James Lee Burke
Marcas de nascença, de Sarah Dunant
Noturnos de Hollywood, de James Ellroy
Viúvas, de Ed McBain
Modelo para morrer, de Flávio Moreira da Costa
Violetas de março, de Philip Kerr
O homem sob a terra, de Ross Macdonald
Essa maldita farinha, de Rubens Figueiredo
A forma da água, de Andrea Camilleri
O colecionador de ossos, de Jeffery Deaver
A região submersa, de Tabajara Ruas
O cão de terracota, de Andrea Camilleri
Dália negra, de James Ellroy
Rios vermelhos, de Jean-Christophe Grangé
Beijo, de Ed McBain
O executante, de Rubem Mauro Machado
Sob minha pele, de Sarah Dunant
Jazz branco, de James Ellroy
A maneira negra, de Rafael Cardoso
O ladrão de merendas, de Andrea Camilleri
Cidade corrompida, de Ross Macdonald
Assassino branco, de Philip Kerr
A sombra materna, de Melodie Johnson Howe
A voz do violino, de Andrea Camilleri
As pérolas peregrinas, de Manuel de Lope
A cadeira vazia, de Jeffery Deaver
Os vinhedos de Salomão, de Jonathan Latimer
Uma morte em vermelho, de Walter Mosley
O grande deserto, de James Ellroy
Réquiem alemão, de Philip Kerr
Cadilac K.K.K., de James Lee Burke
Metrópole do medo, de Ed McBain
Um mês com Montalbano, de Andrea Camilleri
A lágrima do diabo, de Jeffery Deaver

Sempre em desvantagem, de Walter Mosley
O coração da floresta, de James Lee Burke
Dois assassinatos em minha vida dupla, de Josef Skvorecky
O vôo das cegonhas, de Jean-Christophe Grangé
6 mil em espécie, de James Ellroy
O vôo dos anjos, de Michael Connelly
Uma pequena morte em Lisboa, de Robert Wilson
Caos total, de Jean-Claude Izzo
Excursão a Tíndari, de Andrea Camilleri
Mistério à americana, organização e prefácio de Donald E. Westlake
Nossa Senhora da Solidão, de Marcela Serrano
Ferrovia do crepúsculo, de James Lee Burke
Sangue na lua, de James Ellroy
A última dança, de Ed McBain
Mistério à americana 2, organização de Lawrence Block
Mais escuro que a noite, de Michael Connelly
Uma volta com o cachorro, de Walter Mosley
O cheiro da noite, de Andrea Camilleri
Tela escura, de Davide Ferrario
Por causa da noite, de James Ellroy
Grana, grana, grana, de Ed McBain
Na companhia de estranhos, de Robert Wilson
Réquiem em Los Angeles, de Robert Crais
O macaco de pedra, de Jeffery Deaver
Alvo virtual, de Denise Danks
O morro do suicídio, de James Ellroy
Sempre caro, de Marcello Fois
Refém, de Robert Crais
O outro mundo, de Marcello Fois
Cidade dos ossos, de Michael Connelly
Mundos sujos, de José Latour
Dissolução, de C.J. Sansom
Chamada perdida, de Michael Connelly
Guinada na vida, de Andrea Camilleri
Sangue do céu, de Marcello Fois
Perto de casa, de Peter Robinson
Luz perdida, de Michael Connelly
Duplo homicídio, de Faye e Jonathan Kellerman
Espinheiro, de Ross Thomas
Correntezas da maldade, de Michael Connelly
Brincando com fogo, de Peter Robinson
Fogo negro, de C. J. Sansom
A lei do cão, de Don Winslow
Mulheres perigosas, organização de Otto Penzler

Este livro foi composto na
tipologia Goudy em corpo 11/14 e
impresso em papel off-white 80g/m^2
no Sistema Cameron da Divisão Gráfica
da Distribuidora Record.